NOS VIES CONSUMÉES

JANET HOBHOUSE

Nos vies consumées

TRADUIT DE L'ANGLAIS (ÉTATS-UNIS) PAR ANOUK NEUHOFF

ÉDITIONS RUE FROMENTIN

Titre original :

THE FURIES

Publié par *The New York Review of Books*.

ISBN : 978-2-253-07979-8 – 1re publication LGF

Note de l'éditeur

Janet Hobhouse était encore en train d'écrire *Nos vies consumées* au moment de sa mort, même si, pour la majeure partie, elle en était au stade du peaufinage.

En préparant le roman pour sa publication, les éditeurs ont déployé tous leurs efforts pour respecter ses intentions. Quelques passages n'avaient pas encore été affinés et, dans ces cas-là, il a paru préférable d'interrompre le récit plutôt que d'y inclure des éléments sur lesquels l'auteur n'avait pas tranché. Ces passages sont signalés par des points de suspension entre crochets. Dans le cas du chapitre final, les fragments et résumés ont été présentés tels quels.

PROLOGUE

Les photos ne sont pas les souvenirs…

Pendant longtemps ma mère et moi avons mené une vie tellement solitaire, urbaine et financièrement précaire, tellement isolées de tout ce qui ressemblait à une famille ou à la stabilité, si totalement dépendantes l'une de l'autre pour nous ménager un univers chaleureux, que l'existence d'aïeux, attestée par des centaines de photographies – jaunies comme des feuilles d'automne et écornées, mais vivantes, stylisées, ornementées, et surtout théâtrales –, m'apparaît aujourd'hui encore comme une sorte de conte de fées, non seulement par rapport à ce qui pouvait être plausible à l'époque, mais dans sa mise en scène même. Car s'il n'y avait pas de princes parmi ces générations assemblées qui posaient pour les photographes, souriant sous des hauts-de-forme et des ombrelles sur les terrains de croquet de résidences d'été, ou assises avec raideur dans les vastes salons encombrés de trésors de demeures new-yorkaises, on trouvait là une richesse princière, des origines exotiques et, plus fantastique encore, l'image même d'une grande famille aimante, unie, aussi attirante qu'un royaume enchanté.

Que ma mère, qui se considérait comme liée à très peu d'autres êtres humains, ait été séparée par trois petites générations de ce monde de richesse et de bienveillance, cette fiable multiplicité d'individus apparentés, cette cohabitation de cousins, de tantes, de domestiques et ainsi de suite, est révélateur de la rapidité de la vie américaine en ce siècle, qui peut non seulement fournir à un immigrant solitaire les moyens de créer, en quelques décennies, une dynastie aussi solide que nombreuse, mais peut également, à la même cadence, faire tout ce chemin en sens inverse et réduire, comme dans notre cas, un clan immense, prospère, civiquement actif et pourvu de contacts dans le monde entier à une malheureuse poignée de solitaires désespérés agissant comme des billes lâchées dans la galaxie.

La taille et la magnificence de cette famille photographiée ne sont pas les seules choses à me paraître très curieuses : plus étrange encore est le silence qui entourait son existence. Jamais, de toute mon enfance, n'a été évoquée une histoire familiale ; aucune allusion à des origines ni à des voyages, aucune mention d'un héritage à préserver ou, en l'occurrence, d'un paradis perdu, aucun personnage chéri dont ait été entretenu le souvenir, jamais quoi que ce soit en dehors de la trinité explosive sœur, mère, grand-mère. C'était comme si, nées par une espèce de parthénogenèse, nous nous étions vu chacune assigner les deux ou trois femmes censées nous modeler, sinon nous brider, et que, par la suite, des années après l'enfance, nous nous escrimions encore à nous affranchir du joug de nos adversaires, inévitablement féminins.

À cet égard, mon histoire est la même que celles de ma mère, de ma tante, de ma grand-mère. Notre vie à chacune a été régie par une mère bonne, et mauvaise, un visage du destin totalement féminin, qui souriait au début puis devenait carnassier. « Mère », « grand-mère » n'étaient que les termes changeants par lesquels chacune identifiait son ange ou sa gorgone personnelle, contre qui il fallait livrer bataille pour survivre. Peut-être, d'ailleurs, les catastrophes avaient-elles commencé quand ma mère avait oublié les règles, oublié qu'on arrache son destin à la génération précédente, ou quand, ayant échoué dans la première phase du conflit, elle avait décidé de jouer l'intégralité du drame, l'intégralité du rituel ancestral, exclusivement entre elle et moi.

Toutefois, à l'évidence, avait existé dans le passé une autre version de la vie de famille, apparemment stable, horizontale et non verticale, et des photos étaient là pour le prouver. À l'époque même où, entre deux expulsions, ma mère et moi vivions dans une série de petits appartements sinistres, où ma grand-tante ne représentait pour nous que l'ultime recours pour régler les notes de téléphone et d'électricité, où ma grand-mère constituait dans l'esprit de ma mère un monstre d'indifférence, subsistait quelque part – sans doute dans la vieille malle chinoise de ma grand-tante Shrimp[1] – cette abondante cache de photographies d'ancêtres jamais évoqués et disparus depuis pas si longtemps, dont, en théorie, nous étions toutes descendues en accéléré.

Ces images, à ce moment-là, n'auraient pas été moins explicites pour moi que quand je les découvris plus tard, mais, quoique fanées, ternies et craquelées, jamais contemplées ni même mentionnées, impropres à susciter le moindre souvenir en moi ou chez ma mère, elles auraient cependant offert un lien avec un autre univers, un univers qui, à la différence de l'existence que nous menions alors – une existence bien plus grise, exsangue et morte, me semble-t-il aujourd'hui –, aurait pu contenir une promesse de survie. Puissantes, érotiques, sensuelles, elles renvoient à un monde de lumière et de verdure, de riches parfums et de somptueuses étoffes, un monde surtout de sereine féminité, et, plus miraculeux, de placide masculinité sous la forme de patriarches manifestement bienveillants

---

1. Soit « Crevette ». *(N.d.T.)*

et providentiels, d'oncles enjoués et de frères bien-aimés, des images qui dans le contexte de ma famille entièrement féminine (sans père, sans oncles, sans frères), et notamment dans le contexte de la vie de ma mère – où les hommes, pour être tous de dangereux prédateurs ou des bourreaux des cœurs, demeuraient pourtant de simples comparses, totalement dénués de permanence –, ne pouvaient que survenir avec la force de la révélation.

Quant à ces femmes insouciantes – avec leurs tenues de satin, leur taille de guêpe, leurs seins haut perchés, leurs coiffures élaborées, leur parfum à la rose et leurs pendants accrochés aux oreilles, tout juste rentrées de Paris ou de Tokyo où elles s'étaient laissées aller à leur frénésie d'achats –, elles aussi auraient pu incarner des figures de rédemption. Dans le monde que ma mère et moi habitions, ce plein tiroir d'images était comme une bombe non explosée de beauté, d'amour et de sécurité, le royaume secret enseveli dont aucune de nous ne pouvait trouver la clé, et dont, semble-t-il, l'existence avait été oubliée depuis longtemps.

Partis de Francfort, ils étaient arrivés en Amérique au milieu du XIXe siècle, leur fortune et leur position sociale intactes. À New York et Baltimore, ils avaient monté des entreprises, s'étaient mariés entre eux et avaient fréquenté les mêmes milieux que ceux qu'ils fréquentaient au pays, d'autres juifs « évolués » exerçant des professions libérales, pour qui être juif n'était qu'une autre façon d'être européen, un patrimoine culturel et une obligation civique, une source de fierté, mais pas une religion ni même un détail que quiconque jugeait important de préciser. (En tout cas pas, ultérieurement, à ma mère ni à moi : elle me raconta un jour que, petite, elle avait envié ses camarades d'école parce qu'elles étaient juives.) Les rabbins officiaient aux mariages et aux enterrements, mais il n'y avait pas de bar-mitsvah, pas de séder, pas de temple, pas de synagogue. L'héritage se traduisait par des leçons de piano, la pratique de langues étrangères et de fréquents voyages dans d'autres pays. L'Amérique n'était que l'avant-poste d'un empire, un lieu où prolonger, du mieux possible, les bonheurs connus en Allemagne.

Ils n'ont certes pas l'air très américains, ces mystérieux parents. Dignes, parfaitement maîtres d'eux-mêmes, ils ne trahissent en rien cette anxiété des nouveaux arrivants, ce désir effréné de ne pas faire de vagues et de bien s'intégrer. Ils portent leurs tenues extravagantes sans honte ni bravade, comme s'ils se savaient capables de plier le Nouveau Monde à leur volonté. Ils avaient réussi parce que c'était normal ; les hommes épousaient des beautés, les beautés leur donnaient des enfants, et la famille veillait sur ses troupes. Ils n'avaient pas besoin de l'Amérique pour survivre.

Peut-être fallut-il attendre 1907, l'année où mon

arrière-arrière-grand-père Samuel vendit le petit château rhénan de Riverside Drive, la maison où étaient nés ses enfants et ses petites-filles, pour que la famille devienne réellement américaine. La liste des articles mis aux enchères compose un véritable opuscule, un catalogue de trésors : ivoires sculptés, statues et paravents orientaux, antiquités anglaises et allemandes, tapis persans, madones italiennes et crucifix incrustés de pierreries, sans oublier le contenu des écuries et des salles de billard. Sa femme Elizabeth emporta ses robes de Paris et ses domestiques irlandais dans une demeure plus modeste, un immeuble récent situé un kilomètre et demi plus bas sur West End Avenue. Ce ne fut qu'à ce moment-là, l'année qui suivit le grand tremblement de terre et l'incendie de San Francisco, l'année des *Demoiselles d'Avignon* de Picasso, que ma famille de sirènes mit le pied dans le xxe siècle, abandonnant l'Ancien Monde et embrassant le nouveau, et mettant en pratique pour la première fois une version de l'impératif générationnel qui exigeait de rompre les liens avec le passé et de se construire une vie dans le présent.

Commençons par eux, Samuel et Elizabeth Woolf, lui avec sa moustache à la gauloise, elle avec ses yeux tombants et ses cheveux bruns, non seulement pour ce premier acte de foi en l'Amérique, mais parce qu'ils étaient les parents de Mirabel, l'Ange dans la vie de ma mère.

En 1877, Samuel avait fondé la Japanese Fan

Company[1], dont l'activité, au début, était assez simple : fournir aussi bien aux hommes qu'aux femmes un instrument estival indispensable en ces temps où la climatisation n'avait pas encore été inventée. Par la suite, l'entreprise s'était diversifiée en important d'Asie rouleaux, gravures et paravents orientaux, caisses à thé et coffres en camphrier, jades, ivoires et kimonos. Elle avait des locaux dans le bas de Broadway, un bureau à Tokyo et des agents à Shanghai, Pékin, Hong Kong, Canton, Fuzhou et Kobe. Tous les ans, Samuel traversait le continent américain afin d'embarquer pour la Chine, l'Indochine et le Japon, souvent en compagnie de sa femme et de sa belle-famille, de ses fils ou de sa fille, Mirabel. Souvent, au retour, ils passaient par l'Europe, histoire de rendre visite à leurs cousins d'Allemagne et de distribuer les cadeaux, appelés « bullybuffskis », pour lesquels Samuel était célèbre. Étant une affaire familiale, la Fan Company, de plus en plus prospère, avait pu embaucher les canards boiteux du clan, les neveux un peu niais, les conjoints de sœurs qui s'étaient mariées par amour. Ces canards boiteux étaient quelquefois tellement nombreux que l'entreprise enregistrait moins de bénéfices qu'elle n'aurait pu. Il n'empêche que pendant longtemps, en bonne vache à lait orientale, elle entretint royalement tout ce petit monde.

1. Compagnie d'Éventails Japonais.

Grâce à l'entreprise, Mirabel et ses frères avaient eu une enfance exotique. Pour jouer, ils revêtaient des kimonos et des masques de kabuki, brandissaient des épées ornementales, exécutaient des tours de passe-passe et lançaient des feux d'artifice compliqués. Ils étaient par ailleurs enclins à concevoir le monde comme une vaste étendue couverte d'eau et remplie d'étrangers.

Mirabel, cette fillette des photographies qui évoluait avec majesté dans des costumes recherchés ou qui s'amusait avec ses poupées chinoises, menait sous le toit familial une existence idéale à un infime détail près, perceptible dans ses premiers portraits et de plus en plus flagrant à mesure qu'elle grandissait. Toujours joliment habillée, entourée d'objets exquis, placée dans de magnifiques décors, elle se signale dans toute cette splendeur par le triste fait que, contrairement à sa mère et à ses cousines, elle n'est pas belle et ne pourra jamais l'être. C'est une enfant ingrate, dotée d'une mâchoire carrée et d'un grand nez, d'épais sourcils et d'un corps trapu – un physique rendu d'autant plus pitoyable au fil des ans par les vêtements élégants parfaitement coupés et les chapeaux sophistiqués que, en tant que fille de sa mère, elle se voyait contrainte de porter.

« Mirabel n'était pas une beauté. » Cette singularité n'était pas sans importance pour les filles et petites-filles tellement belles qui l'aimaient. L'adjectif de ma mère pour la décrire était « quelconque », et cette acception la faisait toujours tressaillir un peu, par réflexe protecteur. De son côté, ma grand-tante Shrimp disait toujours : « C'est sûr, Mère n'était pas une beauté », mais elle le disait avec un certain orgueil, de ce même ton de conspirateur qu'employait la famille pour parler de la laideur d'Eleanor Roosevelt, comme si une telle absence d'attraits impliquait une renonciation méritoire, comme si Eleanor et Mirabel avaient eu toutes deux mieux à faire que d'être belles.

Mais à la vérité Mirabel n'était pas simplement « quelconque », un adjectif qui pouvait plaisamment s'appliquer à la massivité de sa silhouette, à la rassurante solidité de son apparence, elle n'était pas simplement « ordinaire », comme nous disons en Amérique avec la conviction théologique de nous montrer flatteurs, elle était carrément – et moi, seul membre de sa famille à avoir échappé à son orbite, moi, qui ne l'ai pas fréquentée assez longtemps pour me joindre au chœur de ses adulateurs, moi, j'ose vous l'affirmer : elle était carrément laide. Il est vrai qu'au moment où je fis sa connaissance, elle n'était plus guère qu'un petit tas d'épais vêtements et de fragrances coûteuses, un monticule de teintes surannées à bordures de dentelle, avec de grosses chevilles au-dessus de chaussures confortables, et des odeurs de draperie poussiéreuse et de produit pour l'argenterie qui flottaient autour d'elle. Ma mère m'avait amenée la voir, ou plutôt m'avait montrée à elle, à plusieurs reprises avant sa mort : on avait l'impression chaque fois d'une visite rituelle à un personnage royal, dont la cour était un appartement immense et sinistrement meublé de Central Park South. Trônant toute fripée dans son fauteuil, à peine plus petite assise que debout, elle était loin d'exhaler la magnificence dont sa famille avait investi sa personne, mais pour ma mère et sa sœur Constance elle n'était rien moins qu'une divinité. Ce colis miniature emballé dans un châle, dont les chevilles grasses retombaient sur ses chaussures en multiples fanons assortis aux replis de sa gorge que rehaussait une broche, dont les yeux bleus retenaient comme des boutons une chair affreusement molle et flasque creusée d'un lacis de rides et dégageant un léger parfum de poudre, dont le sourire jetait dans le chaos les sillons et les ondulations de ces joues crémeuses couvertes de duvet, ce minuscule ballot de mortalité féminine était pour elles l'image même de la bonté humaine, le centre immobile d'un univers effrayant, et en définitive l'arme avec laquelle elles avaient décidé de tenir en respect leur propre mauvaise mère et certains hommes plus mauvais encore.

La vie de Mirabel était pétrie de blessures et de plaisirs que je ne peux qu'imaginer. Il y avait eu des voyages et des richesses dans son enfance, le refuge du château de Samuel et une famille aussi nombreuse qu'aimante. Il y avait eu un père plein d'entrain avec une moustache et une odeur de tabac, une mère un peu guindée, à l'absence de fantaisie et à la beauté assez conventionnelles. Il y avait eu deux frères aînés et sept jeunes oncles qui dansaient avec elle aux soirées et n'oubliaient jamais son anniversaire ; des cousins aux cheveux bruns qui buvaient de la limonade en gants de coton blanc l'été et surgissaient du blizzard l'hiver, laissant sur le trottoir leurs chevaux fumants et leurs cochers frissonnants, pendant que, dans le vestibule, ils enlevaient leurs capes et leurs manchons en peau de phoque pour aller disposer des cadeaux sous le magnifique sapin illuminé de bougies. Il y avait eu tout ce bonheur bien réglé baigné de parfums et de musique, et puis il y avait eu aussi, il y avait forcément eu, dans les fissures et les recoins de cette existence, le sourd battement continu qui répétait à Mirabel que sa présence était en quelque sorte déplacée dans une vie familiale aussi parfaite et privilégiée. Son échec ne résidait ni dans son énergie ni dans sa volonté, mais dans sa personne, et il avait dû y avoir un moment – en effet, apparemment, il y en avait eu un – où sa vie avait changé lorsqu'elle avait compris que son défaut était définitif et ne serait jamais surmonté.

La beauté semblait être l'unique sujet de conversation dans le cercle de sa mère, où les physionomies étaient « gâtées par la nature », améliorées par les vêtements ou surestimées par les soupirants. L'amour, disaient les femmes, était un vertige qui pouvait estomper la différence entre la véritable beauté et la simple coquetterie, mais aucune ne le croyait capable d'une cécité héroïque. Parmi ces belles à la langue bien pendue, Mirabel semblait une faute d'inadvertance, heureuse surtout lorsqu'elle était seule ou invisible, plongée dans ses pensées ou en train de flâner, dans un monde sans miroirs. Mais elle était si admirablement costumée en tant que fille de sa mère, si naturellement acceptée partout où elle allait, qu'il lui arrivait d'oublier la réalité, et de s'imaginer en parfaite harmonie avec sa vie.

Un jour, debout devant sa coiffeuse, elle observe son image à la lumière du petit matin. Le soleil derrière elle illumine ses cheveux, parant ses boucles désordonnées de reflets rosés préraphaélites. Elle a encore sommeil, et la lumière est comme une main caressante sur sa tête, l'incitant à aller de l'avant dans la vie. Ses épaules, cireuses sous les bretelles de sa chemise, s'incurvent tels les accoudoirs d'un beau fauteuil. Elle discerne la force dans leur ligne mais aussi la promesse de plaisirs, encore innommés, encore lointains. Elle prend soin de ne pas s'examiner de trop près et veille à ne pas fixer son regard tandis que ses yeux parcourent sa silhouette. Elle n'éprouve que la vague sensation d'exister, et ce flou la rend heureuse. Elle étudie la cascade de cheveux qui lui encadre le visage et dégringole dans son dos. Elle pense à la crinière de sa mère – elle y pense sous cette désignation –, qu'elle a coutume d'arranger chaque matin. Une coiffure compliquée, officielle, cérémonielle, comme on en rencontrerait dans un archiduché, ou un lieu aussi exotique. Elle a vu, dans leurs cadres en argent, les portraits de ses grands-tantes et cousines plus âgées, des dizaines de portraits, disposés comme des cartes de visite sur la coiffeuse de sa mère, alignés entre les brosses en ivoire et le tire-bouton, les coffrets en émail cloisonné et la pelote à épingles, étincelant sur la dentelle jaunissante à motifs de roses. Les cheveux de sa mère sont de ce genre-là : épais, savamment tressés, triomphants comme une couronne de vainqueur, orgueilleux comme un bouclier de guerrier, ils lui permettent d'affronter sa journée et d'endurer les réunions avec les autres dames de charité s'employant à financer des bonnes œuvres et à organiser des goûters de bienfaisance.

Mirabel, pour sa part, n'a pas encore une coiffure de matrone, mais toujours une chevelure de jeune fille, aussi dénuée d'artifice que la nature. Elle se regarde de nouveau, tournant lentement la tête à contre-jour. Allez savoir, dit-elle, cela ira peut-être. Elle est diaphane, dit-elle, éthérée comme un elfe ce matin, une reine des fées aux cheveux roses. Elle aime ce miroir matinal qui la rend à elle-même avec une telle délicatesse. Elle ressent de l'affection pour son cadre en acajou, pour les taches ternies sur sa glace. Aujourd'hui elle s'accepte volontiers.

D'autres jours, à d'autres heures de la journée, elle se voit telle qu'elle redoute parfois d'être en réalité : brutale, trapue, sinon nabote, une enfant substituée égarée dans ce château d'esthète. Mais à ce moment précis elle est simplement elle-même, un nez fort sans être « fâcheux », une mâchoire ferme sans être « masculine », des yeux bleus intelligents et une peau laiteuse sans être « blafarde ». Elle a seize ans. Il va de soi qu'elle s'interroge sur ce que l'avenir lui réserve.

Soudain la porte de sa chambre s'ouvre et sa gouvernante se plante, imposante, derrière elle, brisant l'auréole lumineuse, assombrissant le miroir, dispersant le reflet de Mirabel aux quatre coins de la pièce. Sa voix détruit la pureté du silence, et l'invisibilité de Mirabel.

« Qu'est-ce que tu fabriques ? »

Sa gouvernante ne la regarde pas directement, mais la contemple dans ce miroir perfide, jaugeant son image, pesant ses mots.

« Heureusement, tu es très intelligente, dit-elle sur un ton coupant court à toute conjecture. Et c'est une chance pour toi, Mirabel, parce que, c'est sûr, tu ne seras jamais belle. »

Mirabel reçoit cette sentence avec une bonne humeur affichée. Elle sait qu'un jour la gouvernante s'en ira mais qu'elle, Mirabel, sera toujours là. Elle sait que son père l'aime et que sa mère la respecte et compte sur elle. Ici dans cette maison chacun fait tout pour qu'elle se sente absolument parfaite.

Mais la paix contenue dans son image s'est envolée à jamais. Vingt ans plus tard, Mirabel racontera l'anecdote de la gouvernante à sa fille aînée. Ce sera le seul épisode de ses séances devant la glace qu'elle parviendra à se rappeler, et qui restera gravé dans sa mémoire.

Si ce n'était pas ce jour-là, il est certainement arrivé un jour où Mirabel a clos la discussion avec elle-même et cessé d'imaginer qu'elle pourrait jamais être jolie. (Tu dis que cela ne se passe pas de cette façon, mais en fait si. Une petite valve se ferme et le cours d'une vie peut changer complètement.) Elle ne pensa plus jamais à son physique, du moins pas de cette manière-là. En revanche, elle donna carrière à son intelligence. Elle jouait aux cartes avec sa mère et discutait politique avec son père. Elle informa ses parents qu'elle souhaitait devenir médecin. Peut-être parce que personne, et elle moins que tout autre, ne pensait qu'elle se marierait, elle fut autorisée à poursuivre ses études.

Et puis, dans cette vie de discrétion programmée, cette vie modeste, probe et raisonnable, advint un élément déraisonnable, un homme plus âgé tombé du ciel, un représentant de commerce venu du Tennessee, aux manières exquises et à la dignité hors du commun, qui, assis un jour avec les parents de Mirabel dans le salon au plafond décoré de chérubins, ses mains manucurées posées sur ses genoux, se mit à adresser un discours à ses chaussures d'été.

La fille physiquement peu gâtée d'un homme riche aurait pu être, ici comme ailleurs, l'héroïne d'une tragédie matrimoniale, mais mon héritière de Riverside Drive connut une histoire différente. Tard, mais pas trop tard (elle avait vingt-six ans), elle vit arriver son prétendant qui, malgré sa condition plus humble, n'était pas un coureur de dot, mais un homme doux assez beau, un peu dandy et pourtant réservé, un galant juif originaire du Sud qui avait quatorze ans de plus qu'elle, et à qui la vie avait porté un coup avec le décès de sa femme et de son unique enfant lors de l'accouchement.

Mirabel ne se comporta pas avec la gratitude adéquate envers le veuf du Tennessee. Au contraire, loin de se réjouir de cette occasion inespérée d'échapper au célibat, elle considérait le mariage comme une catastrophe assurée, une humiliation aussi certaine qu'insupportable. Six semaines avant les noces, elle s'effondra et souffrit de ce qu'elle qualifia par la suite de dépression nerveuse. Elle pleura et protesta, ou bien resta étendue comme une chiffe, refusant de parler, les yeux rivés sur le plafond. Mais sa mère pleura aussi (les invitations avaient toutes été expédiées), et à la fin Mirabel consentit à se marier.

Par ma mère, j'ai appris certaines choses sur mon arrière-grand-père : qu'il avait un canari et écoutait la radio, que le dimanche il lisait les bandes dessinées dans le journal et présidait des petits déjeuners familiaux protocolaires où harengs fumés, pigeonneaux et œufs brouillés étaient, comble du chic aux yeux de ses petites-filles, servis dans des plats en argent. Dans le souvenir de Shrimp, son père était un « magnifique spécimen », quoique peu démonstratif et passablement collet monté. Il racontait des blagues que ses filles trouvaient bébêtes, ne lâchait jamais de remarques excentriques, se récriait contre toute anecdote un peu licencieuse (il devait faire un drôle de représentant de commerce), et fut toute sa vie un bon Républicain membre du Rotary.

Sur la photo que j'ai de lui, il a les cheveux blancs et est très grand et élégant. Costume de lin trois pièces et canotier, debout sur une plage bondée avec ma mère dans les bras, il paraît trop habillé au milieu des baigneurs à demi nus. On l'avait toujours décrit comme « gentil », un adjectif qui suggérait poliment, selon moi, quelque faiblesse d'esprit. D'ailleurs, après son mariage, indice habituel de déficience, il avait été embauché dans la société d'éventails. J'ai dans l'idée que même si sa femme et ses filles l'aimaient beaucoup, étaient fières de sa belle allure et de ses manières de gentleman du Sud, elles l'ignoraient plus ou moins. Le mari de Mirabel avait simplement été intégré dans le foyer familial et l'entreprise familiale, incorporé dans le tableau comme s'il n'était qu'un autre cadeau de papa à sa fille, un autre souvenir rapporté de l'étranger.

Je n'ai aucune photo de lui jeune homme. Il faut dire qu'il n'avait jamais été jeune. Il était arrivé dans la vie de Mirabel à l'âge de quarante ans, veuf, meurtri peut-être, déboussolé par la mort de sa femme et de son nouveau-né, quoique cette notion d'égarement soit sans doute trop romantique pour un rotarien aussi formaliste. Il était exactement ce dont il avait l'air : habillement, manières, prévisibilité. (L'apparence est l'essence pour des enfants.) Il était sa chaîne de montre en or, mais aussi les bandes dessinées qu'il lisait et les harengs qu'il imposait au petit déjeuner, les blagues simplettes qu'il racontait et les agaçantes plaisanteries à répétition par lesquelles il exprimait son affection à sa famille. J'imagine qu'il se sentait déphasé dans cette maisonnée féminine, annexé d'abord par la famille de Mirabel, puis terrassé par la sienne propre. Loin de ruiner la vie de Mirabel, il n'avait jamais eu la moindre chance de s'imposer dans ce matriarcat : poisson mâle solitaire, il ne servait qu'à la procréation. Il tournicotait autour d'elles, proférant ses remarques avec son accent singulier, ou bien se retirait dans son monde masculin alliant travail de bureau et détente dans les clubs, un royaume où la politique et la coupe des costumes étaient aussi importantes l'une que l'autre. Avec son élégance sudiste et sa beauté de dandy, il agrémentait la maison comme Mirabel ne pouvait le faire. En personnifiant ainsi le charme physique et le respect des convenances, il endossait le rôle féminin traditionnel, et laissait Mirabel incroyablement libre d'être elle-même.

Et Mirabel, alors ? Elle avait fait plaisir à sa mère et s'était mariée contre son gré. Elle avait renoncé de mauvaise grâce à la médecine, mais fini par accepter son « magnifique spécimen » avec la même bonne humeur que celle avec laquelle elle avait encaissé le verdict de sa gouvernante concernant son avenir. Elle l'aimait, sans doute, de son mieux, et l'aima d'autant plus en découvrant qu'elle n'aurait pas à sacrifier grand-chose de son ancienne vie. Car elle demeurait d'abord et avant tout la fille de sa mère, continuant à incarner le personnage en revêtant des robes de chez Worth, en mettant des perles à ses oreilles et en installant sur ses genoux un des pékinois de sa mère lorsqu'elles prenaient le coupé de ville pour aller faire les boutiques, se rendre à des mariages ou assister à des réunions d'associations d'Épouses. Même après la naissance de ses filles, quand Samuel vendit son château et que les familles emménagèrent dans des appartements séparés, Mirabel allait chez ses parents tous les matins et, comme elle l'avait toujours fait, aidait sa mère à se coiffer. Quatre ans après cette vente, en 1911, à la mort de Samuel, sa veuve était venue vivre chez Mirabel. C'était sûrement à ce moment-là, tandis que l'homme de la maison, dépassé, partait chaque matin travailler dans l'entreprise familiale de sa femme, que s'était établi le matriarcat de Mirabel. Et c'était à ce moment-là, en tant que fille d'Elizabeth Woolf et mère de Shrimp et d'Emma, et non, à mon avis, en tant que femme de son mari, que Mirabel avait connu une nouvelle naissance sous le nom d'Angel.

Ils eurent deux filles à peu d'intervalle au cours des trois premières années de leur mariage, et si Mirabel avait jamais été épouse ou amante, elle l'oublia assez vite pour se consacrer aux plaisirs de la maternité. Son mari était autorisé à tenir les bébés dans ses bras pour être photographié, mais il n'avait pas à se mêler de leur éducation. Son domaine, lui fit-on comprendre sans tarder, se limitait à l'entreprise où il travaillait et aux clubs qu'il fréquentait. Il avait peu d'amis personnels, même si on l'avait probablement encouragé à s'en faire. Sa famille du Tennessee leur rendait visite de temps en temps, mais la réciproque n'était pas vraie. Sa vie sociale, comme son pain, il les devait à la famille de sa femme. Mais il se rendait à peine compte de son absence de pouvoir dans le foyer, car les changements s'opéraient de la manière la plus douce et la plus subversive, à travers le dévouement familial sans bornes dont faisait preuve Mirabel.

En été, ils allaient, *en famille**[1] bien sûr, à Shokan, leur résidence des Catskills. Là, ils laissaient leurs chevaux d'attelage s'ébattre et se reposer – Geisha, la préférée, était souvent harnachée et montée par les ribambelles de neveux et nièces –, et passaient

1. Tous les termes suivis d'un astérisque sont en français dans le texte.

de longues semaines à pêcher, lire, pique-niquer et peindre en plein air. Ils louaient la propriété à un ancien pilote de bateaux de croisière sur l'Hudson, dont le fils, un jeune homme timide et efféminé (qui faisait par conséquent un compagnon de confiance pour les enfants), était photographe amateur. Casquette de tweed et knickerbockers, il accompagna les visiteurs new-yorkais plusieurs étés armé de son appareil et de son trépied, photographiant les filles en robe de mousseline blanche et les garçons en costume marin, les fruitiers en fleur et les hautes herbes qui grouillaient de mouches et de grillons. Il les suivait sur les sentiers boueux le long de la rivière où ils emportaient des cannes à pêche et des lectures d'été, et les faisait poser de manière officielle à l'occasion des buffets champêtres : d'énormes festins de viandes froides et de tartes, de bière et de limonade, auxquels ils étaient convoqués par une grosse cloche de fer, et après lesquels ils s'allongeaient sur la pelouse ou s'installaient dans de grands fauteuils en osier, se rafraîchissant à l'aide des éventails peints à la main d'où la famille tenait initialement sa fortune.

Lors des longues soirées où la clarté s'éternisait, les adultes prenaient des bains et s'habillaient pour le dîner, avant de se réunir pour jouer au whist dans des pièces fleurant l'eau de Cologne et le tabac, mais aussi cette odeur de moisi exotique qu'ont les maisons de campagne en bois aussi inondées de pluie que de soleil. Dans les chambres du haut, les enfants couraient partout, formaient des alliances et tombaient amoureux, au fil de ces journées où, tout au long des mois de juin, juillet et août, alternaient vagues de chaleur et périodes de pluie.

Les hommes qui travaillaient en ville arrivaient par le train le vendredi après-midi, remplissant les wagons spéciaux ajoutés pendant la saison estivale pour accueillir les visiteurs du week-end. Un certain formalisme reprenait alors ses droits dans la maison de vacances. Les femmes détournaient leur attention des affaires enfantines (pendant la semaine, elles jugeaient plus simple de se mettre au diapason de leur progéniture, réagissant avec émerveillement devant des nids d'oiseaux ou des hécatombes de poissons, s'apitoyant sur des piqûres d'insectes ou des refroidissements, s'affolant pour des noyades évitées de justesse et des chutes de cheval). Elles rattachaient leurs corsets et enfilaient des tenues moins confortables, faisaient des efforts de conversation et, en présence des hommes, se mettaient à vibrionner. L'exception était Mirabel qui, au summum du bonheur parmi les enfants, changeait aussi peu que le permettait la politesse lors des invasions masculines. Quant à Tennessee, il buvait sa limonade sur le large porche à colonnes avec le reste de la famille, mais gardait son faux col et son gilet bien boutonné de citadin du vendredi soir jusqu'à son départ dans la matinée du lundi.

C'était à Shokan, au milieu des enfants et des

anciens, que Mirabel était la plus heureuse. Là qu'elle aimait le plus la vie et apprenait à ses filles à l'aimer le plus. L'invisibilité qu'elle avait pratiquée dans son enfance se muait en translucidité tandis qu'elle se rendait indispensable aux membres de la famille autour d'elle. Elle offrait sa vie telle une passerelle, transparente comme une perle de verre, entre sa propre jeunesse bénie des dieux et celle de ses neveux, nièces et filles. Pour tout le monde, elle était Angel : médiatrice, protectrice, gardienne, elle guidait à la manière d'un phare tous ceux qui l'entouraient.

Il semble que Mirabel soit passée du statut de fille chérie à celui de mère chérie sans s'intéresser outre mesure à l'intermède d'épouse chérie. J'en veux pour preuve non seulement les sentiments très ambivalents que lui inspirait la notion de mariage, mais la façon dont, une fois mariée, elle s'appliqua à maintenir la continuité filiale, acceptant de servir de dame de compagnie à sa mère et, plus tard, à ses filles et petites-filles. Elle régna par une sorte d'obligeance joyeuse toute sa vie durant, se faisant la servante de la beauté et de l'intelligence alentour. Sans désemparer, elle joua son rôle auto-assigné de soutien, d'arbitre et de conciliatrice. Trois générations de femmes et au moins deux générations d'hommes s'appuyèrent sur sa radieuse générosité.

Il n'y avait aucune abnégation dans son dévouement. Au contraire, donner la comblait ; c'était sa manière d'essayer de transmettre le bonheur absolu de son enfance. Mais peut-être un tel sentiment d'amour et de bienheureuse sécurité était-il impossible à communiquer, peut-être, au mieux, pouvait-on le savourer soi-même et démontrer qu'il était là, comme une pure possibilité. Il est sûr qu'après elle personne n'avait jamais possédé cette limpidité sereine, cette aptitude à se borner à *être,* à créer de l'abondance par sa simple existence. Toujours à ergoter sur ce qui nous est donné, nous commencions par secouer le destin comme on secoue un arbre pour faire tomber ses pommes, pour finalement nous décider à réclamer la paix.

« Notre mère faisait tout », se contente de dire Shrimp, et si sa remarque comporte un semblant de critique, c'est seulement parce que, en se chargeant de tout, Mirabel avait peut-être réduit à l'impuissance les gens de son entourage. Shrimp pense que c'était le cas pour elle, et tout le monde en avait la conviction concernant ma mère. Emma, ma grand-mère, devait le redouter, car elle avait fui la maison dès qu'elle avait été en âge de décamper. D'un autre côté, personne n'avait jamais taxé ma tante Constance d'impuissance, mais même cette dernière utilisait Mirabel comme référence pour évaluer le reste du monde et le juger décevant. Quant à moi, comme je dis, je n'étais jamais entrée dans l'orbite de l'amour corrupteur de Mirabel : je n'en avais subi les effets que par contrecoup, à travers les morceaux brisés de ma mère.

Les deux filles nées si vite après le mariage de Mirabel et Tennessee se ressemblaient de façon saisissante : elles avaient toutes deux hérité des cheveux et des yeux foncés d'Elizabeth Woolf, de sa peau pâle et de son teint délicat, et de la grande silhouette svelte de leur père. Sur les photos officielles, les conventionnels portraits d'enfants, les vies non vécues sont capturées et figées, empêchées de suivre leur cours. Si je les habille comme les habillait Mirabel, si je les vois comme les voyait le photographe, ma grand-tante et ma grand-mère forment une paire de petites filles aux frisettes brunes et aux yeux charbonneux, chaussées de bottines à boutons de couleur claire et vêtues de robes blanches à large ceinture de satin, deux gamines totalement innocentes et presque impossibles à différencier. Mais si je les imagine telles qu'elles allaient devenir et telles qu'elles existaient pour ma mère, comme les deux faces d'une féroce destinée féminine, alors même les photos d'elles bébés peuvent me remplir d'angoisse. Car ces adorables sœurs constituèrent la première génération de duos : la gentille et la méchante, la survivante et la victime, une configuration qui divisa par deux fois la famille et déclencha d'horribles torrents de destruction et de remords dans ma vie avec ma mère.

Ma grand-tante Elizabeth (Shrimp) était née en 1905, un an et demi avant Emma. Jusqu'à ce que

Samuel vende son château de Riverside Drive, elles vivaient de manière assez protocolaire avec leurs parents et leurs grands-parents dans une maison pleine de domestiques. C'était une existence régie par des horaires stricts et des interdits définitifs. Il y avait des animaux aussi coûteux que capricieux dans l'écurie, des plantes exotiques dans la serre et, dans presque toutes les pièces, des objets qu'il ne fallait pas toucher. Une fois les familles séparées, elles avaient vécu plus simplement, dans un grand appartement lumineux de West End Avenue, avec une seule domestique, hormis la nurse, pour faire le ménage et la cuisine. Les deux mondes étaient cependant restés étroitement liés. Shrimp se rappelait les visites des magnifiques épouses des jeunes oncles de sa mère : elles arrivaient ensemble certains après-midi d'hiver, leurs joues rosies de froid, leurs chapeaux tels de joyeux nids d'oiseaux perchés au sommet de leurs coiffures élaborées, arrimés par des voiles bien tendus sur leurs jolis nez dépourvus de poudre. Il y avait toujours des violettes ou des gardénias épinglés à leurs fourrures, et des bottines à boutons qui dépassaient de leurs volumineux jupons volantés. Elle avait dû une fois ou deux être autorisée à assister aux réceptions de ses grands-parents, car elle revoyait les petits orchestres solennels, ainsi que les bijoux et les robes des femmes, avec leurs tailles cintrées et leurs décolletés, sans oublier leurs manches ballon dans des teintes foncées de satin, de velours ou de taffetas incrusté de perles. Elle se souvenait de la lumière qui baignait les épaules blanches et des bouffées de parfum qui se mêlaient à l'arôme des cigares et à la senteur des œillets : les hommes les portaient à la boutonnière à côté des chaînes de montre en or qui étincelaient sur le noir de leur habit.

La nouvelle maison offrait d'autres plaisirs, plus simples, plus sensuels : le luxe de la maladie, avec les fièvres, les vertiges et les langueurs d'une longue quarantaine due à la diphtérie, quand ma grand-tante était restée alitée stores fermés, à entendre les cris des chiffonniers et des marchandes de fleurs dans la rue, ou les musiciens ambulants qui donnaient la sérénade le soir dans la cour de leur immeuble et à qui elle avait le droit de jeter des pièces, emballées dans du papier pour qu'elles ne s'éparpillent pas. Elle revoyait les chats dans la cour et les chevaux accablés qui tiraient les chariots des marchands, le singe du joueur d'orgue de Barbarie avec son uniforme rouge à galons dorés, et le splendide dalmatien qui trônait à l'avant de la voiture de pompiers, tandis que le hurlement de sa sirène à manivelle transperçait sur Broadway le vacarme des tramways, couvrant aussi bien le tintamarre des cloches que le fracas des wagons bringuebalant sur les rails.

Quand Shrimp eut six ans, après l'enterrement de Samuel, auquel elle ne fut pas autorisée à assister, leur grand-mère vint habiter chez eux, dans une petite suite donnant sur le vestibule. Elle souffrait à ce moment-là d'une maladie du cœur, et les filles avaient ordre de ne pas faire de bruit lorsqu'elles passaient devant sa porte. Mirabel lui apportait son petit déjeuner sur un plateau, et tard dans la matinée les enfants apercevaient Elizabeth Woolf en train de prendre son thé en liseuse chinoise brodée, les cheveux dans une résille, un bouquet de fleurs à côté d'elle sur une petite table, au milieu des photos dans leurs cadres en argent et des flacons opaques bleus ou marron renfermant des médicaments.

Le soir, leur père rentrait du bureau muni d'un journal qu'il lisait de A à Z dans un fauteuil, éclairé par un lampadaire doté d'un abat-jour à franges. Là encore, on leur demandait de garder le silence, mais il ne fait guère de doute qu'elles le dérangeaient fréquemment. Il y avait un piano mécanique dans le salon, et, s'installant avec elles sur le tabouret, il plaçait ses longs doigts élégants sur leurs menottes, tandis que, épousant les mouvements des touches, elles faisaient comme si c'étaient elles qui créaient les mélodies de *Moments Musicaux** ou de *La Danse des Heures* que produisait, du fond du coffre en acajou noir de l'instrument, le rouleau en laiton hérissé de picots.

Le samedi après-midi, quand Mirabel les envoyait prendre l'air, Tennessee emmenait souvent les filles voir un film, de préférence un drame avec Wallace Reid ou Lillian Gish, après quoi il avouait tout contrit qu'ils s'étaient fourvoyés et avaient atterri « par mégarde » dans un cinéma. Parfois, il les emmenait au music-hall applaudir les numéros comiques dont il raffolait et qui étaient compris dans le tarif famille du Palace, mais ils évitaient le Minsky's.

Si attentionné qu'il soit et si délicieusement enfantins que soient ses amusements, son père, en raison de ses heures de bureau, de son maintien majestueux et de son âge avancé, demeurait pour Shrimp un être lointain. Même son soupçon d'accent exotique et sa grande taille l'isolaient de Mirabel et de ses enfants. Leur grand-mère, bien sûr, était elle aussi une présence lointaine, protégée des activités quotidiennes de la maisonnée tant par sa santé précaire que par son rang. La cuisinière irlandaise n'avait pas grand-chose pour les attirer, et elles n'éprouvaient aucun attachement pour leur nurse. Quant à leur mère chérie, elle incarnait une sorte d'ordre dans l'univers, omniprésente, protectrice, aimante, mais impossible à distinguer du reste de leur environnement physique, puisqu'elle figurait par essence une forme de sécurité, de continuité et de lumière. Dans sa prime enfance, Shrimp vouait une passion obsessionnelle non à aucun de ses aînés, mais à sa petite sœur. Dès le début, et pendant longtemps, Emma fut l'objet de son amour. La maison familiale et l'enfance n'étaient que la toile de fond de cette passion débordante.

Mirabel avait tendance, peut-être par sens pratique, à traiter les deux sœurs comme si elles étaient une seule et unique personne, un prolongement d'elle-même, et par conséquent chacune une version de l'autre. Elle les habillait de manière identique, leur achetait des poupées identiques, et les envoya, quand elles eurent l'âge requis, dans les mêmes écoles. D'abord chez *Madame** Tisney, et plus tard à la PSJ. Pendant un temps, elles parurent se conformer à l'idée que leur mère se faisait d'elles, aussi ravies de bien se tenir que de se ressembler. Elles étaient exclusives et inséparables, tant à la maison qu'à l'école, où, bien que dans des classes différentes, elles s'arrangeaient pour se retrouver à la moindre occasion, exactement comme si personne d'autre au monde n'existait, malgré le fait qu'elles étaient souvent taquinées pour cela, voire quelquefois agressées par d'autres enfants, et même punies par leurs professeurs.

Mais si Mirabel ne faisait pas la différence entre les deux sœurs, et qu'elles-mêmes ne voulaient pas la faire, la nature avait d'autres intentions. Telle une seule cellule, elles commencèrent bientôt à se diviser et, toujours comme s'il n'existait personne alentour, à se former l'une par rapport à l'autre. Il se passa néanmoins l'inverse de ce qui aurait dû arriver, car, des deux sœurs, ce fut la cadette qui acquit la forme la plus aboutie. Physiquement, et dès le départ, les traits d'Emma étaient plus définis, ses yeux plus foncés, ses pommettes plus hautes, son teint plus délicat, exactement comme si l'artiste, ayant ébauché le projet général dans la première enfant, avait disposé du temps et du savoir-faire nécessaires pour le parachever dans la seconde.

Côté caractère, aussi, Emma avait toujours montré les qualités qu'on attendrait plutôt d'une sœur aînée vis-à-vis d'une cadette. C'était elle qui inventait leurs jeux et lançait les expéditions, elle l'aventurière, bien plus courageuse, depuis le début plus indépendante, comme si, quelle que soit la situation, elle n'avait rien à craindre parce qu'elle avait déjà tout fait. À Shokan, tandis que Shrimp renâclait lors des promenades, s'inquiétait de la boue sur ses vêtements ou de la profondeur de l'eau dans un étang, refusait d'apprendre à plonger ou de danser avec des garçons, Emma n'hésitait jamais. Avec une supériorité aussi systématique qu'étrangement inconsciente, elle nageait plus loin, grimpait plus haut, courait plus vite, gardait les secrets plus longtemps ou relevait les défis plus vaillamment, tout en acceptant sans impatience ni jugement les limites de sa sœur aînée.

Mais Shrimp se jugeait elle-même. Ses faiblesses et son tempérament craintif étaient pour elle un tourment. Les reproches qu'elle s'adressait devinrent un fardeau permanent, et firent bientôt partie intégrante de sa conception d'elle-même. Elle se mit à redouter le rejet inévitable de sa sœur, se persuadant que leur lien était fondé sur le fait que sa cadette n'avait pas encore pris la mesure de ses propres vertus. Peut-être, provisoirement, Shrimp s'en était-elle sortie, étant juste ce qu'il faut plus âgée pour qu'Emma la traite en égale, juste ce qu'il faut plus grande, plus forte, expérimentée depuis juste ce qu'il faut plus longtemps pour dissimuler à sa sœur ce qu'elle savait déjà : qu'elle était simplement plus terne, plus timorée, moins imaginative, moins jolie, bref, beaucoup moins douée pour la vie que sa sœur. Il en allait ainsi non seulement dans l'instant présent, mais dans l'absolu immuable. Et ce qui rendait la chose plus désespérée encore, c'était que Shrimp savait ce qu'impliquaient leurs différences et Emma non. À l'école et à Shokan, Emma ne remarquait même pas que les autres enfants admiraient son audace, et que, s'ils respectaient Shrimp, c'était uniquement parce qu'elle était sa sœur. Plus tard, mais pas beaucoup plus, elle n'avait aucune idée de l'effet qu'elle produisait sur les garçons. À quatorze, quinze ans, Shrimp voyait bien que ses visiteurs – ces mêmes jeunes gens qui, en sa compagnie, se tortillaient et consultaient leur montre – s'animaient soudain, rosissaient et se mettaient à plastronner chaque fois que sa cadette entrait dans la pièce. Sur une photo d'elles à cette époque-là, Shrimp a quinze ans et Emma treize, mais Emma semble posséder la beauté la plus mûre. Shrimp n'est qu'une pâle version, plus floue et plus potelée, de sa sœur, désinvolte et élégante. Si l'aînée s'angoissait sur sa coiffure, ses tenues et son maquillage, la cadette ne faisait aucun cas de son apparence. Emma pouvait se mettre n'importe quoi sur le dos, peigner ses cheveux n'importe comment, et être quand même éblouissante. Face à une telle inégalité, Shrimp n'avait d'autre choix que de capituler, et sa jalousie, au pire, était tiède, vu sa propre adoration pour Emma et l'indifférence de celle-ci. La beauté, le courage, l'indépendance constituaient l'état naturel de sa sœur. Elle était aussi inconsciente de ses vertus qu'elle l'était de respirer.

Acceptant son manque de charisme et, de là, son infériorité par rapport à Emma, Shrimp entreprit de se frayer son propre chemin, plus banal, dans le monde. Si elle ne pouvait être une créature magique comme sa sœur, elle s'accommoderait des éloges ordinaires et d'une excellence conventionnelle. Elle devint une bonne élève, raffinée, dans ses manières comme dans son habillement. Elle transforma sa timidité en pudeur, tempéra ses désirs, et observa les aventures de sa sœur avec de moins en moins de regret. Approfondissant sa complicité avec Mirabel, elle devint la fille digne de confiance, fervent apôtre des valeurs d'attachement familial, d'amour romantique et de respect de la mode prônées par sa grand-mère. C'est Emma qui devint la rebelle : elle se mit à rejeter les plaisirs bourgeois de sa famille, le quotidien oppressant parmi les cousins, mais surtout la généreuse toute-puissance de Mirabel. Au lieu de l'amour, de la beauté, du succès dans le monde, choses dont elle se moquait parce qu'elles lui avaient été données d'office, elle se mit à rechercher la seule dont elle pensait qu'il lui faudrait faire des efforts pour l'obtenir : la liberté. Très tôt, elle décida de se débrouiller par elle-même, de n'être redevable à personne, et de vivre en artiste.

Sous sa grâce et son originalité, il y eut toujours quelque chose d'un peu dur chez Emma, une intransigeance dans son idée de la liberté et de la rectitude morale qui allait affecter tous les membres de sa famille. Mais les qualités qui pouvaient blesser sa mère et sa sœur, et qui faillirent anéantir ses filles, m'avaient probablement sauvée moi, dans mon enfance comme plus tard. Cependant, même petite, et totalement entichée de la guerrière que je connaissais, même alors, je la confondais souvent avec l'héroïne d'un livre de contes qu'elle avait coutume de me lire. J'avais beau l'aimer énormément, elle était toujours la Reine des Neiges, froide, belle et assez impitoyable.

Pour Mirabel, Emma était simplement sa fille adorée, douée de tous les charmes et de tous les talents malgré son caractère obstiné, et si elle regrettait de ne pas avoir avec elle l'intimité qu'elle avait eue avec sa propre mère, elle se consolait avec la compagnie de Shrimp, l'organisation de fêtes et de voyages en Europe, les conversations sur les garçons et les membres de la famille, les achats perpétuels et les débats sur les couleurs ou les longueurs d'ourlet. Une fois qu'Emma commença à suivre son propre chemin, Shrimp s'épanouit sous l'égide de sa mère, atteignant sa plénitude dans un monde où elle n'avait plus de rivale. S'il lui semblait parfois qu'Emma avait choisi une voie plus satisfaisante, quoique plus difficile, elle n'en goûtait pas moins son propre parcours. Elle devint une jeune femme élégante et, malgré la manie qu'elle avait de constamment se déprécier, une jeune femme accomplie. Elle fut une des premières filles admises à l'École de journalisme de Columbia, où elle alla après le lycée. Elle avait une superbe prestance à ce moment-là : ses yeux foncés étincelants sous des chapeaux de feutre coquettement posés de travers, elle arrivait désormais à camoufler son extrême timidité, et respirait littéralement l'optimisme.

Tout allait encore assez bien, je crois, à cette époque lointaine avant les mariages, ou du moins avant la déclaration de guerre d'Emma à Mirabel. C'était la façon dont elle était partie qui avait dû mettre un terme à l'idylle, à cette image parfaite de vie familiale, malgré les efforts déployés ensuite par Mirabel pour rétablir l'ancien Éden. Emma avait déjà abandonné le lycée pour aller étudier la peinture à l'Art Students League quand un jour elle disparut de la maison, sans prévenir, sans laisser de mot. Pendant toute une semaine, ses parents aux cent coups tentèrent de la retrouver. « Je revois papa quand il a reçu le télégramme, racontait Shrimp. Tout voûté au-dessus du grand radiateur, en train de pleurer de soulagement. » Les agents de Pinkerton avaient mis six jours pour la dépister, dans un hôtel de Minneapolis, la ville natale du sculpteur de vingt-six ans avec qui elle s'était enfuie. Elle n'avait que dix-sept ans.

Passons à la situation de ma grand-mère juste avant que les détectives ne la retrouvent dans cette chambre de motel à Minneapolis. Il faut que je vous la décrive en train d'attendre le retour de Vergil parti chercher du travail, assise en tailleur sur le divan de cette triste chambre, prise dans une tempête d'émotions contradictoires que ne trahissait en rien sa physionomie, plus calme que jamais. Ses cheveux bruns brillants étaient épais et coupés à la garçonne selon la mode de l'époque, courts sur la nuque et dégagés de son visage à la manière « classique » qui plaisait à Vergil parce qu'elle lui permettait de voir son ossature, son « armature », comme il disait. Elle avait des pommettes hautes et un long nez délicat, de grands yeux marron foncé souvent féroces, pénétrants, d'une franchise parfois troublante pour une fille aussi jeune. Sa peau était claire, très pâle sans maquillage. Elle était grande et mince, même sous son gros pull marin et sa jupe de laine informe, avec de longs membres gracieux. Elle avait l'air de l'athlète qu'elle était – elle nageait tous les jours à la piscine près de l'école, et ne se déplaçait qu'à pied, où qu'elle aille et quel que soit le temps : on la voyait marcher à longues enjambées, transportant ses carnets et ses pinceaux dans un cartable sur ses épaules, parcourant les trente pâtés de maisons entre son domicile et l'école deux fois par jour, même quand ce périple la faisait arriver en retard au dîner. Son profil était très fin et plutôt aristocratique. Vergil avait dessiné le visage d'Emma à de multiples reprises lorsqu'il avait fait sa connaissance, et plus tard elle avait accepté de poser nue dans la chambre qu'il occupait dans le bas de Broadway. Il l'avait dessinée allongée, assise, debout, avec amour, avec respect, avec lenteur, figurant ses membres par de longs traits au fusain, accentuant et ombrant inlassablement les os saillants de ses hanches et de ses épaules, les ondulations de ses magnifiques cheveux bruns. C'était la plus belle fille qu'il ait jamais vue, encore à moitié une enfant, mais déjà dotée d'une présence impressionnante, maîtresse d'elle-même et sans la moindre affectation, avec quelque chose de noble et parfois d'un peu effrayant dans sa beauté et son maintien. Il était fou d'elle, cela sautait aux yeux, et il était devenu difficile pour le couple de rester à l'Art Students League.

Assise sur le divan, promenant sa main sur le dessus-de-lit bon marché, elle s'efforçait de réfléchir à ce qu'elle éprouvait. Elle ressentait, d'abord, une folle et cruelle joie animale à l'idée d'avoir échappé au petit monde de New York, au train-train douillet si bien épousseté de West End Avenue, à la curiosité et aux insinuations de ses compagnons d'études. Elle éprouvait aussi un sentiment de triomphe à la pensée d'avoir pris le large avec un des plus beaux professeurs de l'école à peine quatre mois après avoir commencé là-bas, le professeur de sculpture, un homme blond aux sourcils foncés et à l'air rêveur que toutes les filles de sa classe – ou plutôt les jeunes femmes, vu que, pour la plupart, elles étaient nettement plus âgées qu'elle – cherchaient à séduire en minaudant de façon éhontée. Du fond de la salle, elles soupiraient en simulant le désarroi devant leur ouvrage, ouvrage que Vergil corrigeait avec patience sans montrer un seul instant qu'il voyait clair dans leur jeu. Avec ma grand-mère, ça avait été une autre chanson dès le départ. Si, bien sûr, il l'avait tout de suite repérée dans son cours à cause de sa jeunesse, elle s'était méprise quelque temps sur le véritable sens de ses attentions : les coups d'œil légèrement interrogateurs qu'il lançait dans sa direction, sa sollicitude quand il l'aidait à construire son armature et à envelopper sa sculpture dans un linge humide, tout cela pouvait passer pour les actes de prévenance d'un professeur plus âgé envers une élève beaucoup plus jeune. Mais certaines filles avaient commencé à la mettre en boîte là-dessus, à la traiter de « chouchou », de « star » et ainsi de suite, et Emma avait été obligée d'ouvrir les yeux.

Mais, depuis qu'elle s'était enfuie, elle était régulièrement saisie de sombres accès de panique devant ce qu'ils avaient fait. Elle n'accordait pas la plus petite pensée aux craintes de ses parents. Non pas qu'elle soit indifférente ; elle était tout bonnement incapable d'imaginer leur terreur, elle ne pouvait concevoir d'autre réaction chez eux que la surprise, ou une certaine admiration mêlée d'effroi devant son audace. Ils avaient sûrement compris à l'heure qu'il était qu'elle avait l'intention de construire sa vie sans eux. Combien de fois s'étaient-ils brouillés depuis un an et demi avant que Mirabel ne dise à papa que la volonté de leur fille était trop forte, et que peut-être Emma savait bel et bien ce qu'elle voulait ? Ainsi avait-elle abandonné le lycée avant le diplôme et attaqué les cours cet automne-là à l'Art Students League. À l'heure qu'il était, ses parents devaient simplement se répéter l'un à l'autre qu'Emma savait ce qu'elle voulait, et qu'il ne leur restait qu'à s'incliner. Sa mère n'avait-elle pas été forcée par ses parents à elle à aller contre ses désirs en épousant papa, et n'était-ce pas là l'occasion pour elle de faire preuve d'altruisme envers sa propre fille ? Et puis, s'ils ne comprenaient pas, il faudrait qu'ils s'y fassent. Elle, Emma, n'était pas sa sœur et ne se satisferait jamais de ce qui suffisait à combler Shrimp : pas question de piocher comme elle des leçons de vie dans les magazines féminins quand la vie elle-même était la grande aventure, *la grande aventure*, et que celle-ci l'appelait si farouchement à quitter sa chambre de West End Avenue qu'elle avait été obligée de partir. Et elle était partie, un point c'est tout.

Elle allait être une artiste et elle était prête à l'exil

après ce qu'ils avaient fait pour être ensemble. Évidemment, ils n'auraient pas pu être ensemble à New York. La seule idée de le présenter à ses parents, de l'amener dans cette maison avec tous ces beaux objets ennuyeux à l'intérieur, papa avec ses blagues et sa distinction laborieuse, et sa mère avec sa dignité pleine de patience et sa sollicitude... Elle aurait conquis Vergil par toutes ses cajoleries. Elle était donc partie avec lui, et ils étaient ensemble, mais voilà que cette panique aveugle l'envahissait, cette atroce sensation que quelque chose avait mal tourné... sinon, pourquoi ne se sentait-elle pas plus libre à la pensée de cette aventure qu'était sa vie ? Était-il possible que l'aventure ait déjà pris fin, si prématurément ?

Vergil avait lui aussi des parents, ce qu'elle n'avait pas envisagé, des luthériens gras et austères, plus conventionnels que les siens, d'après ce qu'il disait. De retour sur sa terre natale, il semblait même les redouter un peu. Il devenait maintenant tout penaud chaque fois qu'elle parlait d'eux, alors qu'à New York il avait toujours affiché une grande assurance. C'était pour cela qu'elle avait cru en lui et en partie pour cela qu'il lui plaisait, parce que sa nature libre et résolue s'accordait à la sienne. Mais ici, dans cette région balayée par les vents, avec, à eux deux, de l'argent encore seulement pour quelques jours et une décision à prendre, tout allait à vau-l'eau. Il s'était montré sec avec elle plusieurs fois, voire un peu méchant. Et puis, parfois, elle se sentait seule quand elle était avec lui. Il pouvait broyer du noir pendant des heures, se désintéresser d'elle et lui donner l'impression de ne plus exister, même à ses propres yeux. Son humeur se faisait plus noire encore lorsqu'il rentrait de chez ses parents ou de chez sa sœur, laquelle, à l'évidence, jubilait de voir que sa mirifique carrière artistique à New York avait capoté. Vergil n'était pas si spécial en fin de compte, et il allait devoir trimer, se serrer la ceinture et mener une vie assommante comme tout un chacun.

Emma fut presque soulagée quand les agents de Pinkerton débarquèrent, mais elle était furieuse de la méthode employée. Elle n'adressa pas la parole à ses parents pendant des jours après son retour à New York. De longues conférences eurent lieu entre son père et Vergil derrière la porte fermée du salon, après quoi Vergil rentra chez lui sans être autorisé à lui parler, et Mirabel vint taper doucement à la porte d'Emma en lui apportant à dîner sur un plateau. Cette dernière était agitée et morose, et, bien entendu, elle n'obtint pas la permission de retourner à l'école. Son père décréta qu'ils devaient se marier, et Emma se retrouva prise au piège. Incontestablement, le seul moyen d'échapper à sa famille était de partir avec Vergil, or le seul moyen de partir avec lui était de l'épouser. Sauf qu'Emma ne savait plus ce qu'elle voulait. La gentillesse de Mirabel était irrésistible ; Vergil succomba, et elle dut se soumettre à son tour. Ils offrirent au jeune homme un emploi dans la Compagnie d'Éventails, réglèrent pour six mois la location d'un petit appartement, et ce fut terminé. Puis ce fut réellement terminé quand Emma découvrit qu'elle était enceinte. Elle eut une fille la première année de son mariage et, dix-huit mois après, comme si elle reproduisait la vie de Mirabel, une autre fille. Elle n'avait pas vingt ans et se retrouvait avec deux nourrissons. Fini l'art, finie la liberté, et fini l'amour, ou à peu près. Rien que des bébés et pas de sommeil, des disputes avec Vergil, et l'inquiétude et l'ingérence constantes de Mirabel en grand-mère tantôt victorieuse tantôt contrariée, une Mirabel à laquelle Emma avait cherché à tout prix à se soustraire et à laquelle elle ne pourrait plus jamais échapper, parce que Mirabel, si elle ne la possédait pas, et elle ne la posséderait jamais, possédait bel et bien Vergil, corps et âme. Quant à Vergil, ce qui restait de lui finirait bientôt ailleurs, dans un lieu bizarre et horrible, que ma grand-mère prise au piège et recrue de fatigue était loin de pouvoir même imaginer.

« Il régnait en permanence une tension terrible dans la maison. Dans mon souvenir, il n'y avait que de la peur sous ce toit. Je n'ai pas souvenir d'une seule minute de bonheur quand j'étais petite. Ni même d'absence de peur. »

Telle fut la réponse de ma mère quand je l'interrogeai sur son enfance, il y a quinze ans de cela.

« J'entendais les disputes dans l'autre pièce, je ne comprenais pas. J'entendais ce qui ressemblait à des bruits d'oreillers sur lesquels on tape. J'avais peur que mon père ne me frappe... C'était toujours latent, prêt à éclater. Je savais que la violence touchait aussi ma mère, mais en fait je ne m'inquiétais pas pour elle parce qu'elle ne s'inquiétait pas beaucoup pour nous. Elle était sans doute trop absorbée par sa relation avec mon père et par son chagrin. J'avais conscience qu'il y avait d'épouvantables dissensions entre eux, et que tout était dominé par le côté moralisateur de mon père, son christianisme, et sa façon de se prendre pour Dieu sur terre.

« Quand j'étais toute petite, il avait l'habitude de m'arracher à ma mère et ma sœur pour me tenir sur ses genoux en me répétant le mot "Dieu" à n'en plus finir. J'étais terrorisée et je me souviens qu'il s'est passé quelque chose dans ma tête. Je ne sais pas ce que c'était, mais, à cet âge-là, la fièvre et la colère avec lesquelles cet homme cherchait à me bourrer le crâne... on aurait dit qu'il était missionné par cette chose invisible ; il la représentait et, si je ne comprenais pas ça, il allait se passer quelque chose. Un danger imminent me menaçait si je ne comprenais pas. Il ne me forçait pas à écouter, il me forçait à comprendre. Il m'a réellement, littéralement, insufflé la peur de l'enfer.

« Je me revois petite en train de lire une bande dessinée et lui surgissant brusquement derrière moi et me terrorisant sous prétexte que, à cinq ans, je me concentrais sur une bande dessinée, alors qu'il m'avait bien dit de ne fixer mon attention que sur Dieu... Après ça, je n'ai jamais pu me concentrer très longtemps sur quoi que ce soit, de toute ma vie.

« Il m'a fait aller à l'école de la science chrétienne, mais pas Constance ; il n'imposait qu'à moi tous ces trucs religieux. Je devais aller au catéchisme. Je me souviens que ça m'humiliait tellement que j'y voyais quelque chose d'ignoble, de clandestin, d'inavouable, comme une pièce secrète qui aurait renfermé un fétiche dégoûtant.

« Je me rappelle, j'étais au cinéma quand la phrase "Dieu est nul" m'est venue, et c'était la première fois, je me rappelle, que j'avais une pensée blasphématoire. J'étais un petit cerveau joyeux flottant dans l'espace avant ce moment-là. Et puis ces mots ont jailli dans ma tête "Dieu est nul" et je me souviens de la panique effroyable qui s'est emparée de moi, de pouvoir dire une chose pareille. Une panique que je n'ai jamais surmontée. »

Sur les photos les plus anciennes que j'ai de ma mère, elle ressemble à une petite Indienne avec ses cheveux noirs et ses yeux d'animal effarouché, le front creusé de rides inquiètes apparemment très anciennes. À côté d'elle, comme pour confirmer que Constance avait en effet été épargnée, s'affiche la placide tête blonde de sa petite sœur qui semble, comme toujours, ne connaître aucun souci dans la vie. Le seul bon souvenir que ma mère ait gardé de ses jeunes années est Angel, présence intermittente, allant et venant, là et pas là, pas toujours autorisée, et jamais assez pour la protéger de l'homme qui arrive de la chambre obscure pour la prendre dans ses bras, la serrer très fort et lui parler de Dieu.

La seule fois où j'ai rencontré mon grand-père, j'avais quatorze ans et je travaillais comme nounou dans une famille du Maine. D'une façon ou d'une autre, des amis communs à lui et à mon employeur avaient découvert son lien avec moi et, sans m'avertir de ce qui allait se passer, ils l'avaient invité à déjeuner et à profiter de leur piscine. Nous étions là en maillot de bain – ce détail n'a rien d'innocent, car, pubère depuis peu, j'étais à un âge où, ainsi exposée aux regards, je me sentais mal à l'aise et physiquement vulnérable – quand ils avaient fait sortir Vergil de l'ombre avec cette annonce qu'ils devaient juger délectable : « Voici ton grand-père ! » Mais on n'était pas vraiment dans *Heidi.* L'homme, tout comme son nom, m'avait fait penser à un mécanisme cassé, une manivelle ou une poignée, une pauvre relique aussi toc qu'inutile du folklore américain, tandis qu'il se tenait là dans le Maine en chemise à carreaux rustique, les yeux étrangement luisants ou larmoyants, avec l'expression traquée et coupable d'un chien qui s'attend à être puni. Il était « doux » à présent, ce monstre au visage blême de l'enfance de ma mère, un homme de Dieu frêle et brisé. Je me rappelle l'avoir instantanément méprisé. Il s'était approché pour dire, d'une voix suave et chevrotante, que j'étais belle, et j'avais éprouvé un écœurant sentiment de victoire, quelque chose que je ne comprenais pas, quelque chose qui ressemblait à la scène biblique de Suzanne et les Vieillards, un sentiment à la fois de honte, de révulsion et de triomphe sur un vieil homme brisé au regard à l'affût, quelqu'un que je pouvais blesser du simple fait de ma jeunesse. Je n'avais jamais répondu à aucun des messages qu'il m'avait envoyés à la suite de notre rencontre, des messages qui commençaient par « Ma chère petite petite-fille », pas plus que je n'avais accusé réception du billet de cinq dollars froissé qu'il avait joint à une de ses missives. Aujourd'hui, tout ce qui me reste de lui, à part l'enfer qu'il avait légué à ma mère, c'est son certificat de décès et une lettre, aussi pitoyable que lui-même l'avait paru à mes yeux, écrite par une maison de retraite publique à Bangor pour demander ce qu'il fallait faire des menus biens qu'il laissait, quelques sculptures, un ballot de vêtements.

J'ai une photo de ma mère avec son père. Elle a l'âge que j'avais quand je l'ai rencontré. Elle ressent de la honte, elle aussi, grande et efflanquée et portant une espèce de tenue du dimanche avec chapeau et manteau qui lui donne l'air d'une réfugiée, peut-être parce que c'est la fin des années 1930 et qu'elle paraît maigre, effrayée, habillée de vêtements qui ne sont pas les siens. Elle s'écarte presque imperceptiblement de lui sur la photo, tandis que, dans un geste paternel totalement artificiel, il lui pose sur l'épaule un bras possessif. Son expression ne dénote plus aucune puissance, plus rien n'y trahit la mission spéciale qu'il a reçue de Dieu. Mais peut-être se savait-il déjà sur la touche à ce moment-là, puisque c'est à peu près à cette époque qu'Emma et lui avaient divorcé. Peut-être sa gaucherie n'est-elle que celle du père en visite, et son affabilité celle d'un homme qui tâche de faire oublier sur cette photo officielle tout ce qu'il n'a pas réussi à être dans la réalité. Ma mère a l'air d'attendre que le photographe en finisse pour ne plus avoir à se tenir si près de lui, ne plus avoir cette main sur son épaule. Et il y a chez lui quelque chose de sexuellement douteux même ici, une sorte de contrition sur son visage, beau mais marqué par l'instabilité : on perçoit chez lui une nervosité d'homme faible, prompte à basculer dans la cruauté ou les larmes. Je me fais peut-être des idées, et aucun cliché ne saurait être à ce point chargé de sens. En tout cas, c'était l'un des derniers. Ma mère avait dans les quatorze ans quand Vergil disparut du paysage, et Emma, qui n'en avait encore que trente-deux, pouvait essayer de nouveau d'être libre… Sauf qu'il y avait les filles, et qu'il y avait Angel. En effet, débarrassée de Vergil et de Dieu, celle-ci pouvait maintenant se rapprocher davantage, et ce fut alors que, bien décidée à réparer les dégâts, elle commença à s'imposer dans la vie de ses petites-filles.

Si Emma, la fille rebelle de Mirabel, semblait ne s'être attiré que des ennuis en quittant le nid, Shrimp, la bonne fille de Mirabel, n'avait apparemment récolté que des lauriers pour son obéissance. Elle était restée une bonne fille, et une bonne étudiante. Elle avait fait un beau et prestigieux mariage après son séjour à Columbia, épousant Lars Hamilton, jeune journaliste star du *New York Herald* et homme à l'allure hollywoodienne – cheveux de Ronald Colman, yeux de Ramón Novarro –, et même si pendant un temps elle continua à écrire, publiant des nouvelles dans *Vanity Fair* et des articles dans le journal de son mari, elle était assez disposée à renoncer à sa carrière pour le bonheur supérieur de son mariage.

Un mariage qui, d'après ma grand-tante, fut amusant, amusant comme au cinéma, plein des facéties et du glamour d'une comédie des années trente, avec des salons de la taille de halls d'hôtel, des tenues extravagantes et des orchestres de boîte de nuit, des personnages de Harlem, de chez Sardi's et d'*Un million clé en main*. À mille lieues de la crise. Oui, ce mariage ressemblait plus à un film, un peu trop, d'ailleurs, car Lars fut muté à Hollywood pour couvrir le monde du cinéma, et l'existence joyeuse et élégante de Shrimp s'acheva brusquement quand, tel un petit gars de la cambrousse, il tomba follement amoureux d'une starlette oxygénée avec qui il disparut. À ce moment-là elle comprit que, décidément, elle n'était et n'avait toujours été que Shrimp, la sœur moins jolie d'Emma, la digne fille de la disgracieuse Mirabel, et alors Shrimp, à l'instar de sa mère, eut une dépression nerveuse, là-bas sur la côte Ouest, sauf que la sienne, plus logiquement, faisait suite à un divorce et non à une demande en mariage. « Un vrai cirque, me raconta-t-elle. Électrochocs et tout le toutim. Je suis allée à Reno en fauteuil roulant. » Elle rentra à la maison, comme si toute cette histoire n'avait été qu'un rêve, retrouver le refuge et la paix qu'offrait sa chère maman. Elle retint la leçon et, à partir de là, sembla juger absurde de retenter sa chance. Elle prit un emploi modeste et un appartement modeste, et les garda l'un comme l'autre, dans une solitude stoïque, durant les cinquante années suivantes.

Avec ses deux filles à la maison et redevenues célibataires, Mirabel était de nouveau dans son élément. La situation était presque la même qu'avant les mariages – les disputes avec Emma, la compagnie de Shrimp –, à ceci près qu'elle avait désormais la charge de deux fillettes supplémentaires. Vergil était parti, Lars était parti, puis Tennessee mourut et elle eut l'impression qu'il n'y avait plus qu'elle pour subvenir aux besoins de ce petit monde. À l'âge de soixante-deux ans, sans avoir jamais travaillé de sa vie, Mirabel prit les rênes de la Compagnie d'Éventails, entamant une routine qu'elle observa jusqu'à l'année de sa mort : elle se rendait au bureau tous les matins à sept heures et rentrait douze heures plus tard pour s'occuper de ses filles et petites-filles et maintenir la cohésion de la famille, exactement comme elle l'avait toujours fait.

Ma mère n'était pas ravie des efforts renouvelés d'Emma pour acquérir sa liberté. Maintenant qu'elle avait échappé à la domination pernicieuse de son père, à l'aberration de cette Science chrétienne qui l'isolait de ses camarades de classe, aux disputes et à l'atmosphère pesamment sexuelle du logis qui la perturbaient et la mettaient toujours un peu mal à l'aise, ce qu'elle désirait, c'était un semblant de vie ordinaire, comme celle qu'elle avait eu l'occasion d'entrevoir lors de ses visites chez ses grands-parents.

Mais son vœu ne serait pas exaucé. Les querelles entre Emma et Mirabel ne firent que s'intensifier après le départ de Vergil. Pire, les disputes semblaient toujours porter sur l'éducation de sa sœur et la sienne. Emma, résolue à s'établir enfin comme artiste et comme femme libre, tenait à embarquer ses filles dans l'aventure. De l'avis de Mirabel, tant qu'Emma n'aurait pas trouvé ses marques dans la bohème, il valait mieux que les fillettes restent vivre avec elle.

Pendant quelques années, au début de leur adolescence, Bett et Constance se partagèrent entre ces deux mères, tantôt habitant le luxueux appartement d'Angel sur Central Park South, où elles étaient servies par une domestique irlandaise et envoyées à l'école dans des habits neufs avec de l'argent en poche, tantôt embrassant l'existence précaire de leur mère dans une série de logements que Bett trouvait totalement dénués de romantisme. À la sortie de l'école, les sœurs devaient cheminer par des rues de Greenwich Village qui grouillaient de chats et de musiciens, afin de rejoindre une mansarde sans eau chaude où, dans les odeurs de peinture et de térébenthine, d'argile et de plâtre, elles faisaient leurs devoirs, coude à coude avec les amis de leur mère, des « olibrius » aux opinions bizarres et aux manières plus bizarres encore, des étrangers aux cheveux longs joueurs d'harmonica, des soupirants unijambistes ou des Roméo très mariés, des Péruviens de passage et des marginaux de tout poil, des « originaux » dont Bett et Constance redoutaient qu'ils finissent un jour dans la peau de quelque deuxième papa fort embarrassant.

À côté de l'amour et de la bienveillance inconditionnels qu'Angel semblait libéralement prodiguer, la manière qu'avait Emma de lésiner sur son approbation faisait froid dans le dos. Les potins prudents de ma mère sur les stars de cinéma ou la vie scolaire étaient accueillis par un silence glacial, un sévère pincement des lèvres ou un brusque changement de sujet. Les choses qui importaient dans la vie, comme le soulignait Emma avec une insistance oppressante, étaient l'intégrité, l'honneur, l'accomplissement de soi, certaines disciplines artistiques, et, par-dessus tout, le « sens des réalités », expression qui ne pouvait que signifier, là encore, qu'Emma n'approuvait pas les cadeaux vestimentaires ou financiers d'Angel, et qu'elle était déçue de voir que ses filles n'avaient pas suffisamment d'orgueil ou d'indépendance pour les refuser. À cet égard, ma mère serait écartelée toute sa vie : les cadeaux et l'argent étaient pour elle un signe d'amour, et la réalité, une chose qui s'accrochait à vous de toute façon, vous entraînait vers le bas, et avait la ferme intention d'en finir avec vous.

Les choses continuèrent donc ainsi tandis que Bett et Constance grandissaient, une année après l'autre de disputes phénoménales, d'allées et venues entre une mère réprobatrice et une grand-mère trop complaisante, jusqu'à ce que, peu avant la fin des études secondaires de ma mère, le miracle se produise et qu'Emma accepte de laisser partir ses filles. Ma mère avait dix-sept ans et Constance quinze lorsqu'elles allèrent vivre pour de bon avec Angel, dans ce qui leur parut toujours, rétrospectivement, une sorte de paradis.

Elles n'étaient plus les réfugiées maigrichonnes des photos prises quatre ans auparavant. Les physiques juvéniles aux genoux osseux, les allures de Bambi effrayé, avaient cédé la place à quelque chose qui ressemblait à de l'assurance. Rien d'étonnant, d'ailleurs. Quoi qu'on puisse dire d'autre à leur sujet, tout le monde s'accordait à reconnaître que les sœurs étaient extraordinairement belles, avec les jambes fuselées et la mince silhouette de leur mère, ses pommettes hautes et son long nez élégant (les grands nez « coulaient de source » dans la famille, aimait à plaisanter Constance). Dans la rue, elles formaient un duo saisissant sur lequel les têtes se retournaient. Bett, un mètre soixante-dix-sept, peau pâle, yeux et cheveux foncés, et Constance, blonde aux yeux bleus mesurant plus d'un mètre quatre-vingts. Quand elles sortaient avec Emma, qui, chacun s'en souvenait, avait été « la plus belle fille de New York » et faisait à peine plus âgée que ses filles, leur trio pouvait passer pour la fine fleur d'une agence de mannequins ; avec Angel, elles avaient l'air de deux précieuses héritières, accompagnées de leur chaperon lilliputien. Depuis quelques années déjà, elles devaient avoir conscience du pouvoir de leur physique, le seul qu'elles possédaient. Une fois chez Angel, elles commencèrent à l'utiliser, de manière éclatante. Dès l'instant où elles emménagèrent, la vie de la maison se mit, dit-on, à tourner autour des filles et de leurs « galants », un terme qui constituait une survivance du langage familial, et devait son usage à l'empreinte par ailleurs assez peu marquante de leur grand-père Tennessee. Pendant tout le milieu des années quarante, les fauteuils et les sofas du salon accueillirent des jeunes gens assis du bout des fesses qui, choyés dans la journée par la bonne irlandaise, divertis le soir par Angel, attendaient que les filles fassent leur apparition.

Ma mère se souvient de cadets de West Point et de jeunes lieutenants, des GI's égarés qu'Angel ramassait dans la rue et invitait chez elle à rencontrer les filles, comme si toutes trois ne faisaient qu'apporter par là leur humble contribution à l'effort de guerre. Bien qu'on ne peut plus correct, le tableau de cette petite dame assez vilaine papotant, buvant et jouant aux cartes avec des jeunes gens appâtés par ses petites-filles était indéniablement bizarre. Mais la réponse d'Angel à ceux qui remettaient en cause son hospitalité était toujours indignée et toujours identique : « Je fais confiance à mes petites. » Ainsi s'ouvrit pour Bett et Constance une vie d'ébriété et de grasses matinées continuelles, une vie d'amour, de fêtes et de soirées au Stork Club, une glorieuse époque où il faisait bon être belles et choyées, appréciées, heureuses et libres.

Depuis qu'elles avaient été l'objet du conflit familial consécutif au divorce de Vergil et Emma, Bett et Constance étaient dénommées collectivement « les filles ». Mais leur situation commune – la peur et la haine de leur père, leur besoin de leur mère et leur rejet par elle, leur vie épisodique chez Angel – camouflait des différences de caractère qui se firent jour une fois disparus leurs ennemis communs. Comme les sœurs de la génération précédente, Bett et Constance avaient connu l'union dans l'enfance et l'opposition plus tard. Mais contrairement à Shrimp et Emma, elles ne maintinrent pas leur entente fraternelle en attendant que la vie les laisse suivre leurs voies respectives. Chez Angel, leurs disputes commencèrent sérieusement. Ayant grandi à la fois privées de mère et surmaternées, et ayant eu de ce fait une cible trop changeante pour permettre la rébellion, elles estimèrent plus facile de se définir par la division, au moyen d'un affrontement systématique. Étant donné qu'elles étaient aussi courtisées l'une que l'autre, ce n'était pas un simple problème de jalousie. Elles ne se disputaient pas un trophée commun. Non, chacune combattait en méprisant les goûts de l'autre.

Physiquement, Constance avait quelque chose d'une Grace Kelly sans maquillage : cheveux blonds raides et soyeux et long corps gracile, elle affichait une attitude de réserve hautaine, un style qu'elle avait adopté pour se guérir de l'horrible timidité de son adolescence maigrichonne privée d'amour. Le dédain devint bientôt son arme, associé à une affectation précoce de snobisme. Elle avait de la repartie, décochant des traits acérés qui faisaient que les personnes alentour étaient tantôt gênées, tantôt flattées d'être prises comme alliées dans ses guerres contre l'Autre. Elle était d'un égotisme absolu et régalait ses relations, si récentes soient-elles, de mille anecdotes où elle brillait par sa beauté ou son intelligence, ou de récits amusants où elle humiliait avec panache des esprits vulgaires ou imbéciles.

Ma mère, pour sa part, suivit des cours de théâtre,

espérant se ranger un jour parmi les idoles d'Hollywood. Ses photos publicitaires montrent qu'elle privilégiait le look Rita Hayworth, cheveux au vent, lèvres humides entrouvertes et poitrine aussi généreuse qu'elle pouvait la faire paraître. Elle avait débuté à Broadway – un petit rôle, mais le rôle-titre, lequel, détail significatif, était « La Fille qui n'a pas froid aux yeux ». Tout aussi significative, me semble-t-il, fut la manière dont sa carrière s'acheva soudain lors de sa première et unique représentation, quand ses nerfs lâchèrent, que les mots lui manquèrent et que le rideau tomba. Le trac allait s'avérer l'affliction chronique de ma mère. Elle avait toujours le physique du rôle, mais ne savait jamais le texte.

Un après-midi, peu après le jour de la Victoire en Europe, elles étaient chez Angel, Bett s'escrimant à mémoriser son texte et Constance expérimentant diverses poses devant la glace, ou plutôt, selon Shrimp, toutes deux « flemmardant », encore dans le cirage, dans l'attente que Mirabel revienne du bureau et qu'il soit l'heure de ressortir… c'est dans ces eaux-là que les filles tombèrent sur mon père.

Mon père me dit un jour, de sa voix grave et modulée, à propos du fait que je partais en vacances avec un petit ami – cela alors que j'avais dix-neuf ans et que le reste du monde se vautrait dans la débauche des années hippies –, que je devais penser à ma réputation, laquelle, une fois endommagée, « comme le communisme, reste inscrite dans ton dossier ». « Il y a, ajouta-t-il avec le plus grand sérieux, des femmes qu'on épouse et des femmes qu'on emmène en boîte de nuit. » Il n'empêche que ce fut sur une banquette en peau de zèbre du El Morocco qu'il rencontra Constance, qui le présenta ensuite à Angel et Bett.

Le mariage de ma mère, comme celui de Shrimp, aurait fait un bon film, un peu plus rapide dans son déroulement, et plus mélodramatique, dont l'intrigue pouvait être brièvement exposée : une belle jeune femme américaine suit son époux, un grand et mystérieux Anglais, dans le Londres de l'après-guerre, où l'amour innocent se voit écrasé par les forces du climat, du rationnement, de l'infidélité et d'une belle-famille lugubre. Ma mère, qui adorait tout ce qu'elle connaissait de l'Angleterre – les *bobbies* et le brouillard, le Royal Ascot, Basil Rathbone et Mrs Miniver –, n'était pas préparée à ce qui l'attendait : de longues journées et de longues nuits à s'occuper d'un bébé dans un sous-sol humide sans chauffage, pendant que son mari se promenait en ville dans sa Bentley en fumant des cigares, à la recherche d'investissements à risque. Il y avait le froid, les privations en tout genre, une solitude aussi soudaine qu'inexplicable, et l'horreur de la mission assignée à toute jeune épouse en Angleterre : une mission dont ma mère, en terre étrangère, ou du moins en cette terre étrangère, cette nation de « gens difformes et affreusement vilains », où il n'y avait « jamais de soleil dans le ciel » et « tellement rien dans les boutiques qu'il fallait manger du lapin », était incapable de s'acquitter. Comme dérivatif à la vie à Londres, il y avait les week-ends terrifiants dans l'énorme manoir lui aussi sans chauffage de ses beaux-parents, la féroce et maussade Lady Massingham et son distant et silencieux mari, Sir Edward. La décision de mon père d'épouser une « actrice américaine », une « Juive », comme je l'entendis qualifier par la suite, avait du mal à passer ; tout comme passaient mal ses vrais bas de soie et son obstination à changer le bébé *dans le salon* – scandale qui eut la vie assez dure pour me revenir aux oreilles seize ans plus tard.

Pour finir, ils se scandalisèrent mutuellement et, moins de deux ans après son mariage, Bett, de nouveau dans l'appartement de New York, racontait à Angel, Shrimp et Constance la scène de l'aéroport, où sa belle-mère avait agrippé la jambe du bébé en disant d'un ton sifflant : « Laissez-la-nous, vous ne pourrez jamais lui donner ce que nous pouvons lui offrir. » Ma mère lui avait arraché l'enfant des mains et s'était précipitée en larmes vers l'avion qui devait nous ramener dans le monde libre. Elle s'était malgré tout arrêtée pour accepter le mouchoir que lui tendait Sir Edward dans « le seul geste de bonté qu'ils aient jamais eu à mon égard », et qui expliquait qu'elle ait conservé une certaine tendresse envers son ex-beau-père dans les années suivantes.

Avec le retour de Bett, accompagnée de sa fille,

la famille avait retrouvé sa complétude féminine : la veuve Mirabel (Angel) et ses deux filles, la bonne fille Shrimp (officiellement prénommée Elizabeth, comme la mère d'Angel) et Emma, sa mauvaise fille ; la bonne fille d'Emma, Bett (qui devait son prénom à Shrimp), et sa mauvaise fille, Constance ; et maintenant la fille de Bett, qui avait reçu le nom de Constance et qui, plus tard, à la suite d'une dispute avec cette dernière, avait été rebaptisée Helen. Nous étions maintenant au nombre de six, quatre générations quasi mystiques dans leur symétrie manichéenne et leur simplicité mendélienne, un ovale inexpugnable, un ovoïde de solitude féminine qui se présentait ainsi :

Schéma généalogique :

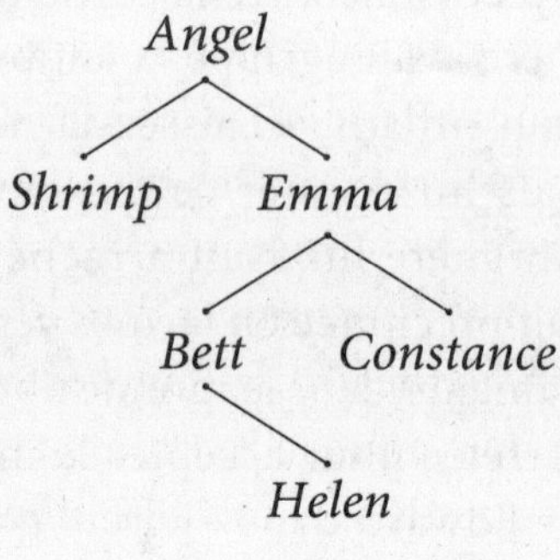

À cette époque-là, on pouvait se marier et se raviser assez vite. Le divorce prenait un peu plus de temps et, dans le cas de mes parents, la procédure devait avoir lieu en Angleterre. Après son départ spectaculaire, ma mère fut donc obligée de retourner plusieurs fois là-bas afin de négocier avec les avocats de mon père et les siens. Lors de ces voyages, je l'accompagnais dans l'avion avant d'être déposée au Panda Hotel, un établissement élégant bien qu'insolite de Kensington, exclusivement réservé aux enfants. Le divorce mit cinq ans à être prononcé, avec une indemnité forfaitaire de cinq mille livres, proscrivant toute demande ultérieure de soutien financier. Avec cette somme, ma mère fut enfin à même de financer la dépression nerveuse apparemment de tradition avant ou après un mariage.

Avant de parvenir à cet accord, toutefois, ma mère dut se débrouiller pour gagner sa vie et la mienne, et alors que Constance habitait encore chez Angel, présidant son salon et travaillant comme mannequin, Bett se mit à assister Emma dans ses projets de sculpture commerciale : parties de statues, socles de lampes, cendriers et autres bricoles décoratives, le genre d'objets qu'Emma devait fabriquer pour pouvoir s'adonner à son œuvre d'artiste « sérieuse ». Contrairement au théâtre, la sculpture se révéla être une activité pour laquelle ma mère était douée, et tant qu'il était question de travail et non d'« art », elle arrivait à y prendre du plaisir. L'art, comme on le lui avait inculqué depuis l'enfance, était l'étendard sous lequel Emma avait fui la famille et abandonné Angel, sous lequel Constance et elles avaient été négligées et à cause duquel elle s'était sentie si torturée par la gêne à l'école. Comme Dieu, l'Art était pour ma mère un horrible gros mot. En outre, elle se montra toujours ambivalente au regard de son propre talent artistique, talent que, comme ses commandes, elle tenait d'Emma. Je me suis laissé dire que, malgré les tentatives de celle-ci pour l'aider, les disputes entre la mère et la fille étaient incessantes (exactement comme dans la génération précédente), et que ma mère empêchait Emma de me voir, en punition de son indifférence d'autrefois. Le fait est que je n'ai pas de souvenir lointain de ma grand-mère, pas plus que de mon père, de Shrimp ou de Constance. Mon univers se limita entièrement, et pendant longtemps, à ma mère.

En tout cas, nous nous retrouvâmes vraiment seules assez vite. Quand, en 1951, l'impensable arriva et qu'Angel mourut, quand l'entreprise familiale fut vendue et l'appartement vidé, la famille se dispersa. L'entreprise, qui avait subsisté un peu plus de soixante-quinze ans et nourri cinq générations, s'avérait aujourd'hui ne valoir quasiment rien, et Mirabel, qui avait travaillé dix heures par jour jusqu'à son soixante-treizième et dernier anniversaire, se révéla ne pas avoir été la brillante femme d'affaires que tout le monde supposait, ou du moins que son attitude éternellement joyeuse et calme laissait imaginer. Tout cela était une illusion, et Angel, le grand manitou pacificateur, n'avait simplement pas voulu, comme à son habitude, embêter quiconque avec ses problèmes, ni inquiéter aucune de ses filles, dont les vies étaient déjà assez compliquées. D'ailleurs, à qui aurait-elle pu se confier ? Pas à Emma dans sa bohème, pas à Shrimp dans sa solitude, pas à Constance au Stork Club, et encore moins à cette « pauvre petite Bett », qui naviguait constamment entre New York et le Panda Hotel. Après trois quarts de siècle passés à entretenir tous les canards boiteux épousés ainsi que leurs rejetons féminins, la vache à lait familiale s'était tarie, et à partir de là personne ne fut plus en mesure de garder un tant soit peu le « sens des réalités ».

Quand le peu qui restait fut divisé entre les femmes, les filles rebelles s'en allèrent. Emma partit peindre en Espagne. Constance se rendit à Madrid, où elle rencontra un anthropologue espagnol qu'elle accompagna dans une expédition au Sahara. Les bonnes filles restèrent sur place : Shrimp dans sa solitude et Bett dans son coin, libérée pour le moment d'Emma et de Constance, privée d'Angel, et désormais seule à seule avec moi.

PREMIÈRE PARTIE

Femmes

Un

Quand j'étais petite, je ne connaissais rien de cette histoire de ma mère, et rien des autres. Je ne connaissais que Bett et le désir rapace que j'avais d'elle. C'était un état de besoin si violent, puisque nous étions si souvent séparées, que je ne saurais le comparer qu'à l'état amoureux. Pas seulement le comparer. Laissez-moi tout de suite préciser que, quand j'étais enfant, j'étais totalement et passionnément amoureuse de ma mère. Mon existence, passée en si grande partie loin d'elle, était hantée par son absence, mon présent complètement imbibé et coloré par l'obsession du lieu où je n'étais pas. Je connaissais deux mondes dans mon enfance, deux mondes distincts et simultanés, un monde de choses, qui était immédiat et sensuel, et, parallèlement, un monde dont j'avais conscience en permanence : cet autre monde désiré qui était elle. C'était quand ces deux mondes étaient réunis, uniquement quand elle devenait mon présent concret et sensuel, c'était là seulement que je me sentais entière.

Je menais cette vie fracturée dans un endroit appelé Mirrenwood, une petite pension pour filles du New Hampshire. Je soupçonne aujourd'hui que cette école avait été choisie pour son nom, qui rappelait confusément à Bett sa grand-mère bien-aimée. Abandonner sa fille au profit d'une évocation de Mirabel constituait la répétition – accompagnée d'un double sentiment de deuil (la perte de Mirabel et la mienne) – d'un renoncement effectué de manière très différente une décennie précédente par Emma. Pour moi, bien sûr, l'école n'était en rien un refuge, mais un lieu d'exil.

Un dimanche au milieu des années cinquante, j'étais assise sur un perron en bois, harnachée de mon uniforme bleu marine dans la chaleur précoce du mois de mai. Le soleil baignait mes vêtements et accentuait l'odeur de la peinture gris pâle de la véranda où les filles autorisées à déjeuner dehors avec leurs parents étaient censées patienter. J'étais là toute seule, les autres étant déjà parties, enlevées une par une en petites explosions à mesure que chaque voiture arrivait pour retirer une fille de notre groupe. Cela me plaisait bien d'être seule, assise sur ces marches en sachant ma mère en chemin. Dans l'allée, les haies de buis dégageaient un parfum suave et âcre, qui se mêlait aux effluves de pétrole du goudron brûlant. Des taches huileuses irisaient les flaques noires d'où émergeaient mystérieusement après les pluies des vers de printemps. Quand le soleil se renforçait, elles devenaient en séchant d'un orangé boueux, ou bien refusaient de sécher, demeurant assez profondes pour refléter dans les ornières et les trous les ombres mouvantes des arbres en surplomb qui, énormes et séculaires, s'arquaient au-dessus de l'entrée de l'école et marquaient notre séparation d'avec le monde extérieur.

Comme ma mère était en retard, j'entendais le bruit des autres élèves en train de déjeuner à l'intérieur, le vacarme des assiettes et des couverts et les voix excitées des filles attendant avec impatience des parents qui viendraient à trois heures et repartiraient à six heures, moment où toute l'école se rassemblerait pour la maigre consolation de Walt Disney et Ed Sullivan. Il y avait aussi les sourires de dessins animés des jumeaux Campbell avec leur coupe au bol, se tenant la main et chantant des chansons publicitaires pour la soupe avant et pendant *Lassie*. Cette série télévisée commençait chaque semaine par le même long cri du petit garçon appelant son chien, un cri que je trouvais plein de désespoir, et qui restait suspendu dans les airs assez longtemps pour que l'étreinte, vers laquelle Lassie bondissait avec toute la force de son corps maternel, symbolise tout ce que nous venions collectivement de quitter.

De l'endroit où je me trouvais, je jouissais d'une vue insolite. Normalement, l'école commençait pour nous de l'autre côté du bâtiment, aux entrées de derrière, avec les terrains de sport en contrebas et à droite le sentier en ardoise menant aux salles de classe derrière lesquelles s'étendaient les pelouses et les vergers. De ce côté-ci, le monde extérieur était plus proche et l'école comme raccourcie : je ne voyais que l'allée avec ses haies triangulaires et les grands arbres mouvants : embaumant aujourd'hui l'atmosphère, leurs parfums résonnaient telles des caisses claires en se heurtant aux effluves du déjeuner dominical, tandis que leurs oscillations me titillaient d'une manière légèrement érotique. Ainsi aguichée, j'attendais Bett et l'apparition du taxi local lorsqu'il tournerait, noir et brillant comme un véhicule de cérémonie, avec le gros visage las du chauffeur à l'avant et, à l'arrière, ce que je pourrais distinguer de ma mère : une série de petits mouvements, une compression d'énergie, l'association immédiatement identifiable des yeux foncés et du teint pâle, et puis, plus clairement à mesure que le taxi approchait, des gestes à mon adresse mimant l'excitation et en même temps, à cause du retard habituel, la contrition. Mais je ne détestais pas l'attendre. Je savais que son arrivée transformerait ma vie de fond en comble et que s'écouleraient de longues heures avant que je ne commence à redouter la séparation, de longues heures où je ne compterais pas, ne calculerais pas, ne me protégerais pas, mais me contenterais d'être, comme je le pouvais seulement quand j'étais avec elle : hors du temps et complète.

J'avais huit ans alors et cela faisait trois ans que j'étais à Mirrenwood. Au début, j'attendais poliment et, chaque mercredi et samedi après-midi, rédigeais selon les instructions des petits mots sur le papier à lettres naïf que nous avions toutes, orné de ballons de couleur ou avec des teckels qui gambadaient dans les marges. Sur des lignes tracées à la règle, nous recopiions au crayon les pitoyables messages que l'institutrice inscrivait au tableau : CHER PAPA/ CHÈRE MAMAN, JE SUIS TRÈS HEUREUSE À L'ÉCOLE. Guidée par les autorités pour le contenu – un événement scolaire, un changement de temps –, j'écrivais à Bett. J'écrivais aussi à mon père, durant la première année, même si je ne me souvenais pas de lui. J'ai toujours en ma possession, replié, un carré de papier rose doté d'une bordure à festons d'un blanc sale – un papier qui à lui seul ressuscite toutes sortes de sensations –, sur lequel se bousculent de grandes lettres enfantines, comme des clowns faisant mine d'avoir trop bu : PÈRE CHÉRI, avais-je écrit, charmeuse, J'AI CINQ ANS. S'IL TE PLAÎT VIENS ME VOIR. Je l'ai encore, car la missive n'a jamais été envoyée. Je suppose que l'école avait eu le tact d'adresser l'enveloppe à Bett. J'ignore pourquoi elle a gardé ce mot toutes ces années, parmi les piles de reliques de sa précieuse enfant. Je lis aujourd'hui dans ce message une irritation contenue : Déjà cinq ans, papa, s'il te plaît, fais vite. Peut-être avais-je compris très tôt que ma délivrance finale reposerait dans des mains qui n'étaient pas celles de ma mère.

Mon inscription ici avait été, comme toutes les trahisons de ma mère, accidentelle : imprévisible et irrévocable, soudaine et sans heurt. Je me revois assise à côté d'elle et d'un homme, pas mon père, à l'arrière d'une voiture aux sièges en cuir, roulant sous des arbres qui faisaient que le soleil nous frappait le visage en une succession de gifles. Je me revois debout dans l'herbe en train de me montrer polie envers une imposante femme faussement amicale qui nous avait emmenés visiter l'école. Je me rappelle m'être sentie de plus en plus impatiente de partir. Ma mère me semblait étrangement détachée ; elle souriait et regardait distraitement l'imposante femme qui, penchée vers moi, m'expliquait qu'il n'y avait pas encore d'enfants parce que c'était encore l'été, qu'ils arriveraient à l'automne. J'avais du mal à lui prêter attention plutôt qu'à ma mère, et je me fichais complètement des enfants censés arriver. *On peut y aller, maintenant ?* Je revois ma mère remonter dans la voiture, mais sans moi. Debout sur l'herbe avec la femme, je regardais la voiture reculer doucement dans l'allée, et puis lentement je comprenais ce qu'on avait sans doute tenté de m'expliquer cet après-midi-là. Je me souviens de ma panique effroyable quand la voiture commença à disparaître sous les arbres avant de tout à coup se volatiliser. Je me souviens que je n'avais ni pleuré ni chouiné mais que ma bouche s'était ouverte comme l'ouverture noire dans les arbres et que j'avais émis un son que je ne pensais pas pouvoir faire cesser, un son qui m'effrayait moi-même, un long hurlement d'indignation et de désespoir, tellement retentissant qu'il ébranlait et bouleversait tout ce qui se trouvait autour de moi. Puis tout retrouva sa place et je me tus, debout sur l'herbe, ma main dans la main de la femme.

Mais là, nous sommes trois ans plus tard, et j'ai l'expérience de l'attente. Je ne pose presque plus de questions sur les boulots, les hommes, ni aucun des changements, toujours imminents, impliquant que j'allais pouvoir rentrer à la maison et vivre avec elle. Je rentrais parfois. Je rentrais à la maison pour les vacances et, après ce premier été, des étés entiers. C'était toujours l'endroit où j'avais le plus envie d'être, mais, comme je le compris progressivement, ce n'était pas la vraie vie. La vraie vie se déroulait dans ce lieu singulier et elle était absurde, ordonnée et inévitable.

Dans cette école, on nous projetait des films sur des enfants étranges et malheureux, comme *Le Garçon aux cheveux verts*. Et puis on nous projetait de grands films sentimentaux sur la vie de famille : *Treize à la douzaine*, *Mon père et nous*, des films qu'on nous montrait tellement souvent que les pellicules étaient rayées ou brûlées et que les bandes cassaient. Il fallait alors rallumer les lumières et nous patientions, en clignant des yeux. Les autorités semblaient aimer ces films plus que nous et trouvaient que nous aurions dû les aimer davantage. C'était comme les émissions du dimanche devant lesquelles on nous collait, avec leurs images consolantes de vies de famille classiques : des pères, des mères, des frères et sœurs, des chiots et des bicyclettes... précisément ce qu'aucune de nous n'avait. Nous étions toutes là pour la même raison, à savoir l'échec de la vie américaine idéale (divorces, dépressions nerveuses, morts). On voyait arriver les parents – tantôt les papas, tantôt les mamans, ou même parfois les deux ensemble –, l'air un peu gênés d'avoir laissé leurs enfants dans un endroit pareil, d'avoir échoué en tant que famille, en tant que citoyens. Mirrenwood n'était pas le genre d'école où on envoyait sa fille pour les qualités sociales ou éducatives de l'établissement. Il y avait une cinquantaine d'élèves pour huit niveaux et seulement quatre professeurs, contraints de dédoubler les classes. C'était plus une pension qu'une école, une sorte de dépôt où les adultes qui avaient raté leur vie abandonnaient leurs rebuts. Je me revois une nuit dans le dortoir en train de discuter de cela et de la question de l'argent. Une des filles avait dit que nous attendions toutes que nos parents mettent de l'ordre dans leur vie, qu'ils concluent leur divorce puis se remarient, ou bien se remettent ensemble, ou viennent s'installer dans l'Est, mais qu'il y avait forcément de l'argent, sans quoi nous ne serions pas là. Et moi j'avais dit, parce que c'était vrai, que j'étais là parce qu'il n'y avait pas assez d'argent. (Même avec des problèmes, avais-je affirmé, s'il y avait de l'argent, nous serions dans une vraie école.) « Je suppose que tu es pauvre », avait lâché, sarcastique, une fille plus âgée. J'étais allée prendre une cuvette en fer-blanc dans la salle de bains, puis avais fait le tour de la chambrée une serviette sur la tête, inventant une chanson comme quoi j'étais pauvre et obligée de mendier. La scène aurait dû être filmée, comme *Oliver !* (ou *Gandhi)*, avec des foules d'enfants abandonnés bondissant sur leur lit et reprenant le refrain en chœur. Sauf qu'aucune fillette ne bondissait ni ne chantait, parce qu'elles pensaient qu'elles étaient riches et que je pensais que nous étions toutes pauvres. Dès que Bett dénicherait un vrai boulot ou un homme qui avait de l'argent, je m'en irais d'ici. Je le savais. J'imaginais que c'était la même chose pour toutes les pensionnaires.

Il n'y avait pas de système de castes à Mirrenwood, rien à voir avec ce qu'on racontait des pensionnats anglais. À part les jours où nos familles nous rendaient visite, à part les interruptions de l'année scolaire jamais commentées – quatre semaines à Noël et à Pâques, trois mois l'été –, la privation faisait de nous toutes des égales, nous étions toutes des orphelines solitaires unies de manière aussi linéaire et aléatoire que des perles de couleur sur un collier. Nous étions des petites filles avec des secrets, des codes d'honneur et de bravoure bien à nous ; nous concluions et rompions des alliances avec une ardente ferveur enfantine. De notre point de vue, nous n'étions pas des enfants dans un monde d'adultes, mais, plutôt, des êtres uniques et entiers dans un univers qui était moitié une prison, moitié un paradis naturel. Toute notre intelligence et toute notre astuce s'employaient à déterminer comment échapper à notre détention. À la moindre occasion, nous nous évadions de l'école plusieurs heures d'affilée, ou, si nous nous conformions aux règles, c'était seulement pour éviter le contact avec les femmes qui nous surveillaient, afin de nous voir comme les créatures libres que nous n'étions pas. Nous cherchions la vie dans les brèches d'une existence bien réglée, débusquions les failles dans nos emplois du temps et dans la vigilance de nos gardiennes, communiquions par sous-entendus et rêvions intérieurement de délivrance.

Mais comme Mirabel quand elle avait compris le gouffre qui séparait sa petite personne disgracieuse du milieu où elle évoluait, nous sentions toutes à Mirrenwood la présence d'un fossé. À l'extérieur, autour de nous et aux confins de notre conscience triomphait l'opulence de notre environnement, mais, à l'intérieur, nous demeurions cloîtrées dans une froide et rigoureuse solitude. Abandonnées dans ce paradis naturel, nous attendions le sursis offert par des parents sur qui nous projetions toute la violence de nos désirs de salut. Notre univers était parfaitement manichéen, et nous inventions le (futur) parent absent comme contrepoids aux hideuses figures, à nos yeux à peine humaines, qui gouvernaient notre présent. La nature était une entité neutre, ni bienveillante ni chaleureuse, mais séduisante, impartiale et témoignant d'une richesse et d'une énergie qui existaient certainement dans l'univers même si elles s'avéraient hors de notre portée. La vertu, le radieux visage tant espéré du Bien, était apposée sur ce lieu sombre et sinistre de telle sorte qu'il évoque la notion de foyer et de mère, de foyer et de père. « C'est comment, ailleurs ? » aurions-nous également demandé, si, à chaque instant, nous ne nous étions sues en exil.

Concernant ma relation avec Bett, il fallut longtemps pour que les défauts de la divinité m'apparaissent. Des signes de sa faiblesse, des indices d'autre chose que de son omnipotence affleurèrent peu à peu sous les flots d'affection qui m'avaient enveloppée et protégée quand je pensais à elle. Les retards, les visites oubliées, les exemples de son incapacité à me soutenir, à me secourir et, en définitive, à me préserver se multiplièrent comme des fissures dans le monument. Tandis que je l'attendais à Mirrenwood, année après année, je me savais impuissante. Mais ce qui commençait à être évident et absolument terrifiant, c'était que j'avais de plus en plus conscience qu'elle était aussi impuissante que moi.

Mais là, je l'attends, assise au soleil sur le perron du porche gris à la peinture qui s'écaille que les autres ont déserté. J'ai huit ans et il est temps pour ma mère, si en retard soit-elle, de faire son apparition au bout de l'allée dans son taxi noir.

Tout à coup la voilà, elle ouvre la portière du taxi, qui va percuter le soleil dont un rayon frappe la vitre et ma mère, telle l'épée d'un héros : la lumière du soleil et le noir étincelant déchirent la verdure mouvante tandis qu'elle descend de voiture, s'accroupit et ouvre les bras. Je marche puis je cours, me ruant contre elle et savourant le contact de ses joues fraîches et de sa robe tiède, de ses cheveux bruns brillants, de sa bouche et de son cou, chaud, moite et légèrement parfumé au Blue Grass. Entamant son rituel de réappropriation, elle me retire mon béret, mon chandail et mon panty (« Pourquoi es-tu emmitouflée comme ça ? »), et m'enlèverait bien mes chaussures et mes chaussettes, si elle pouvait. Mais elle s'en tient là. Mes vêtements dans une main, elle m'empoigne de l'autre tandis que nous remontons dans le taxi ensemble. Elle hume le sommet de mon crâne comme une chatte renifle son petit, me glisse les doigts dans les cheveux, m'ébouriffe, me débarrasse de mes épingles, me déboutonne le plus bas possible et alors, alors seulement, elle demande : « On va où ? »

Nous allons en ville, où nous pourrons nous passer

de voiture. Nous déjeunons dans un des restaurants près du centre. D'autres parents vont au Red Lion, un établissement chic en périphérie, qui a un parking avec des haies bien taillées et des réverbères en fer forgé, et où il y a un tapis rouge, des menus à cordelière et des lambris de bois foncé. Nous y avons déjà été avec un des autres parents. Mais nous préférons être seules et nous n'avons pas de voiture. Nous rendre en ville est la meilleure idée. Nous pourrons passer l'après-midi à nous promener comme les piétonnes, les citadines, que nous sommes.

Les fois où Bett se faisait déposer par quelqu'un trouvé à la gare, nous n'avions d'autre choix que de contourner le bâtiment pour rejoindre la grand-route en sortant par-derrière, elle sur ses talons aiguilles avec ses tenues new-yorkaises, moi dans mon uniforme dégrafé, puis de marcher ce qui me semblait des kilomètres jusqu'à la gargote la plus proche, un boui-boui de bord de route où on servait des hamburgers graisseux et des pommes de terre sautées dans une salle sombre à l'arrière. Il nous fallait traverser un bar plein d'hommes costauds et bougons en manches de chemise occupés à fumer, à boire de la bière et à écouter le baseball. Ils nous lorgnaient et échangeaient des regards, puis recommençaient à boire, et on entendait, dans le lugubre silence masculin, les accents d'une voix campagnarde (pour moi alors infiniment déprimants) qui jaillissaient régulièrement de la radio au-dessus du bar : « … une chandelle trèèès, très haute vers le champ gauche, Johnson le rattrape et la manche est ter-mi-née. » Dans ce repaire hostile, nous nous installions à une table en séquoia laqué toute collante de ketchup où nous restions penchées l'une vers l'autre, conscientes de devoir faire durer le moment puisque nous n'avions nulle part où aller hormis retourner à l'école. Ainsi bavardions-nous tandis que la porte moustiquaire claquait, que les hommes du bar se saluaient et que la voix masculine fatiguée répétait à n'en plus finir avec une vaillance dérisoire : « fausse balle ! »

Aujourd'hui nous sommes en ville, seules clientes d'un restaurant qui a un ventilateur au plafond et des menus tachés de thé, mais où nous pouvons commander des sandwichs au homard et du Coca-Cola avant d'aller en plus à la séance de trois heures au cinéma de l'autre côté de la rue. Ils passent *L'Adieu aux armes* avec Rock Hudson et Jennifer Jones. Assise à la grande baie vitrée donnant sur la place gazonnée, je peux avoir ma mère pour moi toute seule, cette mère magnifique, avec sa coupe de cheveux à l'italienne, ses yeux soulignés de crayon noir et ses lèvres rehaussées de rouge. Elle a toujours cette allure élégante, sexy, sa toilette et son maquillage superbement soignés, tout cela en mon honneur. Il n'y a pas d'hommes ici, et donc aucune raison de s'inquiéter. (La beauté de ma mère manque tellement de défenses.) Je sais pertinemment que les hommes la regardent. Je me sens parfois un peu déconcertée quand elle se trouve, par exemple, dans un groupe à l'école. Elle est de loin la mère la plus belle, ça ne fait pas de doute, et je vois bien les pères qui lui lancent des regards en coulisse, tout intimidés et tout émoustillés. Je vois bien aussi de quoi ont l'air les autres mères : elles font cent ans de plus et semblent peser cent kilos de plus, comme si leur vie s'était achevée il y a longtemps et qu'elles avaient cessé de lutter. Mais la vie de ma mère, c'est évident, n'en est qu'à ses débuts, ses débuts éclatants, encore plus que la mienne. Il y a quelque chose de si frais et par ailleurs de si vulnérable dans sa jeunesse et sa beauté que je me fais parfois du souci pour elle et que je m'en veux de ne pouvoir être constamment avec elle. Elle débarque seule, non accompagnée, et elle rentre seule. Elle donne à manger au chat, débranche le fer à repasser puis range la planche, pense à moi et s'abandonne à la tristesse. Elle sait qu'elle doit se lever tôt pour aller travailler ou chercher du travail, et qui sait quand elle sera capable de se lever de nouveau ? Et puis l'été sera là bientôt, il lui faut se préparer pour cela : boulot, argent, logement. Elle est seule à New York, la beauté ne sert à rien, ce n'est qu'une responsabilité supplémentaire, une fragilité de plus.

Je suis habituée à sa vie à New York, à nos déménagements continuels. Lorsqu'elle vient me chercher pour les vacances, je ne sais jamais où nous allons atterrir. Il est rare que ce soit deux fois au même endroit. Nous avons habité des appartements dans la 72e Rue Est près de la Cinquième Avenue, mais aussi un immeuble de la 83e, au-dessus d'un bar de Lexington, où la salle de bains se trouvait dans le couloir et où j'avais ma propre chambre, et aussi, une fois, pendant deux mois entiers, une toute petite chambre d'hôtel équipée d'un réchaud et d'un lit de camp à roulettes. Ma mère a un penchant pour les quartiers élégants de l'Upper East Side : les choses paraissent un peu plus gaies quand, en sortant de chez soi, on croise des gens heureux et bien habillés. Elle « a horreur » du West Side, où elle a grandi. Broadway, en particulier, la déprime, et surtout Greenwich Village, où elle s'est vue « contrainte » de vivre dans son enfance. Ses emplois ont tendance à se trouver eux aussi dans cette partie de la ville. Elle a été aide de bureau dans une agence de mannequins, modéliste chez Helena Rubinstein ou « intérimaire » dans un tas de boîtes où on ne lui demande pas de taper à la machine, mais de se borner à « en jeter physiquement » et à répondre au téléphone. Ses patrons semblent toujours l'apprécier et me faire bon accueil, mais il y a quelque chose de triste là-dedans, car même moi je sens bien qu'ils se disent : Cette femme ne devrait pas être ici ; quelqu'un devrait prendre soin d'elle.

Elle a des petits amis. Ils sont charmants et fringants, parfois entre deux mariages ou deux emplois, mais cela ne semble jamais coller. Il y a des hommes plus âgés qui l'idolâtrent, lui apportent des fleurs et des cadeaux, l'emmènent au théâtre et veulent parfois l'épouser, mais elle n'en est jamais amoureuse. Comme elle me le confie plus tard, elle ne s'entiche que de « canailles », des apollons qui la font pleurer des heures durant dans la salle de bains, le visage enfoui dans une serviette.

Mais je ne connais sa vie que par bribes et ne m'y intéresse que de manière farouchement égoïste. Je veux qu'elle soit heureuse mais, au fond, je ne veux pas la partager, et ce qu'elle fait quand nous ne sommes pas ensemble, comme ce que je fais moi-même à l'école, ne compte pour rien par rapport à cette merveilleuse entente entre nous. Elle me dit et, malgré Mirrenwood, je sais que c'est vrai, je sais, ai toujours su et saurai toujours que je suis ce qu'il y a de plus important dans sa vie. Je suis le centre même de son univers. Je dois m'appliquer à bien grandir et à me montrer forte parce que je suis tout ce qu'elle a.

La dernière fois que nous sommes allées au cinéma, nous avons vu *Bambi*, et nous avons pleuré toutes les deux quand le faon perd sa mère. Il ne pouvait exister pire malheur, nous le savions l'une et l'autre. Les hommes peuvent vous faire pleurer, mais les hommes importent peu à côté d'un attachement aussi profond. C'est celui-là le véritable amour, le lien authentique : tout le reste n'en est qu'un pâle reflet. Du moins je le crois. Un jour, j'ai interrogé ma mère sur quelqu'un qu'elle semblait voir beaucoup, quelqu'un qui était même venu avec elle me rendre visite à l'école, quelqu'un avec qui nous avions passé les vacances de Noël dans une maison de banlieue où je devais faire des parties de Monopoly avec sa petite fille sans mère, que la perspective de devoir vivre avec Bett et moi ne réjouissait guère. J'avais demandé à Bett si elle aimait cet homme plus que moi et elle avait répondu que c'était un amour différent, mais, cette réponse ne me satisfaisant pas du tout, elle avait ajouté, en me regardant avec sérieux : Jamais, tu m'entends ? Jamais. C'est toi mon grand amour. Je l'étais donc.

Nous avions vu *Bambi,* et aujourd'hui c'était *L'Adieu aux armes.* Là encore nous pleurâmes, parce que « Cat » mourait dans la dernière scène, sous des flots de musique. Pour quitter nos sièges, nous dûmes attendre que nos joues aient séché. En marchant dans la ville, j'entendais résonner les mots prononcés par Rock Hudson tandis qu'il sortait de l'hôpital, aussi hébété que nous : « Voilà ce que ça rapporte d'aimer une femme. » Mais Cat était morte en couches et, d'une certaine façon, le film disait que ce n'était pas l'amour qui était fatal, mais le fait d'avoir un enfant. Je pense avoir pressenti alors pour la première fois que je causerais la mort de ma mère.

En attendant, elle faillit causer la mienne. Après avoir patienté pour traverser, nous avions presque atteint l'autre côté quand nous nous immobilisâmes : toute sirène beuglante, une ambulance nous fonçait droit dessus. Nous nous trouvions à un croisement et, ne sachant si le chauffeur allait tourner à gauche ou à droite, nous ignorions comment réagir. Tandis que le véhicule ralentissait, nous vîmes à l'intérieur la trogne écarlate du chauffeur complètement déformée par les braillements qu'il poussait contre nous. Les lumières qui tournoyaient sur la camionnette nous frappaient au visage, le vacarme était assourdissant. Je regardai ma mère et lui donnai la main pour qu'elle nous mette en sûreté, mais elle était incapable de bouger. Soudain, m'entraînant derrière elle, elle avança dans un sens, se pétrifia puis recula, puis s'élança de nouveau et s'immobilisa. J'étais encore trop jeune pour inverser les rôles et la protéger du danger : nous restâmes plantées là, paralysées et stupides au milieu de la chaussée, et le chauffeur nous évita en pestant.

Quand nous étions à New York ensemble, j'adorais la fascination absolue que j'éprouvais en compagnie de Bett, à la regarder s'habiller pour ses rendez-vous alors que, après avoir pris mon bain et enfilé ma chemise de nuit, j'étais censée lire tranquillement avec ma baby-sitter. Mais il était beaucoup plus intéressant de regarder ma mère se préparer à l'assaut que de lire tranquillement. Elle entrait et sortait à grands pas de la salle de bains enveloppée d'une serviette ou d'un peignoir à différents stades du processus, embaumant le savon Yardley à la lavande ou l'eau de Cologne Blue Grass, cherchant une paire de bas qui ne soient pas filés (grondant le chat), se mettant en quête d'une boucle d'oreille ou de chaussures égarées. Le maquillage et la coiffure à eux seuls prenaient des heures (et j'y vois aujourd'hui un lien avec sa vie antérieure, à l'époque pas si lointaine, dix, douze ans plus tôt, à Central Park West avec Angel, quand Constance et elle étaient les plus belles filles de New York, avant la mésaventure anglaise) : gommage et crème hydratante, épilation de sourcils, poudre, rimmel, eye-liner, rouge à lèvres et, par la suite, anticernes – mais en ce temps-là il n'y avait pas de cernes. Cinq minutes avant l'heure convenue, elle apparaissait, maquillée, en bas et talons hauts, et commençait à fouiller le placard pour trouver la tenue – toujours noire, me semblait-il – dans laquelle, en bonne pêcheuse d'hommes, elle prendrait la mer tel un superbe navire équipé de solides filets pour aller capturer ses poissons. Et ils venaient la chercher, ces hommes grands, beaux et chic. Ils devaient se montrer polis avec la baby-sitter et moi et attendre Bett interminablement, tout comme nous, tandis qu'elle lançait ses excuses guillerettes depuis la salle de bains et finissait par surgir, illuminant leur vie à la manière d'un projecteur et les animant comme des marionnettes. Elle m'embrassait et donnait ses consignes, totalement superflues, à mes baby-sitters expérimentées, puis partait avec son compagnon pour une aventure qui était aussi la mienne, puisqu'elle me la raconterait le lendemain matin. C'est dans ces moments-là que j'aimais le plus ma mère, quand elle appareillait tel un splendide voilier, parfumée, heureuse, pleine d'assurance et insouciante comme jamais.

Ma vie avec ma mère et ma vie à l'école demeuraient totalement séparées, sauf dans la mesure où le chaos de l'une imposait ses contraintes à l'autre. À part l'émoi gêné que suscitait chez les autres parents sa beauté sensuelle incroyable, son existence à New York affectait à peine ma vie à l'école, et m'en paraissait d'autant plus captivante et mystérieuse. Je me disais que si seulement je pouvais la rejoindre dans ce lieu où, imaginais-je, elle était courtisée, appréciée, heureuse, moi aussi je serais sauvée. Mais j'étais encore à l'école quand je commençai à sentir poindre le doute concernant ce salut. Je me mis à remarquer de petites choses – les retards, les semaines sans visite, les perpétuels changements d'emplois, d'hommes, d'adresses –, et puis de légères déficiences, à peine perceptibles en dehors du contexte scolaire, et à vrai dire, même à l'époque, assez touchantes. Il y eut le déguisement d'Halloween, dont je lui parlai au début du trimestre et lui reparlai des semaines durant, mais qui, quand il me parvint enfin le matin de la fête, théâtralement remis par notre directrice, la ridiculement nommée Miss de Vine[1], et déballé sous les yeux de toute l'école, n'était rien d'autre qu'un drap (désespérément arraché à son lit à la dernière minute, j'en suis sûre aujourd'hui), avec des trous pour les yeux, découpés et entourés de noir de sa propre main, avec, j'en avais conscience même en cet instant de déception accablante, autant d'amour et de panache que le permettait une aussi modeste réalisation. Ou encore sa contribution au projet collectif de Noël, le Livre de Cuisine de Mirrenwood : censé réunir les meilleures recettes des différentes familles, le recueil devait être imprimé puis doté d'une reliure rouge et vert. Au milieu des gâteaux et des ragoûts, des soufflés et des gombos, des pâtés et des marinades – tous ces excellents plats signés par d'excellentes mères – figurait la proposition de Bett, plutôt succincte sur la page qui lui était allouée : « Prenez un steak. Saupoudrez les deux faces de sel et de poivre. Faites griller chaque face jusqu'à ce qu'elle soit cuite. Environ dix minutes à feu moyen. »

À travers d'infimes maladresses de ce genre, la faillibilité de ma mère commença à m'apparaître quand j'étais à Mirrenwood, subtils indices perdus parmi les signes plus évidents que, par nécessité, je

1. De Vine se prononce comme l'adjectif « divine », qui a le même sens qu'en français.

choisissais d'ignorer : en effet, si la force inébranlable du bien et de l'amour n'était pas partout où était ma mère, alors cette force n'était nulle part, et il n'y aurait aucune échappatoire à l'existence malveillante et stupide que j'endurais à l'école. Incapable de supporter pareil doute dans mon univers, je préférais continuer à vouer un culte à ma déesse et à rêver de l'avenir que nous allions connaître ensemble, un avenir où tout ce qui n'allait pas finirait par s'arranger.

Mais le doute persistait, même pendant les vacances, des vacances que je recréais dans ma tête le soir à l'école. Comptant parmi ces petites filles qui, dans leur lit en fer, regrettaient cruellement leur foyer, je faisais défiler les images : ma mère tendrement concentrée alors qu'elle me confie mon chaton encore endormi, ou bien la position douillette et protectrice de son corps quand elle me fait la lecture. Même au cours de ces vacances, malgré ma tendance à l'idéalisation et à la récréation, il y avait des choses qui ne me semblaient pas forcément idéales ni très rassurantes. Dans ce même appartement où Bett me faisait la lecture et où j'avais mon chaton, je me retrouvais souvent enfermée dehors par l'étourderie de ma mère. Je me revois obligée de faire pipi sur le trottoir, accroupie dans le peu d'intimité que me laissait cet après-midi radieux et animé, en train de regarder le ruisseau dévaler sur le revêtement en pente, étincelant sous le soleil. Ou, sur ce même trottoir devant notre immeuble, trouver une lame de rasoir et l'emporter dans l'obscurité du bar en bas de chez nous qui empestait la bière aigre et l'homme mûr, y étudier le juke-box puis ressortir sous le soleil aveuglant, miraculeusement couverte de sang, ma chemise blanche toute rougie, parce que sans m'en apercevoir et sans sentir la douleur je m'étais coupé l'ongle du pouce, et rester plantée là dans ma chemise ensanglantée à attendre que Bett rentre, pendant que les gens passaient et se retournaient pour me regarder. Je me rappelle également ces heures et ces heures d'ennui les après-midi où elle était au bureau et où, enfermée dedans et non dehors, je me penchais par la fenêtre pour observer dans la cour du concierge le féroce berger allemand sur qui je jetais mes jouets les uns après les autres – mon lapin en peluche, mon clown, mon éléphant en velours côtelé, mes marionnettes, mes balles et mes poupées –, le bombardant avec ces projectiles jusqu'à ce que ma chambre soit vide, tandis que l'animal, fou de rage, tirait sur sa chaîne dans l'espoir de m'atteindre, aboyant et essayant de mordre. À six heures ma mère revenait du bureau, les provisions d'un côté, mes jouets salis de l'autre : ils lui avaient été tristement restitués par le jeune concierge polonais, qui comme tout le monde à cette époque était un peu amoureux d'elle, et qui, fier et impressionné par tant de beauté, ne se montrait jamais très fâché contre elle ni moi.

À cette période de ma vie, je faisais régulièrement un rêve dont je sortais effrayée et déprimée et qui, me semble-t-il aujourd'hui, exprimait sans doute mon sentiment d'inutilité à l'égard de Bett, ma sensation d'abandon à Mirrenwood et ma peur de ce qui m'attendait dans le monde en dehors de l'école. Voici donc le rêve qui, exactement sous la même forme, revint semaine après semaine pendant plusieurs années : je suis dans une grande pièce blanche ; je ferme la porte et baisse les stores si bien que le soleil ne pénètre que par les interstices autour des fenêtres ; la lumière n'entre pas mais la pièce est quand même blanche, et dans le silence tendu je me mets à crier, comme un chien qui aboie parce qu'il sent une présence. Mais je ne sais pas encore quelle est cette présence. Il y a une sorte de piste en caoutchouc dans la pièce et je me mets à courir dessus, d'abord lentement puis de plus en plus vite, courant et criant avec une terreur croissante dans cette pièce condamnée, continuant à tourner en rond jusqu'à ce que je voie enfin la chose qui me poursuit à un rythme pesant et mécanique sur la piste en caoutchouc : un énorme camion tout blanc, pareil à l'ambulance qui avait foncé sur nous ce fameux jour du film, et puis, alors qu'il se rapproche, grinçant et gémissant, le mastodonte blanc se transforme en camion-poubelle, ses mâchoires devant, pas derrière, et c'est moi qu'il faut éliminer, comme si je faisais tache dans cette pièce immaculée, et il est à mes trousses, engloutissant et broyant l'air devant lui, me poursuivant avec obstination, sans répit, et j'ai beau courir, j'ai beau crier, il ne fait aucun doute qu'il va finir par me rattraper, et alors je me réveille.

L'année de mes neuf ans, j'ai eu une drôle de maladie à l'école, avec de la fièvre et des hallucinations. Un après-midi, couchée à l'infirmerie, je n'avais plus de température ni de nausées, mais, toute somnolente, j'observais la lumière entre les bulles languides d'un ginger ale tiède quand, sur le papier peint piqué de moisi, parmi les motifs bleu et blanc de bergères flânant sous les saules avec leur houlette au milieu des agneaux, m'apparut une vision ambrée de ma mère, telle que je ne l'avais jamais vue dans la vie. Debout, l'air triste, près de la porte de la cuisine dans notre dernier appartement, elle tenait un balai à la main. Tandis qu'elle se penchait pour le manier, ses traits commencèrent à changer, et à la place de sa douce expression habituelle s'inscrivirent sur son visage une tension et une colère mystérieuses. Je l'observais et, sous mes yeux, cette femme si belle et si jeune se désintégra lentement dans cette colère pour devenir une affreuse sorcière toute ratatinée. Envahie par une terrible sensation de perte, je pleurais de voir avec quelle facilité son aura de magie pouvait la quitter, le vieillissement la frapper et une angoisse si noire et si terrible la dévorer. Je ne sais pas combien de temps me hanta cette horrible prémonition de Bett au milieu des bergères, mais je me rappelle avoir pleuré toutes les larmes de mon corps cet après-midi-là, exactement comme j'allais voir ma mère le faire, et pour la même raison, bien des années plus tard.

Si je n'avais pas la moindre idée, à l'époque, des terribles dépressions qui allaient la métamorphoser – et cette vision de l'infirmerie est tout ce que je me rappelle, bien que sa fragilité psychologique ait motivé mon inscription à Mirrenwood –, des instabilités d'un autre ordre menaçaient ma cachette peuplée de rêves : les problèmes d'argent, d'abord, pas seulement nos déménagements et nos Noëls, de plus en plus imprévisibles (qui témoignaient tous les ans du degré de gravité de la situation), mais les années de scolarité impayées, dont jusqu'alors j'ignorais tout, et qui m'avaient été révélées un soir quand Miss de Vine m'avait convoquée dans son bureau.

Il était naturel pour moi de supposer que j'avais fait quelque chose qui allait me valoir une punition, et je devais avoir une mine assez coupable là debout devant elle, à tenter d'imaginer ce qu'elle avait découvert. Assise patiemment, elle me contemplait l'air un rien affligé par-dessus une table de travail bien rangée quoique couverte de papiers. Pas très récente, une photo imposante de son fils Hugh en uniforme de la marine trônait sur la bibliothèque à sa droite, touche bizarrement intime dans cette pièce austère. De temps en temps, nous l'avions entendue faire mention de ce Hugh, mais avec une telle parcimonie que nombre d'entre nous pensions qu'il était mort, et, de toute façon, à seule fin de souligner que, contrairement à nous, il avait été un enfant modèle, facile à élever parce que c'était un garçon, et très gentil avec sa mère. Soupirant profondément face à la tâche qui l'attendait, cette femme aux dehors soudain presque maternels, d'un ton frôlant la confidence, m'expliqua que ma mère n'avait pas payé mes frais de scolarité depuis presque trois ans : est-ce que j'étais au courant, et que me proposais-je de faire ? Je ne répondis rien, même si j'étais terriblement gênée, mais j'étais d'une loyauté farouche envers ma mère et refusai de m'excuser pour elle. Miss de Vine demeura silencieuse quelques instants, guettant mes suggestions, puis, me regardant d'un air pénétrant dans les yeux, déclara que j'avais « un aplomb du diable ». L'expression n'avait aucun sens pour moi. « Je ne sais pas ce que je vais pouvoir faire, dit-elle enfin. Va te coucher. »

J'avais dû évacuer le problème. À ce moment-là, je me préoccupais forcément plus d'être un souci pour Bett que de rétablir mon honneur à l'école. Je n'avais aucune idée de la situation de ma mère, mais j'aurais pu deviner. Je suppose aujourd'hui que, faute d'autre solution, j'avais simplement décidé de laisser couler jusqu'au dernier moment, lequel, en l'occurrence, n'allait pas tarder.

Un matin, peu après les vacances de Pâques, alors que je venais d'avoir dix ans, sans doute après force récriminations concernant les factures en souffrance, je fus finalement délivrée de mon exil. L'étrange tentative de Bett pour me protéger de sa vie chaotique s'acheva, et j'allais observer de près mon évanescente déesse. J'allais quitter Mirrenwood et être libre de mener ma vie comme j'en rêvais depuis mes cinq ans : enfin ensemble, seules, et toujours avec Bett.

Deux

Pendant longtemps, je ne pus écouter le moindre morceau de musique classique sans me sentir déprimée, pas simplement mélancolique, mais désespérée et presque morte à l'intérieur. Ma mère avait pour habitude, quand elle broyait du noir, ou plutôt du gris, de déambuler dans l'appartement, les traits affaissés, pendant que des instruments à cordes, à la radio, l'accompagnaient de leur message d'élévation spirituelle. Mais pour moi, loin de suggérer l'existence d'un monde plus élevé et meilleur, les harmonies les plus riches et les orchestrations les plus contemplatives ne faisaient que souligner la terrible vacuité du nôtre. Les dépressions de ma mère étaient toujours suivies du retrait subit de la lumière et de l'énergie ambiantes, et notre appartement, si souvent plein de couleur et de mouvement, présentait alors toute l'animation du néant. L'anxiété et l'ennui pesaient sur moi dans le vide que créaient ses humeurs noires, même si elle s'efforçait de les camoufler. Souvent elle se soustrayait à ma vue, et, croyait-elle, à mes oreilles, me laissant seule avec la radio qui émettait ses supplications stridentes ou ses grondements au fatalisme très slave. Mais je savais pertinemment où elle était quand la musique résonnait, et ce qu'elle faisait là-bas. En pleurs sur le bord de la baignoire ou la cuvette des toilettes, elle essayait d'étouffer ses sanglots dans une serviette, ayant perdu le combat contre ce qu'elle appelait ses « paniques ». Je frappais à la porte de la salle de bains et obtenais la permission d'entrer, puis, debout devant elle, je la secouais légèrement en lui demandant ce qui n'allait pas. Elle me regardait un peu hébétée, les yeux poisseux de maquillage, le nez et les joues rouges par la pression de la serviette, la peau tendue autour de ses yeux foncés ; elle souriait et disait : « Ce n'est pas ta faute, poussin, maman a juste des coups de tristesse de temps en temps. » Je lui disais de ne pas pleurer, parce qu'elle m'avait moi, ce qui, du moins au début, la faisait rire, me serrer dans ses bras et s'écrier : « Je sais, je sais, j'ai beaucoup de chance. »

Souvent j'étais presque convaincue par ses protestations et je me rassurais en me disant qu'au moins, en effet, elle m'avait. Pourtant, même si elle ne manquait jamais de m'absoudre de tout lien avec ses problèmes, et s'efforçait toujours de m'empêcher de la voir dans cet état d'abattement, je ne pouvais jamais me disculper complètement. Si j'étais, comme elle le disait toujours, la lumière de sa vie, pourquoi cette vie était-elle si souvent si sombre ? Et si elle avait tellement de chance de m'avoir, comment se faisait-il que ma présence ne suffise pas à améliorer les choses ? Plantée devant elle dans la salle de bains à New York, je me sentais aussi inutile à ma mère que quand j'étais cloîtrée à Mirrenwood.

Ses dépressions étaient intermittentes. Et lorsqu'elles s'arrêtaient, si précaire que soit notre existence, au moins avions-nous l'impression d'en profiter. Il y avait de nombreux soirs où je me réjouissais de participer à l'aventure qu'était la vie de ma mère, ou ce que je considérais comme telle : de petits dîners aux chandelles toutes lumières éteintes, des Noëls de dernière minute précédés d'excuses alambiquées parce qu'il n'y aurait pas d'arbre cette année, ni de cadeaux, à quoi je répondais que cela n'avait pas d'importance, car à neuf, dix ou onze ans, je n'étais plus une petite fille qui avait besoin de cadeaux. Mais voilà qu'il survenait, le miracle annuel, l'arbre, les cadeaux, et ma gratitude, je suppose, que n'aient jamais été mises à l'épreuve ni mon indifférence à Noël ni la faculté de ma mère d'accomplir des prodiges, bref, de garantir notre survie.

À mesure que je grandissais, il y avait des vœux qu'elle ne pouvait exaucer, des humiliations qu'elle ne pouvait empêcher, des pertes qu'elle ne pouvait compenser, mais ce que nous nous répétions inlassablement l'une à l'autre devint une vérité pour nous : l'important, c'était de nous avoir l'une l'autre. Comme deux héroïnes en haut d'un précipice, nous jouions notre petite tragicomédie serrées dans les bras l'une de l'autre, terrifiées mais certaines d'être sauvées. Et comment aurions-nous pu ne pas l'être, nous, ces deux adorables brunettes, ma mère avec son physique de star de cinéma et sa douceur émouvante, et sa petite fille qui lui ressemblait tellement, ce couple qui, plus je grandissais, s'attirait cette éternelle remarque : Vous pourriez être sœurs.

Non seulement ma mère ressemblait à une star de cinéma, mais sa vie lui faisait l'effet d'un scénario de film : abandonnée par sa mère et rendue orpheline par la mort d'Angel ; jetée dans le monde réel après un premier mariage désastreux, un monde réel hostile auquel seules sa beauté et la chance pouvaient lui permettre d'échapper. Mais la chance ne réussit à lui offrir que la survie. Les plaisirs et les triomphes susceptibles d'émailler l'existence étaient pour elle, à la différence de sa sœur, des éventualités qu'elle n'osa jamais envisager. La panique du matin après un réveil trop tardif, la bousculade pour repasser une tenue froissée et dénicher des bas mettables, la confrontation avec un frigo vide, l'absence d'argent pour le taxi, tout cela était le préambule de ses journées de « travail » à divers emplois de bureau pour lesquels sa stratégie consistait simplement à tenir le coup, ne pas se faire virer, et surtout ne pas recevoir de propositions malhonnêtes. De toutes ces années où elle enchaînait les boulots, je ne me rappelle pas que ma mère ait demandé ou obtenu une seule fois une augmentation. Il était déjà bien, vu la catastrophe annoncée, qu'elle puisse conserver un emploi une année entière. Le plus drôle là-dedans, si l'on peut dire, c'est qu'elle occupait en général des postes largement en dessous ou en dehors de ses capacités : réceptionniste, alors qu'elle oubliait de noter les messages, dactylo, alors qu'elle ne connaissait pas l'orthographe. Quand, de temps en temps, elle exerçait des fonctions en accord avec ses talents – elle avait par exemple travaillé comme sculptrice à faire des médaillons ou des portraits d'enfants –, elle finissait par « s'ennuyer » ou bien par prendre peur. Ou bien quelqu'un lui faisait des avances, ou la vexait, et elle s'en allait.

Parfois elle inventait des objets : un lave-vaisselle qu'on branchait au robinet de l'évier, des sandales « topless » qui collaient à la plante des pieds grâce à un scotch spécial, de faux ongles autoadhésifs en tweed et en brocart, des robes « cubistes » à quatre pans qu'elle fabriquait et portait elle-même. Mais au-delà du plaisir de l'invention, et même si beaucoup de trouvailles similaires furent ensuite produites par des gens plus entreprenants, ou plus sûrs d'eux, que ma mère, les créations de Bett n'aboutissaient jamais à rien, et finissaient par recueillir la poussière au fond d'un placard. Des années plus tard, elle étudia l'économie en autodidacte, potassa de nuit les œuvres de Marx, Heilbroner et Galbraith, et écrivit un traité de quatre cents pages sur la privatisation, travail que les membres de son entourage jugeaient cruellement ironique (Bett et l'économie !), en plus d'être un peu fou, mais qu'un professeur de NYU à qui elle l'avait envoyé qualifia de « génial ». C'était bien avant Reagan et Thatcher, et il était difficile, pour une foule de raisons, de la prendre au sérieux.

Cependant, rien de tout cela, ni les prototypes ni les manuscrits, trimballés d'un placard à l'autre au gré des évictions et stockés avec des photos et des souvenirs de jeunesse de plus en plus anciens, ne la détourna jamais de sa conviction enracinée que le salut était une chose que les autres accomplissaient ou non à votre place, comme garnir votre assiette à une table étrangère, certainement pas une chose qu'on accomplissait soi-même. En cela, elle était très différente aussi bien d'Emma que de Constance, qui après la mort d'Angel se jetèrent sur le monde comme sur un festin. Mais pour ma mère, la vie, loin d'être un banquet, apparaissait de plus en plus comme une chose qu'il fallait supporter. Elle voyait les autres vivre leur vie différemment, elle voulait que je sois capable de vivre la mienne différemment, mais en ce qui la concernait, bien qu'elle ne l'ait jamais explicité, elle avait été mise sur la touche dès le début. Elle était belle et savait donner le change, mais ne croyait guère pouvoir faire davantage. Si quelque chose devait changer sa vie, il faudrait que ce soit un coup de chance, survenu par erreur et tombé du ciel.

Je ne sais pas ce que désirait vraiment ma mère, hormis être délivrée de la souffrance et de l'inquiétude. L'amour, je suppose, être « amoureuse », même si la chose ne paraissait jamais la rendre heureuse. Sinon, ce qu'elle désirait était sûrement très simple : des vacances par-ci par-là, des dîners au restaurant, de jolis vêtements (plaisirs qu'elle avait connus, bien sûr, quand elle vivait avec Angel). Je pense qu'elle était extrêmement facile à contenter et sa tristesse n'en était que plus scandaleuse. Son tourment semblait toujours injuste, et révoltant, comme si le sort n'était qu'un adulte mesquin refusant un bonbon à un enfant.

Parfois, à différents âges de ma vie, quand, dans l'appartement, je quittais des yeux ce que j'étais en train de faire et la voyais occupée à quelque tâche mineure comme changer les draps ou nourrir le chat, je n'en revenais pas qu'elle ait ainsi l'apparence d'une enfant ravissante, une enfant, disons, d'une douzaine d'années, sans craintes ni responsabilités, avec cette même expression d'innocence brisée qu'on devinait derrière le masque de Marilyn Monroe, ce même air de douce perplexité qu'afficherait une gentille petite fille dotée d'une magnifique mais fragile peau de pêche. Et parfois, aussi, j'avais l'impression que ma mère était en quelque sorte restée figée dans cette éternelle jeunesse qui faisait à la fois son charme et son malheur, et que, telle la Belle au Bois Dormant, elle ne pourrait vivre sa vie que si quelqu'un venait rompre l'enchantement.

Tout cela, je ne le « savais » pas véritablement quand je revins habiter avec elle après Mirrenwood, mais, dans un sens, je commençais à le comprendre. Si nous étions comme des sœurs pour le monde, c'était parce que nous étions l'une et l'autre des enfants, et j'étais de plus en plus persuadée que c'était moi qui allais devoir grandir si nous voulions survivre. J'y étais alors bien résolue, et je croyais encore la chose possible. Bien sûr, au fond, j'espérais que Bett se chargerait de nous sauver, sauf que, plus j'observais la situation, plus je m'apercevais qu'il manquait une mère dans le tableau, et que, pour nous conduire hors de la forêt, j'allais devoir chercher moi-même les petits cailloux.

Je n'étais pas, à dix ans, d'une étoffe très héroïque. En arrivant à l'école à New York, je disposais à peine des connaissances nécessaires pour moi, alors, pour ma mère et moi… Après six années à Mirrenwood, je ne savais même pas lire l'heure, et quand on me la demandait en classe à brûle-pourpoint, je regardais ma montre Cendrillon et, soudain saisie du besoin de quitter la salle, je me mettais en quête d'un surveillant pour lui poser la question, puis, faisant semblant de régler ma montre, je revenais donner la réponse à l'institutrice. C'était là ma propre version de l'imprécision de ma mère en matière d'horaire et de ponctualité. (Je débarquais souvent à l'école en taxi avec une demi-heure de retard et, parfois, quand elle avait vraiment trop de mal à se réveiller, je téléphonais pour dire que j'étais malade.) Par ailleurs, si je savais parfaitement lire et compter, je ne savais pas « écrire », du moins selon les principes de ma nouvelle école. Dans mon école citadine, écrire en majuscules n'était pas considéré comme écrire, tandis qu'à Mirrenwood « lier les lettres » était strictement interdit, presque pour des raisons morales. Les majuscules reflétaient la brave honnêteté américaine alors que l'écriture cursive pouvait dissimuler des abîmes de sensualité, de duplicité et de péché. En outre, après toutes ces années de classes dédoublées, je n'avais semble-t-il aucune notion de science, d'histoire, de géographie, ni de quoi que ce soit d'autre. Mais nous avions passé des tests de QI, à la suite desquels les professeurs se montrèrent légèrement rassurés, quoique pas énormément. Les élèves les plus brillantes furent placées dans la classe des DI, pour « Douées Intellectuellement ». Un niveau au-dessous se trouvaient les D, les simplement « Douées ». Douées en quoi, pas moyen de le savoir. C'est là qu'on me casa. Quant aux autres élèves, elles demeurèrent dans les obscures catégories inférieures sans désignations alphabétiques.

Bâtiment en brique relativement neuf situé à l'angle de Madison Avenue et de la 81e, la PSL était une école secondaire publique. Fruit du redécoupage de la carte scolaire, elle constituait déjà, à l'époque, un argument de vente dans les annonces immobilières new-yorkaises. « Dans le quartier de la PSL », soulignaient celles-ci, espérant appâter les clients par la promesse d'une éducation gratuite de qualité pour leurs enfants. La zone d'éligibilité avait été fermement délimitée pour inclure les enfants de familles aisées habitant les bâtiments de grès brun et les immeubles en copropriété des 70e, 80e et 90e Rues entre la Troisième Avenue et Central Park. Dans ce secteur « progressiste » de la ville, la carte scolaire excluait autant que possible les enfants des familles irlandaises et italiennes pauvres résidant à l'est de la Troisième Avenue, ainsi que les Noirs et les Espagnols vivant au nord. Les écoles privées abondant également dans le voisinage, l'ensemble du quartier, avec ses boutiques et ses aires de jeux, dégageait une atmosphère de prospère vie familiale et, contrairement au reste de Manhattan, on croisait là des écoliers en uniforme, des bébés somptueusement habillés accompagnés de leurs nounous – autrement dit, de la chair enfantine de luxe, rare note attendrissante qui, dans d'autres parties de la ville, semblait avoir été supplantée par les caniches, les dobermans et les akitas de pure race.

Pour que j'aie accès à ce prestigieux îlot d'enfants et à la PSL en particulier, ma mère nous avait loué une chambre dans un hôtel miteux mais hors de prix tout en haut de Madison Avenue, aux confins de la respectabilité géographique, non loin de l'endroit où la plaine du Manhattan « acceptable » se perd dans l'océan des visages foncés. Durant de nombreuses semaines, alors que ma mère cherchait un logement plus permanent (ou moins temporaire) dans ce quartier onéreux, nous habitâmes à l'hôtel, partageant un lit et un réchaud à gaz dans une petite chambre toute graisseuse à cause des émanations de la cafétéria ouverte jour et nuit au rez-de-chaussée, et infestée d'une incroyable multitude de cafards, que ma mère appelait des *cucarachas* dans le vain espoir de me les rendre sympathiques. Dans une démarche calculatrice qui ne lui ressemblait pas, et non sans une certaine honte, elle me demanda de ne pas informer l'école que nous habitions à l'hôtel et d'en donner simplement l'adresse sur Madison, tricherie dont mon écriture en majuscules s'accommoda tout à fait sur les formulaires d'inscription. Pendant une période, je vécus dans la crainte d'une enquête sur ce numéro de rue anormalement élevé qui ne correspondait pas à une habitation. Quiconque opérant une vérification aurait été arrêté dans le hall par le gérant qui trônait là avec son postiche noir, bien éclairé par l'anneau de néon rose au-dessus de sa tête. Tout voûté, tenant indolemment sa comptabilité à côté d'un vase de fleurs en plastique poussiéreuses, il grommelait ses remarques aux résidents de sous les épaules de sa veste à motifs bon marché qui, devenue bleu lavande avec le temps, empestait le graillon et le cigare mâchonné.

Après l'hôtel, nous vécûmes un moment dans un immeuble non loin de la Troisième Avenue, chez une mère célibataire et sa fille Kate, une frêle gamine à lunettes du même âge que moi. Elles avaient un appartement sur l'arrière, sinistre de jour comme de nuit, dont les pensionnaires réguliers semblaient étrangement malheureux, très absorbés par leur malheur, et résolument hostiles. Elles avaient apposé des affichettes partout, stipulant ce que nous étions en droit de faire ou non pour notre part du loyer, et elles l'avaient tellement saumâtre de devoir partager leur appartement qu'il régnait constamment dans les lieux une atmosphère de rage à peine réprimée. Peut-être ne nous aimaient-elles pas parce que notre existence faisait paraître la leur d'autant plus désespérante. Nous étions leurs répliques indigentes, même si elles aussi avaient l'air pas mal indigentes. Mais que nous n'ayons pas de toit était la preuve qu'elles pourraient tomber plus bas encore, et notre présence témoignait du nombre faramineux de gens comme nous : des enfants sans père et des femmes sans homme.

Mais, au fond, je n'avais pas du tout l'impression que nous étions dans le même bateau. De mon point de vue, une personne d'une beauté aussi exceptionnelle que ma mère ne pouvait être qualifiée de démunie ; et à part lors des crises de déprime dans la salle de bains, Bett était toujours trop enfantine et trop fougueuse pour se résigner à l'infortune. Le désespoir et la rage, que je lisais sur le visage de Kate et de sa mère, ne comptaient pas parmi nos expressions, et, si absurde que ce soit, nous avions coutume d'aborder la vie de manière joyeuse. Comme je l'ai dit, nous étions persuadées que la précarité de nos finances n'était que temporaire (ce en quoi nous n'avions pas tort), et que Bett allait forcément reprendre pied et trouver sa juste rédemption. La situation de ma mère pouvait être décrite comme une variante en négatif de celle de Mirabel, puisque la seule carence de Mirabel avait été la beauté, tandis que la beauté était la seule richesse de ma mère. Sa beauté, à l'époque, me paraissait en effet une richesse, dont je tirais autant de fierté que de sa personne elle-même. C'était une chose que les professeurs, surtout les hommes, mentionnaient chaque fois après les réunions de parents d'élèves, et pour laquelle ils me traitaient, me semblait-il, avec un respect nouveau, du moins pendant quelques jours, même si l'un d'eux avait ajouté à ses compliments que ma mère avait toujours l'air « un peu triste ». Pourtant, si la beauté de Bett me faisait honneur par procuration, en tout cas auprès des professeurs, c'était un attribut distinctif que je ne partageais pas, et bien que cette beauté la protégeât immanquablement de l'apparence miséreuse qu'impliquaient nos finances (ce qu'elle aurait nié), elle ne me protégeait pas. À dix ans, soudain dépouillée de l'invisibilité égalitaire de Mirrenwood, je prenais conscience de l'allure médiocre que j'affichais sans pouvoir en aucun cas le lui imputer.

Je n'avais pas souffert de cela au début de ma scolarité citadine. L'usage des uniformes à Mirrenwood nous avait non seulement prémunies contre les commentaires blessants que peuvent faire les enfants sur le prix et la variété de leurs toilettes respectives, mais il nous avait également dépourvues de toute sophistication en ce qui concerne les codes vestimentaires. Au cours des premières semaines à la PSL, je ne prêtais tout bonnement aucune attention aux vêtements arborés autour de moi. Eux qui pendant si longtemps n'avaient eu aucune importance et ne se distinguaient que par une marque au nom de l'élève ou un accroc dans le tissu devenaient éminemment chargés de sens. Non seulement il n'y avait qu'un nombre limité de styles qu'il était admis de porter, mais chaque élément devait répondre à certaines exigences : non content d'être propre et repassé, le vêtement devait venir des bonnes boutiques et se conformer aux critères en vigueur. Tout était pris en note. Comme avec le prince de Galles à Ascot, les innovations ne pouvaient être introduites que par des maîtres incontestés de l'élégance, à qui tout le monde emboîtait aussitôt le pas. Toute divergence par rapport à la norme, et en particulier toute improvisation due à la pauvreté, suscitait ces détournements de regard apitoyés que les douairières anglaises réservent aux erreurs des nouveaux riches. Dans ce monde ultrasophistiqué de la mode, aussi sévèrement restrictif que la rubrique « In and Out » du *Women's Wear Daily,* aussi riche d'argent et de mères ambitieuses que ces groupes d'Américains du début du siècle effectuant leur voyage en Europe, je détonnais avec ces pièces rescapées de mon uniforme de Mirrenwood, ces nippes aux bords effilochés achetées à la friperie enfantine de Madison Avenue (la boutique est toujours là, discrètement installée au premier étage, et aujourd'hui encore je ne peux passer dans la rue sans un pincement d'humiliation ; ma plus grande terreur n'était pas qu'une camarade de classe me voie entrer ou sortir, mais qu'elle reconnaisse sur mon dos ses vêtements de la « saison » précédente et, bien sûr, le claironne) et ces rares articles neufs (des achats invariablement ratés), dans lesquels je mettais tous mes tristes espoirs d'être acceptée dans cet univers de tenues différentes pour chaque jour, impeccablement lavées et repassées par Janine, Sally ou Lila, bref, la bonne qui dormait dans la chambre derrière la cuisine – un univers dont j'avais été avertie de mon exclusion dès ma troisième semaine d'école par la question doucereusement énoncée et authentiquement curieuse : « Mais enfin, pourquoi es-tu toujours habillée pareil ? »

Après la tolérance et la familiarité qui caractérisaient la vie à Mirrenwood, une chose fut tout de suite claire à la PSL : l'impossibilité d'une vie sociale exempte de tactique. Comme avec les pendules et les montres, je ne savais pas déchiffrer les signes, ces détails très subtils vous invitant à rallier un groupe ou à vous en tenir à l'écart. Je me rappelle les rebuffades humiliantes et les lugubres déjeuners solitaires sur les bancs de la cour de récréation quand toutes les filles autour de moi jacassaient bras dessus, bras dessous. Mais il n'y avait pas que la solitude qui soit nouvelle pour moi après le pensionnat, il y avait cette immense et poisseuse sensation de honte, aussi oppressante qu'un temps lourd, perturbante, détestable et – associée à la dissimulation de notre adresse, la mortification quotidienne causée par mon habillement et mon ignorance de l'art de se faire des amies quand auparavant je n'avais jamais eu besoin d'en chercher, elles étaient là, c'est tout – accablante.

Après notre désagréable séjour chez Kate et sa mère, Bett et moi emménageâmes dans un studio. L'immeuble, dont la façade avait été récemment revêtue de briques, se dressait sur Lexington Avenue près de la 92e Rue, en face du Centre communautaire juif, d'une laideur monstrueuse. Jusque-là, tous les logements que Bett et moi avions habités avaient quelque chose qui répondait au besoin d'élégance de ma mère, et nous les avions toujours trouvés bien. Cet appartement était le premier à n'être bien ni pour elle ni pour moi. Il donnait sur le devant juste au-dessous du niveau de la rue et, à longueur de journée et de nuit, on entendait le bruit de passants qui me semblaient constamment occupés à se racler la gorge : après une interminable quinte de toux catarrheuse décidée à être le plus productive possible, un « mollard » parfaitement ajusté et bien trop facile à visualiser allait atterrir tout près de l'endroit où je dormais, sur une estrade construite sous la fenêtre à barreaux qui était l'unique source d'air et de lumière de l'appartement. Le reste du studio, à part cette estrade d'un mètre vingt sur trois mètres soixante où était placé mon fauteuil-lit Castro, ne devait pas faire plus de cinq mètres sur quatre. Dans l'entrée, il y avait une kitchenette murale avec, en face, une vilaine petite salle de bains à carrelage turquoise. Ma mère dormait sur un divan dans la partie basse, qui accueillait aussi une table ovale et deux chaises. Même Bett était incapable de nier que c'était absolument affreux, mais nous allions déménager, promettait-elle, dès que nous le pourrions.

Tel était le décor dans lequel je serais obligée d'amener les camarades de jeu que je pourrais attirer, et pendant quelque temps je me félicitai qu'il n'y en ait aucune. Mais un jour arriva sur des patins à roulettes une joyeuse gamine à taches de rousseur que je reconnus de la cour de l'école. Elle avait des nattes avec des rubans, un appareil dentaire et des yeux bleus pétillants, et elle débordait de gentillesse. Apparemment, elle habitait au coin de la rue et, apparemment, elle espérait me croiser dans le quartier. Elle me fit au revoir de la main en s'éloignant à toute allure sur ses patins puis disparut. Quand je la revis, elle m'invita chez elle et j'acceptai.

La honte est le point de départ de la tromperie et du calcul, et à cette époque ces horribles travers m'accompagnaient partout comme des chiens errants sans que je puisse m'en débarrasser. Après être allée plusieurs fois chez Rita, avoir bu du lait et mangé des cookies dans sa grande cuisine, fait la connaissance de sa bonne, visité sa parfaite chambre rose et blanc de petite fille, avec son parfait mobilier de petite fille – un ensemble dans le style des colons américains, non seulement d'une ancienneté impressionnante mais d'une acquisition indéniablement récente –, joué avec ses jeux sur son épais tapis rose, je me sentis tenue de lui rendre l'invitation.

Je me disais que le studio pourrait peut-être passer pour une salle de séjour meublée de façon excentrique, mais comme logement pour deux personnes, je savais que les lieux étaient catastrophiques. J'y ramenai néanmoins ma camarade, qui s'assit sur le divan en regardant poliment autour d'elle. « C'est la scène sur laquelle nous montons nos productions », expliquai-je, indiquant l'estrade sous la fenêtre. (Rita faisait partie d'un ensemble vocal, les Petits Anges, qui passait des auditions pour la radio, et j'imaginais que la présence d'une scène l'impressionnerait peut-être.) Mais Rita avait bientôt examiné tout ce qu'il y avait à voir, et devenait plus silencieuse à chaque instant. Je m'efforçai de différer la gêne et la défaite qui menaçaient. « Je vais juste chercher un truc dans ma chambre », annonçai-je, ouvrant le placard, me faufilant par la porte, puis la refermant hermétiquement derrière moi. Je voulais à tout prix qu'elle croie que la porte derrière laquelle je me tenais sans bouger était celle d'un couloir sur lequel donnaient Dieu sait combien de chambres, peut-être pas seulement une chambre enfantine mais une chambre maternelle, peut-être une chambre d'amis et une chambre pour la bonne, et dans ces chambres que je désirais qu'elle imagine, il y avait toutes les choses qu'elle considérait comme normales : un téléviseur, un électrophone, des livres, des tableaux, des tapis, des miroirs, des objets éparpillés et des objets bien rangés, tout un deuxième appartement ici dans cette penderie, derrière l'imperméable, les boîtes à chaussures et la maigre garde-robe de ma mère.

Au bout de deux minutes, je rouvris la porte, la gardant plaquée contre mon corps avant de la refermer rapidement derrière moi. Rita était à l'endroit où je l'avais laissée ; elle me regardait. « Il n'y a pas de chambre, là derrière, dit-elle d'un ton neutre. C'est un placard. » J'évitai d'insister. Nous changeâmes de sujet. Je ne la vis plus pendant quelque temps, puis environ quinze jours plus tard elle m'invita chez elle. Nous ne retournâmes jamais chez moi.

Ainsi naquirent une longue amitié dévorante, ma

première découverte de l'ivresse du masochisme, et ma première participation à une corruption singulière. Je passais beaucoup de soirées chez Rita. Elles débutaient assez classiquement dans la cuisine où nous dînions, parlant de l'école, commentant des films ou écoutant les cris qu'échangeaient le petit frère de Rita et la bonne. Ses parents sortaient souvent, et après le repas nous déambulions dans l'appartement obscur, allumant les lumières et inspectant les pièces comme des décoratrices d'intérieur en mission. Nous effectuions chaque fois la visite complète, commençant par la chambre de son frère sous un prétexte ou un autre jusqu'à ce qu'il nous ordonne à grands cris de sortir, puis, dans le vestibule, nous nous arrêtions pour admirer les gravures de botanique, avant de pénétrer dans la salle de séjour à l'épais tapis, vaste et imposante dans la pénombre. Les petites lumières vertes qui brillaient sur l'écran de télévision géant et la chaîne stéréo sophistiquée baignaient délicatement le canapé et les fauteuils de cuir noir, les cadres dorés des miroirs et des photographies, les reliures rutilantes des encyclopédies du « mur-bibliothèque », et les bonbons enveloppés de cellophane reposant intacts dans leur coupe de cristal sur la table basse noire. Nous traversions la pièce à pas lents, promenant nos mains sur le cuir et les surfaces laquées, enfouissant nos pieds déchaussés dans le moelleux du tapis, aussi sensuelles que des matrones dans toute cette splendeur matérielle. Rita me guidait avec excitation, comme si elle n'était jamais venue ici, m'attirant dans son monde d'objets en une sorte de ballet préliminaire à la séduction et à l'abandon, notre rituel de ravissement et de trahison, un drame accompli sans que personne ait à toucher qui que ce soit. Grisées, nous errions dans le couloir, laissant traîner nos mains sur le papier peint gaufré, explorions à plusieurs reprises la « tanière » de son père, puis entrions dans la somptueuse chambre pastel de ses parents, où Rita s'immobilisait pour regarder autour d'elle. « Bleu pastel », disait-elle, comme si elle venait de remarquer la couleur, et je répondais chaque fois : « Magnifique. » Nous examinions la salle de bains avec ses jattes en porcelaine contenant petits savons et pots-pourris, son gros flacon de Chanel N° 5, sa garniture en dentelle sur l'abattant des toilettes. Nous rebroussions chemin en passant par l'austère salle à manger – « coloniale espagnole », précisait Rita, « magnifique », répondais-je –, et nous repartions en direction de la cuisine, nous arrêtant pour jeter un coup d'œil dans la chambre de la bonne, où cette dernière regardait sa télévision personnelle à côté de sa salle de bains personnelle. Nous étions alors prêtes à aborder le Cabinet des Horreurs, la chambre de Rita.

Elle était très grande et lumineuse, décorée de volants roses et blancs, avec un immense lit à baldaquin et un mur interminable où s'alignaient des meubles assortis. Des dizaines d'animaux en peluche et de poupées hors de prix étaient disséminés sans aucun soin sur le sol et sur le lit. Sur la commode, à côté du bureau assorti où étaient placés un sous-main en cuir et un « Mon Journal » cadenassé (dans lequel étaient sans doute consignées toutes nos soirées), se trouvaient la stéréo et la télévision de Rita. Nous la regardions jusqu'à ce que Rita éteigne subitement le poste en suggérant que nous fassions autre chose. Ce « autre chose » consistait invariablement à ouvrir les placards qui occupaient le mur du fond. Je restais assise sans rien dire, nerveuse, au milieu des oreillers en broderie anglaise et des poupées sur son lit, à feuilleter des illustrés pendant que Rita sortait ses vêtements un par un, brandissant chaque pièce puis l'écartant avec une remarque méprisante. « Celui-là est trop vieux, je l'ai depuis l'année dernière », ou « Ça, je l'ai eu pour mon anniversaire, mais pas question que je le porte », ou « Celui-là est vraiment horrible, ma mère doit être folle ». Elle proposait toujours de me donner des choses, avant de se raviser : « Il ne vaut mieux pas. Ça ne plairait pas à maman. » Si je résistais, elle m'aguichait avec une question : « Qu'est-ce que tu en penses, il te plairait, ce truc-là ? » Ou « Tu ne crois pas que ça, ça t'irait bien ? » Elle insistait parfois pour que j'essaie les vêtements. Toutes les deux, nous nous déguisions, nous maquillant et nous parant de bijoux dans une frénésie de partage jusqu'à ce qu'il soit l'heure pour moi de me déshabiller et de rentrer chez moi. Tandis que je renfilais mes vêtements, un symptôme mystérieux me frappait toujours, comme une brusque migraine : je me sentais profondément déprimée. Je sombrais dans le silence, abattue, et Rita, ses yeux bleus plus amicaux et innocents que jamais, s'enquérait chaque fois : « Qu'est-ce qui se passe ? Est-ce que j'ai fait quelque chose ? » Je secouais la tête et gagnais la porte d'un pas lourd. Une fois celle-ci franchie, j'éprouvais une désolation si violente que je me mettais souvent à pleurer dans l'ascenseur. Je pleurais en passant devant le portier et en traversant la rue, courant jusqu'à l'endroit où, dans mon propre lit, je pouvais me laisser aller et sangloter éperdument, inconsolable et incapable de me confier à ma mère, aussi alarmée que déconcertée.

Je mis des mois à comprendre la mécanique de mes soirées avec mon amie aux yeux bleus. Sur le moment, la chose me semblait toujours totalement innocente et la douleur me prenait toujours par surprise. Je n'admirais pas réellement l'appartement de Rita, même si je réagissais toujours avec un enthousiasme docile. Je crois que j'avais déjà conscience du luxe outrancier et de la banalité de son cadre de vie. Pourtant, la simple existence d'un tel luxe sous le toit de quelqu'un de mon âge s'avérait pour moi aussi fascinante qu'accablante. Je ne reprochais jamais sciemment à ma mère son incapacité à nous procurer le moindre de ces biens (pas même *une* télé ! me charria-t-on à l'école pendant une semaine quand je commis l'erreur de l'avouer), et je me plaignais très rarement, car je savais qu'elle souffrait autant que moi de ce manque de confort matériel – nous étions des « sœurs » – et qu'elle faisait tout ce qu'elle pouvait pour nous maintenir à flot. N'empêche, après mes visites chez Rita, j'étais intérieurement encline aux accès de jalousie et aux crises de misérabilisme, deux phénomènes nouveaux et irrésistibles. Si ça se trouve, je m'imposais ces soirées en guise de châtiment, une sorte de flagellation rituelle, visant à expier tout ce qui nous manquait à Bett et moi... Par la suite, une fois accoutumée à cet état de choses, je me ménageai davantage, et j'appris à me frotter à la vie des autres sans me brûler les ailes.

Je pris bientôt conscience qu'il existait d'autres manières de réagir à la situation dans laquelle ma mère et moi nous trouvions que la torture masochiste que je m'infligeais avec Rita. À peu près à la même époque que cette amitié, Bett et moi nous attachâmes à une autre mère célibataire et à sa fille, qui semblaient de parfaits modèles de longanimité et de vertueuse abnégation.

Ma mère avait fait la connaissance de Claudia Mieli à un cocktail et elles s'étaient immédiatement appréciées. C'était une grande femme élégante d'une cinquantaine d'années, aux cheveux prématurément blancs dessinant de jolies ondulations assez courtes qui faisaient ressortir le bleu froid de ses yeux. Je la trouvais un peu hautaine et guindée, avec une raideur aristocratique dans son maintien, comme si elle portait constamment le fardeau secret d'un tort ancestral. Elle avait une fille, Antonia, qu'elle adorait, qui avait deux ans de plus que moi, et avec qui, sous l'influence de ma mère, je me liai d'amitié. Pendant quelque temps, nous quatre fûmes très proches, et je m'aperçus que leur vie, comme la nôtre, se déroulait sans argent ni hommes.

Il y avait quelque chose de fièrement spartiate dans l'appartement des Mieli, avec ses dessus-de-lit en lin fané, rapiécés et amidonnés, ses sols nus impeccablement balayés parsemés de taches de soleil, et une irrévocable pureté dans la chambre blanche d'Antonia que décoraient des images saintes, ainsi que dans l'austère chambre de sa mère, au dépouillement lourd de réprobation. Pour moi, la chambre d'Antonia avait également un côté effrayant, avec ses livres et ses objets pieux, son crucifix et son Sacré-Cœur en porcelaine. Antonia fréquentait une école catholique privée du quartier, dont elle portait l'uniforme, et elle avait, comme sa mère, un air un peu rigide et comme il faut. Elle faisait ses devoirs des heures d'affilée sur la table de la cuisine, et elle adorait littéralement sa maman. La mère et la fille passaient beaucoup de temps ensemble, à s'embrasser, se câliner, partager des secrets et des blagues, et Antonia parlait souvent de Claudia comme si c'était une princesse. Rien au monde ne comptait autant pour elle que sa chère maman, pas même l'autre Madone et les saints, dont elle me donna les vies à lire au point que j'en eus des cauchemars. Je voyais des nonnes à coiffe noire dans des salles blanches, des christs lacérés d'épines qui se tournaient lentement vers la lumière et indiquaient du doigt la cavité de leur poitrine ouverte où continuait à battre, rayonnant, leur Sacré-Cœur ensanglanté.

Pendant un temps, j'essayai de copier les marques d'affection qu'Antonia prodiguait à sa mère. À la manière d'un galant amoureux, je m'arrêtais moi aussi en rentrant de l'école pour acheter à ma mère, avec mon argent du déjeuner, son savon préféré ou une rose solitaire, je vendais mes livres à la solderie afin de faire l'emplette d'un ingrédient spécial pour le dîner, ou bien je lui écrivais des poèmes qui chantaient ses vertus. Notre relation naturelle se trouva ainsi métamorphosée en quelque chose de plus noble, une sorte de manège amoureux, comme si notre complicité et notre isolement forcés étaient l'expression d'une préférence, d'une passion aveugle et supérieure aux rapports si triviaux des autres parents avec leurs enfants. Et pendant un temps la dignité patricienne de Claudia et l'attachement dévoué de la petite Antonia semblèrent en effet cristalliser un aspect de ma relation avec Bett, transmuant notre solitude en une forme de renoncement et paraissant offrir un exemple légitime d'une vie menée en toute autonomie. Mais ma mère était loin d'avoir cinquante ans, n'avait pas les cheveux blancs, et je n'étais ni une petite sainte ni une dame de cour. Je n'imitai les manières d'Antonia et son humilité heureuse que momentanément, avant de me rebeller dans mon cœur contre cette attitude. J'estimais qu'il était trop tôt pour jouer les stoïques, et je n'étais pas disposée à abandonner l'espoir qu'un événement ou une personne surviendraient pour nous ramener ma mère et moi dans le monde des vivants, heureuses et aimées, ce monde où je savais que la vie normale continuait, les hommes aux côtés des femmes, et où je croyais encore que nous étions toutes deux destinées à briller.

Ce fut une période déroutante pour nous. À trente-trois ans, ma mère commençait à se rendre compte qu'il ne restait plus grand-chose de la fille à succès habitant chez Angel. Sa sœur Constance séjournait tantôt à New York, où elle menait une dynamique existence de célibataire, tantôt à Madrid, ou bien partait dans le désert, tandis que la vie de Bett semblait ne plus évoluer et s'échapper d'elle peu à peu. On la pressait sans cesse de se remarier, mais, dénuée de pragmatisme, elle préférait l'état amoureux, et se faisait sermonner à ce propos chaque fois que nous allions voir ma « tante » Veronica.

Bien en chair, le souffle court, toujours enveloppée d'un kimono, Veronica était une merveilleuse amie de ma grand-tante Shrimp, qui lui vouait un véritable culte pour les judicieux conseils dont elle regorgeait sur des sujets aussi variés que Bett et moi, le Scrabble ou les impôts. Elle s'était mariée à quarante ans (et encore vierge, comme elle l'avoua plus tard avec horreur), après une brève carrière d'artiste de variétés. Daniel, cousin éloigné de Mirabel et colonel de l'armée au caractère placide, était tombé amoureux de Veronica quand elle dansait pour les troupes avec l'United Services Organizations. Peu après leur mariage, alors que Bett et Constance vivaient encore chez Angel, Daniel avait emmené Veronica faire la connaissance de sa cousine. Par Mirabel, Veronica avait rencontré Shrimp et Emma et s'était retrouvée embarquée dans « les aventures des filles ». Quand Daniel était mort subitement d'une crise cardiaque, la laissant sans enfants après six ans de mariage, Veronica était devenue une sorte de veuve perpétuelle. Incapable de taper à la machine, ignorant l'orthographe mais décidée à réussir, elle s'était lancée dans les affaires. Au moment où je fis sa connaissance, elle approchait de la soixantaine, ses cheveux étaient déjà blancs et elle se décrivait déjà comme une « vieille dame ». Elle habitait où habitaient les vieilles dames, sur Central Park South, à deux rues de l'ancien appartement de Mirabel, et dînait régulièrement en vénérable compagnie chez Rumpelmayer. Alors que Constance était encore en Afrique du Nord et qu'Emma peignait encore en Espagne, Veronica, Shrimp, que nous voyions moins souvent, et la bonne de Mirabel désormais à la retraite, à qui nous rendions une visite annuelle dans le Bronx et qui, c'était le monde à l'envers, nous envoyait de l'argent à Noël, constituaient l'intégralité de notre famille.

À peu près une fois par mois, Veronica nous invitait à venir la voir et nous dînions chez Rumpelmayer ou chez elle, où nous avions droit à une succession de plats sommaires, car elle était éternellement au régime. Ils nous étaient apportés par sa petite cuisinière rongée d'anxiété, que sa patronne convoquait de derrière la porte battante à l'aide d'une clochette en argent en forme de bergère au long buste, bien que la cuisine se trouvât à un mètre à peine de là où nous étions assises.

Pendant que nous dégustions le pain croquant suédois accompagnant nos bols de consommé parsemé de brins de persil, Veronica interrogeait Bett sur les progrès de sa quête de stabilité conjugale et financière. « Bon alors, Bett, lâchait-elle, une fois expédiées les politesses initiales, qui est le dernier en date ? » Mais son ton badin de commère n'arrivait pas toujours à masquer le désespoir croissant que cachait sa question.

Tout dans le monde de Veronica était à la fois simple et extrême. On n'était pas uniquement séduisant si on pouvait être beau, pas tout bonnement intelligent si par hasard on pouvait être qualifié de génial. Pour Veronica, Shrimp était « géniale », ma mère et Constance, « fabuleuses ». À ses yeux, notre famille était fascinante, et ses hauts et ses bas, d'après elle, pourraient faire l'objet d'un livre (voire d'une comédie musicale), qu'elle proposait d'intituler *Pas une seconde d'ennui*. Cet immense enthousiasme, je l'attribuais au métier d'agent théâtral qu'exerçait Veronica, activité à laquelle j'imputais aussi son usage immodéré et sa prononciation bizarre du mot « chéééérie », sa façon de vous accueillir à la porte en tendant ses longs bras, sa manière d'étirer ses pieds chaussés de mules sur une ottomane et de répondre à ses appels téléphoniques une main posée sur son chat birman, ou plongée dans la coupe de chocolats à côté d'elle. Elle avait de la vie un sens tellement théâtral qu'après nos visites j'étais toujours convaincue que tout était encore possible pour nous et que nous étions vouées à un destin extraordinaire, que peut-être notre triste existence au-dessous du niveau de la rue pourrait bel et bien donner une comédie musicale intitulée *Pas une seconde d'ennui,* même si pour moi les épisodes d'ennui total ne manquaient pas. Veronica croyait en la capacité de Bett à réussir, tout comme elle croyait en l'Amérique et, surtout, au pouvoir du Sexe. Elle savait que Bett, malgré ses points faibles et ses limites, avait du sex-appeal et que grâce à cela elle aurait toujours un passeport pour la Destinée. Elle croyait que la Science la soutenait dans ses observations et gardait des coupures de journaux, qu'elle nous montrait, évoquant des études dans lesquelles des animaux de laboratoire, dans certaines circonstances, avaient bien voulu se passer de nourriture, d'eau et de sommeil, mais n'avaient renoncé à la « pulsion sexuelle » qu'au seuil de la mort. Leurs derniers hoquets étaient des appels amoureux, disait Veronica, car ainsi allait le monde. Le sexe était une force comparable à la puissance atomique : on ne pouvait l'arrêter, mais on pouvait l'exploiter.

Ayant connu Bett et Constance lorsqu'elles étaient jeunes filles, Veronica se sentait autorisée à répéter l'idée communément admise selon laquelle elles avaient été trop gâtées par Mirabel à l'adolescence et que c'était pour cela qu'elles étaient aujourd'hui incapables d'affronter les Réalités de la Vie. Constance, moins malavisée, mais vouée à mal finir, était qualifiée d'incurablement excentrique, alors que ma mère était le « charme incarné » et serait sans reproche si seulement elle faisait preuve d'un peu plus d'habileté pour s'attacher un homme. Veronica ne comprenait pas pourquoi la chose s'avérait aussi laborieuse, puisque ma mère possédait à l'évidence, en plus de l'attrait sexuel, les deux attributs nécessaires à la réussite d'un ménage : la beauté et la douceur. Dans la bouche de Veronica, cette « douceur » était tantôt synonyme de naïveté (quand elle était fâchée), tantôt (quand il y avait une lueur d'espoir) de mérite, d'affabilité ou de cette qualité indispensable pour plaire aux hommes et les garder qu'on pouvait appeler de la docilité.

Veronica n'avait aucun scrupule à se livrer à ses interrogatoires. Si ma mère admettait fréquenter quelqu'un, Veronica s'animait aussitôt et demandait, non pas : « Que fait-il ? », question pleine de retenue, mais : « Alors, Bett, est-ce qu'il a de l'argent ? » Si, comme il était probable, ma mère répondait qu'elle n'en avait aucune idée, Veronica ripostait sèchement : « Bien sûr que si, tu le sais. » Ou bien elle demandait : « Où travaille-t-il ? », et la conversation donnait à peu près cela :

« Dans une agence de publicité, je crois. Je ne sais plus laquelle.

— Pas grave. Quel est son poste ?

— Je ne crois pas qu'il l'ait dit. Directeur de quelque chose.

— Bien. Bon alors, Bett, est-ce qu'il a des enfants de mariages précédents ?

— Je crois qu'il est toujours marié. »

Veronica, choquée : « Quoi, ils vivent encore ensemble ?

— Non, non, pas vraiment, ils sont séparés.

— Et le divorce est pour quand ?

— Je ne le lui ai pas demandé, Veronica. Je ne pense pas que cela me regarde. »

Se carrant dans son fauteuil, Veronica soupirait et déclarait : « Décidément, Bett, tu n'as pas le sens des réalités. Tu es absolument exquise, mais tu n'as pas le sens des réalités. Est-ce que tu aimes cet homme ? »

Silence, ou silence songeur.

« Eh bien, est-ce que… ? (Là, elle jetait un coup d'œil vers moi, puis décidait de ne pas y aller par quatre chemins, c'était la vie, après tout.) Est-ce qu'il est doué au lit ? »

Ma mère, bien sûr, refusait désormais de répondre, et Veronica répétait : « Allons, Bett, je veux que tu agisses avec intelligence. Mets un peu à profit le physique que tu as. Ta beauté ne durera pas toujours. Cet homme, tu dois lui mettre le grappin dessus. »

Après cet échange, qui était le véritable motif de notre visite, nous jouions toutes les trois au Scrabble. Ma mère oubliait son tour lorsqu'il arrivait, Veronica mettait un temps infini à trouver son mot puis l'orthographiait de travers, sur quoi je la corrigeais. « Je vois que c'est toi l'intellectuelle de la famille », disait-elle (oubliant Shrimp un instant), ou bien « L'intelligence de ton père, le physique de ta mère », et aussitôt après, inévitablement : « Dieu merci, ce n'était pas l'inverse. »

Comme sans doute à l'intéressée, les critiques de Veronica sur l'incompétence de ma mère en ce qui concernait le choix de ses partenaires me semblaient toujours délicieusement démodées et néanmoins un peu immorales, comme si n'était suggérée là qu'une simple transaction : la beauté moyennant finances. C'était une vision assez européenne et courtisane de sa part, même si, depuis, j'ai entendu des femmes (européennes, bien sûr) à la bienséance pourtant inattaquable demander avec incrédulité comment il se faisait que ma mère ne se soit jamais remariée « tant qu'elle en avait encore la possibilité », comme si les sentiments, les passions et les occasions se périmaient au bout d'un moment, tels des œufs sortis du frigo. Mais en ce qui concernait les « atouts » de Bett, comme les nommait vulgairement Veronica, ils avaient une façon déconcertante de perdurer, si difficile que soit l'existence de ma mère, et malgré ses propres peurs de les voir s'éroder, jamais au grand jamais, même quand j'eus à mon tour une bonne trentaine d'années, elle ne parut plus de dix ans de plus que moi, singularité qui s'avéra souvent pénible pendant ma période la plus complexée, quand j'étais certaine d'être prise pour le produit du mariage forcé entre deux préados d'une région de bouseux. Vers onze ans, je me mis à appeler ma mère par son prénom afin d'éviter d'attirer l'attention gênante que provoquait le mot « maman » prononcé en public. Dans les magasins, dans les autobus, des inconnus nous abordaient quand j'étais avec elle et demandaient : « Excuse-moi, tu as dit "maman" ? Non, tu n'as pas pu dire "maman"... C'est vraiment ta mère ? Ma parole, on croirait deux sœurs, vous le savez ? » Et je répondais : « Oui, oui, on nous l'a déjà dit. » Même quand ils nous connaissaient, les gens faisaient constamment des remarques à ce sujet, ce qui m'exaspérait. Chet, par exemple, un des hommes que ma mère fréquentait à cette époque-là, n'arrêtait pas de le répéter ; apparemment, il n'en revenait pas, et s'extasiait sur ce miracle chaque fois que nous étions ensemble. Dans une certaine mesure, Chet était la réponse aux prières de Veronica pour Bett et, au plus fort de ma période d'abattement Rita-esque, quand retentissait le plus souvent la musique radiophonique accompagnant la dépression de Bett, il semblait pouvoir être également la réponse aux miennes.

Au début, pensant que c'était ainsi que nous nous considérions, Chet s'appliqua à nous traiter comme deux grandes New-Yorkaises. Il n'était pas évident de savoir s'il jouait les flambeurs ou les bons pères de famille lorsqu'il nous sortait le soir toutes les deux, nous emmenant dîner au Friars Club, où des comiques fatigués aux yeux injectés de sang que je reconnaissais vaguement pour les avoir vus à la télé dans des troisièmes rôles naviguaient de table en table, se tapaient mutuellement sur l'épaule ou dans le dos, ôtaient des cigares de leur bouche pour parler, puis les y replaçaient pour écouter. « Là, c'est Bernie Kanter », annonçait Chet, tout excité mais restant calme, et ma mère tournait la tête pour regarder avant de sourire gracieusement à Chet, sans avoir aucune idée de qui il s'agissait. J'étais moins ignorante qu'elle, mais aucun de ces personnages n'était assez célèbre pour être intéressant. L'ambiance évoquait celle d'un gymnase masculin, un lieu où nous n'étions pas censées nous trouver, et le maître d'hôtel avait beau sembler assez affable avec Chet, je doutais que lui-même soit davantage le bienvenu ici, car il n'appartenait pas au club des humoristes, lesquels, de toute façon, n'amenaient pas de femmes en ces lieux et certainement pas des enfants de mon âge. Un jour que je frissonnais dans une des robes sans manches de ma mère (je portais en général ses tenues quand je sortais avec eux), Bett avait demandé à Chet s'ils pouvaient baisser l'air conditionné. Gêné, Chet avait posé la question, et ils avaient refusé, ce qui n'avait rien fait pour accroître notre popularité.

Nous allions aussi au Quo Vadis, et dans d'autres restaurants faiblement éclairés que prisaient les hommes avec leurs maîtresses. Je ne me sentais pas vraiment à ma place, non pas tant parce que je m'imposais, ce qui, au fond, n'était pas le cas – je n'ai jamais eu la sensation d'empêcher quoi que ce soit, ni qu'il y ait eu quoi que ce soit à empêcher –, mais simplement du fait d'être assise là dans une de mes robes de fillette de dix ans les plus présentables, ou une des robes de ma mère dont le haut flottait sur mon buste, sans savoir si l'erreur de m'emmener venait de Chet ou d'elle. Elle avait toujours l'air extrêmement heureuse avec nous – quoi de plus agréable que notre petit trio réuni dans un merveilleux restaurant ? –, comme si elle ne pouvait concevoir de passer une seule soirée sans sa fille bien-aimée. En tout cas, Chet m'invitait chaque fois et elle était chaque fois d'accord.

Ma mère et moi restions donc assises côte à côte

sur la banquette, elle me pressant la main de temps en temps ou me serrant dans ses bras si je disais quelque chose d'adorable, pendant que Chet racontait ses histoires légèrement osées et s'enquérait avec mille simagrées de nos préférences gastronomiques, essayant de me charmer en tant que prétendant potentiel de ma mère, essayant de la charmer en tant que père et copain potentiel de sa fille. Soir après soir, les veilles d'école comme les week-ends, nous traînions dans les boîtes new-yorkaises. Une fois, je me souviens, au Copacabana, il était deux heures du matin et nous étions presque les seuls clients pour le dernier spectacle : les danseuses à seins pailletés et à queue en plumes avaient été troublées lorsqu'elles m'avaient vue là, dans la robe de ma mère, à une heure pareille, et Joe E. Brown était apparu et avait fait son numéro un verre de whisky à la main pendant que Bett et moi le dévisagions, bien sages, par-dessus nos cocktails Shirley Temple et que Chet le lorgnait avec son grand sourire plein d'attente. Mais Brown s'ennuyait tellement ou s'en fichait tellement qu'il ne parlait qu'aux musiciens qui lui répondaient en grommelant, et Joe E., soutenu par la tige de son micro, s'était mis à glisser, à se ratatiner et à se répéter, désormais agrippé à son micro comme à une bouée de sauvetage, si bien que Chet avait fini par dire : « Bon, maintenant, on va où ? » et que ma mère avait répondu que, d'après elle, il était temps de rentrer se coucher.

Tout cela se passait l'année de mes dix ans et, vers le mois d'octobre, la campagne de Chet pour conquérir sa famille toute faite s'intensifia. Il avait établi des plans pour que Bett entre dans son affaire de meubles – plans que Bett commentait par des « On verra » et autres « Ça a l'air bien » – et un soir il proposa que nous allions nous promener avec lui sur la Cinquième Avenue. Nous marchâmes à peu près jusqu'à la 77e Rue. Là, Chet recula de manière théâtrale, ouvrit les bras à environ trois mètres de l'entrée d'un immeuble en copropriété, puis lança : « Et voilà.

— Voilà quoi ? fit ma mère.

— Votre nouvel appartement. Je signe les papiers le mois prochain. Attendez un peu de le voir.

— Un nouvel appartement ? répéta ma mère.

— Bien sûr, confirma Chet. Une fois qu'on sera associés tu auras plein d'argent et pas le temps de chercher. Je l'ai fait pour toi. Il vient d'être mis sur le marché. Bien entendu, je resterai où j'habite, ça va de soi », ajouta-t-il, rougissant, m'adressant un rapide coup d'œil, regardant ma mère, puis regardant de nouveau la marquise de l'immeuble.

« Alors, la môme, reprit-il, tu veux savoir ce qu'il y a dans l'appartement ?

— Bien sûr, répondis-je, évidemment.

— Il y a cette espèce d'escalier, comme un duplex, tu sais, deux étages, tu descends l'escalier et il y a la porte par laquelle tu sors. Ou plutôt il y a la porte, tu entres, il y a l'escalier, et tu montes. En tout cas, en haut, il y a une chambre pour toi avec une salle de bains et la chambre de ta maman avec sa salle de bains, et encore une chambre, je crois, en tout cas deux salles de bains, les filles, pour que vous ne vous gêniez pas quand vous vous préparez pour sortir. » Il nous sourit, serra le bras de maman.

« Continue, Chet, dis-je.

— Bon, il y a les chambres en haut. Et en bas, qu'est-ce que nous avons ? Voyons, une grande entrée avec une penderie, ah, oui, une grande salle de séjour, une vue magnifique sur le parc et, voyons, une cuisine. Enfin, je ne sais pas, plein d'espace, je ne me souviens pas de tout, vous le verrez quand je reviendrai en ville. À ce moment-là on aura la clé, et on saura ce qu'il en est.

— Il est à quel étage ? demandai-je.

— Au quatrième. Quatrième et cinquième. Allons regarder la façade. »

Nous traversâmes la rue et observâmes l'immeuble, comptant les niveaux jusqu'à une fenêtre entrebâillée où voletaient des rideaux blancs.

« J'imagine que les occupants, des personnes âgées, sont encore là », dit Chet.

Pendant le trajet de retour, je continuai à lui poser des questions. Ma mère gardait le silence, comme abasourdie. Nous dîmes bonne nuit à Chet, qui partait en voyage très tôt le lendemain matin, et une fois dans le studio, je demandai à Bett : « C'est vrai ?

— Je suppose, dit-elle. Je ne sais pas. »

Cette réponse me parut plutôt vague.

Durant les semaines d'absence de Chet, je faisais un détour quotidien pour passer devant l'immeuble en rentrant de l'école. Je commençais à m'accoutumer aux portiers, au hall d'entrée, et aux jolies ferronneries sur les portes. L'escalier du duplex était forcément en marbre à présent, et un lévrier afghan n'arrêtait pas de monter et descendre. Maman et moi habitions l'appartement (sans Chet, bien sûr – le scénario s'arrêtait là –, mais peut-être continuerions-nous à sortir avec lui pour lui faire plaisir). Bett m'appelait de l'étage au-dessous tandis que nous nous préparions pour un dîner en ville et que nos bains coulaient, leur mousse parfumée embaumant les lieux. Je prenais sans cesse l'ascenseur avec le chien, le nez désormais chaussé de lunettes noires et un long bras tendu comme celui de Veronica accueillant un invité parce que l'animal tirait sur sa laisse pour que je l'emmène au parc. Dehors, un groupe de filles de l'école entendaient claquer les portes de l'ascenseur et m'accompagnaient au parc puis venaient à la maison, impressionnées et jalouses, pas uniquement à cause de l'appartement et de tous ses meubles magnifiques (dont Chet n'avait pas parlé mais qui arriveraient sans doute : nous ne pouvions quand même pas y mettre le divan et le fauteuil-lit Castro… Non, nous allions nous débarrasser de tout ça et recommencer de zéro, des meubles purs, neufs, élégants), enfin bon, jalouses de moi, pas uniquement à cause de notre logis mais parce que je vivais seule avec le lévrier afghan et ma mère si belle, bien plus belle que leurs mères à elles, et que nous étions comme des sœurs, vivant seules dans notre « petit nid douillet ».

Au mois de novembre, les coups de fil de Chet se multiplièrent. Il organisait les choses et devait se rendre encore une fois en Floride (nous avions reçu une corbeille de pamplemousses emballée dans de la cellophane orange). Il reviendrait la première semaine de décembre et le déménagement était prévu peu après : nous pourrions être installées avant Noël. Cette année-là, il n'y eut pas de scènes à propos de l'arbre et des cadeaux, nous étions occupées par de plus beaux rêves. Nous achetâmes nos cartes et les envoyâmes. Joyeuses fêtes. Nous attendîmes.

Je revins de l'école un après-midi en me demandant si Bett avait eu des nouvelles de Chet, et la trouvai assise sur son lit, renfrognée.

« Mon cœur, dit-elle, il y a un problème. C'est terrible pour lui. Son fils... » Elle rechigna à continuer, c'était tellement atroce pour Chet, et elle avait toujours préféré me cacher les côtés cruels de la vie. « Une tumeur au cerveau. Son fils aurait une tumeur au cerveau.

— Je ne savais pas qu'il avait un fils, répliquai-je.

— Moi non plus.

— Alors, quand est-ce qu'il revient ?

— Mon cœur, je ne sais pas. Il doit avoir tellement de soucis en tête.

— Mais enfin, il a bien dit quelque chose ?

— Il nous appellera quand il pourra. »

Bien sûr, il ne put jamais. Je dis « bien sûr » comme le dirait Shrimp, et comme elle le dit probablement à l'époque, mais pendant quelque temps j'attendis réellement son coup de fil et je fus réellement étonnée. Un jour, bien plus tard, je demandai à ma mère ce qui s'était passé, à son avis.

« Je ne sais pas. » Telle fut la seule réponse qu'elle me donna.

Bett et moi dans le quartier un samedi matin, faisant des courses, récupérant des chaussures dans la belle cordonnerie ancienne, Bett vêtue d'un tailleur, encore chic mais élimé. Elle donne son ticket au cordonnier et il le garde quelques minutes. J'examine les cirages et les lacets sur un petit présentoir près de la porte et j'entends ceci :

« Chincouante dollars. » Voix basse, ton sournois.

« Pour faire quoi ? demande ma mère.

— Vous savez bien. » Voix plus basse encore.

« Non », répond ma mère. Elle ne sait pas.

« Je vous donne chincouante dollars. Vous me dites quand. Vous, très belle femme. »

Ma mère se fige, puis s'écarte légèrement du comptoir. « Puis-je avoir mes chaussures, s'il vous plaît ? »

Il la fait mariner quelques instants, puis hausse les épaules, se détourne et va chercher le sac en papier kraft qui correspond au ticket. Ma mère pose son argent sur le comptoir, pivote prestement sur ses talons, avec cette élégance désinvolte qu'elle réserve aux situations gênantes, et quitte la boutique, pendant que je reste en arrière et que j'observe l'homme. Il la regarde s'en aller, indifférent à ma présence, hausse une fois encore les épaules, sombre, imperturbable, la suivant des yeux, ne voyant aucune raison de se priver, savourant en connaisseur le ravissant spectacle qui s'éloigne.

Trois

Je ne me rappelle pas quel mois elle revint d'Europe – en l'occurrence d'Espagne, les dernières années – avec une cargaison de tableaux, des caisses de sculptures et Bill, son nouveau et jeune mari. La mauvaise mère de ma mère. On ne peut jamais dire d'où les secours vont arriver, ni à quel endroit et dans quel état ils vous laisseront quand ils disparaîtront. Ce dont je me souviens, c'est que, lorsqu'elle revint, tout changea pour moi, puis changea de nouveau lorsqu'elle repartit. Elle avait la substantialité paradoxale d'une vision dans un rêve, une présence indélébile que j'allais garder en moi le reste de ma vie : elle surgissait très souvent en pleine nuit, ou quand je me sentais seule et malheureuse, pour m'expliquer comment procéder. Parfois c'était comme une vraie voix que j'entendais, très calme, très directe, une voix qui ne renfermait aucune affection mais qui, bizarrement, la suscitait, une voix qui, une fois présente en moi, rendait impérative la tâche assignée, qu'il s'agisse de continuer, de renoncer, de croire ou quoi que ce soit. Parfois c'était juste comme une chose que je pouvais évoquer, pas exactement un souvenir sensuel et physique comme avec Bett, mais un simple fait. Le fait d'être soi. Et sans le moindre doute je suis moi à cause d'elle, et encore ici plus à cause d'elle que de quiconque. Il semble alors d'autant plus étrange que j'aie si peu à dire sur l'époque où je l'ai connue.

Par la suite tu te poses des questions sur cette personne, des questions qui ont à voir avec ta vie d'adulte – rien à voir avec ce que tu étais à ce moment-là et comment tu étais quand tu étais avec elle, c'est-à-dire insouciante, avide, oublieuse. Cependant, quelque chose avait subsisté. Intuitive, tu avais dû mettre en lieu sûr cette chose dont tu n'avais aucun moyen de savoir que tu en aurais besoin ou en prendrais conscience des décennies plus tard. Sans t'en apercevoir, tu avais dérobé quelque chose du passé tel que tu l'avais vécu, quelque chose que, plus tard, tu aurais la possibilité de regarder et de manipuler. Et tout cela, tu l'avais fait machinalement, comme une kleptomane s'attaquant à sa propre vie.

Je me souviens de sa démarche quand elle entrait dans le loft, de son teint, de sa riche chevelure noire coupée court, de ses magnifiques yeux foncés, de sa peau pâle si lumineuse, qui se parait parfois d'une nuance un peu « café au lait ». Et sous cette enveloppe, pleine d'orgueil et de farouche assurance, il y avait son ossature, cette remarquable ossature qui donnait sa structure à son corps délié, épousant comme des bracelets ses poignets et ses chevilles, créant de mystérieux îlots de hanches et d'omoplates qui affleuraient puis disparaissaient, inventant les formes sur lesquelles se posaient et se mouvaient ses vêtements, et auxquelles ils obéissaient. Elle était belle, et sa beauté se trouvait aussi en elle. Si on bousculait ma mère, quelque chose cédait, mais ma grand-mère semblait absolument indestructible.

Dans son loft-atelier nous buvions du café noir et discutions de comment je devais l'appeler. Toute variante de « grand-mère » aurait été absurde. Elle n'avait rien de « grand-maternel ». Même à mes yeux elle faisait jeune, et l'aurait fait encore plus sans l'expressivité complexe de ses traits, les couches d'intelligence évidentes malgré l'absence de mouvement apparent des yeux, du front ou de la bouche, comme si elle saisissait les choses d'une manière profonde et instantanée. Elle avait la beauté d'un animal magique et solennel, pas du tout comme la beauté de ma mère, pas jolie, trop sévère pour cela, et pas « sexy » d'une façon perceptible pour moi, même si Éros était bien présent. Elle était forte, grande, mince, splendide créature d'ombre et de lumière qui dégageait une chaleur et une énergie permanentes. Elle était gracieuse, aussi leste qu'une danseuse, et bougeait différemment des autres femmes, sans la moindre retenue, la moindre minauderie ni le moindre complexe. Il y avait de la détermination et souvent du bonheur dans ses mouvements, ou peut-être pas du bonheur mais une alliance secrète avec la vie, rarement reflétée sur son visage, qui affichait une sérénité olympienne sans grand humour. Là où ma mère était douce, conciliante et révélait une sorte de confusion physique quant à sa position dans l'espace – une espèce d'hésitation craintive et frémissante, aussi attirante pour les hommes que, pour les requins, la nage affolée des poissons blessés –, ma grand-mère évoluait à longues et souples enjambées avec une résolution inébranlable. Elle donnait l'impression d'avoir conclu son propre arrangement avec le monde, si bien qu'on avait constamment envie d'être avec elle et de la suivre partout, parce qu'on le savait, on serait en sécurité dans son sillage. Un sentiment de sécurité, ce fut une des premières choses que m'inspira sa compagnie dès qu'elle m'eut acceptée.

En dépit de cette allure juvénile, ma grand-mère me faisait penser à quelqu'un qui aurait accompli un long voyage et y aurait survécu. Il y avait chez elle une qualité héroïque, immédiatement apparente mais troublante compte tenu de son évidente féminité. D'après mon expérience, les femmes étaient des martyres comme Claudia, des anges brisés comme Bett, ou des blocs de tristesse et de rectitude comme les mères de l'école. L'héroïsme était exclusivement réservé aux hommes. Quant au pouvoir, à ma connaissance, il n'existait chez les femmes que sous une forme monstrueuse, comme dans le cas de Miss de Vine. Le pouvoir aux mains d'une femme, de surcroît utilisé comme de l'énergie et non de la rage, était nouveau pour moi et rendait ma grand-mère quasi surnaturelle. Tandis que je me disputais sans arrêt avec ma mère, et ces derniers temps davantage encore, je n'aurais pas plus tenu tête à ma grand-mère que, suspendue au-dessus d'une cataracte, je n'aurais lâché la branche que j'agrippais.

Je ne devais pas être la seule à éprouver ce genre de sentiments à son égard. J'ignore si son intégrité, son courage ou je ne sais quelle qualité sautaient aux yeux, mais on la traitait toujours avec respect. Il était très différent de celui qu'on accordait à Bett, lequel découlait plus de la stupeur causée par sa beauté et ne durait que le temps pour l'admirateur d'arriver à ses fins. Avec ma grand-mère, les gens laissaient une sorte d'espace autour d'elle, et même quand ils ne la connaissaient pas, ils lui souriaient avec cordialité et ne lui tenaient que des propos sans aucune équivoque. Contrairement à ce qui arrivait avec Bett, personne ne lui parlait jamais par sous-entendus, et personne ne se montrait impoli, impatient ou irascible. Vu la façon dont les gens la traitaient, elle avait forcément une perception particulière du monde. Un monde sans doute meilleur que celui que Bett et moi habitions.

La recherche du nom que je devais lui donner dura aussi peu que le bref malaise qui exista entre nous, le temps de déterminer si, elle comme moi, nous avions la moindre envie d'approfondir la relation. Durant quelques heures, la balance aurait pu pencher d'un côté ou de l'autre, du moins dans son optique à elle. Elle était assez cérémonieuse, quoique amicale avec moi, et hésitait à manifester trop de curiosité. Quant à moi, au commencement, je nourrissais peut-être une certaine méfiance à son égard, en raison des rancœurs à peine réprimées de Bett. Mais nous ne passâmes pas très longtemps à nous jauger mutuellement. En quittant son atelier ce premier jour, j'étais totalement conquise et, sur sa suggestion, je lui redonnai le nom que je lui avais apparemment attribué dans un passé oublié, quand, toute petite, par gutturales étranglées, je l'appelais « Gogi ».

Elle ne fut jamais une grand-mère pour moi. De mon point de vue, c'était une relation toute neuve, malgré la résurgence de la désignation enfantine, qui, avec sa sonorité évoquant un mouvement impétueux vers l'avant, s'avéra lui aller comme un gant. Mais si elle me présentait toujours comme sa petite-fille – procédure qui suscitait les mêmes exclamations incrédules que quand j'appelais Bett « maman » devant des tiers –, nous n'eûmes jamais des rapports de grand-mère à petite-fille. Nous étions plutôt comme des amies unies dans un de ces partenariats irrévocables où l'une gouverne sans conteste et l'autre est acceptée sans réserve. Gogi et moi devînmes proches très rapidement, grillant les étapes comme au début d'une histoire amoureuse, comme si le temps dont nous disposions était extrêmement limité et extrêmement précieux. J'éprouvais avec elle une étrange sensation de familiarité, pas du tout comme si je la connaissais depuis toujours, mais comme si je n'avais cessé de l'attendre et que j'étais peut-être moins étonnée que soulagée de la voir enfin.

Compte tenu de mon indéniable engouement, ma mère renonça à s'opposer à notre amitié. En fait, l'attitude de Bett était typique de sa générosité envers moi et de la certitude qu'elle avait de ne pas être comme tout le monde. Elle acceptait que j'aie une relation avec ma grand-mère si la possibilité s'en présentait, tout comme des années plus tard elle ne fit jamais rien pour m'empêcher de rencontrer mon père. Ses propres rapports tourmentés avec Emma, si effrayants et écrasants qu'ils aient été, ne servirent jamais à entraver les miens. Si elle avait été privée d'amour maternel, c'était dû uniquement à sa propre malchance, et en aucun cas elle ne m'empêcherait d'obtenir ce qu'elle-même avait passionnément désiré. D'un autre côté, l'amour que me portait Gogi n'adoucit jamais les sentiments de ma mère envers elle. Elle avait beau ne jamais rien dire contre elle, chaque fois qu'elle m'amenait à l'atelier ou venait m'y rechercher – dispositions qui s'avérèrent superflues dès que je fus intégrée dans la vie de ma grand-mère –, leurs échanges demeuraient mystérieusement guindés (de part et d'autre) et inamicaux. C'étaient là les seules occasions – hormis quand les hommes lui faisaient des avances malvenues – où je vis jamais ma mère agir avec froideur et l'entendis ironiser pour se défendre, lançant des piques à peu près aussi terrifiantes que des coups de patte de chaton et, d'une certaine manière, du moins à mes yeux, sinon à ceux d'Emma, tout aussi touchantes. Quoi qu'ait pu ressentir Bett en son for intérieur, elle ne fit jamais de mes visites à Gogi une question de loyauté entre nous, et je lui en étais reconnaissante. Peut-être était-elle, comme son comportement le laissait croire, simplement heureuse pour moi.

Ma grand-mère n'était pas très démonstrative. Je ne me souviens pas qu'elle m'ait souvent embrassée ou serrée dans ses bras. Je comprends aujourd'hui, même si je n'y avais pas pensé à l'époque, à quel point Bett et Constance avaient dû souffrir de sa froideur. Mais pour moi sa distance n'était qu'un aspect de sa merveilleuse souveraineté, de son éloignement naturel du monde ordinaire. En outre, contrairement à ses filles, j'ai toujours su qu'elle m'aimait, et quand j'étais avec elle, mon assurance, la certitude de ma valeur en tant que personne grandissaient de façon vertigineuse. L'amour de ma mère ne m'apportait pas cette confiance-là. Il était différent, incommensurable, une sorte d'état de fait, quelque chose à quoi elle ne pouvait rien. L'amour de Gogi, lui, était quelque chose qu'il me fallait conquérir. C'est pourquoi, une fois que je l'eus obtenu, je savais que je le méritais, et n'aurais jamais eu l'idée de le mettre à l'épreuve.

Ma grand-mère ne faisait absolument aucune concession au fait que j'étais une enfant. Ni jeux ni petits plaisirs. Pas d'aliments « enfantins », jamais de desserts à la fin des repas, et encore moins de lait et de cookies. J'incarnais dans sa vie une version miniature d'elle-même, et nous passions l'après-midi à boire du café noir et à écouter les nouvelles à la radio, ou bien nous travaillions dans son atelier, où j'avais mes propres peintures et mon propre chevalet, ainsi que ma propre selle de sculpture. Quand nous allions au cinéma, c'était en général pour voir des « films d'art et essai », et quand nous sortions, c'était pour aller à la banque ou chez l'épicier. Pas d'expéditions au zoo, au parc ou au cirque avec cette grand-mère-là. Mais j'étais très heureuse dans son univers et je ne m'ennuyais jamais, alors que cela m'arrivait souvent à la maison. J'adorais les odeurs de l'atelier, les parfums d'argile grasse et de plâtre, de térébenthine et d'huile. Et j'adorais son loft. Il était vaste et nu, sans « rien » dedans hormis son matériel de travail et de hautes cloisons en gaze délimitant les espaces, plusieurs divans et fauteuils en toile, et les caisses posées à la verticale où Bill et elle rangeaient leurs livres et leurs revues. Mais le « rien » ici était très différent du « rien » à la maison, qui s'apparentait toujours à du dénuement. Dans le loft, sans même une cuisine (nous faisions la vaisselle dans la baignoire), régnait une atmosphère d'invention et d'originalité, de joyeux mépris des usages. Aucun dénuement : ce mode de vie était à l'évidence celui souhaité par Gogi.

Il n'était pas tout à fait vrai qu'elle ne me gâtait jamais. Elle me lisait souvent, quand je le lui demandais, les histoires de la *Reine des Neiges* ou du *Rossignol et l'Empereur*, dans l'édition des *Contes* d'Andersen illustrée par Edmond Dulac. Ou bien du Lewis Carroll. Mais il s'agissait de textes qu'elle aimait autant que moi, et si je lui avais demandé de lire quelque chose qui ne lui plaisait pas, elle aurait refusé. En tout cas, très vite, je préférai lire seule, et dévorer sans distinction toutes sortes de romans populaires « pour adultes » comme *Exodus, Marjorie Morningstar* ou *Autant en emporte le vent,* des livres qui me happaient dans leurs formidables envolées dramatiques et que je pouvais ne pas lâcher durant des après-midi entiers chez Gogi, couchée avec les chats dans le coin de l'atelier au milieu des coussins années cinquante de forme carrée ou triangulaire et de teinte vert olive, noire ou turquoise, et laissant les sons alentour – nettoyage de pinceaux, ponçage de plâtre, conversations téléphoniques ou eau qui coule – pénétrer, se mélanger et fusionner avec ces autres existences que j'étais en train de vivre, dans la plantation, au kibboutz ou dans des lits aux draps de satin.

Gogi lisait, je crois, moins que moi, et je ne l'associe pas à des livres, mais, comme Bett, à des chats et à la radio qu'elle écoutait (surtout des émissions de débat, ou du blues et du jazz). En réalité, je l'associe au travail, ces ouvrages de peinture et de sculpture par lesquels, sous leur forme commerciale, elle gagnait sa vie, et qui, contrairement à ma mère, semblaient la passionner. Elle ne distinguait pas le travail du plaisir comme le faisaient la majorité des gens, et cette attitude était contagieuse. Malgré son apparente austérité, c'était au fond une sorte de monde enfantin qu'habitait ma grand-mère, un monde qu'aurait pu s'inventer un enfant : plein d'aventures, de rencontres inattendues, de personnages excentriques, de distractions et de créations. Si le monde paraissait à Emma un lieu rassurant et fascinant (à condition qu'il ne se rapproche pas trop), c'était peut-être à cause de son enfance heureuse, et peut-être la perception qu'en avait ma mère, très comparable à ce que le poète Ehrenbourg disait de Modigliani – que son monde ressemblait à un immense jardin d'enfants dirigé par des adultes très méchants –, peut-être son infantilisme malheureux provenait-il de ses premières privations. En tout cas, dans mon propre infantilisme, je voulais croire que l'univers était plus clément qu'il ne me l'avait semblé jusqu'à présent, qu'il était à la fois intéressant et bienveillant, et autant que sa présence héroïque, c'était cette évidente conviction chez Gogi qui me séduisait. Sans aucun des accessoires avec lesquels les adultes reproduisent l'enfance pour leur progéniture, sans jouets ni jeux, Gogi me fit cadeau, tard, mais pas trop tard, des choses les plus solides et les plus heureuses qu'elle avait conservées de l'enfance et qui étaient foncièrement rattachées à sa vie d'artiste (y compris d'artiste commerciale, comme elle l'était souvent). Ses rapports tant avec le travail qu'avec le monde étaient une forme de jeu sérieux, et ceux-ci influençaient fortement l'idée que je me faisais de ce qui se trouvait « là dehors », cet univers qui, au fil de mes années de cohabitation new-yorkaise avec ma mère, me semblait non seulement de plus en plus brutal, mais aussi de plus en plus ennuyeux.

L'atelier de Gogi était en réalité une sorte de paradis enfantin intelligent. En plus de sa décoration de fortune façon « île déserte » et des continuelles activités très « jour de pluie » qu'offraient pinceaux, papier et argile, tout l'immeuble ressemblait à un village qu'aurait pu construire un enfant, avec des personnages qui surgissaient soudain derrière des portes en verre opalin biseauté le long de couloirs étincelants jalonnés de plaques en laiton. Il y avait un dentiste, un horloger, un couple de parfumeurs arborant vestes et nœuds papillons assortis, un sculpteur célèbre qui avait été marié à la strip-teaseuse Gypsy Rose Lee et un peintre coréen à la famille silencieuse aux allures de poupées. À longueur de journée, ils entraient et sortaient de leurs boîtes pour cancaner et boire du café. Leurs portes étaient souvent ouvertes, et en particulier pour moi. Le dentiste avait coutume de me montrer sa collection de mâchoires remodelées, ses petits tiroirs en bois contenant ses instruments d'extraction, chacun spécialement conçu pour un cas d'urgence précis. M. Marx et M. Shelley me donnaient des échantillons de parfum ou de minuscules sachets de pot-pourri ornés d'un nœud pastel pour « ta charmante maman » ou « ta chère grand-mère ». De Diego, l'artiste à la réputation sulfureuse qui avait un jour demandé à ma mère de poser pour lui (« *Bien sûr,* déshabillée ! » avait-il répliqué, comme si la question était ridicule), m'avait fabriqué un Noël une poupée vaudoue en papier mâché, une sorte de chouette blanche toute dodue avec des sourcils qui rebiquaient, une cape de soie rouge et une longue queue fourchue. Il y avait un violoniste, aussi, et un petit pianiste lugubre, parfois accompagné d'une chanteuse lyrique faisant ses gammes. Voguant alors dans les couloirs, les notes répétées produisaient un son vibrant et lancinant qui était ridicule et beau en même temps. Je prenais toujours l'ascenseur pour monter chez Gogi au cinquième étage, de plus en plus enivrée par les odeurs de produit pour les cuivres, de peinture à l'huile et de térébenthine qui imprégnaient le vieux bois, bondissant comme un chiot en laisse dans ma hâte de découvrir qui était là, qui avait envie de parler, et ce qui s'était passé depuis la dernière fois. Impatiente, aussi, de me retrouver dans ce lieu où, de plus en plus, je me sentais chez moi, où en tout cas s'épanouissait cette partie de moi qui était la plus vivante, la plus enjouée, la plus remplie d'espoir.

Le loft de Gogi était situé à quelques rues seulement de Carnegie Hall, et les immeubles de grès brun et autres bâtiments commerciaux des environs regorgeaient de studios de répétition et de logements bon marché où travaillaient et résidaient les habitants mélomanes de ce quartier. À toute heure du jour, on pouvait voir de pâles symphonistes à l'aspect étranger habillés de longues vestes foncées transporter des étuis à instrument cabossés, ou des monitrices de chant à l'opulente poitrine déambuler vêtues de fourrures mitées en s'adressant à leurs chiens minuscules avec des voix sonores aux accents très marqués. Le soir, ces mêmes individus exotiques tout dépenaillés se dépêchaient de rejoindre les salles de spectacle dans leur habit de concertiste, sorte de version lustrée, avachie, peut-être jadis élégante, du costume authentique datant de plusieurs décennies. Les *delicatessen* de la Sixième Avenue regorgeaient eux aussi de musiciens qui faisaient durer leur tasse de café l'après-midi entier – même s'ils fréquentaient plus volontiers la cafétéria à distributeurs automatiques à côté –, et se disputaient avec les serveurs à propos de la fraîcheur des petits pains. J'étais fascinée, et parfois intimidée, par ces olibrius : leurs mains n'étaient jamais immobiles, leurs cheveux jamais coiffés comme tout le monde ; ils arboraient des tenues compliquées, fripées, souvent farfelues, qui n'allaient pas avec le sérieux de leur mine et de leur maintien. Ils me faisaient penser à des artistes de cirque, mais un cirque d'un genre pas très gai. (Après tout, ils faisaient la musique qu'écoutait ma mère quand elle était malheureuse...) Ma grand-mère en connaissait certains, et de temps en temps nous nous arrêtions pour bavarder avec eux, flânant dans ces rues que ne hérissaient pas encore les gratte-ciel de la Sixième Avenue, mais qui, comme le musée d'Art moderne voisin et son jardin, semblaient appartenir à des amateurs et des professionnels des différents arts existants. Tous ces immeubles industriels, ces vieux cinémas, la plupart des *delicatessen* et des ateliers de répétition ont à présent disparu, et aujourd'hui, même le jardin du MOMA a l'air d'une oasis artificielle, sorte d'hommage aussi hypocrite qu'inoffensif à une chose depuis longtemps évanouie (et peut-être déjà agonisante à l'époque où je l'ai connue).

Je ne pratiquais pas la peinture et la sculpture quand je n'étais pas avec ma grand-mère et, à moins de vouloir lui confectionner tout spécialement un cadeau de Noël ou d'anniversaire, je ne les pratiquais pas à la maison. Je n'y avais jamais vu des choses qu'elle m'avait données pour que je les garde pour moi, mais plutôt des composantes du langage que j'employais quand j'étais avec elle. Cela faisait partie de ma façon d'être, c'était la grammaire de notre conversation, et pratiquer ces deux arts sans elle ou sans l'avoir dans mes pensées aurait été comme de me débiter des mots d'amour à moi-même. Mais lorsque nous étions ensemble, nous nous postions près des immenses fenêtres, derrière les cloisons de toile qui séparaient les parties « sérieuses » du loft des parties séjour et chambre à coucher, et je travaillais à son côté pendant qu'elle exécutait sa danse rythmique pieds nus, s'approchant puis s'écartant de sa sculpture, un outil dans sa main droite ou, entre le pouce et l'index, un morceau d'argile grasse qu'elle brandissait à hauteur de poitrine avec la tension légèrement tremblante d'un chat à l'affût. Parfois, elle mélangeait ses peintures ou bien, à l'aide de la lourde barre striée, elle s'appliquait à poncer ces têtes, ces membres ou ces torses de mannequins en plâtre préalablement moulés en usine. Elle n'effectuait sans doute aucune besogne importante pendant que j'étais là : il est très difficile de travailler librement avec quelqu'un à proximité. Toutefois, par une sorte d'espionnage inconscient, je percevais bel et bien sa concentration, à travers le mouvement de ses pieds tandis qu'elle dansait avec son ouvrage, et à travers sa respiration. Quand j'étais avec Gogi alors qu'elle travaillait, je ne ressentais jamais le genre d'émotion que j'éprouvais avec ma mère, qui n'avait d'autre choix que de se concentrer pendant que j'étais là, et que je pouvais observer des heures durant. Surtout quand elle peignait un portrait de moi, je pouvais la regarder bien en face, ce que je n'aimais pas faire avec ma grand-mère. Lorsque Gogi travaillait, son expression devenait parfois un peu sévère, sa bouche se pinçait et elle pouvait paraître en colère, même si je savais que ce n'était qu'une apparence. Mais ma mère affichait toujours un merveilleux sérieux plein de douceur lorsqu'elle sculptait, avec un petit sourire mouvant au coin des lèvres et des yeux, peut-être pour s'excuser de m'obliger à poser. Peut-être était-ce simplement l'attitude professionnelle qu'elle devait adopter quand elle peignait des portraits, sa conscience s'appliquant à son ouvrage puis le délaissant, empressée, conciliante. Mais même lorsqu'elle était tout entière à son ouvrage, elle avait une expression de tendre concentration que j'aimais beaucoup, et parfois elle avait même l'air heureuse, comme si elle bénéficiait d'un répit. Je ne sais pas… on s'oublie soi-même quand on travaille ainsi, et peut-être était-ce cet oubli de soi qui la rendait heureuse. Après, lorsqu'elle « émergeait », elle conservait quelque temps cette mine sereine, jusqu'à ce que reviennent son anxiété habituelle, et parfois ses « paniques ».

Elle prétendait qu'elle n'aimait pas cela. Que l'art faisait partie du monde de Gogi et du monde de son père et qu'il lui rappelait l'atrocité de sa jeunesse. Elle paraissait pourtant aux anges quand elle s'y adonnait, et j'aurais aimé qu'elle puisse s'y consacrer davantage, parce qu'elle avait du talent et que cette activité semblait la combler. Mais elle n'honorait pas toujours ses commandes à temps, ou se trompait dans les dimensions, et certaines entreprises, comme la fabrique de médaillons pour qui elle créait de superbes médailles commémoratives, finirent par se passer de ses services. Ensuite les choses devinrent plus difficiles car elle n'avait aucune confiance en elle. Et elle détestait foncièrement l'univers de Gogi, tous les oripeaux de la bohème, ce loft excentrique si dépouillé. Elle était polie, bien sûr, avec les autres habitants de l'immeuble de sa mère, qui l'appréciaient tous et demandaient de ses nouvelles, mais il était clair qu'elle les prenait pour de pauvres bougres. N'empêche, elle aurait pu travailler à sa guise, dans son propre décor. Cela lui aurait peut-être procuré le plaisir qu'elle semblait toujours éprouver quand on la regardait sculpter. Cela me rend triste aujourd'hui d'y repenser, et de revoir l'expression qu'elle avait lorsqu'elle travaillait. Car le salut était *juste là*, où, selon elle, il n'y avait rien. Elle avait du talent, tout le monde le disait, et, par ses dons, elle aurait pu échapper aux tourments de sa vie si à chaque geste d'artiste, à chaque bouffée d'argile ou de plâtre, elle n'avait dû surmonter toutes les terribles réminiscences d'une enfance effrayante.

Je n'ai rien dit du mari de Gogi. Pendant quelque temps, je fus tellement étonnée par cette nouvelle présence féminine dans ma vie que je remarquai à peine l'homme qui allait avec. Les hommes étaient censés être de merveilleuses créatures – sinon, pourquoi tant d'histoires ? –, et Bill m'impressionna beaucoup moins. Peut-être savais-je qu'il me fallait assimiler le fait saisissant qu'une femme puisse posséder les vertus de Gogi, et pris-je mon temps avec lui, comme si, même à l'époque, je pouvais comprendre par le biais de ma grand-mère des choses sur les femmes qui me seraient utiles plus tard.

Mais il me plut tout de suite. Je le trouvais très séduisant et drôle. Et puis leur couple me plaisait, tout comme la façon dont il l'aimait et la rendait heureuse. Il avait vingt ans de moins qu'elle mais je n'y prêtai pas attention, ce détail ne constituait qu'une des multiples différences qui existaient entre eux. Il ressemblait un peu aux photos de Hemingway dans les années vingt : grand, brun, bien charpenté, vaguement pataud. Il avait une moustache comme Hemingway jeune et portait des vêtements analogues, des costumes anglais, ou peut-être espagnols, taillés dans un tweed épais, avec d'étroits revers aux pantalons. Je me souviens que ses costumes et ses vestes me paraissaient très européens et d'une masculinité rêche et massive, sans rien d'efféminé ni d'italien. Il avait une forte présence, des yeux bleus pétillants, et il était bien plus démonstratif avec moi que ne le fut jamais Gogi.

Il était photographe et passait beaucoup de temps dans la chambre noire qu'ils avaient aménagée dans l'angle du loft où se trouvait autrefois la cuisine, et où, si on voulait se faire une tasse de café ou utiliser le fourneau, on ne devait entrer que quand la lumière rouge était éteinte. L'évier et les plans de travail servaient au développement. C'était un numéro de jonglage assez étrange, mais ils y arrivaient très bien. Le temps que je ne passais pas près des grandes fenêtres à faire de la sculpture avec Gogi ou à lire sur le divan, je le passais avec Bill dans le noir sous les lampes infrarouges, à attraper par leur coin supérieur, à l'aide de pinces en bambou, des feuilles de papier trempant dans un produit jaunâtre à la puissante odeur pour les déposer à plat dans d'autres bacs, puis à regarder les images apparaître, vacillantes, dans leur bain de liquide amniotique. Bill m'enseigna bon nombre des techniques photographiques : agrandir, inverser et projeter des négatifs, éclaircir, fixer, couper et manier avec soin le papier ultra-brillant aux bords tranchants comme des lames sur lequel il effectuait ses tirages. Il ne m'apprit pas à faire des photos, mais peut-être cet aspect-là me passionnait-il moins. J'adorais le travail dans le noir, avec cette lumière rouge et cette atmosphère de nécromancie, les choses stupéfiantes que pouvaient faire la lumière, l'obscurité et les produits chimiques.

Il parlait beaucoup de l'Espagne, où il avait rencontré et épousé ma grand-mère, cette splendide étrangère solitaire sur qui tout le monde jasait dans le village. Ils avaient une grande maison à Málaga, où les chats et les chèvres se promenaient à travers les oliveraies et dormaient sur les terrasses, où il y avait de la poussière rose partout, la voix de Ray Charles à la radio, et une vue sur la mer. Une femme du village s'occupait d'eux ; elle leur faisait les courses et la cuisine et transportait les énormes bonbonnes d'eau jusqu'à leur maison en haut de la colline. On pouvait avoir tout cela, disait-il, la grande maison, la bonne et le vin rouge à discrétion, pour vingt-cinq dollars par mois.

Chaque fois que Bill et Gogi avaient une conversation qu'ils ne voulaient pas que je comprenne, ils s'exprimaient en espagnol, mais la plupart du temps ils m'accueillaient sans restriction dans leur vie, et je n'ai jamais eu le sentiment de les déranger. Il m'arrivait de rester dormir sur un des divans, avec une cloison-paravent autour. Une fois, j'avais aperçu Bill tout nu en transparence, éclairé par les néons qui clignotaient dans la Sixième Avenue. Il avait l'air vulnérable, blanc et désarmé comme le Christ sur sa croix. Mais il y avait de la force dans ses jambes et ses épaules et je voyais en lui un mélange de faiblesse et de robustesse, de lumière et d'obscurité, comme dans son œuvre photographique : la peau blanche et les muscles lisses, le mystérieux triangle sombre sous les hanches étroites et le ventre blanc.

Être là-bas la nuit pouvait s'avérer effrayant. Je n'avais jamais peur dans le noir à la maison, mais ici le néon vert et rose de l'immense enseigne de l'hôtel en face dessinait d'inquiétantes taches de couleur sur les morceaux de mannequins de Gogi, sur les bras et les mains de plâtre blanc, et cette tête de femme chauve et sans yeux avec son cou de cygne. Au milieu de ces objets, sur le grand établi où ils étaient disposés, les chats se faufilaient tels des serpents d'eau, se déplaçant à la fois lentement et brusquement sous les éclairs stroboscopiques.

J'étais à l'aise avec Bill comme je ne l'avais jamais été avec aucun des soupirants de ma mère. Peut-être les angoisses qui m'étreignaient toujours avec eux – allaient-ils rester, allaient-ils partir, dans combien de temps feraient-ils pleurer ma mère et l'obligeraient-ils à mettre de la musique classique ? –, peut-être ces angoisses n'avaient-elles pas cours avec lui, et les choses s'en trouvaient-elles facilitées.

Nous allions voir des films au musée d'Art moderne, ou des expositions de peinture et de photographie. Nous nous promenions dans le parc, lui dans son long manteau de tweed, ses appareils photo cognant contre ses boutons ou logés dans ses mains gercées de froid. Ses chaussures aux épaisses semelles produisaient un bruit lourd sur les ardoises bordant la mare aux canards, et chacun de ses pas paraissait ferme, viril, assuré. Il avait un visage plus clair que le reste de sa personne, surtout ses yeux bleu pâle et sa moustache – peut-être la seule et unique moustache que je n'aie jamais trouvée ridicule –, qui sentait le bain de bouche à la menthe mais aussi la Gitane. J'aimais sa présence physique. J'aimais la façon dont il relevait mon col et le sien quand nous étions dehors dans le froid, la façon dont il me manipulait et corrigeait ma posture pour ses séances de photo. J'aimais son aisance avec moi, et le naturel avec lequel il m'acceptait. Nous étions amis, ou peut-être était-il le premier homme pour qui j'aie jamais éprouvé de l'amour.

Ils avaient une maison à la campagne, près de Carmel, où j'allais en été. C'était une communauté au bord d'un lac, pleine de maisonnettes sur de petites parcelles, assorties de jardins et de remises en piteux état. Mais c'était mon Shokan, et je traversais en courant les bois et les jardins des autres et gambadais loin sur les chemins de terre où s'alignaient les terrains invendus comme si j'étais une jeune héritière arpentant son domaine. J'avais des amis le long de la route, des enfants d'autres estivants, avec qui je faisais du vélo, tirais à l'arc, poussais des cris, me bagarrais, caracolais en liberté. Ou bien, paisiblement, des heures durant, je sculptais à côté de Gogi dans le garage qu'elle avait aménagé en atelier : là, nous travaillions toutes deux pieds nus sur le sol frais en ciment, tandis que dans la chaleur de midi le parfum de paillis de l'argile humide se mêlait à l'odeur des tuyaux en caoutchouc chauffés par le soleil, aux émanations des bidons d'essence et, juste après la porte, aux senteurs des roses-thé, de la menthe et de la sauge du jardin aromatique, dans lequel les chats déambulaient à pas prudents et nerveux comme des chevaux de parade viennois, en levant haut la jambe. Ces chats étaient moins déchaînés que moi à la campagne, ils demeuraient autour des bâtiments, effrayés par les bruits de la nature, effarouchés par les oiseaux, les crapauds et les sons métalliques du puits où nous pompions l'eau. Ils sautaient à la verticale et retombaient sur leurs pattes, ou bien grimpaient, paniqués, aux pruniers et aux pommiers où ils restaient tapis dans leurs berceaux de branches, sous lesquelles le hamac se balançait en gémissant sur ses cordes tandis que Bill et moi y étions allongés à lire, à rire et à chahuter. Je me souviens, Gogi était apparue un jour alors que nous faisions les fous, et je la revois encore, debout dans l'encadrement de la porte, en train de nous toiser, et soudain, d'une voix glaciale, d'ordonner à Bill de rentrer. En ressortant de la maison, il paraissait honteux, penaud, incapable de croiser mon regard, comme si nous avions été surpris en train de faire quelque chose de mal.

Nous avions nos habitudes, nous consacrant à nos activités artistiques durant la journée, afin de profiter de la maigre lumière bleuâtre du matin, et du soleil plus dense et plus riche de l'après-midi. Lorsque la lumière commençait à baisser, nous allions nous baigner dans le lac, qui était boueux et qui grouillait de monde, des gens à qui nous ne parlions jamais. Je retrouvais mes amis et allais nager avec eux au bout de la jetée, où vivaient paraît-il des crabes et des anguilles et où de gros poissons blancs aux yeux globuleux circulaient dans l'eau couleur de café. Nous utilisions en guise de bouées des chambres à air en caoutchouc noir et portions des maillots de bain aux motifs colorés. Quand je m'éloignais du rivage, j'entendais les parents crier à leurs enfants de sortir de l'eau et les voyais les frictionner sans ménagement avec des serviettes, parfois même les gifler, toujours ronchons ou à bout de nerfs. Je me rendais compte alors de la chance que j'avais de vivre avec Bill et Gogi : je ne connaissais rien de toutes ces misères familiales.

De temps en temps nous prenions ce que Bill appelait la « Ford anglaise » et nous allions ailleurs sur la rive du lac, garions la voiture sous un bouquet d'arbres et restions là à discuter portières ouvertes pendant que Gogi traversait le lac à la nage. Au milieu du vacarme des grillons, nos voix ne portaient guère au-dessus de l'eau et nous observions les lucioles et les phares lointains des voitures de l'autre côté. Environ une heure plus tard, le crépuscule parfois bien avancé, Gogi revenait, luisante, la respiration rapide dans le calme ambiant, silhouette longue, mince et héroïque. Bill et moi, créatures moins nobles, l'attendions.

Ils dormaient ensemble, nus, sur la véranda entourant la maison. Je dormais au grenier, qui sentait le pitchpin et le bitume de toiture quand le soleil donnait dessus, et où, par une lucarne, j'avais vue sur des branches qui remuaient lorsque les écureuils sautaient de l'une à l'autre. Il n'y avait pas de vraies chambres à coucher dans la maison. En cas de visite, les gens devaient loger dans la « maison d'amis », par-delà la petite surface boisée après la pelouse. C'était une minuscule cabane d'une seule pièce, équipée comme une maison pour enfants d'une cuisinière Baby Belling et d'un évier peu profond, d'une mini-table et d'une chaise. Sous la pente du toit se trouvait un lit, bien trop grand pour l'espace, où il semblait enfler telle une tumeur en train de grossir, de pourrir, boursouflure gazeuse. Mais personne n'utilisait cette cabane et j'avais tout loisir d'y aller, même si la chaleur y était bien trop étouffante en été pour qu'on s'y attarde. J'étais tombée dessus par hasard avant de savoir qu'elle existait. Les fenêtres étaient pleines de toiles d'araignée et, entre les tiges des aubépines, j'avais regardé à l'intérieur. Appuyant sur la poignée rouillée, j'avais poussé jusqu'à ce que la porte cède et, une fois dans la pièce, j'avais regardé les scarabées s'éparpiller, respirant l'air épais aux relents de renfermé et l'odeur suffocante de toile cirée surchauffée que dégageait la nappe à carreaux bleus et blancs qui protégeait la table sous la fenêtre. Sur le lit, gonflé comme un champignon et recouvert d'une courtepointe décolorée toute piquée de moisi, il y avait deux poupées dont les yeux ouverts contemplaient le plafond, et les bras et les jambes de tissu étaient repliés sous elles tels des membres disloqués. Ce n'étaient pas des poupées pour enfants, mais des chiffons presque désagrégés rattachés à des têtes en porcelaine superbement reproduites, quoique fendillées et crasseuses. Les visages avaient été délicatement sculptés et dotés de traits adultes à la mine hautaine. L'une avait une perruque blonde et l'autre brune. Je reconnus immédiatement en elles les poupées dont Bett m'avait parlé un jour, celles que Gogi avait fabriquées pour ses filles quand elles étaient petites : la poupée Constance et la poupée Bett. Ces cadeaux avaient été chéris pour le geste, signe par trop rare de l'affection de leur mère, mais les poupées elles-mêmes n'avaient jamais été beaucoup aimées parce que leur expression était aussi froide que celle d'Emma et qu'elles avaient l'air de répliques cruellement moqueuses de leurs propres personnes, si mal aimées et peut-être impossibles à aimer.

Ma mère venait de temps en temps, et une fois elle me demanda, de manière discrète et confidentielle, si j'étais heureuse. Il était difficile de croire qu'elle ne le savait pas, mais je n'insistai pas, pour ne pas lui faire de peine : « Poussin, si jamais Gogi te fait peur ou te rend malheureuse, il faudra me le dire et je te ramènerai à la maison. » « Je te le dirai », avais-je répondu, repensant au visage des poupées, à ces misérables corps de fillettes mortes. J'étais obligée d'aimer moins ma mère pour continuer à aimer Gogi, et, aussi longtemps que ce fut nécessaire, j'aimai moins ma mère.

Un été, je ne vais pas avec Bill et Gogi à Carmel. Personne ne m'explique pourquoi. Je vais avec Bett dans un camp dirigé par des scientistes chrétiens, qui n'en est pas moins un camp normal avec des équipes arborant des couleurs différentes, des shorts kaki, des sifflets, des cabanes et des moustiques. Pour que nous puissions aller là-bas, ma mère a accepté un poste de monitrice de travaux manuels, exactement comme son père jadis, quand Constance et elle étaient petites. (Plus tard, il m'avait semblé extraordinaire qu'elle ait fait cela, renouer avec l'ennemi, mais voilà, plus tard encore, je me rends compte qu'elle avait essayé de retrouver son enfance face à ce qui était sur le point d'arriver.) Elle a douze ou quinze ans de plus que les autres animateurs, tous étudiants, mais ils l'aiment bien. Elle écrit une comédie musicale pour le camp des petits, aussi bien la musique que les paroles, et fabrique tous les costumes. Le spectacle remporte un immense succès, mais son niveau de professionnalisme déconcerte un peu ses collègues. Ils la traitent comme l'étrange beauté talentueuse mais irrémédiablement marginale qu'elle est. Je joue les rebelles, je me conduis mal (pourquoi me trouvé-je dans ce lieu réglementé où règne une stupide allégresse, pourquoi ne suis-je pas avec Gogi ?), mais on me pardonne mes frasques parce que je suis sa fille. En me protégeant moi, ils la protègent elle. La nuit, je suis hantée par un rêve récurrent, un rêve abstrait de pure sensation, de goût, de couleur et d'humidité. Je rêve d'une plaie sanglante et pulpeuse pareille à l'endroit dans la bouche où une dent a été arrachée, où on enfonce sa langue, explorant la gencive molle et spongieuse jusqu'à la rendre douloureuse, goûtant la saveur oxydée du sang, auscultant la lésion noircie. Puis ce trou dans la bouche grandit, devient un tourbillon qui m'aspire vers le bas à la manière d'un vortex ; privée d'air, engloutie, je me noie dans le sang et me réveille terrifiée, mes draps froids et trempés d'urine sous mon corps.

Au camp il y a une épidémie de grippe. Je gagne la cabane de ma mère et la regarde s'occuper de son groupe, à savoir les filles les plus jeunes, des gamines éternuant, frissonnant et lisant leurs bibles sous leurs torches électriques, petites lampes-tempêtes au milieu des couchettes. Comme dans la cale d'un vaisseau négrier du XVIIIe siècle, les murmures des fillettes en train de lire : « Et Dieu dit », « Ne crains pas » et « Oh ! mes enfants ». Et ma mère assise parmi elles, sans se joindre à leur chœur ni s'enfuir, et semblant ne pas réagir du tout.

Ma mère figure dans le spectacle de fin d'été. En jupe hawaïenne et dos-nu près du corps, elle entonne une chanson sur Sadie des Tropiques ou quelque torride créature de ce genre. Elle balance ses hanches et ses bras au son du piano, tournoyant dans sa jupe hawaïenne, sillonnant la scène, rapide comme le vent. Baigné par l'éclairage de la rampe, le public, composé des jeunes moniteurs et de leurs petites amies, observe l'étrange danse sexuelle solitaire de ma mère. Elle l'exécute à la perfection, mais le résultat est atrocement gênant.

L'été terminé, je meurs d'impatience d'aller retrouver Gogi et Bill, mais ils me font lanterner. Enfin, un jour, je vais les voir, et Bill se comporte étrangement avec moi. Il m'entraîne derrière un paravent (le loft, autrefois si ouvert, a désormais des parties fermées, et des secrets), m'amène avec douceur auprès de Gogi, qui est couchée, l'air extrêmement vieillie, et horriblement maigre. Gisant sur les draps, son avant-bras repose de manière bizarre le long de son flanc, comme s'il appartenait à quelqu'un d'autre. Sa chair parcheminée adhère à son squelette comme si une tension l'y maintenait, une dispute passive. Au niveau des poignets, des coudes, ses os semblent essayer de transpercer l'épiderme. Ils ne sont plus l'armature de sa beauté mais semblent s'être retournés contre elle, lui faire mal, la retenir prisonnière.

Ses pommettes, bien sûr, sont plus saillantes, et elles aussi tentent de transpercer la peau, la rendant luisante comme celle d'un fruit, mais incolore, et créant une impression de douleur à la moindre expression. Ses yeux sont énormes et reflètent une anxiété nouvelle, mais c'est pour moi qu'elle s'inquiète. Il y a une question nouvelle dans ce regard, sur la force de mon amour, ma capacité à voir au-delà de l'apparence, à reconnaître ma grand-mère bien-aimée dans cette silhouette nouvelle si manifestement en péril. Il y a une infime nuance d'imploration dans ce regard, et de l'humilité, et ce manque d'assurance me gêne, il réclame des marques d'acceptation qui n'ont jamais été nécessaires jusque-là. « Ta grand-mère a l'air d'une sorcière, non ? » demande-t-elle. Et j'ai honte, parce que c'est vrai, et j'ai horreur de sa façon de s'excuser. Jamais de sa vie elle n'a eu à s'excuser auprès de moi, et c'est moche, c'est mal. Je réponds que non, bien sûr que non, et je l'embrasse. Sa peau sent mauvais. Je simule déjà, me soumettant à ce changement de situation.

Ce printemps-là, quand j'étais à Carmel, j'avais trouvé un collier vert à elle et demandé : « Je pourrai l'avoir quand tu seras morte ? » J'avais présenté la question comme ça parce que je convoitais le bijou mais ne voulais pas l'en priver, et affirmais ainsi que j'attendrais. Elle avait néanmoins décelé mon impatience de posséder les perles et, choquée, bien sûr, par mon allusion à la mort, elle m'avait répondu sur un ton qui m'avait paru très sec : « Tu peux l'avoir maintenant si tu le veux. Mais ne demande jamais à quelqu'un de te donner quelque chose après sa mort. » Je repense à cet échange tandis que je me tiens à côté d'elle, consciente de sa douleur d'alors et de mon ignorance passée, et à présent de cette nouvelle ignorance. Nous sommes ensemble dans cette galère, et aussi désemparées l'une que l'autre. Même elle ne sait pas quelle conduite adopter. Je la réconforte. Je m'oblige à la toucher et, au bout d'un moment, je n'ai plus à me forcer. Mais c'est un être nouveau que je dois soudainement et rapidement apprendre à aimer, et elle le sait. Cette situation nous fait horreur à toutes les deux, mais nous l'acceptons parce que nous n'avons pas le choix.

Il paraît que c'est le cancer, et désormais elle est constamment au lit, souvent fatiguée. Je ne peux jamais rester très longtemps. Je dois parfois la laisser avant la fin de ma visite. Je disparais dans la chambre noire avec Bill ; penchée sous la lumière rouge, je recherche la magie, un signe quelconque venant démentir ce qui se passe de l'autre côté des rideaux noirs. Bill et moi faisons des tirages pendant qu'elle dort. Elle ne travaille plus. Nous nous débrouillons sans elle. Quelque chose va très mal et cela ne va pas s'améliorer. On nous l'a prise pendant l'été alors que les petites filles lisaient la Bible et que ma mère dansait dans sa jupe hawaïenne. Bill et moi nous occupons d'elle, lui apportons du bouillon, répondons au téléphone. Ses forces se sont envolées et elle a honte. C'est sa honte le pire. Mais elle ne se plaint jamais, ne parle jamais de sa maladie. Seulement, quelquefois, elle s'excuse, dit qu'elle a besoin de se reposer.

Il n'y a nulle part où s'enfuir. Je ne peux pas aborder le sujet avec ma mère. Je ne peux pas l'aborder avec Bill, qui s'occupe de Gogi en permanence, affichant une expression hantée, la surveillant avec inquiétude et tendresse, lui donnant à manger, lui faisant des piqûres, dormant nu à côté d'elle dans le lit où elle est en train de mourir. Je ne peux pas l'aider non plus : il est parti quelque part sans moi, les yeux rougis, les vêtements chiffonnés. L'une après l'autre, il vend les superbes machines de la chambre noire. Cette pièce ne contient presque plus rien. Nous ne l'utilisons plus que pour nous évader.

À l'école, au collège maintenant, je me sens perdue, perturbée, fragile. Cela doit se sentir. Un des garçons plus âgés relégués dans les classes spéciales s'en rend compte, me suit jusque chez moi, se cache dans le hall, me pousse dans un coin un après-midi et me montre son couteau. « Et si je te tailladais ? Ça te plairait ? » « Pas particulièrement », répliqué-je, dans un sursaut de flegme sans doute dû à mes origines britanniques. Ma placidité le désarçonne. Il s'écarte pour me laisser passer. À partir de là, on le croirait tombé amoureux. Pendant des semaines, il me suit, le pas souple, furtif, ses grands yeux foncés de Latin brûlant d'un feu ardent, ses mains agitées de tressaillements. Il est tout de colère et d'admiration à la fois, un mélange insensé et de plus en plus dangereux. D'une certaine manière, ce délire se confond avec les forces déclinantes de Gogi. Je suis soudain vulnérable, et pas seulement face à lui. Je ne m'en sortirai pas. Je finirai tailladée. Un jour, il tire sur un policier. Le geste fait les gros titres, et on l'enferme.

J'ai des amies à l'école. Jacqueline, qui vit dans un immeuble sans confort avec sa famille italienne. Son père bat sa mère, et elle a honte. Mais aussi Clare, qui habite Park Avenue dans un grand appartement où tout est recouvert de housses en plastique, les canapés et les tapis, les candélabres sur le piano. Dans le boudoir Louis XV blanc et or de ses parents, les murs sont garnis de photos de Clare prises des années plus tôt à des concours de talent enfantins : Clare en diadème et tutu, en costume de clown, en princesse armée d'une baguette magique, ses cheveux blonds roussis par le fer à friser, un sourire désespéré sur son visage poupin. Et aujourd'hui, au milieu des meubles sous leurs bâches en plastique, elle déambule craintivement dans les drôles de vêtements que lui achète sa mère dans des braderies, des pulls déchirés et des vestes sans boutons. Ses cheveux sont sales, parfois emmêlés, et à l'école les gens la plaignent. Mais si elle a depuis longtemps abandonné son enveloppe physique aux caprices de ses parents, elle semble avoir conservé sous ses haillons toute sa force de caractère, indifférente à la pitié et au peu de soins dont elle est l'objet.

Nous formons un trio d'anges avançant trébuchant dans le monde; nous nous servons mutuellement d'appui. Chacune détient le secret de l'autre, et cela nous rapproche. En plus du secours que nous puisons les unes chez les autres. Nul ne peut nous atteindre tant que nous sommes ensemble. Au fond, nous sommes vivantes sous cette confusion, cette marginalité, ces sévices. Nous sommes les unes pour les autres la seule joie existante, mais ce réconfort alimente pour nous la promesse de la joie. Fortes de cette certitude, nous savons que les choses peuvent changer, que nous survivrons à la malveillance de nos univers respectifs. La patience, la ruse, l'espoir, voilà ce que nous nous offrons mutuellement.

À trois heures un après-midi, je téléphone à Bill. Je le sais parce que je revois à mon poignet le cuir bleu pâle sali de mon bracelet-montre, et l'arc bordé d'or du quart de cercle qui m'indiquait l'heure. Je commence à lui raconter une blague entendue à l'école. Il ne peut pas parler, me dit-il, et sa voix est rauque. J'attends, mais il ne me rappelle pas. Dans la soirée, une femme d'un certain âge vient voir Bett. Toutes deux s'éclipsent dans la salle de bains turquoise, seul lieu où elles peuvent s'isoler, et pendant une heure j'écoute ma mère sangloter, une mélopée lugubre d'une violence inhabituelle. Sa voix est âpre, caverneuse, barbare. Lorsqu'elles ressortent, le visage de ma mère est tellement dur et désespéré que je n'arrive pas à la regarder. C'est à l'autre femme que je demande : « Elle est morte ? » Elle hoche la tête. « Aujourd'hui à trois heures », précise-t-elle, et je suis mortifiée d'avoir fait sonner le téléphone pile à ce moment-là, arrachant Bill à ma grand-mère. Et il me paraît lamentable, bizarre, d'avoir essayé de lui raconter une blague, alors que j'aurais dû dire au revoir à ma grand-mère. Et maintenant je ne pourrai plus jamais le faire.

L'été est de retour. Je vais avec Bill à Carmel, mais juste pour la journée. Ensemble, nous entrons et sortons de la maison. Mais c'est une morte à présent, nous ne pouvons pas rester. Bill est avec un agent immobilier qui lui explique qu'elle ne vaut presque rien, et patati, et patata. « Je vais accepter l'offre », répond Bill. Nous laissons tout : les toiles dans le garage, les bacs d'argile, le grand lit sur la véranda-chambre à coucher, le hamac, les poupées Bett et Constance dans la cabane cachée, étendues là avec leurs yeux ouverts contemplant le plafond.

À New York, je le vois. Nous nous retrouvons dans Greenwich Village et essayons d'entretenir nos liens. Mais il s'éloigne de moi. La douleur est trop grande. Il va s'en aller. Il va retourner en Espagne, me dit-il. Ray Charles, le vin rouge… Il a fermé le loft, abandonné les œuvres, la chambre noire, il a tout planté là. « Elle t'avait légué son argent, dit-il.

Mais tout est parti depuis longtemps et j'en dois encore à l'hôpital. Je suis désolé, mais il fallait que tu saches ce qu'elle voulait. » Nous prenons un café au milieu des beatniks. L'air de manquer de sommeil, pas rasé, il semble de nouveau tout penaud. La même expression honteuse que le jour où Gogi l'avait fait sortir du hamac pour lui ordonner d'arrêter de jouer avec moi. Il demande s'il peut m'emprunter cinq dollars. Je les lui donne mais ça ne me plaît pas. Elle a emporté toute notre force avec elle. Elle nous avait fait croire que nous en avions aussi, mais ce n'est vrai ni pour lui ni pour moi. Par la suite, je reçois deux où trois lettres d'Espagne ; il va bien, il travaille, il a une petite amie anglaise (comme la « Ford anglaise »). Je ne le reverrai jamais.

Bien plus tard, j'apprends que Gogi avait le cancer depuis le début. Qu'elle était revenue d'Espagne pour cette raison. C'est très étrange. Sans la maladie, elle ne serait pas entrée dans ma vie. Elle n'était revenue que pour s'en aller. Et si elle avait été en bonne santé, je ne l'aurais peut-être jamais connue, du moins pas à ce moment-là, quand elle m'était absolument indispensable.

Et voilà. L'amour et la disparition de l'amour. Quelqu'un qui m'avait été donné par hasard pour m'être tout aussi arbitrairement arraché. L'irruption d'une vie imprévue et inexplicable et sa suppression. Une énorme promesse et un oubli. Sauf que je n'ai jamais oublié, et qu'elle m'a manqué toute ma vie.

À part cela, je ne savais absolument rien d'elle ; je ne savais pas quelle fillette elle avait été ni quelle sœur elle était, je ne l'avais jamais vue dans son rôle de mère ni de fille, et à peine dans celui d'amante ou d'amie. Je n'avais que ma connaissance aussi brève que fortuite et ce peu devint tout. Mais elle savait : elle avait combattu l'insignifiance de notre expérience en m'attirant dans sa propre histoire quand elle est morte, me léguant un lignage et un avenir. Elle m'avait laissé cette lettre :

Très chère Helen,

Cette lettre va être une drôle de lettre, mais comme nous nous aimons beaucoup, je suis sûre que tu la comprendras.
Tu sais que je ne me sentais pas bien depuis un moment avant ton départ pour le camp et, depuis, j'ai eu de très bons docteurs pour m'aider à me sentir mieux. Mais parfois même les docteurs ne peuvent pas faire en sorte qu'on se rétablisse.
N'empêche, quand on a eu des enfants et une petite-fille formidable (« formidable » souligné trois fois), des amis et une vie pleine d'activités intéressantes, et par-dessus le marché un mari merveilleux, alors ce n'est pas si terrible, et tout à fait naturel, que la vie se termine un jour.
Quoi qu'il en soit, au fond, elle ne se termine pas,

parce que toi, maman, Constance et moi sommes comme les branches du même arbre. Tant que l'arbre grandit et fleurit, l'arbre tout entier est vivant, même les parties les plus vieilles plongées dans le sommeil.
Depuis l'époque où tu étais bébé, j'ai toujours trouvé que tu étais la personne la plus fabuleuse, la plus extraordinaire à tout point de vue que j'aie jamais connue, et tu le seras toujours.
J'ai été heureuse chaque minute que j'ai passée avec toi.
Je sais que tu auras une vie heureuse, et que tu obtiendras toutes les choses que tu désires le plus, tôt ou tard, parce que tu le mérites.

Tout mon amour, ma chérie,
Et un million de baisers (ou deux),
À toi toujours,
Gogi

Peut-être est-ce ainsi qu'on dit au revoir à un enfant. Il y avait une autre facette chez elle, évidemment, des tas de facettes, mais ça, je l'ai appris plus tard, en regardant des photos et des documents sur lesquels j'avais mis la main, dans une lettre qu'elle avait écrite à Shrimp pendant la guerre, quand Shrimp était à ramasser à la petite cuillère, en pleine dépression nerveuse, après la fin de son mariage. Gogi lui écrit en Californie :

Félicite-toi, ma chérie, de ne pas avoir de « chance », car cela t'éloignerait du cœur battant du monde, qui souffre terriblement.

Fais les bagages de Mère [Mirabel, en mission de sauvetage, sans doute] et les tiens. Ris, sois très gaie, la gaieté de quelqu'un qui ne peut plus perdre, et viens à New York le plus vite possible. Du travail nous attend…

Quatre

Nous étions comme des souris blanches parmi les carnassiers, au collège. Nous étions dans le groupe « avancé », censé couvrir trois années de programme en deux ans, des classes expérimentales pour les onze à treize ans : de la poésie pleine de notions abstraites et d'allusions sexuelles, de la prose ponctuée de gros mots. Notre jeune professeur nous surprenait, nous stimulait et nous déconcertait. Nous la regardions avec passion et émotion quand, dans un geste théâtralement énergique, elle punaisait au tableau une reproduction de Picasso période bleue ou posait sur la platine grésillante l'épaisse et brillante galette d'un disque de Chostakovitch, puis nous demandait de composer des poèmes en nous inspirant de ces œuvres. Un matin, elle nous lut l'essai de Freud sur *Hamlet et* nous fit jouer des scènes qui devaient illustrer le complexe d'Œdipe. En guise d'introduction à un cours sur Hemingway, elle entra brusquement dans la salle en exigeant le silence et en se mettant à nous insulter. « Putain, s'exclama-t-elle. Bordel. Merde. Ces mots vous choquent peut-être. » Elle espérait que oui, mais il était bien trop tard pour cela. Si, chaque matin, nous, pâles élèves fragiles et maigrelettes de la classe avancée, arrivions indemnes à l'école, c'était seulement grâce à notre astuce : nous savions éviter les rues où les filles de St. Ann, blazer sage et croix de Jésus autour du cou, se postaient en embuscade afin de nous déchirer nos vêtements et de nous voler nos livres, de nous casser nos lunettes, nos nez et nos dents. Nous évitions les cours des grands où les colosses de troisième, qui faisaient en moyenne vingt kilos de plus que nous et avaient déjà dépassé l'âge de la puberté, exhibaient leur matériel de guerre, fumaient des cigarettes et se battaient pour des filles. Nous, les élèves des classes avancées, étions encore loin d'être des hommes et des femmes ; aux yeux des élèves normaux, nous étions des souris blanches, bonnes à nourrir les serpents, et ils nous bousculaient et se moquaient de nous dans les couloirs. De temps en temps, des bandes entières disparaissaient de la cour de récréation, expédiées en maison de redressement, pendant que nous, abreuvées de poésie et goûtant les délices de la haute culture, restions sur place à développer notre esprit.

Gogi mourut durant ma première année dans cette école. La cérémonie des diplômes eut lieu sans elle par un magnifique après-midi de juin, dans un cinéma climatisé de la 86e Rue, le Loew's Palace, qui ressemblait à une rose trop ouverte. Tous, voyous comme souris, nous levâmes de nos fauteuils d'orchestre dans nos toges de satin rouge de location pour chanter *Brotherhood of Man*. Trois mille élèves, toque ridiculement inclinée sur le crâne, défilèrent dans un ordre aussi impeccable qu'interminable pour recevoir un parchemin où des formules surannées exprimaient des félicitations dénuées de sens. Robert F. Wagner était là et, en cette année électorale, il jugea bon de monter sur le podium pour faire sa propagande, pendant que nous nous agitions dans nos toges en bâillant, faisions signe à nos parents et baissions les yeux sur notre première paire de talons hauts pour voir où en étaient nos ampoules.

Je devais aller en école privée à l'automne. J'aurais pu aller à la High School of Music and Art, puisqu'on m'y avait offert une place. J'aurais alors pu être une artiste, comme Gogi, mais au lieu de cela « j'allais être une dame », comme me le dit la mère de Clare avec une ironie mêlée d'admiration dans la salle de séjour bâchée de plastique. J'avais obtenu une bourse, pas à cause de mes notes, c'est sûr – j'allais passer l'été à suivre des cours dans toutes les matières ou presque –, mais parce que la directrice avait bien aimé Bett et tenait à l'aider. Quand j'arriverais là-bas, mes camarades de classe auraient deux ans de plus que moi – grâce à ma classe « avancée » – et seraient bien plus instruites.

Entre-temps, Bett et moi étions censées quitter notre appartement en sous-sol près du Centre juif. Nous devions emménager dans un joli deux-pièces, dans un immeuble en grès brun de quatre étages sans ascenseur, au coin de la 94e et de la Cinquième. Minuscule, mais doté de l'élégance chère à ma mère, il possédait une cheminée et un petit balcon sur le devant. J'y aurais enfin ma propre chambre et pourrais jeter mon fauteuil convertible. Nous allions recommencer de zéro, en mieux ; l'école ne se trouvait qu'à trois pâtés de maisons.

Ma tante Constance vint à ma remise de diplôme, arborant le genre de vêtements dont je pensais, quand j'étais à la PSL, qu'elle les choisissait exprès pour me faire honte ; elle arrivait aux pièces de théâtre scolaires en manteau de raton laveur et bas violets, un bracelet de cheville en or de dix centimètres de large au-dessus de talons aiguilles, des tenues que j'entendais ensuite commenter pendant des semaines. Aujourd'hui, toutefois, cette sophistication pleine de provocation me paraissait admirable et ma tante commençait à m'inspirer de la fierté. À cause des humiliations subies à la PSL, j'étais timorée et affreusement conventionnelle, mais le temps passé avec Gogi m'avait décoincée, sans parler de l'immense variété de styles rencontrés au collège. En outre, le conformisme relatif de ma mère commençait à me sembler une piètre défense contre l'humiliation, qui était ma seule préoccupation, tandis que Gogi avait été une star, bohème ou pas. En réalité, grâce à elle, j'avais commencé à croire que l'honneur et peut-être même la gloire pouvaient résider dans le fait de se distinguer du troupeau. En tout cas, à en juger par le troupeau en train de se diriger pesamment vers l'estrade, traînant les pieds et mâchant du chewing-gum, animaux mal aimés, livrés à eux-mêmes et tout juste courtisés en tant qu'électeurs, être comme tout le monde ne constituait pas vraiment la formule idéale pour survivre. Dans ma nouvelle école, j'allais être une fois encore la recrue défavorisée, mais j'avais la dignité de Gogi pour me servir d'exemple, et je savais que si j'arrivais à me raccrocher à ce modèle, je m'en sortirais. Pas question de me remettre à ramper en m'excusant de ne pas suivre la mode ou de ne pas avoir d'argent. De toute façon, Dieu merci, Bett et moi allions déménager. Nous allions habiter un appartement agréable, même si c'était ric-rac, mais c'était toujours ric-rac, où qu'on aille. Détail supplémentaire, l'école privée était beaucoup trop chic et bien intentionnée pour que s'y pratiquent le genre de persécutions dont j'avais été victime à la PSL. Nous allions être des « dames », et s'il y a une chose que les dames ne font pas, c'est parler d'argent (ou de postes de télé, ou de bonnes). J'avais déjà rencontré certaines de mes futures camarades de classe lors d'un déjeuner sans chichi organisé pour les nouvelles. Tout cela très adulte, poli et amical, avec moult conversations sur des sujets élevés, des bavardages de roses ayant poussé loin des quartiers miséreux. Peut-être, me dis-je, la honte et le snobisme n'étaient qu'une phase de la croissance enfantine. J'allais être avec des filles plus âgées désormais.

Les rapports de Bett avec Constance étaient tendus, en raison d'animosités héritées qui se trouvaient régulièrement ranimées. Elles étaient unies par un lien profond qui se manifestait de loin en loin par des gestes d'affection avortés et des explosions d'indignation réciproque. (Aux dires de Constance, elle avait souvent essayé de se plier aux lubies de sa sœur, mais l'absence de réalisme de Bett rendait leur amitié « impossible ».) Pendant de longues périodes, elles se tenaient simplement à l'écart l'une de l'autre, et ma tante testait souvent notre amitié avec des remarques du type « Tu sais comment est ta mère », auxquelles j'acquiesçais sans vergogne. En effet, je savais. Et puis Bett observait : « Tu sais comment est Constance », et je répondais oui, parce que cela aussi, je le savais. Shrimp s'inquiétait de me voir tomber sous le charme de Constance et acquérir une sale mentalité, du genre « on peut utiliser les gens », mener sa barque sans se soucier des conséquences. Mais j'aimais la façon qu'avait Constance de le faire : c'était justement ce que j'aimais. Si elle ne fut jamais pour moi l'héroïne absolue qu'était Gogi – sa causticité pouvait tout à fait me prendre pour cible et elle ne s'en privait pas –, je la trouvais sacrément impressionnante.

Ma relation avec Bett changea après Gogi et, quand cette dernière fut partie, je sus qu'au fond de moi j'avais dépouillé ma mère de son rôle d'héroïne. Je demeurais farouchement aimante, mais, dans un coin de ma tête, j'étais déjà décidée à la trahir, recherchant fébrilement le moyen de sortir du tunnel auquel sa vie, et ma vie avec elle, ressemblaient de plus en plus. J'étais encore trop jeune pour m'élancer; je ne pouvais que ronger mon frein et jouer les disciples devant les autres femmes qui m'entouraient. C'est dans cet état d'esprit que j'entamai mon amitié avec Constance. S'il existait un moyen d'échapper aux déceptions prévisibles de ma vie avec Bett, j'étais, comme je l'avais été avec Gogi, disposée à apprendre lequel. Et si j'avais pu alors m'en sortir avec la splendide indifférence qu'affichait Constance à l'égard du monde, j'aurais peut-être imité cette attitude, toute blessante et perfide qu'elle s'avérait être par ailleurs. Cependant, pour y parvenir, j'allais devoir attendre d'être moi aussi une blonde d'un mètre quatre-vingts, ex-mannequin et ancienne exploratrice de l'Afrique. Et dans l'intervalle, je devais aller dans ma nouvelle école.

Je n'avais jamais rencontré de filles comme celles-là. Elles étaient effectivement de vraies dames, pétries de distinction, bien élevées, bien habillées, d'une extrême courtoisie les unes avec les autres. Elles étaient cultivées, par-dessus le marché, du moins elles le semblaient à mes yeux, douées en langues et en histoire de l'art, mais aussi en maths et en sciences. Elles trimballaient des livres publiés par de petites maisons d'édition, des volumes de poésie dont elles couvraient les marges de ferventes annotations pleines d'empathie. Je me sentais à l'aise avec elles parce qu'elles ne me voulaient pas de mal ; au pire, elles m'ignoraient à cause de mon âge et du fait que j'étais nouvelle à l'école. Et je me sentais à l'aise parce que je reconnaissais en elles certains traits de ma mère, sa douceur et sa féminité, et cette qualité virginale qu'elle n'avait jamais perdue (même si, quand elle le jugeait nécessaire, elle la mettait parfois de côté). Si je me sentais mal à l'aise, et cela arrivait souvent, c'était parce que j'étais toujours à la traîne en cours, que je portais comme d'habitude les mauvais vêtements et tout le temps les mêmes, et que, du haut de mes treize ans, j'avais conscience de ne pas appartenir à la caste supérieure de ces filles de quinze ans tellement charmantes et raffinées. L'adolescence avait perturbé ma gestion intérieure : sans absolument tout bouleverser, elle rendait relatives et imprévisibles les choses sur lesquelles je croyais pouvoir compter, comme la pesanteur ou la cause et l'effet. J'étais à la fois lunatique et bafouillante, morne et stupide, susceptible de dire ce que je ne voulais pas dire ou de me trouver où je n'avais pas eu l'intention de me trouver. Je voulais plaire parce que j'aimais ces filles-là, parce que l'école nous avait donné une chance, à ma mère et à moi, mais je ne pouvais jamais être sûre de rien. Je ne savais même pas encore comment camoufler mon manque d'assurance. Ces filles avaient des passions, pour les garçons de Yale, pour le maquillage, pour certaines musiques insipides, dont j'avais du mal à comprendre l'intensité. L'explication était pourtant assez simple : elles avaient atteint la puberté et pas moi.

Tout survenait trop vite. Avec ma classe avancée, j'avais fait des progrès, et cela ne me plaisait pas vraiment. Mes nouvelles camarades de classe semblaient m'entraîner à toute allure vers un terrain de sport totalement inconnu, avec ses propres règles, ses uniformes, ses entraîneurs et ses sifflets, le monde sans clôture des garçons, de l'amour, de la fac, de la vie. Je me serais mise à l'abri de tout cela si j'avais pu, mais j'avais vu de bonne heure des choses réservées aux grands et je ne pouvais pas faire comme si de rien n'était. Aujourd'hui, seulement deux ans plus tard, Gogi et Bill semblaient comme évanouis, et en quelque sorte importables, tels des vêtements devenus trop petits. Leurs peintures et leurs sculptures avaient elles aussi disparu, et même Shrimp ne savait pas ce qui leur était arrivé. J'avais souvent envie de pleurer et de m'enfuir, mais les refuges que je rejoignais étaient souvent tranchants et hostiles, avec des bords déchiquetés et de drôles de pointes qui dépassaient. Le monde extérieur commençait à me paraître risqué d'une façon inédite, et là où j'aurais pu chercher asile, les planchers n'étaient plus très solides. Constance était encore trop rapide, trop irréelle pour moi, Shrimp trop solitaire, et Bett, par sa lenteur, dangereuse. Je savais ce qui m'attendait à la fin du lycée – pas l'amour, la fac, la vie, pas du tout. Je le savais très bien, l'avais toujours su et avais jadis chéri cette idée : la vie avec Bett, m'occuper de Bett, aimer Bett, irrésistiblement, mais si c'était là tout ce qu'il allait y avoir, j'aurais voulu que les choses ralentissent.

J'ai peur d'une quantité de choses. Peur de ne pas grandir, de rester empêtrée dans la confusion de l'adolescence. Peur de grandir et de me perdre dans le désordre ambiant, comme Bett. Peur de suivre le mouvement et de me retrouver noyée dans la masse. Peur de suivre mon propre chemin comme Gogi et de me retrouver punie. (Elle avait bien été punie par le cancer, non, la mauvaise mère ?) La bonne mère avance à tâtons dans la vie et je tâtonne derrière elle, mais sans avoir sa magie. Ma mère est encore et toujours une belle femme. Je ne suis qu'une gentille petite fille, d'ailleurs plus si petite, plus si adorable ; je commence à être moins malléable, mais pas moins désemparée.

Ma mère vit dans les nuages. Le temps pour elle n'est pas le même que pour moi. Tantôt je redoute ce qui va advenir, tantôt je piaffe d'impatience. Je ne suis jamais prête pour l'étape suivante, je n'arrive pas à suivre la musique, je perds l'équilibre, je tombe. Mais ma mère a un temps bien à elle, un fleuve plein de lenteur qui coule sous l'autre type de temps, celui marqué par les factures, l'obligation de travailler, l'arrivée et le départ des hommes. Qui se font plus rares. De plus en plus souvent, la musique classique émane de la radio, langoureuse, mélancolique, ou d'une exubérance qui ne s'avère nullement contagieuse. Ma vie a de moins en moins de lien avec la sienne. La gamme des humeurs qu'elle affiche chaque soir n'est pas très étendue. Comme avec le soleil ou la pluie, je sais immédiatement si elle est heureuse ou malheureuse. « Ce n'est pas ta faute, poussin, maman a juste des coups de tristesse de temps en temps. » Ni elle ni moi n'attendons plus l'homme qui nous délivrera de tout cela, du moins pas moi ; je façonne ma propre vie, ou c'est elle qui me façonne. C'est terriblement difficile, ma mère ne peut savoir à quel point. Elle me prend pour une gamine occupée et brillante aux petits problèmes attendrissants. Elle est fière de moi, quels que soient mes résultats scolaires. Elle m'aime quoi que je fasse. Rien ne modifie son jugement. Rien. Je pourrais aussi bien ne pas exister.

Elle paraît encore inexplicablement jeune, ma mère, mais, à part dans les moments d'inattention où elle s'oublie, elle a moins l'air d'une enfant sage que d'une adolescente écervelée. Lorsqu'elle fraie avec d'autres parents à l'école, un cercle admiratif se forme encore autour d'elle. Ce côté juvénile est son exploit, et il est impressionnant. Les mamans jeunes n'existaient pas à l'époque, ou pas encore, pas à l'époque du lycée. Aujourd'hui, les mères viennent chercher leurs filles adolescentes avec des jeans et des coiffures punk, mais en ce temps-là même les femmes jeunes s'habillaient de manière à paraître plus âgées, avec des bas, des bijoux et des cheveux laqués. Les parents traitent ma mère comme une créature hors du commun, un oiseau précieux au doux plumage paré d'étranges couleurs. Sa beauté n'est plus ce qu'elle était à Mirrenwood, elle ressort moins au milieu de la foule et serait aujourd'hui mieux qualifiée de charme. « Tu as une mère ravissante. » Les autres mères portent des vêtements bien convenables qui les emprisonnent. Bett est différente d'elles, à cause de ses tenues autant que de sa jeunesse, son air de ne pas appartenir tout à fait à leur monde, de ne pas être tout à fait là et d'habiter peut-être une contrée plus agréable, plus innocente, plus ensoleillée. Il faut dire qu'elle n'assiste pas aux événements scolaires quand elle est sombre : cette part d'ombre demeure un secret entre nous. À l'exception de certaines catégories d'hommes, dans la rue, à des fêtes, les gens répondent par la douceur à la douceur de ma mère. Nous faisons jeunes toutes les deux quand nous nous trouvons dans des groupes de ce genre, mais mon air juvénile relève d'une absence de caractéristiques, tandis que le sien a de la substance et émet, toujours, une sorte de lumière pareille à une gloire.

Nous manquions d'argent comme à l'accoutumée, mais d'une manière ou d'une autre nous parvînmes à rester dans notre appartement de l'immeuble en grès brun. On essayait souvent de nous expulser, et la propriétaire hurlait comme une démente au téléphone. On nous coupait l'électricité, et je faisais mes devoirs dans l'obscurité que les bougies intensifiaient. Parfois on nous coupait le téléphone, mais là au moins nous n'avions pas droit aux insultes de la propriétaire, seulement aux mises en demeure. Nous faisions une fois de plus appel à Shrimp, et cette sollicitation la tenait éloignée de nous, provoquait son ironie et l'obligeait à se protéger, de sorte que Bett, une fois le chèque entre ses mains, fulminait contre elle. Il n'y a guère de gratitude possible quand l'une passe son temps à demander et que l'autre passe le sien à résister, à accorder ses aumônes au compte-gouttes et à ne jamais obtenir de remerciements.

Je faisais du baby-sitting depuis mes onze ans. Mon premier engagement fut bizarre. Il me fallait rester dans un appartement avec un bébé de cinq semaines pendant que les parents sortaient jusqu'à trois heures du matin, mais, comme je m'endormais moi-même, je devais appeler ma mère pour qu'elle nous surveille tous les deux, ce qui n'était pas une très bonne idée vu qu'elle sermonnait les parents quand ils rentraient. Je faisais aussi du baby-sitting pour des gens riches qui voulaient que je lave leurs sols. Ou des gens riches dont je fouillais les placards et écoutais les disques, dont j'avais balancé le môme de deux ans contre la table capitonnée quand il n'y avait pas eu moyen qu'il arrête de hurler, cet enfant que j'avais changé, nourri, câliné, bercé, tenté d'amadouer avec des berceuses, et qui ne voulait toujours pas arrêter de pleurer, alors je l'avais secoué aussi violemment que ces boîtes à meuh qu'on meurt d'envie de casser. Soudain, nous nous étions arrêtés tous les deux, lui de hurler, moi de le secouer, horrifiés l'un et l'autre à l'idée de ce que nous étions en train de faire.

Je gagnais pas mal d'argent, un dollar de l'heure, que je donnais presque intégralement à Bett. Mais quand j'eus treize ou quatorze ans à Wickhurst, je me mis à faire du baby-sitting pour d'autres raisons que l'argent, parce que je rêvais de faire partie d'autres familles que la mienne. Il y en avait une qui me faisait penser exactement à un roman que j'avais écrit à l'âge de dix ans, et où je m'étais inventé des frères et sœurs. Je leur avais attribué tendrement des prénoms, les avais habillés, avais imaginé les relations entre eux et les avais plongés dans diverses aventures. Toujours installés autour d'une grande table de ferme éclairée par un plafonnier, ils vitupéraient comme des Italiens des quartiers pauvres, alors qu'ils étaient des wasps de livres pour enfants. Dans la réalité, ces enfants étaient les filles et le fils de M. et Mme Norris, et eux aussi avaient des noms et des caractères dignes d'un livre de contes : Lucia, collégienne raisonnable, était la sœur aînée ; il y avait Celia, jolie et fantasque ; Flavia, hésitante et timide, douée pour la musique ; et la petite Sophia, zézayante, blonde, constamment déchaussée. Il y en avait toujours une pour prendre dans ses bras, transporter ou caler sur une marche, sur le palier ou dans la corbeille à linge le petit Colin, deux ans, déjà viril, le torse large, un gamin trop gâté qui s'indignait quand on le laissait basculer et qui était la poupée de ses sœurs. Leur mère, exténuée, en retard pour partir travailler, sa fermeture Éclair à moitié remontée, le visage doux, les embrasse en s'en allant, essuie les miettes de biscuit dont Colin lui a barbouillé la joue, nous abandonne : nous laisse aux jeux dans le jardin ou aux devoirs scolaires, aux leçons de piano ou aux lectures du coucher. Nous sommes tellement nombreux qu'il est difficile de dire qui est de la maison et qui est payé pour y venir.

Nous allons au parc, cinq fillettes dépeignées à moitié habillées poussant Colin dans son landau. Nous avons la lourde clé en fer qui ouvre le petit jardin privé derrière l'hôtel particulier Andrew Carnegie sur la 91e Rue. Derrière la grille, comme dans un square parisien, nous nous asseyons sur des bancs, évitons de marcher sur la pelouse, renversons des seaux dans le bac à sable, jouons aux osselets sur les sentiers d'ardoise, nous abstenons de parler aux nurses en uniforme et aux hommes, mais osons parler aux gentilles grands-mères. Nous pénétrons nonchalamment dans la serre voûtée en verre Tiffany veiné d'acajou, disons : « Chut, Sophia, reste derrière la corde. » Lucia, toujours la tête sur les épaules, nous avertit quand il faut s'en aller.

Un jour que je me promenais avec Bill, il m'avait demandé ce que je voulais pour mon anniversaire. Je lui avais répondu que je ne voulais rien. « Il doit bien y avoir quelque chose dont tu as envie », avait-il insisté. Comme je ne trouvais pas, il avait dit : « Je crois que ce dont tu rêves, et dont tu as toujours rêvé, c'est une famille. » « Tu crois ? » m'étais-je étonnée, jugeant cela une drôle d'idée. « Je crois que c'est ton secret. »

Mes camarades de classe étaient hantées par la perte de leur pucelage : lettres, coups de fil, rendez-vous. Elles échangeaient des confidences en rougissant et se scrutaient mutuellement après les week-ends universitaires parce que « ça se voit toujours quand ça s'est passé ». L'année précédente, le président avait été assassiné et les Beatles avaient chanté au Carnegie Hall. La plupart du temps, je m'ennuyais, comme à la dérive dans mon adolescence inerte pareille à une mer peu agitée ; légèrement désorientée, vaguement écœurée, je me sentais loin de l'enfance et pas encore assez proche du splendide rivage. À la fin de cette période, j'étais devenue quelqu'un que je ne connaissais pas. L'impression d'émerger d'une maladie, d'une sorte de neurasthénie délirante ou de délire neurasthénique, et d'être devenue une personne différente, ayant laissé derrière elle, ou perdu dans le tumulte, la personne d'avant. Il m'arrivait de regretter cette personne, celle que j'étais à onze, douze ans, l'enfant que Gogi aimait, avec tous ses espoirs et toutes ses certitudes. Mais cette enfant n'existait plus. À quinze ans révolus, alors que les Fab Four chantaient *Twist and Shout* et que les fans se ruaient sur la scène – même si nous étions quelques-unes à rester sur nos sièges en lâchant des remarques persifleuses sur nos camarades hystériques –, j'avais déjà grandi, et j'abordais la rive d'en face.

À quatorze ans, je n'avais pas d'amis garçons. Ceux que je rencontrais par l'école étaient aussi snobs que moi, et aussi peu sûrs d'eux. Tant qu'à faire, ils préféraient tenter leur chance auprès des blondes à twin-set et collier de perles, et arrivaient le plus souvent à leurs fins. Cette absence de soupirants ne me dérangeait pas, sauf quand je fus obligée de me trouver un cavalier pour le bal scolaire. Ma mère cerna le problème: elle comprit que le garçon devait être choisi non pour sa compagnie mais pour en mettre plein la vue aux autres filles. Elle se souvenait des intrigues de sa propre jeunesse et savait que j'avais affaire à des créatures sophistiquées qui avaient des années d'expérience en matière de maquillage, de soirées-rencontres et de galas caritatifs, bref, à des filles de seize ans. Nous avions un voisin au deuxième étage avec qui ma mère jouait de temps en temps aux cartes. Il aimait flirter avec elle et se montrait poli avec moi ; acteur à temps partiel âgé de vingt-cinq ans, il était non seulement homme du monde mais extrêmement beau. Un soir, ma mère le battit au poker : il serait mon cavalier à Wickhurst.

Arrivais-je vraiment à y croire ? J'essayais d'envisager la chose comme elle l'aurait fait. Sauf que s'il s'était agi d'elle, elle aurait été elle aussi d'une beauté stupéfiante ; là, mon cavalier allait devoir faire le boulot pour nous deux. Il suffirait que je donne le bras à cet homme beau comme une star de cinéma qui arborait un costume et était très gentil avec moi. Voilà ce dont nous étions convenus, lui, ma mère et moi. Il jouerait son rôle sans faillir, danserait toutes les danses avec moi, et lundi matin ma vie serait totalement transformée. Ces filles allaient souffrir et se détester elles-mêmes, puis me détester, mais cette détestation me vaudrait à jamais leur respect. Exhiber cet homme à mon bras lors du bal allait faire de moi une adversaire digne de ce nom. Ce devait être le fantasme de ma mère, issu de quelque épisode de sa propre jeunesse, mais bien sûr la scène n'eut jamais lieu. Gary prétendit qu'il avait la rougeole. (Ma parole, une maladie infantile pour éviter une obligation envers une enfant !) Je n'ai jamais cru à cette rougeole, mais j'imaginais sans mal l'horreur qui, dans les vapeurs d'alcool, avait dû le saisir au matin le lendemain de sa promesse, tandis que, la tête dans les mains, il envisageait cette soirée de comédie avec une gamine de quatorze ans dont il trouvait la mère plutôt mignonne… une soirée entière au bal d'une école de filles.

À la dernière minute, Claudia Mieli me trouva quelqu'un : sa mère avait une liste de cavaliers pour les événements qui se tenaient dans les bonnes écoles de filles catholiques. Le garçon se présenta, deux ans de plus que moi (et non onze), mieux que je n'osais l'espérer, mais un peu guindé, et je suis sûre que j'avais constitué pour lui une déception. Mais il se comporta comme s'il faisait ce genre de choses – accompagner des filles à des bals – presque comme un travail – un travail qu'il avait eu de la chance de décrocher –, avec une jovialité à la fois humble et cérémonieuse. Je l'emmenai et nous dansâmes ; tout se passa bien. Après, nous voulûmes dîner quelque part, et son inexpérience associée à la mienne s'avéra contrariante. Il n'arrivait pas à trouver de taxi, ne savait pas dans quel restaurant aller. Il était désemparé, et c'était une telle mascarade de toute façon, il fallait que je le tire d'affaire, même si j'avais conscience que je n'étais pas censée l'aider. J'étais impatiente : je ne savais pas encore comment agir en « fille » ; je laissai tomber les simagrées dès que nous quittâmes l'enceinte de l'école, après que Lester Lanin eut joué son dernier morceau pas impérissable, alors que les filles plus âgées étaient déjà en train d'allumer des cigarettes à l'intérieur des voitures qui les attendaient, leurs jambes gainées de bas noirs disparaissant en un mouvement souple et lascif dans l'habitable obscur des taxis. Duncan et moi sortîmes par les rues froides, cherchant vainement un taxi, et je me dis que tout cela était pathétique. Autant rentrer à la maison. Mais nous persévérâmes, et ce que je laissai tomber, ce ne fut pas la soirée, ni mon cavalier, mais cette comédie du petit couple ; nous n'étions que deux mômes, et j'étais la plus débrouillarde des deux. Je nous entraînai à la cafétéria pendant qu'il boudait parce que c'était lui qui aurait dû avoir l'initiative ; mon attitude lui déplut, et ses pleurnicheries me déplurent. Une fois que nous eûmes laissé tomber la politesse, la nervosité et les faux-semblants, nous discutâmes, plus ou moins simplement.

Mais pas question pour lui d'être simple. Il avait une idée de lui-même qu'il me servit dès qu'il renonça à son numéro de sigisbée. Il était un rebelle, il faisait la tournée des bars tard le soir avec ses professeurs jésuites, il se comportait en hors-la-loi à l'école. Il connaissait par cœur d'immenses passages de poésie d'avant-garde, et écrivait lui-même des poèmes. Je remarquai qu'il avait des cheveux bruns et des yeux foncés, un teint pâle qui rougissait facilement – un physique noir-irlandais, précisa-t-il –, et une intensité de poète maudit. Par la suite, il me donna un exemplaire de *Portrait de l'artiste en jeune homme* en déclarant que le livre parlait de lui. Je pensai que c'était le plus beau livre que j'aie jamais lu, et que si le personnage était lui, je l'écouterais. Des mois plus tard, nous allâmes à Greenwich Village, où il m'apprit à boire certaines boissons, à fumer et à rentrer tard. Il m'entraîna dans la vie nocturne de Manhattan, où nous jouions les blasés à la virginité tourmentée. Pendant un temps, je fus pour lui un auditoire attentif, ce qui était en réalité tout ce qu'il demandait, même si mon ignorance des livres importants et mon manque de décadence l'agaçaient encore. Il était certain qu'il allait mourir jeune, et il lui fallait tout expérimenter maintenant – tout à part le sexe, qui, je crois, continuait à l'effrayer –, et il me défia de vivre tout cela en accéléré avec lui. Il parlait beaucoup de liberté et de solitude, et du fait qu'on ne pouvait pas avoir l'une sans l'autre : la liberté semblait une sorte de profession pour lui, même si la solitude trouvait en moi plus de retentissement. Nous sortions beaucoup dans Greenwich Village, et parfois je séchais les cours le lendemain. Au bout de bien des mois, il cessa de penser qu'il était seul quand il était avec moi, et moi je me disais que je l'aimais.

Quand j'atteignis mes quinze ans, ma mère n'avait plus aucune autorité sur moi. J'aurais bientôt terminé mon année de première à Wickhurst et j'étais censée réfléchir à mon avenir universitaire. Mais je savais qu'il n'y aurait pas d'argent, et que je n'irais nulle part après le lycée. C'était tellement évident que Bett et moi n'en discutions même pas. Si j'avais été excellente à l'école, j'aurais peut-être envisagé de décrocher une des rares bourses intégrales qu'accordaient les grandes universités, mais j'étais encore très irrégulière, obtenant quelques A et beaucoup de C. Je ne réunissais pas les conditions. C'était longtemps avant que ne soient instaurées les admissions sans sélection des candidats. Il fallait être très, très spécial pour ne pas payer. Il ne vint même pas à l'esprit de Bett ou de mon école que je pourrais aller au City College ou dans une autre fac publique. Je suppose que personne n'y avait un tant soit peu réfléchi. Ma mère se battait toujours pour régler le loyer tous les mois, c'était sa préoccupation majeure, et Wickhurst n'avait sans doute jamais rencontré ce type de problèmes auparavant. Je posai ma candidature auprès de diverses universités en même temps que les autres filles, mais nous savions toutes que même si j'étais admise je ne pourrais pas y aller. J'avais le sentiment d'aller droit dans le mur, vers une existence consacrée à vendre des sacs à main chez Macy's ou à faire du baby-sitting à plein temps. J'habiterais avec Bett ou bien je me marierais, telles étaient les perspectives qui s'ouvraient à moi. Duncan pensait qu'il allait mourir jeune ; quelque part au fond de ma tête, je me disais que ma vie n'allait pas tarder à s'achever aussi, du moins ma vie sous sa forme actuelle. Ensemble nous traînions dans le Village, à boire du café noir et du vin rouge, à faire comme si nous étions extraordinaires alors que nous ne faisions que repousser notre terreur d'être engloutis par le monde.

Bett perdit toute une série de boulots cette année-là. Elle traversait une passe difficile et nous avions presque systématiquement du retard pour le loyer. Au printemps, nous faillîmes être expulsées à deux reprises, et nous devions désormais deux mois de loyer à une propriétaire au bord de l'apoplexie. J'allai voir Shrimp pour lui emprunter de l'argent, promettant de gagner cette somme durant l'été afin de pouvoir, cette fois, la rembourser. Nous savions toutes deux que c'était une situation singulière, car je n'avais jamais traité personnellement de ces questions-là avec elle, et que c'était l'occasion pour elle de voir de quelle étoffe j'étais faite. (Toutes ces transactions la blessaient, et elle aurait préféré avoir avec nous un type de relations différent; celle que nous lui offrions se révélait très injuste.) Elle me donna le chèque et je décrochai un job de nounou dans les Hamptons. Il allait de soi que je la rembourserais.

J'avais obtenu cet engagement par Wickhurst et dus mentir sur les raisons qui m'incitaient à travailler, prétendant que j'économisais pour mes frais supplémentaires à la fac. Mes motivations devaient être aussi distinguées que possible, et j'avais suffisamment de jugeote pour savoir qu'avouer que je devais travailler pour payer notre loyer ne m'aurait menée nulle part. Je jouai la lycéenne comme il faut désirant économiser pour ses frais supplémentaires, et partis donc pour les Hamptons. Molly McCabe et moi devînmes amies, et les soirs de semaine, quand son mari – un vrai Irlandais noir, très beau et coléreux – travaillait à New York, elle et moi discutions. Je ne lui confiai jamais où allaient ses chèques hebdomadaires, mais, grosso modo, elle comprit qu'un séjour à la fac n'était pas prévu au programme, et elle voulut savoir s'il y avait dans ma vie une personne susceptible de m'aider. Je répondis que je pensais que non, mais que j'étais prête à faire un emprunt bancaire. En réalité, je n'y étais pas très disposée : je n'y connaissais pas grand-chose en emprunts bancaires, mais emprunter la somme de dix mille dollars à quinze ans, avec une capacité de gain de trente-cinq dollars par semaine, me paraissait terrifiant, et je m'imaginais grevée de dettes jusqu'à la fin de mes jours. J'avais assez vu les acrobaties de Bett pour vouloir éviter cela. Je pourrais être serveuse à la fac, mais cela ne risquait pas de suffire, et, de toute façon, quelle fac ? J'avais peu de chances d'être acceptée dans l'une des universités où j'avais envie d'aller. Sans compter que j'en avais assez d'être la fille pauvre dans une école de riches, assez de devoir faire semblant, de devoir suivre le rythme, assez du dérisoire de toute cette comédie. Dans ma lassitude, je me disais que je traînerais quelque temps dans Greenwich Village et que, si nécessaire, je passerais ma vie comme vendeuse dans un magasin.

Ce fut Molly qui inventa mon père. Elle le fit surgir du néant, car, pour moi, il n'était qu'un instant biologique fortuit dans ma vie. Ma mère ne parlait jamais de lui, et les autres pas beaucoup plus. Je savais qu'il vivait en Angleterre, dans une région qui, aux dires de ma mère, se trouvait à deux pas de Londres, et qui s'appelait le Norfolk. Je connaissais son nom et avais une idée de son âge, mais ne me faisais de lui aucune image précise. Cependant, quand Molly proposa que nous lui écrivions pour lui demander si je pouvais venir le voir, je souscrivis au projet. J'avais vu quelques films sur l'Angleterre – *La Solitude du coureur de fond, Le Prix d'un homme, Les Chemins de la haute ville* – et, contrairement à la personne de mon père, le pays avait pour moi une certaine réalité. Comme, de toute façon, je n'irais pas à la fac, peut-être, après mon diplôme en juin prochain, irais-je visiter la patrie des Beatles.

Molly se saisit de ce projet de retrouvailles avec toute l'ardeur romantique de ses vingt-six ans, et tout l'ennui refoulé d'un long été à la plage passé quasi abandonnée par son mari. Elle rédigea le brouillon d'une lettre qu'elle jugeait appropriée. Je devais la recopier à la main quand je serais rentrée à New York après Labor Day et dénicher son adresse. « Mon cher Père, commençait la lettre, bien des années nous ont séparés... », et elle se poursuivait d'une locution pompeuse à l'autre, comme si j'étais déjà anglaise, et ce, depuis une centaine d'années. Proposant une rencontre entre sa personne assurément impatiente et ma charmante personne si accomplie, elle laissait entendre que cette réunion, d'une extrême importance pour nous deux, n'impliquerait ni obligations ni séjour prolongé. Je m'invitais à faire sa connaissance, c'était tout. Molly et moi trouvions cette lettre romantique et touchante, et sa rédaction constitua pour nous une aventure excitante et audacieuse. Elle ne souffla mot de cette entreprise à son mari, et je promis d'expédier la lettre.

À New York, je me rendis à la bibliothèque municipale de la 42e Rue, où il y a les annuaires de tous les pays du monde. Je cherchai le nom de mon père, le trouvai dans le Norfolk, et envoyai la lettre. En septembre, puis tout le mois d'octobre et tout le mois de novembre, j'attendis une réponse, guettant l'enveloppe par avion qui allait changer ma vie et me sauver de Macy's. À Thanksgiving, n'ayant toujours rien reçu, je cessai d'espérer. Et dans mon désespoir, les choses tournèrent très mal, tant à la maison qu'à l'école.

Pas de doute, ma mère m'aime. Elle m'aime plus que jamais. C'est l'unique certitude dans sa vie incertaine. Elle refuse de voir qu'elle est en train de me perdre, qu'il existe un monde, là dehors, que j'explore afin d'y trouver des indices. Souvent, ce monde me paraît excitant, et les réticences de ma mère à son égard me semblent ennuyeuses et dénuées d'imagination. La défaite est ennuyeuse. J'ai du mal à reconnaître que ma turbulence découle de la peur que m'inspire sa défaite. Je pose mille questions. Mon impétuosité nouvelle, que double un humour cynique, fait que les autres filles me remarquent tout à coup et se mettent à tendre l'oreille. Au début, elles éprouvent un léger amusement face à cette créature auparavant invisible et qui, désormais bien présente, s'avère plutôt excentrique et en réalité assez rigolote, jamais à court de traits d'esprit en classe. Certaines m'accompagnent chez Constance pour faire sa connaissance, ou bien je leur donne des livres, différents de ces ouvrages élitistes qui ne les quittent pas depuis des années. Je sais toutes sortes de choses, et voilà que je les intéresse. En fait, j'ai cessé de m'excuser. Sauf que ce n'est qu'une nouvelle forme de contrat : mon originalité comme porte d'entrée, ma nature sauvage qu'elles doivent apprivoiser. Je vais chez elles et nous parlons la même langue, nous parlons de garçons, de souffrance et de poésie. Peu leur importe que je vienne d'un milieu différent : la différence est soudain une qualité à leurs yeux, un atout. Je suis intéressante et, brusquement, en cette dernière année à Wickhurst, cela me confère de la valeur. C'est mon côté risque-tout qui me rend intéressante. Elles y voient de la bravoure. À mes yeux, c'est seulement que je pense n'avoir rien à perdre.

L'après-midi, quand elles vont en cours d'histoire de l'art, je traîne souvent dans les cafétérias, à boire du café noir, à lire des poèmes, à fumer, à attendre qu'elles arrivent, histoire qu'elles me voient et constatent à quel point je me fiche de tout. Parfois un professeur surgit et elles ont peur qu'il aille me dénoncer. Mais, pour moi, ces gestes ne valent rien s'ils ne sont pas publics.

Naturellement, mes notes en pâtissent. La directrice appelle ma mère, après quoi Bett et moi nous nous disputons, une longue dispute implacable que son manque d'énergie lui interdit totalement de remporter. Les problèmes scolaires n'ont jamais été son fort. Les garçons, les rancards, elle comprend, et donc, sur le fond, elle ne conteste pas ce qu'elle suppose être mes choix. D'un autre côté, on lui demande de me mater, et c'est un défi pour elle. Je sors tous les week-ends et ne rentre pas avant une ou deux heures du matin. Ma mère me fait une confiance absolue, mais désormais il y a des restrictions à cause des études. Des restrictions dont je ne tiens pas compte. Je suis une créature insolente, impolie et butée qu'elle n'arrive pas à reconnaître. Quelquefois nos disputes sont violentes ; elle me frappe et je lui rends les coups. Son impuissance à mon endroit l'effraie. L'expression orale et physique de mon mépris… Quoi, toi aussi ? Toi aussi tu te retournes contre moi ? Les choses lui échappent, l'espérance, la beauté (croit-elle), la jeunesse, et voilà que cette enfant pleine de promesses semble lui échapper aussi. Il lui faut s'agripper à moi, s'agripper aux attributs qu'elle possède et sans lesquels elle s'imagine qu'elle n'est rien. À ses yeux, elle n'est pratiquement rien, de toute façon, et sans eux… Elle pleure souvent, ces derniers temps, non sur des hommes qu'elle a perdus (où étaient-ils ?), mais sur la part d'elle-même qui s'est envolée. Elle n'a que trente-huit ans et elle porte le deuil de sa jeunesse. Elle n'arrive pas à garder un boulot. Elle se fait virer régulièrement. Elle n'arrive pas à se concentrer et, dit-elle, elle n'est plus assez jolie pour s'en sortir par son seul charme. Elle a l'impression d'être stupide – une cervelle d'oiseau, une évaporée, une bonne à rien ; elle a toujours été une imposture, une imposture merveilleusement emballée, mais aujourd'hui l'emballage se désagrège. Elle se sentait en sécurité quand j'étais là, aimante, compatissante, à aider pour le loyer, secourable comme une sœur, et voilà que je suis devenue un monstre : la bonne fille transformée en mauvaise. « Combien la dent du serpent… », me dit-elle, citant *Le Roi Lear*.

Je n'y peux rien, et je ne peux rien pour elle. Son amour n'a désormais plus de valeur pour moi. Pour elle, c'est la grande affaire de sa vie, son « chef-d'œuvre », et me voir en faire fi la démolit. Sous la menace de cette destruction, elle se rebiffe, et nous nous disputons, de longues querelles domestiques inconvenantes, écœurantes, épuisantes, attisées, ranimées, violentes. Elle me ferme la porte au nez. Je m'enfuis de la maison.

Et où vais-je me réfugier ? Chez Veronica, qui s'applique à m'accueillir avec exubérance et un sens théâtral des responsabilités. « Comme tu sais, dit-elle, j'ai beaucoup d'affection pour toi. Tu es une jeune fille charmante *extrêmement* douée et je suis ravie d'avoir ta compagnie. Mais nous allons instituer certaines règles.

« Je n'ai pas été moi-même une étudiante très sérieuse. Néanmoins, vu que tu l'es, ou que tu vas l'être, plus question de sécher les cours, sinon tu n'auras pas ton diplôme. C'est ce qu'ils m'ont expliqué, comme tu le sais fort bien. Cette école ne t'a pas accordé une bourse pour que tu sortes tous les soirs avec des garçons.

« Je sais que les garçons, c'est fabuleux, et très excitant, mais tu as quinze ans et tu vas te mettre au travail et décrocher ton diplôme en juin. Plus de garçons les soirs de semaine et, le week-end, permission de minuit au plus tard. Les garçons devront passer ici d'abord pour que je fasse leur connaissance. Et ils te ramèneront avant minuit.

« Et puis, tu devras me montrer tes devoirs, non pas, bien sûr, que j'en comprendrai un traître mot, mais pour l'instant c'est moi qui commande et c'est comme ça que nous allons procéder. Est-ce que tu acceptes ces conditions ?

— Oui, Veronica.

— Laisse les garçons tranquilles.

— Oui, Veronica.

— Bien. Je sais que tu es une personne raisonnable. Viens m'embrasser. Je suis ravie de t'avoir ici. »

Et moi j'étais ravie d'être avec elle.

Ma mère se résigna à cet arrangement et nous nous retrouvions à peu près une fois par semaine pour dîner ensemble. Comme c'était exactement ce qui se passait avec sa propre mère quand Constance et elle habitaient chez Angel, cet accord ne lui semblait pas si bizarre que cela. Elle était consciente que j'avais des problèmes à l'école, et s'efforçait de ne pas le prendre pour elle. Évidemment, elle n'avait pas le choix. Nous nous entendions très mal et c'était une notion insupportable pour elle, les problèmes d'ordre scolaire étaient plus faciles à entendre. « Ma chérie, je comprends », disait-elle. Mais je ne la croyais pas vraiment, vu que je ne comprenais pas moi-même. De toute façon, ces mesures étaient provisoires. Veronica allait prendre sa retraite et partait pour la Californie en juin. Je rentrerais à ce moment-là, conclûmes-nous toutes les deux.

Bien sûr, il n'y avait pas de « garçons », juste des sorties avec Duncan et faire semblant d'être une dévergondée. Quoi que Veronica ait imaginé, le sexe était, d'après moi, aussi éloigné des pensées de Duncan que des miennes, même s'il s'amusait à faire des allusions aux mystérieuses activités qui l'occupaient quand nous n'étions pas ensemble. Il était profondément romantique en ce qui concernait les femmes : cela relevait de sa vision catholique des choses, si brouillée soit-elle. Ce n'était pas le corps féminin qu'il vénérait, même s'il prétendait dans ses poèmes en avoir, sous bien des formes, une longue et amère expérience ; c'était la virginité. J'étais, dans ma virginité, le fléau de ses propres désirs, la lumière et l'aiguillon de son âme pécheresse.

En surface, j'appréciais la vie. J'aimais Veronica et j'aimais sa tutelle à l'ancienne. Comme je n'habitais plus avec Bett, je m'entendais bien avec elle. Je voyais Constance (même si Veronica n'avait pas bonne opinion d'elle), je voyais Shrimp et, le week-end, Duncan et certaines amies de l'école. Dans la semaine, j'étais au lit à onze heures, et je faisais mes devoirs. Bien que ce zèle de dernière minute semblât un geste vain face à la vacuité de l'avenir non universitaire qui me pendait au nez, Veronica, Shrimp et moi continuions à faire comme si j'allais bel et bien décrocher une bourse quelque part. Mais la panique menace toujours, et le besoin de fuir, d'être heureuse *tout de suite*. L'avenir se rapproche, tantôt illuminé comme un splendide panorama urbain, si affriolant que ma gorge se serre et que mon cœur s'emballe, tantôt sombre, ennuyeux et irréversible, comme une noyade la nuit en haute mer. Il y a la fuite et il y a Bett, et c'est à tout jamais la seule alternative. Quand, tard le soir dans ma petite chambre chez Veronica, je fais mes devoirs et fume des cigarettes, il y a un voyeur qui m'espionne derrière les stores vénitiens de l'autre côté de la cour, une paire d'yeux qui brillent soudain par un interstice et qui me terrifient, comme le regard de Dieu dans *Gatsby le Magnifique*. *Love Me Do* passe toutes les vingt minutes à la radio, Noël arrive, puis s'en va. Je reçois une lettre d'Angleterre.

C'est une mince lettre bleue « par avion », tapée à la machine, avec une signature tapée à la machine, comme une missive commerciale. Elle comporte dix points, numérotés de 1 à 10, expliquant pourquoi je n'ai peut-être pas intérêt à venir. Ils sont tous énoncés avec « humour », mais je décèle la résistance qu'ils dissimulent. Un des points précise par exemple : « Même si nous ne sommes pas des paysans, nous vivons à la campagne. Toi qui es une enfant de la ville, tu risques d'avoir du mal à t'adapter à nos coutumes. » Un autre : « Même si les Américains ne sont plus les sauvages d'autrefois, il faudra encore bien des décennies pour que la civilisation américaine puisse rivaliser avec celle d'Europe occidentale. Tu dois te préparer au fait que nous parlons à peine la même langue. » Voilà pour les points n°s 4 et 5. Au n° 10, le message est clair et net, en dépit de la conclusion, qui proclame : « Si malgré ces obstacles tu souhaites quand même nous rendre visite, nous serions évidemment contents de te voir. » La lettre est signée d'un paraphe, auquel j'attache autant de personnalité que je peux – une personnalité généreuse et capable d'affection –, et cette signature indique non pas « ton père », mais le nom complet bien sonore de Francis Lowell, que confirme, dessous, la même signature tapée à la machine (histoire d'éviter toute méprise).

Tel est donc notre premier échange : un pompeux bouquet victorien par trop fabriqué, œuvre conjointe résultant d'un été d'ennui dans les Hamptons ; et une missive commerciale sur papier bleu se voulant « spirituelle » et sardonique, mais emplie de terreur. Et sur ces bases-là fut bâti... mais ce qui fut bâti viendra plus tard. Cette lettre était censée me donner à réfléchir ; je réfléchis donc. Trois semaines s'écoulèrent jusqu'à ce que sa femme, qui avait dû tomber sur ma lettre, ou vers qui Francis, saisi de scrupules, avait dû se tourner (« J'ai bien peur que ce ne soit arrivé : elle a fini par m'écrire »), intervienne dans ce déplaisant manège de séduction et de rejet, et dise, avec un ravissement sans équivoque et clairement exprimé : viens, je t'en prie, viens faire la connaissance de ton père et la mienne et celle de tes trois demi-frères, nous mourons d'impatience, voici des photos, viens nous rendre visite, viens et reste aussi longtemps que tu voudras, nous serons enchantés de te voir. Et elle avait signé « Baisers », ajoutant, de la même écriture chaleureuse, énorme, exubérante et par endroits illisible (que je déchiffrais pourtant sans la moindre difficulté) : Harriet.

J'avais donc maintenant des photos d'un couple

d'inconnus d'âge moyen, de trois petits garçons à la coupe de cheveux à l'anglaise et d'un paysage anglais montrant un cottage avec un jardin au premier plan. Si ce n'était pas tout à fait réel, c'était du moins enfin une possibilité, une autre solution, un « ailleurs », un endroit me permettant d'aller de l'avant ou de me déplacer latéralement, en tout cas de bouger. Et puis Veronica et Harriet s'écrivirent, Harriet et moi nous écrivîmes, et Francis et moi ne nous écrivîmes jamais, les mois passèrent et mes notes s'améliorèrent, et Veronica ne m'avoua jamais combien elle était étonnée, je ne le devinai que plus tard, quand je tombai sur une lettre qu'elle-même avait envoyée à Francis trois ans plus tôt, et à laquelle elle n'avait reçu aucune réponse.

Aujourd'hui, je tenais la mienne. Veronica allait se retirer en Californie au mois de juin, et au mois de juin j'allais obtenir mon diplôme puis prendre un avion pour l'Angleterre (billet offert par Shrimp) afin de rencontrer mon père. Et tout le monde – Shrimp, Veronica, et même Constance, quoique celle-ci nourrisse certains doutes sur Francis – espérait de toutes ses forces qu'il y aurait à cette histoire un dénouement heureux.

À présent nous sommes fin mars. J'habite chez Veronica depuis trois mois et demi. Ce soir, c'est mon anniversaire. J'aimerais le passer avec Duncan, mais Bett a prévu quelque chose.

Je suis en train d'abandonner ma mère. Elle le sait. Ce n'est plus simplement l'école, les choses deviennent sérieuses. Elle est contente pour moi. « Mon poussin en Europe », s'écrie-t-elle, mais parfois elle dit : « Je n'arrive pas à croire que tu vas partir. » Je lui assure que je vais revenir, ce n'est qu'un séjour, rien qu'un été. Elle sent qu'il se trame quelque chose d'autre. Si je lui demande, parle-moi de mon père, tout ce qu'elle répond, c'est qu'il avait les oreilles décollées et qu'ils ne s'entendaient pas, que ses parents n'étaient pas gentils. Mais elle ne dira jamais : n'y va pas, c'est une erreur, reste avec maman. Nous continuons à nous disputer, le sous-texte est plus sombre à présent, cette notion d'abandon, son bébé a grandi. Peut-être est-ce pour le nier qu'elle nous a pris des billets de cirque pour mon seizième anniversaire, à moi qui m'habille en noir, fume des cigarettes et bois du café sans lait. Nous allons partager de nouveau un merveilleux et attendrissant moment mère-fille, comme ces « Petits déjeuners d'amour » que nous organisions périodiquement dans mon enfance, et qu'il nous arrive de répéter de temps en temps, pour qu'elle sache que je l'aime encore (je l'aime encore). Nous mangeons des œufs durs, sur lesquels elle a peint nos visages ou des lapins, il y a du chocolat, des bonbons gélifiés, un cadeau pour moi. De ma part, c'est un rituel, elle reçoit toujours les mêmes choses : un savon Yardley à la lavande, un bouquet de freesias, sa fleur préférée, ou de l'eau de Cologne Blue Grass. Ma mère ne fume pas et ne boit pas, elle ne lit pas beaucoup non plus et n'écoute pas de disques, ce qui fait qu'elle a droit à du savon, du parfum ou des fleurs. Nous écalons nos œufs, détruisant leur visage, mangeons nos friandises et renouvelons nos vœux.

Nous allons au cirque le jour de mes seize ans : elle s'est donné du mal pour économiser l'argent des billets. Pour son anniversaire, je l'emmène toujours voir une comédie musicale de Broadway (je me donne du mal pour économiser), mais ce sont nos rituels. Seulement, cette année, anniversaire ou pas, je ne suis pas une gamine commode. Au début, les choses vont à peu près, mais le spectacle de monstres est trop gentillet, les clowns sont à mourir d'ennui, et comme je sais que je pourrai voir Duncan après minuit (dispense spéciale de Veronica), je ne tiens pas en place et Bett n'arrête pas d'essayer de me presser la main pendant les interminables numéros de monocycle, de dressage d'éléphants, d'homme-canon et de voltige à cheval, et je suis à bout, je n'en peux plus de respirer la sciure, de refuser la barbe à papa qu'elle mange toute seule à côté de moi en souriant comme si elle était heureuse, mais elle n'est pas heureuse. « Mon bébé s'en va. » « Oh, bon Dieu, maman, je ne pars pas tout de suite, regarde ce putain de spectacle. » « Ne me parle pas de cette façon », et je m'excuse, me calme puis gigote de nouveau sur mon siège et file faire pipi et fumer une cigarette et me tenir au milieu de toutes ces petites filles en habits de fête qui pleurent, qui rient, escortées par leurs mamans dans les toilettes, et l'impatience en moi grandit tellement qu'il faut que je m'esquive. Mais je regagne mon siège et au bout de vingt minutes supplémentaires je dis à Bett : « Je n'en peux plus, allons-y. » « Y aller ? se récrie-t-elle, déconcertée, consternée. Mais les tigres… » « Quoi, les tigres ? » répliqué-je.

J'aurais dû rester assise là, fermer les yeux et repenser à mon anniversaire huit ans plus tôt, quand j'étais rentrée de Mirrenwood et que ma mère, dans notre appartement au-dessus du bar, avait repoussé les meubles et invité des amies à moi de l'école et du quartier, acheté des cotillons, des gâteaux et des babioles pour tout le monde, mais aussi des cadeaux pour moi, des centaines de cadeaux, m'avait-il semblé, en cette unique année miraculeuse, dans d'énormes boîtes scintillantes décorées de nœuds et de ballons, de magnifiques boîtes rectangulaires, carrées, gigantesques, toutes empilées dans ma chambre. J'avais demandé : « Dis, maman, je peux les ouvrir maintenant ? » et elle avait répondu : « Attends après le gâteau et la glace. » J'avais attendu et demandé de nouveau : « Maintenant, maman ? » et ma mère avait dit même là, en cet anniversaire exceptionnel où elle avait organisé la fête d'anniversaire la plus féerique : « Mon cœur, pourquoi ne pas attendre que les autres enfants soient repartis ? On ouvrira tes cadeaux rien que toutes les deux. Parce que, elles, ce n'est pas leur anniversaire, et elles risquent d'être tristes si elles n'ont pas de cadeaux. On ne voudrait pas qu'elles soient fâchées, alors attendons. » Et elle avait raison. La douceur de ma mère enveloppait le monde entier, et j'en avais conscience même alors.

J'attends que les tigres soient passés et je subis l'Orchestre Ringling, les roulements de tambour et les explosions, puis j'éclate et j'annonce : « Je m'en vais. » Et je le fais, je sors, je quitte le chapiteau, laissant Bett sur son siège à tâcher de mettre la main sur son manteau et son sac pour me suivre. Lorsqu'elle me rattrape, elle me demande : « Qu'est-ce qui t'arrive ? » Et je ne sais pas, je sais seulement que je dois m'en aller, et je m'en vais, je la laisse plantée dans la rue, bouche bée, tenant son manteau qui traîne par terre et ses mains agrippant le programme du spectacle.

En juin, elle et Constance, Shrimp et Veronica viennent toutes à ma remise de diplôme, où je suis une des quatorze jeunes filles bien élevées accédant au monde raffiné qu'elles méritent. J'ai mes cadeaux de diplôme, ma machine à écrire, mon appareil photo, mon billet d'avion. En plus de ma machine portative, ma mère m'offre, conformément à ma requête, un ensemble de lingerie en dentelle noire, que Veronica me surprend la semaine suivante en train de mettre dans ma valise. « Tu ne vas pas arriver chez les Lowell avec des dessous noirs », me dit-elle, et je suis obligée de les laisser. Bientôt nous sommes à l'aéroport, en train de nous embrasser : Veronica, Shrimp, Constance, Duncan et Bett me font leurs adieux. « Au revoir, je vous écrirai. Au revoir, je serai vite rentrée. Ne pleure pas, maman. »

« Mon bébé, qui part en avion. » Je hausse les sourcils et lui tourne le dos, mais je fais volte-face et reviens l'embrasser une fois encore, puis je m'éloigne et elle me fait signe aussi longtemps qu'elle le peut, jusqu'à ce que sa main, son visage, son corps disparaissent et se perdent parmi tous ces gens au sol qui regardent l'avion rugissant s'élever et s'en aller, tandis que moi j'abandonne mon foyer.

DEUXIÈME PARTIE

Les hommes

Cinq

Je descends l'escalator vers le point de rencontre et réfléchis à l'image que je vais présenter. Dans une certaine mesure, je joue à la gentille élève de Wickhurst, mais ce n'est pas seulement un personnage que j'interprète, c'est la créature que je désire être *pour eux*, la forme la plus appétissante, la plus *reconnaissable* de ma personne, et je souhaite être acceptée, avalée sans résistance. En même temps, c'est ainsi que je désire être *pour moi* et j'ai l'impression que je peux être tout ce que je veux, la page est vierge, c'est une nouvelle vie, je peux être une délicieuse jeune fille bien élevée de seize ans *parce que personne ne me connaît*. Jusqu'à un certain point, j'ai préparé mon arrivée : je les embrasserai l'un et l'autre sur la joue. Je serai modeste, aussi maîtresse de moi qu'un cheval parfaitement dressé, et tout commencera. Je vois Harriet, sa femme, le tableau se rapproche. J'avance et nous échangeons des baisers, conformément à mon scénario, et puis je vois mon père, immense, à moins de deux mètres de là, qui semble créer des perturbations dans l'air par sa taille massive et l'intensité évidente de son malaise. Mon baiser préparé s'interrompt avant que je puisse avancer et je me fige, je demeure où je suis. Et lui aussi recule et adopte une attitude prétendument embarrassée mais qui n'est en fait qu'une tactique de déstabilisation. « Pourquoi as-tu un sac KLM ? » demande-t-il d'une voix retentissante (car j'ai pris un vol Pan Am.) Un sac ? Je suis immédiatement prise en faute, soupçonnée de transmettre des informations fallacieuses ; je suis immédiatement une voyageuse maladroite. Ce qu'il veut dire en réalité, c'est que sa faculté d'observation ne dort jamais, qu'il est Intellectuellement Curieux et qu'il Remarque Tout. Mais moi j'entends : Erreur. Tu as commis une erreur. Harriet, elle, entend et voit que la jeune fille a peur de lui. Elle lui a fait de la peine, en m'embrassant moi et pas lui ; il a peur d'elle et il lui flanque une trouille bleue. Enfin, bon Dieu, ils sont du même sang. Pourquoi ne jamais choisir la simplicité ?

Nous montons dans la voiture, une vieille Bentley déglinguée aux banquettes en cuir craquelé, et je me demande si cela signifie qu'ils sont riches ou qu'ils sont pauvres… Nous commençons à rouler. Malgré ce que Bett m'a dit, le Norfolk ne se trouve pas à côté de Londres, mais à presque deux cents kilomètres.

Mon vol est arrivé à neuf heures et, entre la douane et le reste, nous ne serons pas là-bas avant une heure du matin. Au total, six heures de trajet pour eux. Erreur n° 2. J'aurais dû enquêter là-dessus. Harriet porte une robe sans manches à grosses fleurs étrangement démodée qui fait un peu mémère. Ses bras sont lourds et ses mains rugueuses et écorchées à cause de la vie à la ferme. Est-elle un genre de paysanne, une campagnarde ? Je n'arrive pas à deviner. Mon père se réfugie – par la suite j'apprendrai que c'est là qu'il passe son temps, qu'il vit, qu'il se met à l'abri – dans diverses remarques sur la périphérie de Londres par rapport à la périphérie des villes américaines, il donne une conférence tout en conduisant ; de temps en temps, Harriet me demande si j'ai assez chaud, si je n'ai pas mal au cœur, si je n'ai pas faim, etc. En vérité je suis complètement épuisée et je me tiens droite comme un I sous l'effet de la tension nerveuse. Rien de ce que je dis n'est naturel, non seulement parce que je suis toujours la jeune fille de Wickhurst (cernez-moi le plus vite possible, que nous laissions derrière nous cette nervosité commune), mais parce que nul ne m'assigne un rôle où je n'étouffe pas. Déjà, je fais tout pour m'adapter, m'attirer leurs bonnes grâces, je guette leur bon vouloir, car ce sont eux qui mènent la danse ; je dissimule la moindre trace d'individualité que je pouvais afficher en arrivant. Comme le sac KLM, je ne veux pas qu'elle saute aux yeux, qu'elle s'avère encombrante.

Harriet me propose un « biscuit ». Avant que je puisse croquer dedans, nous passons par l'étape obligée du « Toi, tu dis "cookie", non ? » et moi qui réponds « Oui » sur le même ton amusé, puis nous enchaînons en débitant toutes les différences que citent systématiquement ces Américains et ces Anglais qui ont peur les uns des autres : « lift » et « elevator » pour dire « ascenseur », et toutes ces conneries. À mi-chemin du Norfolk, mon père arrête la voiture et sort pisser au bord de la route, et soudain, enfin, il y a quelque chose de réel. Étranges, mais réels, la giclée sur la verdure du bas-côté dans l'air froid, le bruit lourd (Seigneur, tellement lourd) de ses pas, les halètements et les grognements laborieux, plaintes d'une âme en peine, tandis qu'il remonte dans la voiture. Harriet répète constamment, aussi souvent que la conversation l'autorise, la formule « ton père », comme pour insister sur cette notion, créer entre nous un lien que nous ne pouvons établir seuls, tandis que, sur la banquette arrière, je me recroqueville intérieurement, malgré la raideur de ma colonne vertébrale, et que Francis poursuit ses observations factuelles, bavardage qui constitue le comportement le plus « aimable » dont il soit capable. Et pendant ce temps, s'insinuant profondément en lui et s'y durcissant, s'enkyste, j'en suis sûre, mon incapacité à l'embrasser, mon horreur flagrante, impossible à camoufler en raison de l'innocence même que je me crois tenue de contrefaire. Donne-moi une autre chance, ai-je envie de dire, mais je ne suis pas certaine d'avoir le cran nécessaire. Et la voiture noire avance à vive allure dans l'espace, s'enfonçant dans la nuit ; tout cela est réel, c'est réel, et il est trop tard pour faire machine arrière. Nous avons raté nos retrouvailles et nous devons encore faire connaissance, lui et moi, ou conclure un pacte quelconque… Et puis il y a Harriet. Elle est là, observant notre terreur réciproque, déchirée entre la douleur pour lui et la peur des conséquences pour moi, et jacassant sans fin au milieu de cet abîme.

Il est tard. Nous sommes dans la cuisine. Ma terreur me brouille la vue et le néon au-dessus de nos têtes rend le décor criard, brillant, blanc, haut de plafond, ripoliné comme un hôpital. Je remarque des odeurs de ferme et un linoléum fendillé, des murs froids et nus, un air froid. Nous avons des mugs de chocolat chaud dans les mains et, sous l'éclairage glacial, je leur donne les cadeaux que j'ai apportés : un coffret Elizabeth Arden pour Harriet, un livre de Robert Frost pour Francis. Pourquoi ces choix ? Ils me semblent à présent totalement absurdes, la poésie aussi fade et inoffensive que le parfum, et même moi je les trouve sans intérêt. Plus tard, ces choix me paraîtront encore pires, quand je saurai que Francis ne lit jamais de poésie et que Harriet ne porte que du parfum Hermès. Ils se montrent un peu perplexes, mais polis. Déchirant le papier cadeau

Doubleday, les pattes géantes de mon père cherchent ce qui se cache sous cet emballage soigné, puis s'interrompent : il ne voit pas ce qu'il pourrait bien faire de cet objet délicat ; ses mains s'immobilisent autour du mince volume. Il contemple la photo de Robert Frost sur la couverture, sans piper mot. « Tu aimes la poésie ? » tenté-je. (Est-ce une question trop personnelle ?) Il grommelle. Harriet, quant à elle, s'extasie sur son cadeau. Elle s'applique tellement à combler les vides et à maquiller les propos que Francis et moi échangeons qu'on croirait un personnage dans un autre film, ou bien un 33 tours réglé sur 78 tours. Je suis épuisée pour eux deux et pour moi. Mon père annonce qu'ils ont acheté une caisse de Coca-Cola et m'indique où elle est. Je ne sais pas quoi répondre. Je ne bois pas de Coca-Cola. Harriet propose de me montrer ma chambre.

Je ne sais pas quoi penser de la maison. Elle est un peu miteuse et dépouillée, et pourtant il y a toutes ces aquarelles, ces antiquités, ces pièces d'argenterie. Je n'arrive pas à m'en faire une idée précise ce soir. Je verrai cela demain, après avoir dormi dans une minuscule chambre laquée de blanc, avec un matelas en crin affaissé au milieu, et un dessus-de-lit fait main couvert d'accrocs et tout décoloré. Ils ont disposé des livres pour moi sur la table de chevet, à côté d'une carafe d'eau et d'un verre. Une fois Harriet partie, et après que j'ai découvert l'unique source de chaleur dans cette chambre glaciale, à savoir la bouillotte réchauffant un petit bout d'une literie qui semble par ailleurs complètement détrempée dans cette humidité (dire que nous sommes en juin, époque où on branche déjà l'air conditionné à New York...), j'examine les ouvrages qu'on m'a sélectionnés. Nancy Mitford (dont je n'ai jamais entendu parler), un livre intitulé *L'Amour dans un climat froid* (de circonstance !). Un truc qui s'appelle *La Nuit africaine,* et aussi *La Case de l'oncle Tom* (me prennent-ils pour une raciste ?). Un volume de Churchill (parfait, à la fois léger et sérieux). Ça me plaît bien. Ma chambre me plaît bien. Mon père me fait peur. Je vais dormir. Oh, maman.

Je dors. Je dors seize heures, et les trois premiers jours douze heures par nuit. Je n'arrive pas à avaler quoi que ce soit (ça ne me ressemble pas). Harriet dit : « Tu es un peu verte. » Mon père continue à prendre mon manque d'appétit et mes nuits à rallonge pour le reflet de la crainte quasi religieuse qu'il m'inspire, et il a raison. Je m'efforce, sans succès, de rester éveillée et de cacher que je n'y arrive pas ; je suis en train de foirer ces retrouvailles. La brave petite jeune fille de Wickhurst est en train de se désintégrer à vue d'œil. Les défenses de mon père se déploient, et, effrayée, je n'en dors que davantage. Il émet des réflexions sur mon sommeil, et mon côté américain. (« Il n'y a que les sauvages pour prendre leur fourchette dans la main droite et poser leur couteau. Si tu dois rester un tant soit peu en Angleterre, tu as intérêt à apprendre à te tenir à table comme une personne civilisée. ») Ma réaction à ce stade est de m'anesthésier, de me mettre à somnoler, jusqu'à ce que Harriet suggère un petit somme. Il y a quelque chose de tragicomique dans le fait que mon père lâche ses coups alors que je suis encore consciente, des coups dont même lui doit savoir qu'ils sont en partie responsables du choix qui est le mien de sombrer dans l'inconscience. Mais ce n'est pas mon choix, en réalité, ma somnolence est affreusement embarrassante. Il n'y a pas moyen que mon corps s'habitue, ce n'est pas uniquement le décalage horaire, je meurs littéralement de froid, je porte deux pull-overs à longueur de journée sous le soleil de juin, je frissonne durant tout le dîner dans mes tenues d'été. Ils évoquent la possibilité d'allumer un feu dans le salon, puis rejettent cette idée. « Au mois de juin, bon sang ! » s'exclame Francis, puis, à mon adresse : « Arrête de frissonner comme un foutu clébard, veux-tu, c'est de la pure complaisance », et vlan, mon menton tombe sur ma poitrine et Harriet me permet de me retirer.

Le cinquième jour, je suis acclimatée : une créature docile, sage et pitoyable, qui veut à tout prix éviter qu'on ne l'attaque et qui dit oui à tout. Je me tiens à table à l'anglaise (fourchette dans la main gauche, etc.), et je mange avec appétit. Après cinq jours de jeûne, j'avale toute mon assiette, leur procurant un plaisir extrême (une forme d'acceptation, après tout). Mon père comprend qu'il m'a matée, et les piques et les commentaires furieux continuent. Si je réponds par un trait d'esprit, son front se plisse et il s'assombrit, son teint s'empourpre, et Harriet s'empresse de dire quelque chose. Mais l'affaire se joue uniquement entre lui et moi désormais. Arrive juillet, et c'est presque la guerre ouverte. Bien des soirs, après certaines passes d'armes un peu rudes (« Tu n'es qu'une foutue idiote... Les Américains sont tous des... Tu connais le véritable sens du mot "sophistiqué" ? "Frelaté", comme un vin bon marché... Ne me fais pas rire, tu n'as jamais mangé une pomme correcte de ta vie, tous les fruits américains sont... Ton foutu pays... Helen, si tu dois rester ici... »), les larmes jaillissent. Helen va-t-elle rester ? Elle est dans tous ses états, elle pleure la nuit et, le soir, elle écrit des lettres à la maison : « Maman/Shrimp/Veronica chérie. Je suis très heureuse ici. Aujourd'hui nous... » ; ou : « Ma nouvelle famille est merveilleuse » ; ou : « Je suis tellement contente de la façon dont tout s'est mis en place » ; ou : « J'aime ma nouvelle famille et elle m'aime. »

Mais non, pour l'instant, nous ne nous aimons pas. Pas du tout. Nous nous évitons avec méfiance ou bien, si nous nous cognons, nous battons en retraite comme des souris aveugles, des jouets mécaniques. Nous faisons des excursions. L'Angleterre de Harriet : des foires agricoles, des concours hippiques, des thés chez des voisins et des parents, la vieille blanchisseuse de la famille qui habite au bout d'un chemin boueux et qui se rappelle « ta mère, si belle, et toi bébé », et Harriet qui ne goûte guère ces réminiscences et qui essaie plutôt de parler de Charles et de George, ses deux fils encore à l'école, et nous ne tardons pas à prendre congé. Le troisième fils est à la maison, il a deux ans, avec une nounou de deux ans de plus que moi, une fille de la campagne à l'accent à couper au couteau qui flaire en moi une alliée contre « eux », mais n'en a pas la certitude, puisque je suis moi-même sur le point de devenir l'une « d'eux ». Et dans l'atmosphère de silence tendu et poli qui règne dans la cuisine froide éclairée au néon, nous prenons le thé, toujours accompagné de gâteaux. Ici, on mange sans arrêt, des petits déjeuners cuisinés, copieux et élaborés, des déjeuners comprenant entrée-plat-dessert, des goûters avec des tartines et des gâteaux, des dîners composés de cinq plats. C'est le seul réconfort disponible, et ils s'y accrochent, ainsi qu'aux rituels et à la conversation que permet la nourriture (« Ça manque d'assaisonnement... Non, je ne trouve pas, c'est parfait... C'est du fromage de la région, évidemment, en Amérique, tu n'as pas de vrais fromages – de vrai pain, de vrai beurre, de vrais fruits –, évidemment...), et durant tout le mois de juillet, un soir sur deux, en larmes, je demande la permission de sortir de table, ayant mangé, mangé toute la journée pour être avec eux, faire bombance avec eux, devenir l'un d'eux – avec ce pain, je..., avec ce vin... –, mais la transmutation de la chair n'est pas encore flagrante, si bien que, tout le mois de juillet, j'ai droit à : « Bon sang, ne commence pas à pleurnicher », et Harriet : « Laisse-la, Francis », et alors, agrippant la rampe d'escalier, je m'éclipse à l'étage. Oui, j'ai vu *My Fair Lady*, mais mon père n'est pas Henry Higgins éduquant sa gamine des rues, c'est un homme que torture le spectacle de son châtiment, et qui explose soir après soir.

Une conversation lors d'un dîner, tout se déroule sans anicroche, les invités me complimentent sur ma « maturité », m'interrogent sur New York, ne prêtent pas assez d'attention à Francis et me lancent de temps à autre des regards compatissants, que Harriet voit mais pas Francis. Je m'efforce de tenir mon rôle dans cette comédie, cette réunion sous la houlette de cette famille altière et néanmoins charmante, j'aide Francis à formuler ses anecdotes, je feins l'amusement, je simule la stupéfaction devant l'étendue de son savoir, alors que les convives ont à subir cette érudition depuis des années, et que certains d'entre eux, comme ils me l'avouent plus tard, ne viennent que pour Harriet. Lorsque mon père, qui n'en finit pas de discourir sur les attitudes des différentes nations à l'égard du poisson, déclare : « Bien sûr, pour les Japonais, le diable prend la forme d'un crabe », je fais un jeu de mots sur le « crabe à la diable » et les invités rient gaiement (oh, avec quel effort la gaieté s'élève-t-elle au-dessus du vin rouge foncé, du couteau à pain et de la table qui ploie, qui ploie sous le poids de la nourriture indigeste et de l'hospitalité laborieuse et pleine de reproche de Francis !). Mais leur gaieté est déplacée, et Francis le leur explique à mes dépens. Attendant le silence, il lâche : « Voilà une remarque aussi facile que stupide, totalement indigne de toi ou de quiconque. » Aucun doute, je ne suis pas habituée à ce qu'on me traite ainsi, et je me sens d'autant plus trahie que je pensais l'aider à desserrer le carcan de solennité qu'il inflige à ses invités, lui faire comprendre qu'ils n'ont qu'une envie, se dérider un peu et fuir ce traquenard. L'injustice est trop lourde, elle heurte ma poitrine comme une pierre, et c'est reparti : la gorge qui se contracte, la chaleur qui monte aux joues, les larmes qui viennent aux yeux. Francis s'écrie alors que je me lève : « Bon Dieu, Helen, ne sois pas si émotive ! », et un convive courageux intervient, solitaire : « Pour l'amour du ciel, Francis, ce n'est qu'une enfant ! », et là, regards furibonds, puis le chaos. Le dîner de Harriet bousillé (se disent-ils en leur for intérieur), Francis trop dur, comme d'habitude, et cette pauvre jeune fille qui ne survivra jamais, oui mais bon, loyauté oblige… Alors on change de sujet et on adresse ses remarques à Harriet, dont les rires et les bavardages comblent les silences et ces mers sombres et lugubres où le capitaine Francis navigue seul dans sa barque. Au milieu de ses babillages, Harriet ressent la deuxième injustice : personne ne comprend ce que traverse son brillant mari tourmenté avec l'arrivée de cette jeune fille. Nous n'étions pas obligés de l'accueillir. Pourquoi sont-ils si injustes ?

Et en dehors de la salle à manger, à l'occasion d'une autre situation de cauchemar (mais j'apprends à me taire désormais, et à me contenir), je l'arrête. Je veux braver le monstre dans sa tanière, je veux le toucher, et je le fais, près de la porte ma main se pose sur son bras et il recule (non mais, qu'est-ce qui te prend ?), et je dis avec tout le courage que je peux rassembler : « Pourquoi m'agresses-tu comme ça ? Quand même, toi aussi, tu as des émotions, tu es sensible ? » Je dis cela lentement, et je vois la mine renfrognée habituelle se détendre un instant, je vois sa tentation de reconnaître que oui, lui aussi est sensible, que nous sommes liés de cette manière affligeante. Mais l'expression vulnérable, accommodante, complice disparaît et la mine renfrognée revient. Il dit : « Bon sang, bien sûr que je suis sensible, mais le monde ne l'est pas, et ce que tu n'apprends pas ici, tu l'apprendras plus durement plus tard. » Eh bien, je préférerais plus tard.

Un soir, il entre dans ma chambre avec un gage de paix, *Rebecca* de Daphné du Maurier en livre de poche. « Une créature émotive comme toi, dit-il avec un sourire, une romantique. » Fin de l'affrontement systématique. À part le refrain : « Bon sang, ne sois pas si susceptible, si émotive. Ne passe pas ton temps à soupirer », et une fois : « Il ne faut pas faire peser ton affectivité sur les gens. » De fait, ce devait être horrible de m'avoir dans les parages, moi, embourbée si ostensiblement dans mon enfer – qui était eux –, moi, pauvre chiffe molle si désireuse d'être aimée.

Donc nous mangeons beaucoup et, le mois d'août venu, mon corps se modifie à force de chercher à se fondre dans leur monde. En un seul été (j'ai seize ans), je grandis de cinq bons centimètres et je prends quinze kilos. « Regarde, semblé-je dire à mon père et ses deux mètres de haut, je tiens de toi, je suis de ton sang. » Et me voilà qui nasille, aussi, en prenant son accent : je lui parle avec des intonations anglaises et j'avale mes mots pour qu'il les entende, pour qu'il ne dise pas tout le temps que je suis différente, une étrangère, une intruse, dehors, va-t'en. Mais cela ne suffit pas que j'aie grandi, grossi, changé de voix, il ne comprend pas la portée du geste. En septembre, il dit même : « Dommage que tu aies perdu ton accent. » Mais j'en ai assez de répéter tout ce que je dis, de m'expliquer, je rêve de fluidité. Le corps familial n'arrête pas de me rejeter comme une greffe qui ne prend pas, alors que tout ce que je souhaite, c'est m'adapter convenablement et être assimilée. Les pleurs ont cessé, la douleur continue, ainsi que les lettres à la maison : « Je suis très heureuse ici, cette semaine nous… », mais je suis saisie d'effroi quand, bien plus tard, je relis ces choses : « Très chère

Maman/Shrimp/Veronica… pardonnez-moi d'être aussi émotive… aussi romantique… aussi susceptible. » Tous leurs mots à eux. Ils ne m'ont pas avalée, c'est moi qui les ai avalés, ou qui me suis avalée pour eux. Physiquement énorme, du moins à mes yeux, et imitant de manière grotesque leurs sons, leurs mouvements, j'ai collaboré autant que mon corps le permettait. Bientôt il est décidé que je dois aller au lycée cet automne et devenir, comme il est évident que j'y suis totalement disposée, une jeune Anglaise.

Est-ce que je protégeais ma mère par ces lettres joyeuses, est-ce que je me protégeais, moi, des demandes qu'elle me faisait de rentrer à la maison ? Est-ce que je me sentais trop bête pour avouer à Shrimp que j'avais commis une terrible erreur, est-ce que je rechignais à embêter Veronica, récemment retraitée ? Ou est-ce que j'essayais simplement de me persuader ? Le médecin scolaire me mit sous antidépresseurs pendant mes premiers mois à Norton. Je savais forcément que j'étais plus malheureuse que je ne l'aurais jamais cru possible, mais je m'entêtais à le nier dans mes lettres. Je racontais avec l'accent anglais des rencontres amusantes ou m'extasiais sur la splendeur du paysage, sans jamais confier à personne la vérité. Vraiment ? Non, j'avais bien tenté de parler à d'autres membres de cette nouvelle famille, ces tantes bienveillantes et affectueuses qui avaient peur pour moi avec Francis (« un homme difficile »), mais leur soutien me revint bientôt dans la figure comme un boomerang : « Harriet a reçu sept coups de fil rapportant que tu étais malheureuse ici. Écoute, je me fous de ce que tu peux dire aux gens, mais pas Harriet, et elle a fait beaucoup pour toi. Est-ce que tu veux repartir ? » (Silence.) « Alors, si tu comptes rester, tu ferais bien d'en prendre ton parti, comme nous tous. »

Pourquoi étais-je restée ? Bett et la perspective de la retrouver étaient-elles tellement pires ? Entre les lignes de ces lettres enthousiastes que j'envoyais au pays, je discerne mon soulagement de ne pas être là-bas avec elle. J'employais même leur atroce langage pour la sermonner, avec cruauté : « Maman, tu ne dois pas le prendre si mal. Je ne serai ici qu'une année avant de présenter de nouveau mon dossier à la fac. La séparation nous fera du bien… Tu es trop dépendante de moi sur le plan affectif… Bien sûr que tu n'es pas en train de "perdre ta fille"… » Mais, évidemment, c'était le cas, elle le savait et je le savais. J'étais en train de liquider mon passé, même sans acheteur, et marchandais comme un acheteur. J'endurais ces horribles journées et ces horribles nuits parce que l'autre solution me semblait cent fois pire. Imaginez, alors, si j'avais avoué à ma mère combien était en réalité abominable ce que je lui préférais. Là était sans doute l'explication de mes cartes postales euphoriques, de mes longues lettres pleines de tendresse à New York où je protestais :

« Laisse-moi donc profiter de ce séjour au loin. » La protéger de mon désarroi, mais en fait me protéger du sien. L'évasion à tout prix, c'est ce que je devais me dire, même à ce prix-là, juste histoire de m'éloigner. Et puis aussi, je continuais à espérer, inlassablement, que mon père finirait par ouvrir les yeux et se mettrait à m'aimer. Je transformais le moindre signe, le moindre discret aparté, la moindre intonation un peu aimable, en message d'espoir, et je vivais là-dessus, cet infime rai de lumière dans l'obscurité. N'empêche, c'était vrai, il aurait pu m'aimer, sauf que je n'ai jamais su comment susciter cet amour. Maladroitement, inconsciemment (je n'avais pas fait « exprès » de grandir de cinq centimètres, ni de prendre l'accent anglais), j'essayais de le forcer à m'accepter. Je savais que cela ne devait pas être si compliqué, mais je n'ai jamais eu la solution, je ne l'ai jamais trouvée, cependant, pas un instant, si perdue qu'ait pu paraître ma cause, je n'ai renoncé à espérer en secret. Pour moi, sa résistance ne s'expliquait pas. J'étais un cadeau, après tout, j'étais intelligente, jolie et mûre (« sophistiquée » signifie « frelatée », comme un vin bon marché), et la majeure partie du travail avait déjà été faite. Mais, pour lui, j'étais le jugement, l'observatrice, venue scruter ses défauts, contempler sa douleur. Dans son esprit, je devenais un peu comme le regard de Dieu, un œil insistant sous lequel il ne pouvait s'empêcher de tressaillir. C'est pourquoi, se sentant aveugle et impuissant, il décochait des coups, mais il les portait avec toute l'énorme force mentale et physique qu'il possédait.

Harriet. Au début, elle disait : « J'ai toujours voulu une fille. » Maintenant, elle dit : « Pourquoi es-tu en retard ? », ou bien : « Ton père veut te voir », ou : « Tu dois nous prendre comme on est. On ne va pas changer, alors c'est toi qui vas devoir changer. » Je l'aide dans les travaux de la ferme et admire combien elle travaille dur. Je l'ai vue descendre des collines avec, dans les bras, des veaux pas maigrelets, réparer des clôtures, suivre une chasse au volant d'une Land Rover. Je l'ai vue cuisiner pour douze, jouer au bridge et s'habiller pour aller à l'église, les mains écorchées par les barbelés ou gercées par le froid. À ses yeux, je suis exotique, « une intellectuelle » comme Francis, mais pas tout à fait, parce que je suis une fille, une fille « émotive » par-dessus le marché. Elle souffre de voir combien Francis est dur avec moi, mais elle me dit de temps en temps que son père aussi était « strict » avec elle, et qu'en Angleterre les pères appartenant à un certain milieu et à une certaine génération sont comme ça. Elle m'indique quelles chaussures porter aux courses d'obstacles et aux concours hippiques ; ces détails ont une grande importance pour elle, ils lui servent de guide. Elle dit souvent « Ça ne se fait pas, c'est tout » et j'ai la sagesse de ne pas demander pourquoi. Elle déborde de bonnes intentions à mon égard, mais pour me protéger comme il convient, il lui faudrait dire ce qu'elle ne peut pas dire, que cet homme pour qui elle fait tout – et elle fait tout, elle dirige la ferme, la maison, la famille – est malheureux, désespéré. Si par hasard elle admettait cela devant moi, tout se fissurerait, s'écroulerait et disparaîtrait. Elle me dit qu'elle a eu de la chance de se marier, quand, âgée de vingt-six ans, elle passait déjà pour une vieille fille selon les critères locaux, pour épouser en outre un intellectuel d'une famille respectée, bien que divorcé, ce qui n'a pas du tout facilité les choses, sur quoi elle me regarde, et nous savons à qui incombe en fait la souillure de ce divorce. Ils ne parlent jamais de ma mère ; l'idée qui apparaît petit à petit, c'est que la mère d'Helen ne tourne pas très rond, qu'elle est un peu instable (et une autre source précise que c'est forcément la raison pour laquelle elle a envoyé sa fille ici, parce qu'elle n'était plus capable de s'en sortir sans aide), qu'elle ne peut lui offrir une vraie vie familiale, et qu'ils sont donc tenus de lui en procurer une, que cela leur plaise ou non. Elle n'est pas très heureuse, nous le savons, mais elle s'habituera ; nous faisons tout ce que nous pouvons.

Harriet assise à sa coiffeuse. Sous la vitre protégeant le plateau sont glissées les photos de famille, et, dessus, sont posées ses boîtes en argent et ses brosses. Il fait froid dans la pièce, et elle doit descendre pour un dîner prévu à la maison ou chez quelqu'un d'autre (quoique les dîners en ville ne soient pas si fréquents). Ses bras lourds et tannés se déplacent sur la vitre, elle se brosse les cheveux, et il est possible que nous soyons en train de bavarder dans cette atmosphère inhabituellement douce (avant les prochaines consignes ou réprimandes), seule à seule, de femme à jeune fille. Dans cette ambiance détendue, intime, je peux me mettre à l'aimer et vice versa. Ce n'est pas le monde des hommes, ni le monde de la ferme, ni le monde de ce qui se fait ou ne se fait pas ; c'est le monde très fragile des femmes et de l'intimité : poudre de riz, rouge à lèvres, désespoir et bienséance ; gaine, longueur d'ourlet, tissu, couleur, ce qui va avec quoi. En de tels moments, lorsqu'elle est au repos, dans cette parenthèse paisible devant les miroirs, nous nous sentons à l'aise l'une avec l'autre, et je me reprends à rêver que tout se passe bien. Nous pourrions presque nous enfuir ensemble (comme si c'était si simple), tout abandonner, les hommes et les garçons, les travaux de la ferme et les obligations sociales, qu'ils se débrouillent sans nous, juste quelques heures. Comme ça, en tête à tête, elle et moi, comme entre Bett et moi.

Du lundi au vendredi, je suis une lycéenne. Je porte une vilaine chemise grise et une cravate bordeaux, des chaussures éléphantesques et un uniforme bordeaux lui aussi. Grande et balèze comme je suis maintenant, je déambule pesamment, obligée de revivre les affres de l'adolescence, la tempête des hormones (mêlées aux antidépresseurs), à avoir froid constamment, et à me sentir légèrement écœurée à cause de cette drôle de nourriture anglaise, à la fois grasse et flottarde. De temps en temps, je reçois des lettres de Duncan ou de son ami Gerry – des lettres de citadins nerveuses, astucieuses, ironiques. De temps en temps, je parle de Greenwich Village à ces campagnardes, je leur parle des cafés avec leurs chanteurs folk, des longues nuits alcoolisées. Elles n'y croient pas vraiment... c'est à peine si j'y crois encore moi-même. En tout juste quatre mois, je me suis coupée de mon univers et je n'ai pas encore trouvé de port d'attache. Je tangue, aussi enflée qu'un hématome, dans cet océan d'acclimatation ratée. Un énorme portrait du grand-père de Francis est accroché dans le hall. Il avait fondé cette école pour les enfants des ouvriers agricoles, et mes camarades de classe viennent encore de familles pauvres des environs. Je suis donc attaquée pour deux raisons, en tant que membre de la famille influente de la région et en tant qu'Amerloque. Il y a parmi nous une princesse nigériane, venue ici par une sorte d'échange missionnaire, et les filles du Norfolk font le cercle autour d'elle en l'appelant « Jungle Jane » et en essayant de lui faire « rouler les yeux ». Vous parlez à quelqu'un qui sait citer Martin Luther King, qui connaît toutes les chansons, et décidément je ne comprends pas. On n'est pourtant pas dans le Sud profond, si ? Et puis elles *détestent* les Américains, pleins aux as et toujours cigare au bec, paraît-il, vulgaires, paraît-il, et stupides. Mais ces filles-là, nom de Dieu, détestent aussi les gens de Londres, et elles n'ont jamais entendu parler de Bob Dylan, à peine de Goldwater, même si, bien sûr, quand elles le connaissent, la chose se révèle gênante et difficile à expliquer. Quant aux Lowell... lorsque j'ai un quelconque achat à faire dans les magasins du coin, ils le mettent sur la note en disant : « Pas de problème, mademoiselle Lowell », et les filles me regardent en ricanant, comme elles le font lorsqu'un membre de « ma » famille assiste à une manifestation scolaire, ce qui arrive tout le temps. Donc, non seulement une Lowell, mais en plus une Amerloque. Et puis il y a notre réalité quotidienne, dormir dans des lits en fer toutes dans la même chambrée, l'absence de chauffage, la privation de viande, les pupitres aux échardes menaçantes, les cantiques incessants et les tasses de thé perpétuelles, inévitables. Je pense aux rues de ma ville et je regarde beaucoup dehors, où le vert vif triomphe en permanence sous le gris perle taché d'encre, avec des averses qui éclatent, des rayons de soleil qui percent et des moutons par-ci par-là. Mais au moins ce n'est pas Sparrow House, où habitent le père à la mine renfrognée, l'ours tellement furieux d'être pris au piège, et sa femme protectrice. Je suis contente de me trouver du lundi au vendredi entre les murs de l'école, avec mes chaussures éléphantesques et ma cravate, à parer les attaques contre les Amerloques et à guetter mon courrier : au moins, je ne me trouve pas là-bas, où en réalité ils ne veulent pas de moi, et s'accommodent de la situation uniquement par devoir. S'il n'y avait pas le paysage, qu'y aurait-il ici ? Les antidépresseurs, le souvenir du foyer, l'image reconstituée de Bett. Comme à Mirrenwood, Bett redevient tout pour moi, et mes lettres se font de plus en plus tendres, et je lui assure sans cesse que je suis très heureuse. J'ai de nouveau besoin de ma déesse, mais à présent j'ai besoin d'elle à une distance respectueuse. Des photos, envoie des photos, et lorsque j'ouvre les lettres dans ces salles de classe nues, sans chauffage et mal aérées, son visage s'échappe des enveloppes, et alors on me regarde et on me croit. Je lis les lettres de ma mère à quelques élues et elles sont stupéfaites : si jeune, si ravissante, si aimante, elle doit te manquer terriblement. Une des filles va jusqu'à lui écrire, et Bett lui répond.

Il y a une merveilleuse prof de lettres à l'école, mère d'une externe qui est mon amie. Mme Roderick et sa fille Delia. Sinon, il y a Angie, une fille de la ville (enfin, de Norwich, mais au moins elle connaît l'existence des trottoirs…). Le week-end, Angie, Delia et moi montons les chevaux de Harriet – des chevaux assez vieux, pas bien vifs, et plutôt dociles – dans les rues grises de la ville médiévale voisine, dominant les petits attroupements d'écoliers qui se forment pour nous admirer. Les sabots des chevaux claquent contre les dalles du sol, leur bruit résonne entre les bâtiments de pierre, les boutiques, les églises et les anciens hospices, et les garçons pâles et solitaires nous saluent, nous donnent des cigarettes, nous offrent des verres au pub, tandis que nous restons perchées sur nos selles au-dessus d'eux, sentant la sueur de cheval, le cuir et le shampooing bon marché, à déguster nos gins bitter lemon juchées sur nos montures au milieu du parking. Puis le jour commence à baisser, prenant les teintes de la boue omniprésente et du vert des peintures enfantines ; les bêtes ont hâte de regagner l'écurie et de paresser au chaud, or je retiens mon cheval, rechignant à rentrer tout en redoutant les conséquences de mon retard, exactement comme à Mirrenwood. J'appréhende le retour à la ferme, le dîner avec Harriet et Francis et les longues heures qui séparent la tombée de la nuit du moment du coucher, et j'attends avec impatience que le week-end se termine et que l'école reprenne.

À Sparrow House, j'accomplis beaucoup de tâches ménagères et de travaux agricoles, mais, vu que j'en suis dispensée si je dois réviser, je révise énormément et potasse pendant des heures – les langues, l'histoire, la littérature anglaise –, chose qui ne m'arrivait jamais à Wickhurst. Étant donné que bûcher me vaut la tranquillité, je bûche, et, peu à peu, j'apprends. J'ai toujours de bonnes notes, même s'il n'est pas évident de savoir à quoi ça rime, et bientôt l'école m'attribue un système de notation à part, pour que je n'aie pas automatiquement des A. Francis est on ne peut plus favorable à ces efforts intellectuels et il me donne lui aussi des devoirs à faire, ce qui relève de toute façon de leur système à eux. Par exemple, si je ne veux pas aller à l'église avec eux, il me fait rédiger un traité théologique sur mes objections. Il est extrêmement dévot (encore un père qui croit que la divinité lui appartient en propre, et qui cherche à inculquer de force à une gamine la notion d'un dieu viril, rationnel et juste), et Harriet et lui n'aiment pas mon côté anticlérical ; ils m'envoient chez le pasteur local le samedi matin afin qu'il m'endoctrine. Ce pasteur, M. Harwood, a quatre-vingt-cinq ans, et nous nous entendons bien. Au fond, c'est un païen, et un excentrique. Il déteste ces chanteurs de cantiques obtus et dociles que sont les gens du pays, adore tout ce qui est High Church, aime par-dessus tout les Grecs anciens et leur culture homophile. Je parviens à l'amadouer par mon homophilie à la mode new-yorkaise ; je lui offre mon James Baldwin et nous discutons, au bout de quelque temps, des sujets les plus divers. D'une certaine façon, je le soudoie, je le suborne pour instaurer cette amitié, mais il s'ennuie pas mal et est tout à fait prêt à se laisser soudoyer. En réalité, pour lui, peu importe que je sois chrétienne ou non du moment que j'ai l'esprit ouvert. C'est dans mes moyens. Le samedi matin, je m'échappe de Sparrow House avec lui et nous parcourons la campagne en voiture, admirant les vieilles églises et parlant de la Grèce. Il est mon refuge et mon roc.

« Ce Noël sera ton premier Noël anglais, n'est-ce pas ? » me lance, radieuse, la grosse sous-directrice aux joues roses (quelle chance j'ai !). Je suis pour elle comme la Nigériane : privée des bienfaits de la civilisation, je vais bientôt voir l'histoire, l'amour, la culture à l'œuvre, expérience que je n'oublierai jamais. Lors des répétitions des chants de Noël, elle scrute mon visage, y cherchant l'émotion que j'éprouve forcément. Quelle excitation, se gargarise-t-elle. Imagine un peu ! L'Angleterre ! Elle sourit à la petite orpheline amerloque, gavée jusqu'aux yeux d'antidépresseurs. Où est la neige, voilà ce que je me demande. Et Bett, comment le prendra-t-elle ?

En revenant avec Harriet d'une excursion en ville où nous sommes allées voir les illuminations – une ravissante guirlande d'ampoules près des feux tricolores dans une cité par ailleurs obscure –, j'apprends que les préparatifs commencent pour elle dès le mois d'août, sans quoi elle n'y arriverait jamais. Elle doit acheter des cadeaux aux familles des fermiers et à certains amis des environs, sans parler des neveux et nièces et des filleuls. Elle établit des listes et malgré cela, dit-elle, elle vient seulement de repenser à sa secrétaire, cette chère Miss Wilson (laquelle a de la compassion pour moi et, sous ses frisettes blanches, m'adresse des regards de soutien pendant le thé le mardi et le vendredi). « Qu'est-ce que tu lui as pris ? » demandé-je à Harriet. « Un parapluie vert », répond-elle. « Ce n'est pas un peu impersonnel ? » m'étonné-je, et Harriet tourne vers moi des yeux scandalisés, bleus et froids comme la glace. « C'est un cadeau rudement utile », affirme-t-elle, et nous poursuivons notre route.

Le tumulte règne dans la maison. On beugle, on cuisine, on assiste à la messe de minuit. Le matin, dans la chambre de Francis et Harriet, les garçons se jettent sur les chaussettes de Noël bourrées de babioles. À onze heures, les portes de la nursery sont déverrouillées et nous entrons dans la pièce où se trouvent l'arbre et les cadeaux, disposés en cinq piles, chacune assortie d'un crayon et d'une feuille de papier. Le crayon et le papier, explique Francis, doivent servir à noter au fur et à mesure la nature des cadeaux et l'identité du donateur, et, l'après-midi, j'ai pour mission de rédiger et de vérifier toutes les lettres à envoyer. Les garçons sont habitués, ils se ruent sur leurs paquets et les déballent frénétiquement pendant que Francis essaie de les discipliner et que Harriet se promène de-ci de-là, repliant les emballages et surveillant les listes. Mon père m'a choisi une montre. « Pas une très belle montre, précise-t-il quand je le remercie, vu que tu vas sûrement la perdre. » Je la retourne pour lire l'inscription, comme il me l'ordonne. Elle dit *Tempus fugit*, un message que je contemple longuement dans l'espoir d'y déceler une affection cachée. Je déballe le cadeau de Harriet. Un parapluie vert. Il y a des tas d'autres cadeaux : des bas et des mouchoirs et des bons pour des livres, des dizaines de souvenirs des membres de cette gigantesque « nouvelle famille » faiseuse de listes. Le cadeau de Bett est en retard, mais nous nous parlerons au téléphone. Nous allons bien toutes les deux, dirons-nous, désolées de ne pas être ensemble. Après, c'est le déjeuner de Noël : la table est dressée avec des bougies, de l'argenterie et du cristal. Il y a, pour les sept convives que nous sommes, du vin et des jus de fruits, de la dinde, de la saucisse, des marrons, du stilton, des noix, des dattes, du plum-pudding et du brandy butter, des papillotes de Noël, et du silence pendant que tout le monde se goinfre, puis nous regardons la reine à la télévision et le cirque de Billy Smart, nous occupons des lettres de remerciement, reprenons du plum-pudding avec du thé et allons nous coucher de bonne heure. « Tu as passé un bon Noël ? » me demande mon père d'un ton sévère, ce soir-là. « Oui, merci infiniment, et merci de m'accueillir ici. » « Pas de problème », dit-il, avant de se pencher pour me tendre sa joue à embrasser, de sorte que j'aille au lit heureuse.

En janvier, Harriet, les garçons et moi nous joignons à un voyage scolaire pour aller skier en Suisse.

Douze terminales du lycée de garçons, deux professeurs et nous, assis bien droits, polis et surexcités pendant les vingt-quatre heures de voyage en train à travers l'Europe : une traversée de la Manche avec un mal de mer que Harriet soigne en s'attablant et en engloutissant, avec les garçons et moi, le repas de quatre plats, tandis que les assiettes volent et que les dîneurs se font de plus en plus rares ; les toilettes sont prises d'assaut avec le roulis et le tangage, il y a de l'eau de mer et du vomi partout, et Harriet qui édicte ses consignes de vaillance. Puis, tout verts, nous gagnons Paris, ou du moins, dans le noir, une gare parisienne, avant de traverser des petites villes aux maisons basses présentant des publicités exotiques sur le côté des bâtiments, et aux rues évoquant des films sur la Seconde Guerre mondiale, puis le lendemain nous atteignons Zermatt et, de là, direction Saas Fee, un village de carte postale où boire du chocolat chaud, avec des tablettes de chocolat suisse dans les poches zippées de tenues de ski empruntées, des Allemands rigolos pour nous donner des cours, des nuits sous d'énormes édredons, du bois et des pendules à coucou partout. Le soir, je danse au Sans Souci, avec douze garçons qui n'ont personne parlant anglais de qui tomber amoureux et, deux fois par jour, des leçons de ski et encore du chocolat, les thermes, en payant, une fois par semaine, et par moments je lis les livres signés Churchill que mon père m'a envoyés, sur lesquels je suis censée faire des rapports pour que cette escapade ne soit pas que « du temps perdu », et nous acquérons tous une silhouette athlétique et des joues bien roses à force de dévaler les pistes dans un état d'hilarité permanente. Nous dansons tellement souvent au Sans Souci que l'orchestre allemand, quand nous entrons, joue automatiquement notre chanson préférée *You Really Got Me* des Kinks, et, à la fin de mon séjour, le balourd de moniteur allemand rit – enfin – en me voyant tomber et déclare : « Au moins, jeune fille, il paraît que tu es bonne danseuse, parce que, pour le ski, ce n'est pas vraiment ça. »

De retour à l'école, deux garçons sur les douze m'envoient des petits mots d'amour. En compagnie de mes camarades, j'attends que les entremetteurs reviennent avant l'heure du thé avec, cachés dans leur poche, pliés ou sous enveloppe, tachés de pluie et éclaboussés de boue, les messages sur papier ligné disant : Je pense à toi, je suis fou de toi, est-ce que tu viendras voir la pièce, mets-toi au cinquième rang au bout à gauche, est-ce que je pourrai te retrouver après l'église dimanche, est-ce que tu porteras mon polo de rugby. Et si ce n'est pas Greenwich Village, au moins, c'est quelque chose qui ressemble au monde extérieur, où il n'y a pas de pères, pas de mères, et où on peut faire valoir sans vergogne les atouts dont on dispose, et qui peuvent s'avérer suffisants. (Oh, Veronica, les garçons vous sauveront toujours, du moins je le pensais à l'époque.) Et puis, bientôt, le garçon le plus recherché de l'école des garçons quitte la fille la plus recherchée de l'école des filles et me demande de le retrouver au cinquième rang au bout à gauche à la pièce de théâtre scolaire, où un Othello au visage noirci laisse une traînée de cirage sur le nez de Desdémone, et je lui demande en chuchotant s'il est certain de vouloir ce changement, et il répond que X était autrefois la fille à conquérir à Norton, mais maintenant c'est toi, et, en digne fille à conquérir, je me laisse conquérir. Me voilà donc qui rends un polo de rugby moins intéressant pour recevoir un polo de rugby plus intéressant, tout raidi de boue et de sueur, les messages circulent, et lors de promenades nous partageons des allumettes Swan Vesta et des cigarettes Woodbine sous des branches ruisselantes, tous deux dans nos uniformes fumants tandis que des nappes de brume voguent sur les collines, et que des vaches toussent comme des vieillards derrière les haies. Et il est mon nouveau dieu anglais, pas comme dans ces films que j'ai vus à New York, *Les Chemins de la haute ville, La Solitude du coureur de fond,* mais cet autre film, *Tom Jones,* avec la tête et le torse du héros qui se découpent sur les collines du West Country, sa veste jetée telle une cape sur ses épaules et ses bottes hautes toutes boueuses. Il est très facile de tomber amoureuse comme elles le font dans le film – se rouler dans le foin, s'embrasser, fumer et discuter de nos sentiments, qui ne sont rien d'autre que cette conversation, ces petits mots, ces images de film, ces après-midi dans des salons de thé où, assis derrière des rideaux de dentelle, nous fumons et dessinons des cœurs sur les vitres embuées, buvons du thé au lait amer et regardons l'heure, remplis d'effroi, mais un effroi assez exaltant, à la pensée de regagner notre vilaine école sans chauffage ou Sparrow House et sa lugubre atmosphère vibrante de colère.

Mais les choses s'améliorent. Si ce n'est pas l'avis de mon père, il y a des garçons qui me trouvent intelligente, jolie et pas « trop émotive ». Mme Rivers veut que je passe les examens pour Oxford (Oxford, pas Macy's), et cet été je serai de nouveau à New York avec Bett, Veronica et Duncan, avec la silhouette de ces gratte-ciel et cette chaleur citadine que j'aime tant, et, par nos fenêtres ouvertes, la musique provenant de Central Park ou bien de l'appartement d'en face, où notre voisin Vladimir Horowitz s'exerce à son piano. Je serai de nouveau moi-même. Si j'arrive à tenir, tout ira bien. Si j'arrive à résister aux week-ends qui restent entre février et juin, avec Tom Jones, Delia et Angie ; seulement quatre mois de week-ends de cris et de morosité, et tant pis si on ne veut pas vraiment de moi ici, je ne suis pas vraiment ici, seulement les week-ends, les travaux de la ferme, les tâches ménagères, lire dans ma chambre à l'étage en attendant que Francis se plante sous ma fenêtre, ses pas lourds faisant crisser le gravier, son cri faisant voler en éclats mon Chaucer, mon Shakespeare ou mon D.H. Lawrence, le fracassant avec les deux syllabes de mon prénom, énoncées séparément et surgissant, retentissantes, des profondeurs de son diaphragme comme si j'étais à des kilomètres, traversant ses immenses poumons et réunissant toute la rage et tout le pessimisme que lui inspire le monde. Et moi, entendant résonner mon nom, comme s'il y avait des brouillards et des banquises entre nous, j'ai l'impression, à entendre son cri, de représenter tout ce qui cloche sur cette terre, d'être la raison même de son énervement et de sa rage. Il beugle mon nom jusqu'à ce que je finisse par craindre que la vitre ne se brise et je descends dans son bureau en essayant de ne pas trembler et de ne pas aggraver sa fureur, pour apprendre ce que j'ai bien pu faire ou omettre de faire. Il m'arrive de me dire que si Harriet n'était pas là il irait trop loin, et m'écrabouillerait de son poing de géant.

Il ne savait pas comment se comporter avec moi, tout comme je ne savais jamais par quel nom l'appeler et m'arrangeais pour ne pas le désigner. À ses yeux, je n'étais qu'une version inférieure et improductive d'Harriet ou une mouture bizarre de ses fils, et nous avions tous droit aux mêmes beuglements du capitaine Francis, comme si nous ne formions qu'une bande de cossards désobéissants. Peut-être n'avait-il pas trouvé d'autres façons de s'y prendre avec moi, moi cette créature venue de New York, cet « enfant de l'amour » tellement embarrassant bien que légitime, ce témoignage d'une lubie, d'une sottise, et surtout d'un échec, datant de dix-sept ans plus tôt. En tout cas, je ne pense pas qu'il ait jamais cru qu'il avait une fille.

J'avais repassé mes examens d'entrée à l'American College et, au printemps, toutes les facs qui m'avaient refusée l'année d'avant m'acceptèrent. Certes, mes résultats étaient meilleurs après tous les livres que j'avais lus, terrée dans ma chambre, et j'avais maintenant dix-sept ans et non plus seize, mais il y avait autre chose parce que ces facs non seulement m'acceptaient, mais elles m'offraient de passer directement en deuxième année, comme si mon séjour en Angleterre m'avait permis de surclasser tout le monde. Évidemment, mon éducation « anglaise » changeait la donne, et tant pis s'il s'agissait d'une simple école de charité en rase campagne, dont aucune élève n'était allée à l'université en vingt ans, ou si moi, cancre à Wickhurst et pas encore diplômée du secondaire, j'avais dû bénéficier d'un système de notation spécial… c'était l'Angleterre, et par conséquent supérieur.

Je passe mon bac anglais, et j'ai beau répondre à une des questions générales, « Pourquoi se conduire moralement ? », par les mots « Pourquoi, en effet ? », contrariant ainsi Mme Rivers, mes résultats sont bons, voire excellents, Je peux tenter Oxford et Cambridge, et je suis d'ores et déjà acceptée à l'université du Sussex. Acceptée, qui plus est gratuitement (ils me veulent, ils m'invitent). Forte de ce succès, j'ai l'impression que mon année a été une réussite, que j'ai trouvé une Alma Mater, sinon un père. J'ai devant moi quelque chose qui ressemble à un avenir, ce qui fait que je peux sans crainte aller retrouver Bett et lui expliquer mes projets. Si je ne peux pas lui raconter tout ce qui s'est vraiment passé, au moins puis-je lui raconter les côtés positifs. En juin, je reprends l'avion pour les lui raconter.

« Poussin, dit-elle, mon deuxième soir à la maison, il y a quelque chose qu'il faut que tu saches. »

« Poussin, ce que tu es grande », avait-elle dit le premier soir, et « C'est quoi, cet accent anglais ? ». Mais la surprise qu'elle me réserve n'est pas négligeable.

« Poussin, dit-elle, il y a quelqu'un de nouveau dans la vie de maman », et elle m'explique, tellement rougissante que je dois m'appliquer à la rassurer. Mais c'est assez étrange. Si j'ai trahi ma mère avec mes manières anglaises, ma taille et mes affinités supposées avec mon père, son ancien ennemi, elle me dame le pion. Elle a remplacé sa fille de dix-sept ans par un amant de dix-huit. Non qu'elle utilise ce mot, et elle dit « homme » et non « garçon », mais elle est toute gênée, surtout en ce qui concerne les circonstances, que, tout juste rentrée d'Angleterre, où ces détails-là comptent, je lui demande de m'exposer. Non, pas à un dîner, pas à un bal de chasseurs ; en réalité, maman a rencontré Hal alors qu'il lui livrait les courses. Formidable, pensé-je, fantastique, ça, c'est New York, c'est bien ce que je dis depuis le début, non ? Mais dix-huit ans, maman ? C'est quelqu'un de merveilleux, affirme-t-elle. Je fais sa connaissance ce soir-là. Nous sommes tous les deux intimidés. Il ne comprend pas mon anglais de la BBC mâtiné de nuances campagnardes (remarquez, maman ne le comprend pas toujours non plus), et je ne saisis pas ce qu'il dit, avec son fort accent du Bronx. À mes yeux, il n'est même pas mignon, même si, comme il me le précisera plus tard, il est « très bien bâti ». Mais c'est un môme, encore plus gamin que moi. Il s'agit de ne pas porter de jugement ni sur l'un ni sur l'autre, et je n'en porte pas, mais comme je n'ai pas la moindre idée de ce qu'il raconte quand il parle, nous évitons de nous adresser la parole, aussi polis et sourds que des dames de la haute société dans les toilettes d'un hôtel chic.

Voici une version de l'histoire que me rapporte ma mère. Bett a rencontré Hal il y a plus d'un an, alors que je séchais les cours à Wickhurst ou que j'habitais chez Veronica, quelque part, selon ma datation, entre *Twist and Shout* à Carnegle Hall et *Love Me Do* dans ma petite chambre chez Veronica. C'est vraiment moche, parce que j'avais seize ans et Hal dix-sept à l'époque, et que Bett, bien que cool et sexy pour son âge, en avait malgré tout trente-neuf, et que même Duncan est plus vieux que Hal. En tout cas, ce printemps-là, et à coup sûr après notre excursion avortée au cirque – il y a des décennies, semble-t-il à la grande gigue d'un mètre soixante-dix-sept parlant comme James Bond que je suis aujourd'hui –, Hal avait coutume de monter les cinq étages chargé de sacs en papier kraft, de recevoir son pourboire et de lorgner la cliente. Il patientait, indécis, sur le pas de la porte, pendant que Bett, prise de court, comme toujours, fouillait au fond de son sac à la recherche de monnaie, et il observait tout, en attendant la jolie dame : les chats, le divan et le petit balcon, mais aussi quelque chose qui devait paraître doux, touchant et rassurant à l'orphelin du Bronx qu'il était. Ah, quelles parallèles et quelles perpendiculaires entre nous ! Hal avait vu en Bett une issue quand moi je voyais un mur de brique ; Hal s'était introduit dans le lieu que moi j'avais fui, il avait vu de la tranquillité et de la beauté là où moi je voyais de la claustrophobie. Et peut-être à un moment avait-il dit : « Laissez. La prochaine fois… », avec une attitude suffisamment défensive pour rester gravée dans l'esprit de Bett, si bien que la fois suivante, quand elle avait commandé sa nourriture pour chat et son Ajax, elle s'était demandé si le garçon viendrait, mais le garçon s'était sans doute débrouillé pour que ce soit lui, il avait remonté à vélo les trois pâtés de maisons depuis le magasin, où l'Irlandais pâle et bedonnant guettait en permanence l'erreur qu'il allait commettre, mais finit par lui faire confiance et par croire qu'il voulait s'en sortir, s'extirper de sa pauvre existence de miséreux du Bronx, se livrer lui-même en même temps que les provisions et se libérer de sa condition à force de pédaler.

Donc, à un moment donné, alors que je m'éloignais de Bett, lui se rapprochait d'elle, et, à un moment donné, ils s'étaient assis pour bavarder, en buvant un café. Bett avait besoin de plus en plus d'articles dans le magasin, il les lui apportait et tous deux bavardaient, et quelque chose en elle, un côté maternel qui avait été rejeté, avait ressuscité avec ce garçon. Elle si craintive, si aisément dominée par les hommes, n'avait rien à redouter de cette nouvelle amitié, car elle pouvait être celle qui donnait, elle pouvait aider, et elle pouvait aimer de façon plus intrépide puisque, après tout, ce n'était qu'un jeune garçon. Ils devinrent amis, puis amants. Et Bett fut assez courageuse, assez honnête, pour être reconnaissante, pour prendre l'amour et le bonheur là où ils se présentaient et non là où la société lui enjoignait de les chercher, auprès de patrons lubriques, d'hommes croisés dans des fêtes, bref, tous ces êtres blasés, trop blasés pour aimer.

Hal ne savait pas lire, il savait à peine parler, alors elle lui avait offert des pinceaux et des toiles, elle l'avait emmené au musée, et le don de Gogi, ce don qui ne lui avait servi à rien, elle l'en avait rendu dépositaire. Quand j'arrivai à l'appartement, il y avait des photos de ses œuvres, des tableaux réalistes primitifs, et puis des peintures abstraites dont il était fier et qu'il décrivait avec timidité dans un jargon artistique récemment acquis. « Géométrique », disait-il, ou « anguleux », et il me montrait les œuvres en question, comme pour dire : c'est comme ça, voilà qui je suis. Bett lui avait donné sa nouvelle identité au moment précis où je renonçais à la mienne. D'une certaine façon, la balance s'équilibrait entre nous et nous nous liâmes d'amitié. Bett avait ce nouvel enfant, je pouvais me sentir moins coupable, et elle moins amère. Et Hal ? Hal, pris entre deux feux, était assez content, assez occupé à se laisser sauver, à devenir un artiste : exactement comme Gogi jeune fille, il se sauvait lui-même et se réinventait par la peinture, sauf que, contrairement à Gogi, sa perception de lui-même était celle qu'il voyait reflétée dans le regard de Bett.

C'était trop surprenant pour ne pas être réjouissant. Mais je ne pouvais pas rester là. Impossible. Hal avait emménagé et peignait dans ce qui était mon ancienne chambre. Je retournai habiter chez Veronica et décrochai un boulot où je vendais des poteries mexicaines aux touristes. Je retirais de l'argent au distributeur, sortais avec mes amis du magasin, puis renouais avec les nuits new-yorkaises, la musique, l'alcool et les chastes ardeurs de Duncan. Mais tout allait bien, New York, le fait que j'aie l'accent british, les dîners avec Bett et Hal. Soudain tout allait bien. L'Angleterre était mon armure contre New York, et New York, dont je m'imprégnais avec toute l'intensité de la chaleur de juillet-août sur ma peau, Duncan sur ma peau, le sable et l'eau salée sur ma peau, les dîners à Broadway, le blues et le rock dans le bas de la ville, les virées à la plage avec Gerry, la fumette, et les jeunes au Viêtnam dont j'entendais parler pour la première fois… New York devenait mon armure contre le Norfolk. Ce n'était pas que je devais choisir, c'était que tout à coup je pouvais avoir les deux, une double vie là-bas et ici : ici l'amour, le bonheur et les attraits du présent ; là-bas l'ordre, la « sécurité » et, apparemment, un avenir.

C'est pourquoi sur le bateau en septembre, même si je pleure toutes les larmes de mon corps en m'éloignant du port de Manhattan, en quittant Veronica, Duncan, maman et Hal, en regagnant la forteresse de Mandaley, au fond je pleure parce que je trouve merveilleux d'être aussi gâtée, de me sentir tellement vivante et d'avoir tant de chagrin de me séparer de mon petit ami, et je pleure parce que je dois préparer mes examens pour Oxford en rentrant, que mon père vient m'accueillir à Southampton, et qu'il ne me reste que cinq jours… comment vais-je réussir à tenir bon, panser mes blessures, et faire cicatriser mon bonheur assez vite pour redevenir anglaise à temps ? Cinq jours pour accomplir l'immense besogne consistant à ensevelir le moi heureux sous le moi conformiste, mais en attendant je pleure comme une madeleine au-dessus du bastingage, puis je m'en vais m'asseoir, toute barbouillée de larmes et de mascara, à une petite table du bar.

Je passai mes examens pour Oxford en novembre, fus convoquée à un entretien et fus acceptée pour étudier la philosophie et la psychologie, comme je l'avais demandé. Mon admission fut annoncée à la manière traditionnelle par un télégramme officiel de félicitations. Brandissant la dépêche, je me ruai dans le salon – où j'entrais d'ordinaire avec la prudence d'un groupe d'éclaireurs dans un champ de mines –, et me fis rabrouer à grands cris par mon père. Je me donnais ridiculement en spectacle, lança-t-il d'une voix tonnante. Il n'y avait aucune raison d'être surpris ou de jubiler. Mon succès était une simple affaire de gènes (je n'y étais pour rien), et de soumission à la discipline (il y était pour tout). Je ferais mieux de monter dans ma chambre avec mon télégramme pour me calmer un peu.

Six

Et in Arcadia ego. Oxford. Il paraît que c'est le royaume des cieux. Il paraît que nous nous trouvons au seuil de la joie et que nous serons transformés à jamais. Nous avons la sensation d'être les acolytes soigneusement choisis et infiniment bienheureux de la sagesse et de la beauté, conduits ici par le labeur et le talent, mais surtout par une bonne fortune des plus souriantes. C'est une utopie, régie par les sages et les bons, peuplée par les jeunes, les brillants et les beaux. Alléchés par des siècles de description extatique des lieux, et en particulier par certains écrits de Thomas Hardy, Evelyn Waugh et Max Beerbohm, nous savons exactement ce que sera Oxford : un bonheur prodigieux sur le moment, et, à jamais, l'objet d'une douce et douloureuse nostalgie.

Mais je connais également la ville. Pour être admise à l'université, je devais décrocher au préalable un certificat d'aptitude en latin, et j'avais été envoyée là-bas pour bachoter. J'habitais avec quelques étudiants étrangers dans une pension humide en périphérie, et prenais le bus trois fois par semaine pour aller potasser Cicéron et César. Le reste du temps, je me serrais la ceinture – on m'avait octroyé très peu d'argent – et je vivais de nouveau d'antidépresseurs aux frais de la Sécurité sociale. Oxford me semblait noire et d'une tristesse absolue quand, nerveuse, hébétée, affamée, constamment grelottante du mois de janvier glacial au mois de mai pluvieux, j'effectuais ces longs trajets dans des bus gémissants à travers ces mornes banlieues pour aller assiéger l'impénétrable forteresse du latin, ces murailles de mots qu'il fallait déchiffrer à l'endroit comme à l'envers, des mots qui cohabitaient dans le plus grand désordre, me semblait-il, à l'intérieur des phrases, des mots qui brandissaient l'étendard de la logique, de la précision et de la clarté, mais dont les significations se modifiaient et glissaient telles des feuilles pourrissantes sous les pieds, des murailles grouillantes et protéiformes que, bizarrement et dans une espèce de transe rêveuse, j'avais réussi à escalader à temps pour cela : ma glorieuse entrée à l'université.

J'avais encore passé l'été avec Bett, Hal et Veronica. J'avais vu Duncan, qui se mariait (plutôt à contrecœur), et nous avions finalement, et de façon peu mémorable, couché ensemble. J'avais couché avec Gerry, et avec le frère aîné de Gerry. J'avais appris ainsi ce qu'étaient l'insensibilité et la honte. C'était de cette manière qu'on découvrait ses limites, comme un jouet mécanique allant heurter les murs.

Me revoilà donc à Oxford, mais cette fois dans l'enceinte de ce paradis, dans un collège féminin, un bâtiment en brique de style victorien muni de contreforts, dont les couloirs sont couverts de photos de suffragettes et remplis de filles sages qui bavardent et d'étudiantes à l'air sérieux. Encore bronzée après New York, je porte la toge noire de rigueur par-dessus un pull et un jean, et serre nerveusement dans mes mains mon emploi du temps, mes listes d'ouvrages à lire, mes horaires de TD et la brochure détaillant le règlement du collège. Pour témoigner de mes bonnes intentions, j'arbore à mon poignet ma montre *Tempus fugit,* même si je n'éprouve au fond de moi que de l'effroi, et une espèce de soulagement d'oiseau abasourdi à la pensée que l'été est enfin terminé.

C'est une institution de plus, baignée de trombes d'eau et dirigée par des célibataires maigres aux commandes de leurs ronéos. Elle est située à une certaine distance du centre-ville médiéval, et on y a accès par des sentiers boueux traversant University Parks ou par de petites rues creusées de flaques profondes, sur lesquelles de jeunes cyclistes nerveuses, tête penchée et eau dégoulinant de leur nez, pédalent à toute vitesse, comme moi quand je suis en retard pour un cours magistral. Elles semblent se sentir ici aussi usurpatrices que moi, et aussi persuadées de leur échec à venir.

Je m'apprête à attaquer mon cursus de trois ans en philosophie et psychologie. Après l'été, mes préoccupations ne sont pas vraiment académiques. De manière on ne peut plus pratique, j'ai envie de découvrir comment mener ma vie, qui sont les autres gens, qui je suis moi-même et comment nous pouvons coexister. J'ai envie de savoir ce qui est bien et juste, et j'imagine que, pour y parvenir, je peux m'asseoir aux pieds de quelqu'un, ou du moins dans un quelconque recoin de la bibliothèque. Je cherche un raccourci qui soit digne, une édification pas trop éprouvante psychiquement, pour ne pas dire physiquement. Peut-être ai-je envie d'apprendre des choses avec ma tête, et de mettre un temps entre parenthèses non seulement mon « émotivité infantile », mais le corps qui, malgré toutes mes récentes tentatives pour l'en libérer, semble y être rattaché.

Mais ce qui m'est offert paraît atrocement abscons et se rapproche trop des mathématiques les plus barbantes ; des équations et des propositions de logique côté philosophie, un cours complet de statistiques côté psychologie. Des mesures sans les poids. Pas de Freud ou de Jung, mais des graphiques et des chiffres, assortis à des cages de pigeons, des films éducatifs brûlés ou décolorés sur les habitudes d'accouplement des épinoches et des loups gris. Où j'avais espéré Héraclite, Aristote et Heidegger, on m'offre des pages luxueusement imprimées de symboles, ou des textes constitués de laborieux et fallacieux jeux de mots horripilants et tirés par les cheveux, aussi assommants pour moi, dans ma quête actuelle, qu'une farce subaquatique. On a beau me répéter que ces loups, ces poissons et ces pigeons ont des choses foutrement importantes à dire sur la condition humaine et que ces prétendus jeux de mots sont précisément ce qui est universellement admiré comme la « Philosophie d'Oxford », je suis trop impatiente pour une si lente accumulation d'informations face aux dangereuses forces de la Vie et de l'Erreur qui se profilent. Si ce sont les idées elles-mêmes que je recherche, on me répond, avec un agacement à peine déguisé, que je devrais essayer le département Classique, où, bien sûr, il me faudra être en mesure de lire les textes grecs. D'un autre côté, si tout ce que je recherche, ce sont quelques notions générales sur le sens de la vie – sarcasme réprimé –, pourquoi ne pas essayer le département de littérature anglaise ; j'en obtiendrais là-bas quelques versions amateurs.

« En général, nous n'avons pas une très haute opinion de l'enseignement américain », déclare la responsable quand je présente ma candidature en littérature anglaise. Elle trône devant moi telle une sorte de monstre mythologique, la moitié inférieure de son corps ondoyant tandis qu'elle croise et décroise ses jambes sinueuses que recouvrent des bas, son buste raide de cette réprobation propre aux personnes âgées, et le champ flasque, gris et ridé de son visage figé par l'hostilité, à l'exception de ses yeux noirs qui se promènent en tous sens, dégoûtés par ce qu'ils contemplent. Du haut de ses soixante-dix ans, la directrice adjointe et chef du secteur d'anglais est stupéfaite que je sois incapable de citer cinq poètes entre Chaucer et Spenser, est horrifiée que la quasi-totalité de mes études se soit déroulée en Amérique, regarde d'un air critique à la fois mon bronzage et mon jean, ne fonde guère d'espoir sur mes progrès dans son département, qu'elle considère comme la *crème de la crème** du collège et qui ne pourrait qu'être corrompu par un élément aussi étranger. Elle accepte néanmoins de me prendre – presque, croirait-on, pour connaître le frisson de son propre mépris, la joie malsaine inavouable des détenteurs de l'autorité –, à condition que j'étudie avec elle et que je me soumette à la fin du trimestre aux examens décisifs qu'elle m'aura concoctés. Si j'échoue, dit-elle, je devrai quitter l'université et présenter de nouveau ma candidature l'année prochaine. Elle me conseille de ne pas me faire trop d'illusions et je ne proteste pas. Sa morosité est contagieuse, mais il est trop tard désormais pour retourner aux plaisirs inoffensifs des oiseaux, des symboles et des chiffres. Alors que les jours raccourcissent, détrempés par les incessantes pluies automnales, je lis mes textes pour la première partie du programme de littérature anglaise : les stoïques et funestes poèmes du haut Moyen Âge – qui m'expliquent dans leur mètre pareil à un roulement de tambour que la vie n'est qu'un bref voyage dénué de sens vers la tombe – et les œuvres de Milton, le grand poète aveugle des ténèbres et de l'exil, et tout particulièrement celle intitulée *Paradis perdu.*

La lumière et le savoir se trouvent certes à Oxford, mais pas où je les cherche, du moins pas dans les livres, les cours ou la bonne volonté des professeurs, mais dans la personne d'un individu, dont j'aurais su, si je n'avais pas été aussi peu éclairée, qu'il les possédait. La rédemption arrivait à pas feutrés, sans faire de bruit, et j'étais enveloppée de mon propre brouillard. Ce ne fut pas un événement soudain, il n'y eut pas d'annonce, pas de coup de cymbales ni de violente averse, seulement une espèce de vigilance cellulaire qui finit par devenir suffisamment insistante pour atteindre ma conscience. Rétrospectivement, cette lenteur paraît bizarre (d'autant plus que Hugh était extrêmement beau), et contraire à ce que l'on tend à nous faire croire sur les prémices du grand amour. Mais sa première manifestation s'avéra très discrète ; il semblait réservé, doux, solide, derrière un voile de manières impeccables. Je le rencontrai le même jour que Michael, son meilleur ami, un guitariste américanophile qui effectuait des imitations parfaites d'Elvis Presley, peaufinées avec une troublante persévérance depuis les tréfonds de son enfance à Stoke-on-Trent. Peut-être était-ce le donjuanisme extravagant de Michael, sa manière continuelle d'entonner des chansons, de déclamer de la poésie ou de débiter des discours, la brusquerie de sa présence physique – sa façon soudaine de se mettre debout, de s'asseoir, de bondir, de s'accroupir, chacun de ses mouvements à la fois gracieux et outrancier – et son énergie unie à son besoin de la démontrer qui firent que Hugh, au départ, me parut beaucoup moins visible. Ou audible. Même au milieu d'une chanson, Michael était capable d'abandonner subitement sa guitare, de traverser la pièce pour ramasser un volume dans une pile de livres, et de se mettre à commenter avec une intensité frénétique les pages qu'il avait sous les yeux. Tout ce qu'il faisait était susceptible de lui rappeler une chose qu'il avait déjà faite ou lue, et la journée avançait pour lui en une suite ininterrompue d'associations d'idées, dont le continuum reflétait la griserie que lui procurait sa propre existence. Michael et Hugh avaient tous deux des TD avec un des professeurs de littérature anglaise les plus réputés, un *don* assez jeune qui les incitait à approfondir leur jugement sur les ouvrages qu'ils lisaient, et les encourageait dans leur passion chirurgicale pour le corps des textes. Étudiants en licence, ils devaient passer leur diplôme à la fin de l'année, et ils me communiquèrent leur enthousiasme et leur obsession de la littérature. À les écouter parler, captivée, déférente, hilare, je commençais à comprendre comment les études d'anglais pouvaient devenir un plaisir proche du fanatisme, et non plus, comme avec ma prof à la trogne de *muffin*, un lugubre mystère auquel seuls les acharnés convenablement vêtus pouvaient espérer avoir accès.

Mais leur érudition presque monstrueuse n'était qu'un aspect de leur vivacité, et ce furent leurs personnes, plus que leurs passions universitaires, qui attisèrent ma rage. Au début, je n'étais pas capable de les différencier, tant le phénomène Michael/Hugh formait apparemment un tout. Grands blonds aux yeux foncés l'un et l'autre, beaux garçons, ils se ressemblaient physiquement, mais si Michael était sec, anguleux et pourvu d'une barbe démoniaque, Hugh était plus carré, avec une peau plus douce et une attitude plus paisible ; ses mouvements étaient aussi résolus que mesurés. Il était à moitié allemand, et il y avait une certaine pesanteur dans sa dignité, même s'il était suffisamment athlétique pour que cette force d'inertie soit à peine perceptible. Il essayait de se montrer aussi fantaisiste et impulsif que Michael, mais la chose lui demandait un effort. Au fond, c'était un romantique, avec toute la gravité (aux divers sens du terme) d'un Tonio Kröger, alors que Michael était Ariel, un lutin plein d'ardeur et de fougue, mieux fait pour le flirt que pour l'amour. Michael aurait été un amant exaspérant ; il n'avait aucune part d'ombre et sa capacité de concentration était trop limitée.

Hugh était le fils d'un ambassadeur d'Allemagne qui avait épousé une Américaine. Son côté américain était californien, et donc authentique, pas une affectation de converti comme chez Michael. Extérieurement, cette appartenance se traduisait uniquement par le port de jeans et de chemises en denim Double Ringer (nous nous habillions tous trois à peu près de la même façon). Mais son accent, comme le mien, était anglais, et résultait d'une scolarité britannique. Il avait une grosse voiture américaine rouillée, avec des photos d'une fiancée californienne aux cheveux blonds dans la boîte à gants. Au début, j'étais vouée de manière quasi tacite à être la petite amie de Michael, Hugh jouant les veufs très chastes, bien que le nom de sa fiancée ne soit jamais mentionné et que nous n'ayons aucun mal à ignorer son existence. Vêtue comme eux, étudiant la littérature anglaise comme eux (et souvent avec eux), présentant des références à la fois américaines et anglaises, je me faufilai aisément dans leur duo amical pourtant très fermé, et pendant un temps nous formâmes un trio pétri d'insouciance, sur lequel nous étions les premiers à nous extasier à voix haute. Peut-être afin de protéger l'harmonie aussi absolue que déroutante qui régnait entre nous – celle qui régnait entre eux deux, et entre moi et chacun des deux –, le sexe, hormis les boutades et la coquetterie, restait couché à nos pieds tel un chien bien dressé, et demeura tranquille au moins pendant un temps. Nous avions beau être physiquement démonstratifs, nous coller les uns aux autres, nous embrasser, nous promener bras dessus bras dessous ou nous serrer comme des sardines sur la banquette avant de la voiture de Hugh, nous avions même beau dormir ensemble quelquefois, à moitié dévêtus, le chien se tenait à carreau. Nous étions à nos yeux une triade mystique constituée de trois anges bleus, et, comme nous l'avions appris dans *Paradis perdu*, les anges ne s'accouplaient pas. Défoncés sans drogue, enivrés par nos tasses de thé et nos nuits blanches perpétuelles, nous étions chastes et euphoriques, constamment sidérés par la singularité et la flamboyance de notre coalition.

Nous conversions par énigmes, calembours et citations poétiques des XVIe, XVIIe et XIXe siècles, et nous gargarisions de la conjugaison de notre intelligence et de notre beauté. Cette aura d'admiration mutuelle nous rendait généreux, elle nous rendait bons, et nous nous nourrissions de notre propre éclat à la manière des abeilles, bourdonnant et voletant dans notre jardin privé. Nous étions conscients d'avoir créé une sorte d'Éden, mais nous n'avions aucune crainte d'en finir expulsés. Il entrait de la stase dans cette perfection : les êtres angéliques n'ont besoin de rien d'autre que de continuité. Mais nous étions confiants ; rien ou presque dans le monde extérieur ne pouvant nous atteindre, nous imaginions mal ce qui serait un jour susceptible de nous séparer.

Mais voilà, un après-midi, dans la chambre de Hugh, alors que je lisais allongée entre eux deux, dans la paix et la sérénité habituelles, je me mis à remarquer que je me divisais, et que si la moitié de moi près de Michael demeurait morte et placide dans l'amitié, la moitié en contact avec Hugh se troublait et prenait vie. Dès que j'eus constaté cette différence, le phénomène parut se répéter à chaque occasion analogue, et peu de temps après Hugh et moi devînmes amants. Nous arrivâmes un matin sur le seuil de Michael prêts à faire notre annonce et à nous expliquer, mais il nous arrêta, indiquant que les mots étaient superflus (la seule fois de sa vie qu'il le penserait jamais). Ainsi rééquilibré, notre trio reprit son amitié.

J'étais, me semblait-il, amoureuse pour la première fois, complètement et avec toute ma volonté. Le sexe était ainsi une expression de ce qui était déjà survenu entre Hugh et moi, une réaction à un fait, et non le simple fait en soi. Ce qui suivit était si entièrement différent de mon expérience précédente que l'événement semblait m'absoudre de tout ce qui s'était produit avant. Je me distanciai de mon aventure avec Duncan comme s'il ne s'était agi que d'un sordide et puéril épisode déjà ancien. Cet été-là à New York m'avait appris, ou bien j'avais appris toute seule, à être une observatrice de mon propre démembrement, une herbivore au banquet. Désincarnée, consciente uniquement que des rapports sexuels avaient lieu quelque part dans la pièce où j'étais, impliquant tout au plus une partie de moi détachable, j'imaginais que je n'avais qu'à récupérer les différents morceaux et à rentrer chez moi. J'avais acquis une compétence dangereuse, un accès facile à la dissociation. Me figurant que l'acte ne m'engageait pas, j'avais néanmoins été abîmée, et ce fut Hugh qui me répara.

Nous ne prenions pas du tout la chose à la légère, et si nous nous grisions de conversations, de bruit et de musique quand nous étions avec Michael, une fois seuls, nous étions frappés de mutisme. Comme deux hippies drogués enclins au mysticisme, nous planions complètement. Même à nos yeux, l'expérience avait un côté étrangement religieux, et l'Esprit saint ne manquait jamais de descendre sur nous quand nous étions ensemble. Étendus côte à côte, nous le sentions approcher et commentions, étonnés et irrévérencieux : « Le voilà qui revient. » Dans notre torpeur, nous n'avions pas le langage adéquat pour décrire ce qui nous arrivait. C'était un mystère qui exigeait de nous une explication ancestrale et poétique. Nous nous appelions mutuellement *Haelsgebedda*, un terme affectueux emprunté à *Beowulf*, ou bien, pillant Milton effrontément, « chair de ma chair, os de mes os ». Ou bien, renonçant aux afféteries, nous utilisions notre propre anglais incrédule. « La tierce personne », disions-nous toujours et encore, chaque fois que le Saint-Esprit, nuage miraculeux, descendait tel un accessoire de théâtre sur des cordes invisibles.

Michael cessa donc d'être notre tierce personne et Hugh et moi trouvâmes la nôtre. Nous nous promenions dans Oxford tellement amoureux que nous excédions les bornes du ridicule. Une pareille harmonie physique, une pareille preuve de la possibilité du bonheur engendrent leur lot d'admirateurs, et nous avions les nôtres. Nous étions une histoire d'amour oxfordienne, deux enfants radieux et triomphants. Tandis que les autres étudiants bûchaient pour les TD, mesuraient le temps à l'aune de leurs succès académiques, Hugh et moi interrompions le moins souvent possible notre coexistence enchantée. Cette année-là, tout comme moi, il faillit échouer à ses examens. Mais nous nous en sortîmes, car nous jouissions de la protection divine.

Si ma description de Hugh paraît vague et métaphysique, ce n'est qu'un effet secondaire de notre intimité. À mon avis, l'amour ne commence pas par l'aveuglement mais il y aboutit, une sorte de neige télévisuelle mêlant sensation et acceptation, une espèce de sortilège dans lequel chaque amant fait disparaître l'autre. J'étais aussi sensible et aveugle avec Hugh que j'avais été distante et observatrice avec Duncan. C'était une cécité un peu puérile fondée sur la confiance, une réaction à un système de signes d'un genre différent où la conviction remplaçait la vision. Je ne fus jamais capable, après nos rendez-vous initiaux, de voir Hugh en entier ou de le voir de loin. Je discernais une blondeur, une douceur, une bonté de cœur. J'acceptais si totalement l'ensemble de son être que les détails physiques – la spécificité érotique de la plupart des objets de désir, incluant les aspects de sa personnalité, sa manière de se présenter, l'image qu'il offrait au monde – s'évaporaient comme de la brume dans la chaleur de mon amour pour lui. Il n'y avait plus de frontières entre nous, et je perdis la vue en même temps que ma faculté de distanciation.

L'avenir n'existait pas pour nous, ni le passé, tout semblait nouveau. Nous ne subissions pas le poids de l'espérance, nous avions très peu de moyens de comparaison, aussi pouvions-nous tout oser. Quittant notre rampe de lancement, nous nous propulsions sans peur ni scrupules vers des flux aériens inconnus, et plus nous avancions, plus nous nous sentions braves, forts, exaltés. Nous étions conscients du privilège de notre situation, mais nous nous y jetions à corps perdu, comme si rien de grave ne nous était jamais arrivé auparavant. Implacables, nous abolissions ce qui avait pu précéder notre rencontre, car nous étions convaincus, au-delà de toute déclaration ou tout acte de foi, de l'importance de notre vie présente. Elle faisait écho à une espérance immémoriale de bonheur, un souvenir enfoui ressurgi de l'enfance. Voilà le passé auquel nous étions liés, et tout ce qui avait pu nous arriver d'autre nous apparaissait désormais comme de simples diversions sur la longue route du retour vers cet état premier. Nous étions faits pour être heureux, et tout changea une fois que nous le comprîmes.

Oxford changea. Tout ce qui, auparavant, semblait sombre et vaguement menaçant était aujourd'hui lumineux, et si cette lumière se remarquait, c'était seulement comme préalable de la conscience. Oxford lui-même s'ouvrit telle une boîte et devint le décor parfait pour notre vie composée de sensations. Ce qui au début nous avait semblé le cœur austère du lieu – les figures d'autorité, les portiers des collèges, les directeurs d'études, les maîtres de conférences, le règlement, le travail en soi – nous parut bientôt un inconvénient totalement dérisoire à côté des plaisirs effrénés qu'on pouvait y goûter : les plaisirs de la rivière, de l'air – humide et gris, ou vert et chargé de poussières en suspension –, de la boue, de l'herbe, des arbres, des vieilles pierres et des rues, de la lecture, des longues conversations nocturnes avec des amis, le plaisir de se saouler, de danser, d'être jeunes, d'être là.

Mon père ne pouvait pas raisonnablement s'opposer à ce que je passe une semaine chez les Grunwald à la fin de l'année, et j'allai séjourner avec eux dans leur maison du Hampshire. En tant que famille, leur impact fut spectaculaire. Jamais je n'en rencontrerais qui se rapproche davantage de l'idéal imaginaire, et la leur était bien supérieure à tous les fantasmes qu'avaient pu susciter chez moi les petits romans mélancoliques de mon enfance. Les Grunwald possédaient une espèce de solidité doublée d'une sorte d'aura, auxquelles s'ajoutait un soupçon d'embonpoint, presque plus moral que physique, qui leur conférait des dehors bienveillants, comme s'ils venaient en effet d'un royaume fabuleux. Un peu guindé, comme il seyait à son métier de diplomate, le père avait l'air d'un homme habitué à arrondir les angles, avec juste une ombre de pétulance à la hussarde. Il était scrupuleusement élégant, parfaitement boutonné, respectueux des convenances et impeccablement élevé. Ses plaisanteries, un rien laborieuses, étaient toujours sauvées à la dernière minute par une dextérité raffinée, un charme soudain. À côté d'une telle raideur de conduite, la mère de Hugh semblait habiter avec obstination un univers plus instinctif, et le faire avec une certaine nonchalance, à la manière californienne. Hugh avait un frère cadet assez beau et un peu gauche qui l'adorait, et une très jeune sœur, douée d'une incroyable séduction à l'européenne, fraîche et délicate de traits. Toujours pendus aux lèvres, aux bras et aux expressions de Hugh, ils avaient besoin d'être près de lui, comme si son existence donnait à la leur autant de sens qu'à la mienne. Nous étions tous amoureux de lui, et cela faisait de nous des amis. Dans le jardin aux parterres fleuris et sous le toit de chaume du cottage, je vivais avec eux ma semaine de conte de fées : je me promenais avec eux sur les collines du Hampshire, je faisais la cuisine et prenais mes repas avec eux, je retenais leurs blagues d'initiés et apprenais leurs rituels familiaux. Ils étaient généreux avec moi, ils me laissaient pénétrer leur cercle, ils étaient disposés à partager le héros de la famille.

Puis Hugh et moi nous séparâmes, et, avec quatre longs mois de vacances en perspective, sans argent pour aller à New York ni permission pour rester à Londres, je retournai à Sparrow House, ce sombre manoir tout vibrant de colère, afin d'y reprendre mon train-train de tâches ménagères, de travaux agricoles et de profil bas. Il y avait des parties de tennis avec les jeunes gens de la bonne société du comté, des concours hippiques et des thés de village. La ronde n'en finissait pas.

Et ce fut Hugh, pas moi, qui partit pour New York cet été-là et eut l'occasion de voir Bett. Au restaurant où ils dînèrent, comme me le racontèrent leurs lettres que je lus dans mon exil jaloux, imaginant la chaleur sensuelle de la ville, ses bruits et ses parfums nocturnes, et souffrant atrocement de leur absence à tous deux, le patron leur offrit une bouteille de vin, parce qu'ils formaient, selon ses mots, un très beau couple.

Ainsi nos familles nous enveloppèrent-elles, et nous donnèrent-elles leur bénédiction. Même Francis et Harriet, quand Hugh vint à Sparrow House à la fin du mois d'août, firent en sorte que tout se déroule bien, nous traitant comme si nous étions fiancés et nous présentant comme un couple officiel lors des fêtes champêtres et des bals ruraux. Le fait que Hugh m'aime augmentait l'estime qu'ils me portaient, je le voyais bien. Même mon père, du moins en présence de Hugh, me parlait avec plus de douceur, presque avec un certain respect.

En septembre, Hugh partit pour l'Allemagne, où il devait prendre un poste d'enseignant. Ce trimestre-là, je m'échappai deux fois de la fac pour passer le week-end avec lui, endurant les douze heures de voyage en train et en bateau jusqu'à Ostende, tandis que lui, de son côté, se tapait six heures de voiture pour venir me retrouver. Romantiques en diable, ces contorsions et ces transgressions exacerbaient notre amour, que le désespoir et le danger faisaient briller d'une fièvre nouvelle. Et d'une urgence nouvelle. Je me moquais de me faire attraper si loin du campus, que ce soit par mon père ou par le collège, et je me moquais de l'exclusion inévitable qui s'ensuivrait. Rien en Angleterre n'avait autant d'importance pour moi que Hugh, et si on me mettait des bâtons dans les roues, je me sentais prête à fuir à tout jamais.

Nous échangions de longues lettres passionnées, écrites et reçues quotidiennement dans un état de ravissement victorien. Tout ce qui se produisait se produisait à distance, et uniquement pour pouvoir être raconté à l'être aimé, dans la langue de l'être aimé. Chaque pensée et chaque sensation n'avait de mérite que dans la mesure où elle pouvait être partagée. Comptant les jours entre nos trop rares retrouvailles, subissant nos séparations comme si elles n'étaient que des vides, nous mettions notre existence en suspens et retenions notre respiration dans l'attente que notre trio – lui, moi et la tierce personne – puisse être réuni. La souffrance était omniprésente, et irrésistible. Entre arrachement et engourdissement, agitation et cohésion, nous étions ballottés comme par le mouvement des vagues. Ce rythme nous enivrait, et nos lettres vantaient nos excès. Pour moi, la situation avait quelque chose d'horriblement familier : les abominables haut-le-cœur de la perte et du renouveau éprouvés quand j'attendais Bett à Mirrenwood, aujourd'hui intensifiés et vécus en toute conscience. J'étais vivante quand j'étais avec Hugh ; sans lui, je n'étais qu'un organisme voué à la souffrance.

Nous menions une vie de suspension et de retour, qui avait l'élan d'une balançoire dans un verger. C'était une cyclothymie bien réglée, dans laquelle l'ardeur brûlante, puis le refroidissement et l'engourdissement constituaient la façon d'aimer. Être heureuse seule était tout simplement contraire aux lois chimiques d'une telle dépendance. Seule, on subissait, on rasait les murs, on enterrait son énergie de manière que la vie quotidienne ne devienne une fois de plus qu'une attente, une froide et insensible hibernation. Alors qu'auparavant l'avenir n'existait pas, ni le passé, désormais ils étaient tout ce qui comptait. Le présent était une latence grisâtre. Bientôt, même les retrouvailles se mirent à perdre toute qualité autre que le soulagement de la douleur. L'amour devint un cycle de torture : le simple courant de la douleur, puis le soulagement de la douleur. Pire que tout, cruel paradoxe, l'être aimé ne tarda pas à se transformer en une deuxième version de soi : une négation du soi-comme-douleur ou un rétablissement du soi-comme-bonheur. Et même dans les moments de bonheur il y avait une mollesse, un pourrissement, une dépendance écœurante. Chaque fois que j'étais séparée de Hugh, je devais me fabriquer une carapace, et chaque fois que nous étions ensemble je la laissais se fissurer lentement à mesure que je me rapprochais, que je me rattachais, que je rendais les armes, et, chaque fois, j'acceptais les termes futurs de mon bien-être provisoire.

Cette nécessité si épouvantable finit par devenir terrifiante. Peu à peu, je me trouvai tellement amoindrie par l'absence de Hugh que je cessai de fonctionner, même extérieurement. Je me mis à hiberner au sens littéral, à somnoler jour après jour à la manière d'un animal cherchant à repousser le froid et la faim. Alors qu'avançait cet étrange hiver de séparation, je vivais comme sous l'emprise d'un sortilège. Me réveillant à une ou deux heures de l'après-midi après quinze heures de sommeil, je descendais, chancelante, boire un café et acheter des cigarettes, pour me rendormir deux heures plus tard. Je me réveillais en fin d'après-midi à temps pour me rendre à un cours, auquel j'assistais complètement abrutie et toute gonflée de sommeil. Mon état était alarmant et, comme il ne s'arrangeait pas, je fus envoyée chez différents médecins. Quand leurs amphétamines et antidépresseurs se révélèrent inefficaces, ils me demandèrent de séjourner à l'asile de fous de la ville afin de pouvoir mieux observer ma narcolepsie. Ils me prescrivirent de la strychnine à faible dose. Mais c'est un poison cumulatif, non ? m'inquiétai-je. Ils reconnurent que oui, mais m'assurèrent qu'ils arrêteraient le traitement avant qu'il ne devienne dangereux. Et s'ils n'arrêtaient pas à temps ? Je savais ce dont j'avais besoin, et ce n'était pas de pilules ou de poison. C'était de Hugh que j'avais besoin, et sinon, c'était de la vie, d'être de nouveau dans le monde, que Hugh m'accorde la permission de vivre.

Les choses survenaient rapidement à Oxford, la vie survenait rapidement. Le temps se mesurait en semaines de cours, en fêtes et en assemblées. Nous apprenions à une vitesse folle, traversant les siècles à toute allure, poème après poème, texte après texte. Nous couvrîmes la littérature médiévale en deux trimestres, du haut Moyen Âge à la Renaissance. C'était l'inverse de l'assertion de Marvell : « Chaque partie aurait une ère tout entière / Pour qu'apparaisse enfin ton cœur, à la dernière » ; les ères passaient avec les saisons, et dans ce rapide défilé des époques et des sensibilités, nos émotions défilaient à toute allure elles aussi. Il y avait constamment des « hommes » autour de nous, au moment du thé et dans les salles de conférences, flânant dans le parc, laissant des mots dans les casiers, s'épanchant par le biais de messagers. La pression pour tomber amoureuse, tourner la page et passer à autre chose était la pression pour exister, et cette pression, tu semblais la nier au prix de ta respiration elle-même ; tu te faisais toute petite et tu laissais l'amour et les larmes se déchaîner autour de toi dans les couloirs et dans les salles de classe ; tu lisais des poèmes et des romans sur l'amour ; tu prenais ton thé seule dans ta chambre, pleinement consciente que ce comportement était malsain, qu'il pouvait entraîner la mort. Pour résister, tu devais retenir ton souffle : une sorte de plongée en apnée dans les eaux des nobles intentions. Tu croyais en l'amour et en l'éternité, mais tu regardais les sentiments s'échapper et se modifier d'un poème à l'autre, d'un ami à l'autre. C'était un monde héraclitien et l'incendie était partout. Si tu ne te laissais pas brûler, tu allais mourir dans le froid.

Je les retrouvais, je les voyais, cela ne tirait pas à

conséquence. Une fois, deux fois, je cédai presque et déguerpis, car je ne pouvais pas être cette mauvaise personne, je ne pouvais pas trahir, même en pensée, mon amour pour Hugh. J'écrivais mes lettres – intenses, plus passionnées que jamais, comme si les mots étaient la chair, comme si je pouvais m'incruster en eux, m'expédier dans l'enveloppe par avion, et rejoindre un lieu où je serais saine et sauve.

Mais voilà, entre la fin du *Summer of Love* et les événements de mai 1968, j'assiste à la fête d'anniversaire de mon amie Marianne, une soirée paisible et élégante, où des étudiants en musique et des étudiants en littérature dînent aux chandelles dans une vaste pièce de Chester Square. Pour l'occasion, le père de Marianne nous a dégoté à tous des places pour *La Flûte enchantée* à Covent Garden. Le seul opéra que j'aie vu de ma vie est *Elektra.* Constance nous y avait emmenées quand j'avais quatorze ans, et j'avais été incapable de surmonter mon incrédulité face à l'énorme dondon qui allait et venait sur la scène, poitrine volant dans tous les sens, bouche gigantesque poussant des vagissements. Avec Mozart, ce sera différent, et tout le monde ici est mélomane. La plupart ont des livrets à la main et chacun affiche cette mine tendue, joyeuse et pleine d'attente de l'invité bien élevé. À côté de Marianne se trouve un beau garçon brun dont l'énergie réprimée semble s'échapper comme d'une cocotte-minute. On sent de la rébellion en lui, contre ce décor, contre ce raffinement. Mais lui aussi est bien élevé, et il connaît le monde de l'opéra londonien. Il parle à Marianne à voix basse, mais avec véhémence, et tout ce qu'il dit oscille entre l'affabilité et l'agressivité. Parmi ces aimables jeunes gens efféminés courtois comme des eunuques, il me paraît la seule présence intéressante, un être qui bouillonne de colère. Sa tête et son torse tantôt se penchent vers son hôtesse, tantôt s'en écartent. S'adossant brusquement dans son fauteuil hors de prix, il a du mal à maîtriser ses longs bras. Ce serait peut-être plus bizarre si ses yeux n'étincelaient pas autant, si sa personne n'exprimait pas une telle fébrilité, un tel malaise, comme un animal capturé, tirant sur ses chaînes, puis se rappelant qu'il a été dressé. Lorsqu'il me parle, son arrogance et son affectation s'évanouissent soudain, avant de ressurgir quand je me propose d'imiter son petit jeu. Nous sommes deux cuistres voulant à tout prix nous distinguer du groupe, et la danse sardonique que nous exécutons est aussi compliquée qu'imbécile. « Tout le monde sait que l'opéra n'est qu'une forme de nécrophilie. » « Bien sûr, tout ça c'est des trucs mortuaires : le ballet, le roman, la peinture de chevalet. » « Les symphonies, les pièces de théâtre, la poésie. » Grisés par l'indignation refoulée des autres invités, nous nous courtisons publiquement. Le contenu de nos propos n'est pas sans ironie, vu le mode de vie que nous aurions plus tard, mais aucune importance, ce n'étaient que des caquetages oxfordiens : « Pa, pa, pa, pa… papagena. Pa, pa, pa, pa… papageno. » Au moins nous régalons-nous, et nous avons beau montrer autant d'attention et de respect que les autres spectateurs durant la représentation, intérieurement, nous nous félicitons d'avoir, croyons-nous, baissé le rideau rouge autour de nous.

Edward sait que je suis « fiancée » à Hugh. « Tout le monde » le sait et, au début, notre parade amoureuse se déroule dans le même esprit que notre première rencontre. Nous discutons de littérature, et évoquons nos goûts. Il vient dans ma chambre les bras chargés d'ouvrages de poésie, parle cinéma et boit du thé. Tout le monde sait tout à Oxford, et chacun est connu pour son charme, pour son intelligence ou sa mauvaise conduite. Je suis toujours banalement l'étrangère (malgré mes voyelles anglaises), la rebelle, le drôle d'oiseau, etc. Lui est le brillant ancien élève d'Eton, spécialisé en littérature anglaise et destiné à décrocher haut la main une mention très bien. Il est tellement tendu que son intelligence et sa sensibilité l'étrangleraient presque. Nerveux, il se tortille dans ses vêtements, mais il gigote aussi quand il est assis dans un fauteuil, appuyé à un mur, debout sans rien autour. Silencieux en présence d'inconnus, véritable esprit chagrin au milieu d'un groupe, tour à tour inquiétant ou touchant, d'une maigreur incroyable, il a des yeux brûlants et noirs, et des cheveux noirs qui retombent sur son front pâle. Pour moi, il est tout à la fois poète, adolescent maladroit, brillant orateur, et catatonique. Quand il essaie de m'embrasser, on croirait que sa vie en dépend. Son empressement, ses exigences farouches, sa présence explosive m'attirent vers lui. Les préliminaires sur la littérature ne m'intéressent plus, c'est à la famine que je réagis. Edward a été si longtemps l'élément fondamental de ma vie – un élément donné, puis délaissé, puis confisqué – que je suis étonnée de me rappeler combien il était jeune en ce temps-là, combien il était mystérieux et extraordinaire à mes yeux, et comment j'étais tombée amoureuse de lui, la nouveauté que nous incarnions l'un pour l'autre, l'ivresse que nous éprouvions, avant de vivre cette aventure.

La façon dont il s'habillait alors, bien longtemps avant Armani. C'était l'époque du *Sergeant Pepper*, et il avait une très vieille veste militaire bleu foncé qu'il portait sans arrêt : elle lui conférait une aura romantique, faisait ressortir son teint pâle, ses cheveux et ses yeux noirs, préfigurait une mort au combat, élargissait ses épaules et flattait son grand corps mince. Il avait très peu d'autres vêtements, en fait, et son dénuement apparent renforçait la perception que j'avais du caractère poétique de son univers, un univers très peu matérialiste où régnait la vertu. Ajoutez à cela l'odeur singulière, forte mais pas désagréable, que j'avais fini par associer aux étudiants d'Eton (l'odeur d'adolescents qui se lavaient rarement mais soignaient leur tenue), et cette chambre de collège dépouillée avec ses deux belles assiettes en porcelaine bleue et ses volumes du XVIIe reliés cuir, mais rien d'autre. La façon dont tout cela disait qui il était, quelles étaient ses priorités. La façon dont sa manière de bouger, cette précipitation refrénée et cette intensité, ses terribles rougissements et ses gestes brusques le définissaient : absorbé, fiévreux, cérébral, sans rien de vulgaire, rien de négligé (à part, bien sûr, ses vêtements, élimés, spartiates et suggérant, entre autres choses, la probité). Edward était aussi très beau, malgré son étrangeté et sa maladresse de mouvement, et il y avait une pureté merveilleuse, voire une délicatesse, dans ses traits au repos ou son visage sur les photos.

Je suis la première fille avec qui il fait l'amour. Dans la grande tradition de son milieu, ce qu'il a connu jusqu'ici, ce sont les coûteux sévices obligatoires des *public schools*, les agressions brutales des plus grands. L'idéalisation (et la peur) du monde féminin hors de portée. Il est étrange que je sois maintenant celle qui sait quoi faire. Si ironique que cela paraisse, j'ai conscience de transmettre le don de Hugh : le sexe non séparé de l'amour. C'est ainsi que fonctionne la chaîne, le recyclage de l'amour. Duncan ne m'avait rien donné que je puisse transmettre, seulement quelque chose que j'avais dû désapprendre, mais Hugh, en me régénérant, me permet, même dans la trahison, de régénérer quelqu'un d'autre. Hugh donne à Edward de la même manière que, un jour, Edward donnera à son tour : tel est l'écosystème amoureux, dans toute sa sauvagerie sanguinaire.

Lentement, ce dernier trimestre, Edward se détendit avec moi, envers moi, il prit confiance, devint sociable, et lentement je me libérai des postures hiératiques de mon parfait amour à distance. Quand les choses devinrent réelles, je cessai de me sentir coupable, et Hugh devint une abstraction encore plus marquée. Je ne faisais pas de comparaisons, car j'étais de nouveau perdue dans le présent. Il n'y avait pas de tierce personne quand Edward et moi faisions l'amour (en fait, un tel phénomène ne s'est jamais reproduit), mais il y avait de la passion, une passion qui, au début, tenait simplement à la voracité d'Edward et à mon désir de l'assouvir. Et si, en quittant Hugh, je tombais en disgrâce, la chute ne semblait pas si terrible.

« N'échange jamais quelque chose de merveilleux, qui te rend heureuse, pour une chose dont tu *penses* qu'elle pourrait être mieux », me dit maman au téléphone lorsque nous parlons de toute cette histoire. Mais il était trop tard, l'échange était fait : l'amant vivant à l'étranger, ressurgissant de loin en loin, contre un amant ici, sur place, juste sous mon nez, en chair et en os. Et l'échange sembla judicieux jusqu'à la réapparition blessée et sanglotante du premier amant, soudain plus si fantomatique.

Je n'avais jamais vu un homme adulte pleurer

comme ça. Il n'arrêtait pas de fondre en larmes en se tenant l'abdomen, ployé en deux comme s'il avait reçu une balle. Les larmes semblaient provenir de cet endroit-là, de cette blessure à la poitrine, remonter par la gorge puis jaillir du moindre orifice auquel Hugh leur donnait accès – ses yeux quand ils s'ouvraient entre deux plissements douloureux, ses narines, sa bouche. Il était tout gonflé par le chagrin, tournant et virant dans le lit tel un patient se réveillant après une opération. Il ne prêtait pas attention à moi, pourtant cause avouée de sa souffrance. J'essayais de l'empêcher de bouger, de lui prendre la main quand son poing n'était pas serré et enfoncé dans le matelas, j'essayais de l'immobiliser avec mon corps quand son buste s'arquait et se contorsionnait, j'essayais de me jeter sur lui comme une veuve sur un cercueil. J'aurais dû pousser des plaintes et des lamentations, mais il n'y avait aucun rôle pour moi dans ce drame : tout le chagrin légitime appartenait à Hugh, et c'était moi qui l'avais provoqué.

De temps en temps, une sorte de honte l'envahissait et il se redressait dans le lit, s'essuyait le nez et les yeux avec sa manche, son mouchoir ou le rouleau de papier hygiénique que je lui tendais. Feignant l'obligeance, la bonne volonté, j'étais assise à son chevet, ce rouleau sur les genoux, telle une visiteuse qui aurait apporté du raisin. Il me regardait un instant à travers ses larmes, se moquait de lui-même et de ses excès avec une dérision très britannique, mais, s'attardant quelques secondes de trop sur son public, il se rendait compte de ce qu'il regardait et s'effondrait de nouveau. Quant à moi, désemparée aussi bien par sa détresse que par ma totale incapacité à l'apaiser, je voyais avec une clarté terrible que je ne pourrais plus jamais être pour Hugh le réconfort ou l'alliée que j'avais été, mais plutôt le malheur qu'il lui fallait maintenant surmonter, et effacer de sa vie. Outre le fait qu'il se sentait floué, parce qu'il avait payé de son plein gré ce qu'il croyait finir par obtenir, endurant des mois de morosité à Bonn, des mois de cours donnés en allemand, des mois de nuits solitaires uniquement éclairées de loin en loin par les visites et les lettres de l'unique soleil de son univers, cette lointaine étoile qui devait être éternelle sans quoi elle n'était rien. Des mois à économiser et à supporter la pauvreté de l'existence, tout ce que la vie avait de sombre et de mauvais, parce qu'il avait l'assurance de bientôt savourer la prospérité et la richesse de nos retrouvailles. Je l'avais escroqué, j'avais liquidé nos avoirs communs. J'étais criminelle à tout point de vue, coupable non seulement de coups et blessures à son égard, mais de détournement de fonds, de vol, de fraude.

Tout à coup, je ne voulais plus d'Edward. Je voulais retrouver mon innocence. J'étais écœurée par le spectacle de la douleur de Hugh et le rôle que je jouais dans cette douleur. Je me sentais physiquement malade, et donc, cherchant à défaire ce que j'avais fait, cherchant à retourner à cet avant où Hugh me faisait confiance, m'aimait et comptait sur moi et où il était tout ce dont j'avais besoin, je le suppliai de me laisser revenir, comme si je pouvais arranger tout cela dans quelque monde abstrait où Hugh pourrait accepter d'oublier et Edward ne pâtirait pas de cette deuxième trahison.

« Tu vas passer d'une liaison à une autre, en détruisant les gens », me dit Hugh à un moment donné entre ses larmes. Il ne s'agissait pas seulement d'une prédiction ou une supposition raisonnable ; cela ressemblait à une condamnation à perpétuité, une sorte de malédiction. C'était plus une image sinistre et solitaire qu'une image romantique, et je n'avais certes pas assez d'expérience à l'époque pour le contredire.

À la fin de ce week-end-là, Hugh se présenta dans la chambre de son ennemi dans la plus pure tradition des duels oxfordiens. Il était affreusement en colère, mais son défi était simple et, en apparence, généreux. « Est-ce que tu l'aimes ? » demanda-t-il. À quoi Edward, peut-être parce qu'il se serait senti ridicule et peu viril de répondre autre chose (mais surtout ridicule, car comment, sinon, aurait-il pu déclencher un pareil cataclysme ?), répliqua : « Oui », avec ce qu'il fallait de colère et d'indignation pour prouver que l'offensé acceptait l'affrontement. Ils débattirent ensuite en formules courtes et rapides, la colère de part et d'autre s'accroissant et retombant, les larmes montant à nouveau, jusqu'à ce que Hugh interrompe la joute et s'enfuie, laissant Edward les yeux rivés sur la porte ouverte, en train peut-être de se demander où il avait mis les pieds et s'il pensait réellement ce qu'il avait dit.

Tels des conspirateurs dans un assassinat, nous étions désormais tenus de rester ensemble, comme si nous nous étions acharnés de concert sur le corps meurtri de Hugh. Ayant causé tant de souffrance, nous nous sentions obligés de la justifier, de ne plus faire semblant, d'apprendre à nous aimer, et, durant notre dernière année à l'université, d'apprendre à vivre à deux. Les mois précédant les examens, il y eut une véritable frénésie de cohabitation, une sorte de claustration affolée avant la conflagration ultime, les garçons et les filles s'accouplant partout autour de nous comme des rongeurs rendus fous par l'orage. Pour notre dernière année, nous eûmes la permission de loger en dehors du collège. Officiellement, j'étais en colocation avec Marianne dans une maison que supervisait une directrice d'études. En réalité, Edward et moi projetions d'habiter ensemble dans sa nouvelle « piaule ».

Nous nous accoutumâmes assez facilement à la vie de couple. Nous avions les mêmes désirs simples et impossibles – le travail et l'amour –, les mêmes études à poursuivre, et, maintenant, le même tuteur, vu que j'avais été autorisée – concession à cette époque libérale, ou peut-être parce que Miss Hope m'appréciait aussi peu que je l'appréciais moi-même – à choisir un tuteur en dehors du collège, un tuteur qui plus est masculin, une requête alors inédite mais qui ne tarda pas à se banaliser, surtout dans mon collège, une fois la brèche ouverte.

Maintenant, au lieu des regards réprobateurs et du verre de sherry avalé en commun à titre exceptionnel, j'avais droit à du whisky pur malt à midi, des questions sur les progrès de ma vie sexuelle et affective, et à un niveau de conversation sur la littérature anglaise dont je n'avais entendu parler que par des étudiants plus chanceux et invariablement masculins. L'année précédente, sans cesse au bord du renvoi, je n'étais pas en situation de contester les opinions de ma vieille directrice d'études, mais aujourd'hui j'estimais avoir atrocement perdu mon temps en les écoutant. Je crois que la suprême indignité fut quand Miss Hope soutint que la description passionnée faite par Marlowe de certaines relations entre les hommes reflétait simplement ses convictions chrétiennes sur l'amour fraternel (et ce, malgré le sujet de la pièce *Édouard II* et la réputation du poète). De fait, pour Miss Hope, l'ensemble de la littérature anglaise venait illustrer son propre intérêt pour la théologie, sa droiture personnelle et la rectitude de sa pensée, et elle ne supportait pas la moindre divergence de vues. Avec David, en revanche, il n'y avait pratiquement aucune opinion, si absurde soit-elle, qui ne soit tolérée, du moins le temps pour elle d'être énoncée. Cependant, son charme et son excentricité, son intelligence tantôt insouciante, tantôt implacable, n'étaient pas les seules qualités qui faisaient de lui un tuteur si séduisant. Non, c'était la sensation totalement insolite qu'on avait, en tant qu'étudiant, de son respect, ou en tout cas de son intérêt bien affiché pour ce que l'on pensait. S'il avait accepté de me prendre, dit-il – mais il avait tendance à dire des choses de ce genre –, c'était parce qu'il me croyait capable de décrocher une mention très bien : dans cette institution si soucieuse des honneurs, cela constituait pour lui une incitation, tout comme la certitude de mon échec avait constitué pour Miss Hope une incitation à me laisser partir.

L'optimisme de David était un encouragement en soi, mais ce fut Edward qui, lors de cette dernière année, m'apprit à travailler, en quoi cela consistait et ce que cela impliquait. Les deux années précédentes, je m'en étais sortie à l'instinct et à la chance, trouvant le temps de bûcher quand les exigences de ma vie sentimentale me le permettaient. Cela aurait confirmé les convictions les plus misogynes de mon père de savoir qu'Oxford avait avant tout représenté pour moi un apprentissage amoureux – le découvrir, m'accommoder de ses changements de tempo, attendre sa reprise, le garder au chaud, le mettre à refroidir, décréter sa fin, le replanter ailleurs. La tâche réclamait que je m'y consacre à plein temps, et la chose m'avait semblé parfaitement naturelle. Sans compter que les textes que je lisais avec une passion elle aussi fluctuante me paraissaient en tout point affermir cette vision d'un univers ayant pour noble centre l'amour et ses souffrances : Shakespeare, la poésie du XVIIe, la poésie du XIXe, le roman, toute cette littérature était aussi centrée sur l'amour que le rock and roll qui remplissait chaque interstice de silence à cette époque-là. J'avais l'impression que la littérature partageait ma perspective et mes priorités ; elle dédaignait la plupart des autres sujets (sauf, dans une faible mesure, la religion, l'histoire et la nature), les jugeant insignifiants ou, pire, les considérant comme les préoccupations absurdes et vénales des non-initiés.

Avec Edward, ce centre ne changea pas, mais les périphéries s'élargirent, ainsi que l'univers. En plus de l'amour, il y avait la pensée : les lectures, les idées, la discussion. Dans le passé, parler de livres avait surtout été une forme de jeu. Têtue, ignorante, excessive, je devais souvent paraître exaspérante dans les conversations. Avec Edward, je commençais à apprendre à poser des questions auxquelles j'étais curieuse d'avoir les réponses. Et si Edward ne faisait pas vraiment de moi une intellectuelle, au moins, à mes yeux, conférait-il à ce terme une certaine distinction, et une certaine réalité.

Nous travaillions ensemble non seulement dans la pièce humide du moulin où nous habitions (et où, quand la rivière était haute, des rats d'eau morts voguaient parfois devant la fenêtre de la cuisine, où le moisi envahissait de ses taches et de son odeur tous les livres, tous les papiers et tous les vêtements), mais aussi à Lavender House, la ferme de ses parents dans la campagne voisine. Ils nous autorisaient à y aller, souvent avec d'autres amis, les week-ends où eux-mêmes n'y venaient pas.

Contrairement à Hugh, Edward n'entretenait pas des liens très étroits avec sa famille, et celle-ci ne ressemblait en rien au cercle doré que formaient les Grunwald. Phénomène beaucoup plus familier pour moi, il était issu de deux entités distinctes (et qui le demeuraient, même si elles cohabitaient) ; et, phénomène plus familier encore, ses parents étaient les archétypes des miens : une femme jolie et dépourvue de confiance en soi, un homme tyrannique et coléreux.

J'avais rencontré les parents d'Edward l'été précédent, séparément, et c'était de cette façon-là qu'ils existaient, comme des forces opposées dans la vie de leur fils. À Londres, ils vivaient dans un appartement classique élégamment meublé près de Hyde Park. Sa mère nous y avait invités à déjeuner, et elle se déplaçait dans les lieux presque aussi timidement que moi. C'était une Française, grande, blonde, mince et extrêmement belle, qui parlait avec un accent prononcé sur le ton prétentieux de la haute bourgeoisie de Kensington. Dans ces manières et cette élocution de son pays d'adoption, apprises dans la terreur et restituées sans beaucoup d'assurance ni de conviction, j'avais toujours vu une sorte de camouflage. Elle semblait également effrayée par son mari : craintive, tétanisée chaque fois que son nom était cité, habituée à courber l'échine, elle était particulièrement mortifiée lorsqu'elle devait demander de l'argent à son fils parce que ses comptes étaient bloqués, et réagissait à la déception par un geste qui traduisait l'éternel conflit de son existence, une torsion des mains accompagnée d'un « Oh, ne t'en fais pas, ça n'a absolument aucune importance » lancé avec une gaieté désinvolte.

L'attitude craintive de Simone me parut moins étrange quand j'eus fait la connaissance du père d'Edward, ou plutôt quand je fus restée plantée là à attendre de lui être présentée, à environ trois mètres de la porte qu'il avait ouverte pour appeler son fils et lui hurler les pires insultes que j'aie jamais entendu employer entre membres d'une même famille. Partie d'un rien, sa rage était incontrôlée, et la présence d'une étrangère ne semblait nullement l'enrayer. C'était comme ça depuis six mois, m'expliqua Edward une fois que nous fûmes éloignés de la tempête. Il y avait eu des problèmes dans la firme de la City où Roger travaillait, il était stressé et, récemment, il avait eu des ennuis cardiaques. Depuis un an, sa fureur était surtout dirigée contre son fils, qui préférait dire qu'ils « ne s'entendaient pas ». Autrefois, ils avaient eu une relation étroite et affectueuse, bien qu'un peu déconcertante (père en adoration, mari glacial), mais cela s'était gâté il y a quelques années, quand la vie d'Edward s'était détournée de la voie que son père désirait lui voir prendre.

Il méprisait totalement le côté intellectuel et poétique de son fils. Il voulait qu'Edward réussisse en tant qu'homme dans un monde d'hommes, c'est-à-dire, pour lui, le monde de la City et de la firme familiale. C'était son obsession, encore alimentée par les difficultés qu'il connaissait là-bas ; l'indifférence apparente de son fils à l'égard de l'entreprise d'où lui et sa mère tiraient leur subsistance le rendait fou : il voyait là de l'ingratitude et de la condescendance. Il n'hésitait pas à traiter Edward de « tapette » sous prétexte qu'il s'était transformé en un incorrigible intellectuel. Edward se défendait du mieux qu'il pouvait dans cette bataille aux règles faussées (n'oublie pas son cœur malade), et le père et le fils se fréquentaient le moins possible.

À la mi-octobre, nous envoyâmes nos invitations pour un grand dîner de Halloween. C'était notre première fête en commun, une sorte de déclaration de concubinage. Elle devait être très élaborée, très macabre et très kitsch. Il y aurait de la musique spectrale et des histoires de fantômes, de la nourriture funèbre : un quartier de chevreuil cuit dans le petit four Baby Belling, des poireaux, du plum-pudding bien noir, du porto, bref, tous les plats les plus lugubres, et les invités devaient bien entendu s'habiller en noir. Nous décorâmes notre sous-sol comme un salon funéraire victorien, avec des rideaux en crêpe et des couronnes dickensiennes, des cierges noirs et des nappes noires, et tout était quasiment en place quand arriva le télégramme demandant à Edward de rentrer à Londres. Roger avait eu une crise cardiaque. Il s'était effondré dans une rue de la City et il était mort, à cinquante-sept ans.

Nous n'annulâmes pas la soirée. Assis au bout de la table noire dans la salle faiblement éclairée, Edward fit « bonne figure », avalant la nourriture atroce, regardant les quarante invités vêtus de noir, écoutant la musique sépulcrale et les bavardages, faisant passer le stilton et le porto, après quoi il s'excusa poliment et partit s'évanouir dans une autre pièce.

La mort de Roger nous rapprocha. Je me révélai en mesure de l'aider, de l'écouter, de le laisser pleurer, fulminer, effectuer une partie du long « travail » de deuil, et de l'aider à retrouver ses amis, ses études et sa vie. Ce fut la première fois que je sentis qu'il avait besoin de moi et que j'étais capable de lui donner ce dont il avait besoin. Mais cet événement changea notre existence : des mois plus tard, alors que Ned et moi potassions nos examens finaux, passant beaucoup de temps à Lavender House dans le paysage campagnard gelé de l'Oxfordshire, à cuisiner l'un pour l'autre, à lire, à nous coucher tôt, à bosser dans l'isolement et à voir les amis le week-end, à adopter une routine plus paisible, sereine, agréable, Ned découvrit les dispositions testamentaires prises par Roger. Le dernier geste de cet homme furieux et déçu – que, bien sûr, Ned s'imaginait avoir tué – avait été de léguer à son fils unique, de manière totalement inattendue, une fortune d'une ampleur stupéfiante.

Soudain, tous les amis, un par un, eurent vingt et un ans. Il y avait des fêtes, et des fêtes après les fêtes, du croquet au lever du jour à la suite d'un bal, tous les noceurs pieds nus dans l'herbe trempée de rosée, pâles comme la mort dans leurs robes longues et leurs habits noirs. Il y avait le boulot et les examens, et après les examens encore des fêtes. Nous étions en 1969, nous savions maintenant ce qu'étaient les années 1960, et il y avait de la drogue et du rock and roll, même à Oxford, ce qui n'empêchait pas les chants entonnés le 1er mai à l'aube par les chœurs de Magdalen College, les simili-pique-niques dans les barques à fond plat, d'où nous plongions, tout habillés, pour gravir les berges dans nos vêtements pleins de boue, tout dégoulinants, dans les jardins à l'arrière des pubs, pour boire des verres, nous réchauffer, et frimer un peu. Il y avait des anarchistes et des hippies, des Etonians à longs foulards de soie, un maharajah en culotte de satin bleu et tunique à boutons d'argent, il y avait des femmes avec du khôl vieux d'un mois sur les yeux et des lèvres blanchies : cette affectation de décadence souffreteuse qui, sur des jeunes gens sains, rendait tellement bien. Il y avait des bals et des déambulations avec des bouteilles de champagne dans les cours et les cloîtres, des bas en lambeaux à force de danser, du maquillage fondu et des lèvres gonflées d'avoir trop embrassé ; des semaines d'aurores avec la musique qui continuait à résonner et l'odeur des petits déjeuners : pilafs de poisson, graisse, œufs frits, bacon, tabac, et toujours et encore du champagne. En ce mois de mai et ce mois de juin là, tout le monde dansait, buvait, faisait l'amour et se couchait à pas d'heure, sans jamais se lasser. Ned et moi dansions, solitaires, valsant sur la pelouse de Lavender House au rythme des accords métalliques de Strauss que diffusait un phonographe posé sur un banc ; ou bien en compagnie, cette enivrante compagnie dont, en cette fin de cursus, nous avions déjà la nostalgie, la compagnie de tous ces visages familiers d'amis ou d'inconnus qui avaient partagé avec nous trois années en Arcadie.

Tout le monde s'en allait pour l'été, tout le monde entamait sa vie. Ned et moi partions pour New York à l'automne, après six semaines de voyage en Europe (avec, finalement, la permission récalcitrante de mon père : « Tu as vingt et un ans, après tout, tu peux faire ce que tu veux… »).

Nous attaquâmes notre périple, muni chacun des cinquante livres autorisées par la législation, de quelques coupons d'essence et d'un ou deux malheureux points de chute. Ce fut un voyage abominable, à dormir bien des nuits dans les sièges baquets de la Spitfire, sur le bas-côté des routes, sur des plages détrempées ou dans des jardins infestés de chiens. Et ce fut un voyage merveilleux : à travers la France et l'Autriche, la Yougoslavie, la Grèce, et, au retour, affamés et crasseux, à travers l'Italie et la France, avant de rallier l'Angleterre. La vie se déroulerait ainsi quelque temps : Ned et moi, dans notre pot de yaourt, à aller d'un endroit à l'autre, à emmagasiner des images, des paysages, de la musique, des restaurants, des plages et des embouteillages, rien que lui et moi, à trente centimètres l'un de l'autre dans une voiture hors de prix mais horriblement inconfortable, y parlant dans notre jargon à nous, nous y esclaffant, nous y disputant, nous y taisant, boudeurs, prêts à tuer, nous y réconciliant et continuant notre route, avec tout l'univers radieux qui défilait, là, de l'autre côté de la vitre.

Sept

Je ne savais pas ce que je voulais faire. Je ne savais pas ce que je voulais faire de ma vie et si j'allais la vivre avec quelqu'un (*a priori*, Ned). Ces deux questions (que faire et à combien ?) étaient très liées, sauf que, à l'époque, je n'en avais aucune idée. J'aurais dû, pourtant. Toutes les filles bien, au début des années 1970, savaient que ces choses-là étaient indissociables. Mais je ne participais pas à l'Histoire, je n'étais pas influencée par l'esprit de l'époque, guidée seulement comme un requin affamé par les exigences de la survie, fraîche émoulue d'Oxford avec ses toques à pompon et ses bouchons de champagne, faisant presque autant partie de l'histoire qu'une vitrine d'écureuils en chocolat (quelques fêtards avaient eu vent des événements de mai en choisissant mal leurs dates pour aller s'encanailler le week-end à Paris, c'était à peu près tout), et marquée par les antécédents familiaux que formaient Bett et Constance,

Gogi et Shrimp : la jeune fille sage et la dévergondée ; les filles rebelles vouées à n'arriver à rien et celles respectueuses des règles vouées au même destin. Mais quelles étaient les règles ? Comme me l'avait dit Harriet quand elle m'avait expliqué pourquoi ma petite allocation pour Oxford allait être supprimée : « Tu dois tirer ta fortune de l'homme avec qui tu es, c'est ce que font les femmes. »

J'étais donc livrée à moi-même, contrainte de trouver ma fortune par mon ingéniosité, plutôt capricieuse, ou, puisque j'étais une fille, par mon charme physique. En principe, c'étaient les hommes qui trouvaient leur chemin grâce à leur intelligence, et les femmes qui pêchaient les hommes intelligents grâce à leurs attraits : Monroe et Miller illustraient parfaitement cette théorie, selon mon père. J'annonçai que je pensais aller à New York quelque temps, essayer d'utiliser ma propre intelligence pour faire ma propre fortune, et cantonner la féminité, la sexualité, etc., à la vie non professionnelle. Je partis pour New York, et fus assez étonnée de constater que ces choses-là, dans la réalité, n'étaient pas aussi scindées qu'elles auraient dû l'être.

Je savais qu'il existait un lien entre le travail et le sexe au moins depuis mes quinze ans, quand je m'étais présentée pour un petit boulot de vendeuse dans une boutique de bonbons. Tandis que j'essayais d'emballer des pistaches, j'avais vu le regard du vieux propriétaire, un esprit soupçonneux et tatillon à la mode germanique, passer du « Je doute que tu sois très utile » tandis que j'exécutais un paquet-cadeau pour des pistaches, à une sorte de bienveillance, d'abord grand-paternelle, mais bientôt, fondant et poisseux comme certaines de ses confiseries, il avait laissé ses épaules retomber, m'avait adressé un demi-sourire tout brillant de salive et, couvrant la protubérance gênante de son pantalon trop bien repassé et tout aussi brillant, s'était planté à côté de moi pour « m'aider » dans ma besogne. Le dernier ruban coloré n'était pas encore coupé que le brave homme m'avait non seulement offert le poste mais, d'après ce que je parvins à discerner entre ses toux catarrheuses et ses euphémismes, un revenu mensuel si j'acceptais d'habiter avec lui dans son petit appartement au-dessus du magasin. J'avais contourné le comptoir en quatrième vitesse, renversant sur le sol les pistaches enveloppées dans leur papier doré, revenant à moitié pour les ramasser, mais, apercevant son visage de nouveau renfrogné et blasé, j'avais repris ma fuite, pour aller raconter l'incident, d'abord affolée puis feignant l'hilarité, à ma tante Constance, cette femme avertie qui habitait à deux rues de là.

Ainsi, quand Peter Van Strum, après une évaluation clairement avide, m'offrit mon premier emploi après Oxford en tant que directrice de la publicité de sa maison d'édition, Merlin Books, sur Washington Square (en réalité, la boîte ne comptait que deux personnes et j'étais chargée de fourguer par téléphone les vieux titres du stock...), en ajoutant que je pouvais dormir sur le divan de la pièce du fond jusqu'à ce que je trouve un endroit où habiter, j'acceptai à condition, comme je l'en informai d'un air pincé, et à sa grande horreur d'Allemand galant, que je ne sois pas « tenue de coucher avec lui ». C'était terriblement discourtois de ma part, car Peter, comme je ne tardai pas à le constater, flirtait avec tout le monde mais avait un cœur bien trop généreux pour abuser de qui que ce soit.

Je restai six mois chez Merlin, puis décrochai mon premier « vrai » boulot comme lectrice-correctrice chez Caxton, sur Madison Avenue. C'était une entreprise à l'ancienne où les jeunes femmes, surveillées par une chef très directrice d'école, étaient séparées des jeunes gens non seulement par l'agencement des locaux – nous étions parquées dans des cages à poules à l'écart des véritables et viriles affaires de la maison –, mais par notre activité, qui consistait à réviser et à peaufiner – une sorte de ménage grammatical – les manuscrits que les jeunes guerriers étaient sortis pourchasser dans le monde extérieur s'ils étaient éditeurs, ou échanger contre de l'argent s'ils étaient commerciaux.

Tout cela était très distingué et raffiné. Je ne détestais pas la ségrégation car elle évitait les histoires de sexe entre collègues, et mon travail me plaisait bien, non pour la minutie qu'il exigeait, mais parce que j'aimais les phrases, la grammaire et ces choses-là, tout comme j'aimais les mots croisés, et parce que les laborieuses corrections de textes qui n'étaient au fond que des thèses de troisième cycle constituaient pour moi une forme d'instruction supplémentaire, que je n'aurais pas pu m'offrir autrement. En relisant et en « corrigeant » de la sorte, j'étais amenée à véritablement assimiler des ouvrages sur l'histoire, la philosophie, la littérature. C'était facile, absorbant, et ça payait le loyer. Je n'avais aucunement l'intention de grimper les échelons pour devenir éditeur. J'étais atterrée par l'attitude et l'apparence archi-artificielles des ambitieuses de cette époque, toutes en faux tailleurs Chanel boutonnés jusqu'au menton, engoncées dans des vestes qui camouflaient la poitrine, cliquetant en tous sens d'un air affairé sur de petits talons, vives et prêtes à foncer comme des chiens terriers – « des filles pleines d'initiative, toujours sur la brèche », aux dires des magazines. Peut-être avais-je quelques restes de loyauté envers Bett du temps où elle travaillait et où ces filles si zélées étaient l'ennemi dans le système de caste en vigueur, se targuant de ne pas frayer avec celles qui, comme Bett, n'étaient bonnes qu'à taper à la machine, être jolies et répondre au téléphone. Je n'avais jamais aimé ces filles-là ; elles avaient toutes été dans les universités qu'il fallait, étaient destinées à épouser les hommes qu'il fallait ou à occuper les bureaux qu'il fallait dans les entreprises qu'il fallait. Il n'y avait pas eu de lutte, pas de décision, elles avaient vendu leur identité au premier acheteur, du moins était-ce alors mon impression. En ce qui me concernait, même si, comme elles, j'avais été dans une université « qu'il fallait », cela ne changeait pas grand-chose en dehors de l'Angleterre et, même si j'avais toujours été privilégiée là-bas en raison de mon accent, mes origines et mon diplôme, ici, rien de tout cela ne comptait. Quand je posais ma candidature pour un poste, je devais systématiquement préciser à quel Oxford j'avais étudié. Même chez Caxton, la responsable du personnel avait hésité en entendant le nom de cette université. « Pas dans le Mississippi », avais-je spécifié, et elle avait hoché la tête.

Ned, de son côté, avait été horrifié par la démocratie façon new-yorkaise. Après tout, il avait été formé à Eton et Oxford, avait obtenu des bourses, remporté des prix en anglais et en histoire dès l'âge de quatorze ans, décroché une mention Très Bien l'été dernier, et avait été conditionné, comme les autres membres de sa caste, pour gouverner le pays quand viendrait le moment. Arrivant à New York en octobre, il avait été dérouté par le peu d'importance accordé à tout cela. Il trouvait humiliant de dépendre financièrement de moi, et déprimant d'exercer le seul type d'emploi qu'il arrivait à décrocher : des boulots comme emballer des livres dans le sous-sol de la librairie de Doubleday, en se faisant invectiver, intimider et, assez souvent, virer. Chose peu étonnante, il repartit en novembre : il avait décidé de rentrer quelque temps en Angleterre, afin de réfléchir.

À ce moment-là, j'écrivais également de petites notices pour une revue d'art. Durant une de mes périodes de chômage, j'avais appelé diverses revues dont les articles m'intéressaient, pour demander s'ils n'avaient pas besoin de correcteurs. Chez *Tempera*, on m'avait expliqué que la revue avait surtout besoin de critiques d'art. Je n'y connaissais rien en art, mais le rédacteur en chef m'avait assuré que ce n'était pas grave, vu que les autres journalistes, à ce niveau-là, n'y connaissaient rien non plus ; l'important était d'être cohérent. Je faisais donc cela depuis plusieurs mois, écrivant le genre de charabia qu'on peut lire aujourd'hui dans toutes les revues d'art – payés une misère, les rédacteurs de « brèves » ont tendance à être de jeunes gens idéalistes, corvéables à merci et d'une ignorance abyssale –, lorsqu'on m'octroya ma propre rubrique, une sorte de tour d'horizon des expositions intéressantes.

Quand Ned partit, nous tombâmes d'accord pour rester séparés six mois, puis voir où nous en étions. Je découvris que j'étais très heureuse, sinon enchantée, d'arriver à me débrouiller toute seule. Ce n'était pas une prouesse dont je m'étais forcément crue capable. J'aimais mon studio minable de la 75e Rue Ouest, j'aimais les galeries et les artistes, j'aimais même, pendant un moment, mon travail chez Caxton et les petits chèques imprimés, impôts déduits, qui allaient sur un compte en banque et couvraient mes dépenses courantes. J'aimais me réveiller le plus souvent seule, regarder par la fenêtre cette nouvelle journée qui m'appartenait entièrement. J'aimais tout cela encore plus lorsque, aux alentours de Noël, je renonçai à mon emploi fixe chez Caxton et me mis à travailler pour eux en free-lance. J'avais suffisamment économisé sur mon modeste salaire pour me financer de manière frugale pendant quelques mois, rédigeant mes papiers sur l'art, corrigeant des textes, faisant durer le temps. J'adorais New York, je marchais des kilomètres dans ses rues à toute heure de la journée et parfois tard le soir. J'adorais retrouver Bett, faire de nouveau comme si nous étions « sœurs », partager avec elle cette existence au jour le jour dans cette ville si rude. Mais il m'arrivait aussi de me sentir seule, et Ned me manquait, tout comme mes amis d'Oxford, et ma vie à Oxford. Je voulais à la fois être ici et là-bas, et, comme d'habitude, il fallait que je m'agite sans arrêt pour ne pas avoir la nostalgie de là-bas ou d'ici. J'empruntais de l'argent et mettais au clou ce que je pouvais, mais il devenait évident que j'allais devoir reprendre un boulot à plein temps si je voulais demeurer où que ce soit.

C'était reparti pour un tour. Je ne savais pas ce que je voulais. Je ne savais pas si je voulais vivre avec Ned ou vivre seule. Être ou ne pas être deux. Ned faisait son possible pour comprendre mon indécision.

Il essayait de comprendre l'exaltation que m'avait inspirée ma vie solitaire à New York. Mais, somme toute, seules une question et une réponse lui importaient. « Est-ce que tu m'aimes ou non ? » Bien sûr. Alors, parfait.

À vrai dire, Ned et moi finîmes quand même par avoir notre tierce personne. Appelez-la, pour faire bref, l'Argent. Tout allait bien (sauf que non) tant que nous étions serrés l'un contre l'autre, à sillonner l'Europe en dormant dans la Spitfire. Tout allait bien (sauf que très souvent non) tant que nous étions tous les deux sans le sou. Mais voilà, l'Argent avait surgi et il avait énormément changé les choses, en bien comme en mal.

D'abord il y eut l'euphorie sans mélange qu'il provoqua. Ned acheta un appartement, à ce qui semblait un prix assez modique, vu qu'il était grand et en duplex, et donnait, à l'arrière, sur un immense jardin privé. Nous avions chacun un espace de travail séparé, et il y avait une pièce immense au premier étage. La présence d'une grande pièce s'avérerait une constante où que nous habiterions, et où que j'habiterais lorsque je vivrais seule. Pour meubler l'appartement, nous récupérâmes certaines antiquités des parents de Ned provenant de la maison de campagne récemment vendue, mais nous dûmes acheter le reste, et soudain acheter devint notre occupation. Après deux années à vivre du minimum et sans rien posséder, nous étions libres d'avoir tout ce que nous désirions. Pendant un temps, nous ne fîmes rien d'autre que choisir et acquérir : les plus beaux tapis d'escalier en laine, le papier peint le plus chic, les plus jolis canapés et luminaires italiens, des coussins et des tapis persans, des carafes, des tire-bouchons, des savons, des livres, des miroirs et des tableaux. Nous pouvions aller dans tous les restaurants que nous voulions et porter tous les vêtements qui nous faisaient envie. Quand nous nous ennuyions, nous allions faire les boutiques, une activité absorbante, qui semblait par ailleurs inoffensive. Je nous revois aller à la Barclay's à Kensington et retirer ce qui était alors la somme non négligeable de quatre cents livres, la partager en deux et fourrer les liasses de billets de vingt dans les poches arrière de nos jeans, prendre un taxi jusqu'à World's End puis attaquer notre remontée à pied de King's Road, y explorant ensemble tous les magasins : vêtements, antiquités ou meubles de créateurs. Nous utilisions espèces, chèques ou cartes bancaires jusqu'à ce qu'il n'y ait plus rien dont nous ayons envie, et nous rentrions à la maison épuisés, vidés de tout désir et de toute énergie. En général, nous étions raisonnables, nous avions l'impression de ne pas exagérer, et pourtant l'absence d'entraves financières, la sensualité de ces journées passées à dépenser étaient un excès en soi.

L'appartement ne tarda pas à se remplir et il était très beau ; nous organisions des fêtes et des dîners, et nous aperçûmes seulement petit à petit – nous n'étions pas stupides, nous imaginions faire preuve de franchise, de naturel et de simplicité à ce sujet – que, quand bien même nos amis appréciaient notre compagnie et notre hospitalité, ce luxe nous éloignait d'eux. Tous étaient en train de démarrer ; beaucoup avaient des parents riches ou des revenus privés, possédaient des biens immobiliers et de beaux objets, mais personne parmi les gens que nous fréquentions à l'époque ne vivait sur un tel pied. (Plus tard, bien plus tard, nombre d'entre eux vivraient de cette manière, mais à cette époque-là, aucun.) Que nous puissions le faire et le fassions sans vergogne nous transformait en quelque sorte en parias, nous isolait des autres et nous ramenait plus que jamais à notre compagnie mutuelle, nous cloîtrant dans notre beau petit univers surchargé.

Ned ne tarda pas à avoir honte de sa fortune ; nous commençâmes à nous sentir mal à l'aise dans notre bel appartement et, lorsqu'il fut complètement terminé, la nervosité et la gêne s'emparèrent de nous, confrontés que nous étions à nous-mêmes et à la faiblesse des liens qui nous unissaient. La solution à ces différents problèmes consistait à déménager, ce que, là encore (et encore et encore), l'argent rendait possible. Il y avait une façon de posséder de l'argent et de l'employer qui était acceptable, et nous apprîmes la technique. Nous nous débarrassâmes du bel appartement et nous installâmes dans des logements délabrés qui occasionnaient des frais bien plus considérables, mais situés dans des secteurs où nos amis habitaient et dépensaient eux aussi de l'argent invisible. Au bout de cinq ans, nombre de ces amis avaient revendu leurs appartements pour migrer vers des quartiers beaucoup plus chic et des demeures beaucoup plus fastueuses ; notre erreur avait été d'évoluer plus vite que les autres, de sortir du rang, d'afficher une différence. En attirant l'attention sur nous de cette manière, faux pas que nous avions fait en toute innocence, nous avions commis le péché d'ostentation, qui, en Angleterre, compte parmi les moins pardonnables.

Il n'y avait pas seulement la pression sociale qui obligeait à dissimuler sa fortune. Pour Ned, il y avait une réaction intime, que venait renforcer cette subtile censure extérieure. L'argent lui répugnait comme il était fréquent avec la richesse héritée, parce qu'elle violait le besoin puritain de gagner ce qu'on acquiert, mais aussi, dans son cas, parce que le message du legs était ambigu. Après tout, les dernières paroles de Roger à son fils avaient été des imprécations, et il était difficile de dissocier l'argent de la colère. Ajoutez à cela son dénigrement constant des dons intellectuels de son fils, son insistance pressante pour qu'il exerce un métier viril et concret (comme courtier en Bourse), et le fait que ce legs, qui aurait pu, par exemple, financer sa carrière d'écrivain, ne semblait guère utilisable à des fins que méprisait le donateur.

Ainsi Ned, soudain riche et indépendant, dut-il se mettre en quête d'un travail viril. Prétendant n'avoir jamais décroché sa mention Très Bien ou n'avoir jamais désiré écrire, il passa d'un atroce boulot de journaliste à un autre. Il s'acheta un blouson de cuir, se mit à boire de la bière et à écouter des heures d'affilée les âneries machistes des reporters et des photographes, leurs innommables vantardises de comptoir et de vestiaire, leurs moqueries apeurées des idées, des livres, des « prétentions » et de tout ce qui dépassait leur entendement. Ned dissimula non seulement qu'il avait de l'argent, un diplôme, des connaissances en art, en histoire et en langues, mais aussi son élégance et ses manières, et apprit à cancaner sur la boxe (nous allâmes même à un match écouter l'immonde bruit étrangement étouffé de la chair qu'on réduit en bouillie), à tolérer des discours où il était question de salopes et de pouffiasses, de nègres, de youpins et de métèques, à rédiger des articles sur des retraités habitant des logements sociaux en ruine et des cultivateurs de choux primés. Et puis, quand il rentrait à la maison, encore vêtu de son blouson de cuir et parlant ce drôle de nouveau langage, il s'asseyait dans un coin sombre du bel appartement, tout voûté et ronchon, à boire de la bière et à manger des chips en regardant la télé.

J'avais un problème avec l'Argent moi aussi, car une fois épuisé, ce qui fut assez rapide, le plaisir de se balader dans Londres en faisant des achats, il fallait bel et bien vivre comme ça, mais voilà, de quel droit ? (J'étais puritaine moi aussi.) Ma vie ici était-elle essentiellement différente de celle que j'avais eue avec Ned à Oxford en raison de ce luxe ? Étais-je soudain devenue une Femme Entretenue ? Au bout de quelques mois à Londres, j'avais trouvé un emploi et aurais pu subvenir à mes besoins, mais certes pas avoir le train de vie que j'avais avec Ned. Je n'arriverais jamais à gagner assez d'argent pour que la situation soit équitable. Alors quelle solution ? Devait-il venir habiter avec moi dans le pauvre meublé qui serait dans mes moyens ? Ou bien ferais-je mieux d'oublier mes scrupules, comme il le suggérait, et de continuer à habiter avec lui et à en profiter ? J'y consentis quelque temps, et puis, sous la pression de cette inégalité, ajoutée à toutes les autres pressions de la cohabitation, tous les conflits opposant deux personnes occupées à forger leurs identités distinctes l'une face à l'autre – Ned qui cherchait à incarner la virilité selon la notion de son père, devenue la sienne, et moi qui cherchais à incarner la féminité à ma manière balbutiante (y parviendrais-je plus vite en vivant seule ou avec Ned, en me conformant à la vision de Bett, à la vision de Gogi, à la vision de Harriet, ou en inventant la mienne propre ?) –, je quittai l'appartement et entamai par là une série de départs et de retours qui devait faire de nous, disait Marianne, « le spectacle à la plus grande longévité de Londres », une bonne vieille pièce aussi longtemps à l'affiche que *La Souricière* à Londres ou *La Cantatrice chauve* à Paris.

Je ne voulais pas l'épouser. Je pensais que je ne croyais pas au mariage (je venais tout juste d'accepter de faire la cuisine), et certainement pas tant que nous ne serions pas l'un et l'autre un peu plus fermement établis. Pour l'instant, la seule chose établie était notre maison, laquelle nous semblait même, à tous deux, un peu trop établie, un décor tellement stable que nous y vacillions, y chavirions et nous y fracassions.

Je voulais éprouver de nouveau l'euphorie que j'avais ressentie à New York en vivant seule et en me débrouillant par moi-même. Nous nous mîmes d'accord pour une séparation provisoire – toutes nos séparations étaient « provisoires », contrairement à nos retours, qui étaient pleins d'engagement et d'intentions définitives malgré le poids croissant de notre histoire. Je pris un logement non loin de l'appartement de Ned, sur Powis Square, alors le centre de l'activisme noir à Londres, un petit taudis modestement embourgeoisé, mais bien à moi. Ned me prêta quelques meubles et nous continuâmes à nous voir par intermittence. Tout cela très amical et civilisé.

J'avais un boulot à ce moment-là, et un soupirant, un galeriste que j'avais rencontré à une fête donnée par la maison d'édition dans laquelle je travaillais quatre jours par semaine (les trois autres jours, je m'adonnais au journalisme d'art et entretenais l'illusion de ma liberté professionnelle), et que je trouvais au début, dans les premiers élans de son ardeur, ridicule. À l'époque, je refusais de coucher avec lui, mais une fois que Ned et moi fûmes séparés, c'est lui qui ne voulut plus coucher avec moi. Sa façon de me faire la cour était outrancière, caricaturale, aussi maniérée que son physique et ses poses à la Rupert Brooke. Il disait des choses comme « À vous contempler sous cette lumière, je regrette de ne pas être peintre », ou « Avez-vous la moindre idée, ma chère, de l'immense douleur que vous me promettez ? », toute une drague un peu lourde nullement atténuée par son évidente et constante répugnance à concrétiser l'affaire une fois que je fus libre. À cause de ce fossé inédit entre le discours et les intentions, je mis un temps infini et très désagréable à comprendre que l'amour était pour lui un sport tout bête, impliquant la séduction et l'abandon sans la moindre consommation intermédiaire, ni la moindre baisse de plaisir malgré le caractère répétitif de ce jeu. Encore et encore et encore, si bien qu'aujourd'hui je me pose encore des questions sur mon compte. Il m'invitait à dîner, arrivait chez moi avec trois heures de retard quand tous les restaurants étaient fermés et que mon allure pimpante, ma tenue recherchée et mon maquillage soigné avaient perdu de leur superbe, me débitait un boniment alambiqué mêlant excuses et refus de s'excuser, avant de s'atteler pendant une heure ou deux à de la paperasse qui ne pouvait pas attendre (me remerciant pour le café, se plaignant de l'éclairage de ma table de travail, m'adressant des signes d'une main majestueuse), pour finir par m'expédier au lit et m'y rejoindre pour quelques minutes de caresses bien senties avant de sombrer dans un sommeil de plomb, sommeil que je ne parvenais jamais à imiter.

Ou bien, après une succession de lapins, il promettait, croix de bois croix de fer, de passer me prendre à sept heures et demie pétantes avec le restaurant réservé ou les places de théâtre achetées, et à huit heures, à neuf heures, à dix heures, j'attendais encore, allant dans la salle de bains tous les quarts d'heure vérifier ma coiffure, mon mascara, mon expression de gaieté exempte de reproche, tout en laissant la porte ouverte afin d'entendre le téléphone. Mais il n'y avait jamais de coup de téléphone, juste le silence, une maison silencieuse dans laquelle j'exécutais cette voltige d'espérance et de désarroi sur la corde raide de mes nerfs à vif, jusqu'à ce que même cette corde prenne du mou, et que je tombe, que je peste, que je jure que plus jamais, et puis la sonnette retentissait à onze heures et quart, et je me précipitais, le cœur battant et bondissant, pour avoir droit à sa courte étreinte et à ses protestations mortifiées comme quoi c'était la panique, et j'attendais qu'il passe « juste un tout petit coup de fil à un Artiste »

– terme qui, pour lui, prenait toujours une majuscule, et pouvait engendrer des profits tout aussi majuscules. « Va te coucher, finissait-il par dire, je ne serai pas long. » Et j'obtempérais – prise au piège dans mon appartement, dans son jeu, dans ma naïveté –, j'enlevais mes vêtements choisis avec tant de soin et je restais étendue entre les draps jusqu'à ce que mon seigneur et maître vienne m'étreindre de nouveau, tous deux nus à présent, silencieux, enfiévrés, sur quoi il soupirait soudain : « Ma pauvre chérie, si seulement tu savais quelle journée j'ai eue, je suis exténué », et le grand homme débordé se retournait, me laissant écouter le restant de la nuit le bruit de ses ronflements.

Un jour, des années plus tard, j'exigeai bel et bien de lui un semblant d'explication, alors qu'il était devenu un homme encore plus éminent, plus débordé et non moins baratineur. Il déclara : « Ah, ça, tu m'as brisé le cœur. » « Je t'ai brisé le cœur ? m'étonnai-je. Mais c'est toi qui ne voulais jamais faire l'amour avec moi. » Il se tortilla, me regarda d'un air sceptique et inclina la tête. « Enfin, tu ne devines pas ? Tu ne savais pas ? » Non. « Voyons, je ne voulais surtout pas te salir ni te profaner. Je t'ai toujours tenue en trop haute estime pour cela. »

N'empêche, le manège continua, et assez longtemps : il évoquait sa passion, et même, une fois, me parla mariage. Il me téléphonait au bureau, prenant son ton de chef, déclarait son amour, se remettait à me courtiser, à flirter, venait à bout de ma résistance : grand, blond, tourmenté, il souffrait toujours atrocement de sa passion, à laquelle son travail, ses obligations, l'amour qu'il portait à ses Artistes l'empêchaient de s'abandonner.

Il m'invita à passer le week-end avec lui. Le week-end entier, promit-il, pas de catalogues, pas de coups de fil, pas de travail. J'y allai, bien sûr. Comment pourrait-il avoir des heures de retard pour un dîner sous son propre toit ? Le premier soir, il me conduisit dans une chambre d'amis. Son cousin était là, dit-il, mais il serait parti le lendemain matin. Le lendemain matin, ils étaient partis tous les deux. Un petit mot scotché au réfrigérateur m'indiquait où trouver du café et disait qu'il participait au match de cricket local et serait rentré avant six heures. À huit heures, accompagné d'autres joueurs, il ressurgit. Nous sortîmes tous dîner pour entendre décrire, une partie après l'autre, les aventures de l'après-midi, puis nous rentrâmes tous chez lui continuer à discuter cricket jusqu'à ce que le héros, épuisé, me souhaite de passer une bonne nuit, mais sans lui auprès de moi.

Le matin, autre mot sur le frigo : un autre match, et la promesse d'un dîner que nous préparerions ensemble et dégusterions seuls tous les deux. Ce soir-là, je préparai le repas sans lui pendant qu'il prenait son bain. Au milieu des casseroles et des marmites, je me sermonnais : ne sois pas grincheuse, ne sois pas fâchée, ne sois pas *ordinaire* ; attends de voir ; tu es plus jeune, tu ne sais pas.

Échauffé par son bain, dans son peignoir à la Errol Flynn, il dîna avec moi. Il exprima son infinie reconnaissance, se répandit en excuses pour m'avoir fait passer un week-end aussi morne, se montra affectueux et chaleureux, mangea d'une main tout en tenant la mienne de l'autre, ses yeux profonds et scrutateurs, finit par me convaincre que nous étions enfin ensemble, absolument seuls. Après le dîner, il se leva – il ne se mettait jamais debout, il *s'élevait,* grand, blond, déterminé – et alla dans le salon mettre de la musique. Est-ce que je voulais bien être un ange et apporter le café ? Ah, oui, du café noir, pour le requinquer, sans doute. Un quart d'heure plus tard, chargée du plateau en argent, les petits morceaux de sucre rangés dans leur coupelle avec la pince en argent à côté, les tasses à moka, les cuillères et le lait soigneusement disposés, je pénétrai dans la pièce et le vis sur le sol, étendu devant moi, enveloppé dans son peignoir de soie, ses épais cheveux blonds attrapant la lumière du feu, baigné de chaleur, comblé, profondément endormi. Je vérifiai que ses pieds étaient bien enfoncés dans ses mules de cuir avant de le faire, mais je le fis, je posai le plateau sur l'ottomane, attendis qu'il bouge, attendis encore une trentaine de secondes avant de soulever la cafetière en argent et de verser le café noir par son long bec cannelé, le verser dans les airs pour qu'il inonde ses pieds. Il se releva, très vite, se retint difficilement de me frapper, baissa les bras et, avec un de ces soupirs aux multiples fonctions dont il était si coutumier, il déclara qu'il allait m'emmener tout de suite à la gare pour que j'attrape le dernier train.

Pendant ce temps, Ned s'était retiré encore plus au nord, à Islington, où, tout juste sortie de mes propres humiliations, je le rejoignis, pour reprendre, dans un esprit plus humble, les excursions familières dans les magasins de papier peint et de tapis, sans que rien soit réglé entre nous sinon nos échecs respectifs dans le monde extérieur.

Je détestais Islington. Nous n'habitions aucune de ces places géorgiennes d'une lugubre majesté, dont les noirs édifices à l'allure cléricale possédaient une élégance à mi-chemin entre Dickens et Piranèse, surtout dans les brumes de l'hiver, mais une rue où s'alignaient des maisons de banlieue mal aimées et faussement distinguées : aussi dépourvues de charme qu'une fille vilaine solidement charpentée, elles dégageaient l'aigreur désespérée des romans de George Gissing. Même la rue, très pentue, descendait désespérément vers la Caledonian Road et ses humbles boutiques qui n'avaient rien de tentant à offrir, pratiquement rien de comestible ni d'utilisable, dans lesquelles les clients entraient paresseusement, furtivement, peu disposés à s'attarder au-delà de l'échange de civilités hypocondriaques, où même les patrons des restaurants gréco-chypriotes, postés derrière leurs rouleaux orange de viande rance tournant tout doucement, contemplaient avec tristesse les rues humides et jaunes, où le samedi soir les pubs sombres comme de la Guinness étaient remplis de partisans de l'IRA à béret noir, et où le dimanche après-midi on voyait leurs femmes, les hématomes du lendemain mal cachés sous le maquillage, qui traînaient derrière elles des gosses aussi battus qu'elles, pleurnichant et récoltant des gifles, toujours la morve au nez.

Ainsi avions-nous débarqué dans ce quartier, deux individus perdus parmi la foule de jeunes privilégiés du début des années 1970. Partout autour de nous résonnaient les coups de marteau dans les maisons qu'on remettait à neuf. En regardant par les fenêtres le soir, on apercevait, à côté des sous-sols dont les ouvertures avaient été occultées par des autochtones jaloux de leur intimité, les cuisines en pin décapé des nouveaux voisins, avec leur mobilier contemporain éclatant et leur vaisselle aux couleurs de chambre d'enfant, leurs casseroles en cuivre et leurs livres de recettes à la mode, leurs fougères et leurs nounous en minijupe, leurs enfants bien propres inscrits dans des écoles alternatives, leurs maris en denim et leurs invités qui apportaient du vin au dîner. Je n'aimais pas l'invasion de la mode Habitat. Je détestais la gaieté appuyée de cette tendance. J'avais sans doute en horreur les frémissements de cette quête narcissique qui accompagnaient la frénésie immobilière des années 1970, tous ces achats, toutes ces ventes et toutes ces améliorations – amélioration de sa position sociale, de son logis, désir de se débarrasser de l'humidité et des murs pas assez droits, des fissures et des ébréchures, souci de recouvrir toute chose de ces teintes et de ces surfaces à l'éclat implacable, cette gaieté totalitaire aux couleurs primaires qui semblait être tout ce qui restait des années 1960, des vents du changement et du mouvement des jeunes gens en colère, de l'aspiration à quelque chose de nouveau, de différent et d'égalitaire en Angleterre. À la place de la démocratie promise, nous assistions au triomphe du neuf aux dépens de l'ancien, à la mise en place d'un décor stupidement joyeux par-dessus l'infrastructure inébranlable des classes sociales et des privilèges. À Islington, si près de la véritable pauvreté des chômeurs, de leurs femmes et de leurs enfants maltraités, des immigrants rituellement brutalisés et insultés, ce coton douillet et ce vernis souriant paraissaient à la fois cruels et vides de sens.

Et, à l'intérieur de ces cuisines vivement éclairées, je détestais la comédie des dîners, la compétition sur la qualité des mets, la beauté des verres et le prestige des invités, je détestais les conversations sur l'immobilier et les écoles maternelles ou, tout aussi terribles, sur la politique et la stratégie du parti travailliste, comme si c'était là un nouveau jeu de société très amusant avec des jetons en plastique, sauf que les joueurs vivaient dans leur bulle, totalement indifférents à la misère environnante. La vie à Islington semblait déconnectée, ennuyeuse et étouffante et, quoique beaucoup plus acceptable politiquement qu'à Kensington, elle se révélait aussi raffinée, conventionnelle et morte.

Au milieu de tous ces nids qui se construisaient et de toutes ces arches de Noé qui se remplissaient, de ces accouplements de nos contemporains qui produisaient à présent bien souvent des enfants, il y avait mon incapacité chronique à décider de ce que Ned et moi allions faire, mes craintes de nous voir embarqués dans le mariage et la vie de famille sans l'avoir réellement désiré. Mes tiraillements s'exprimaient de moins en moins par des disputes et de plus en plus par des coups de déprime, un manque d'énergie, une apathie. Tous les matins au réveil à Islington, je me demandais si j'allais partir ou rester. Être ou ne pas être deux. Une fois encore, parmi tous les accessoires des bonnes intentions, les meubles et les améliorations, au milieu de la poussière de craie des maçons, des nuages de plâtre et des émanations de peinture, il y avait la question lancinante de savoir si je m'en irais et quand je le ferais. Lorsque les interrogations deviendraient trop insistantes, ou l'atmosphère de doute trop insupportable pour l'un de nous, je partirais.

Pourquoi Ned et moi ne cessions-nous de rompre

et de nous remettre ensemble ? Ou plutôt pourquoi, puisque l'initiative venait toujours de moi, passais-je mon temps à partir et à revenir ? Ce n'était pas vraiment la situation financière, ni même l'Argent : si je l'avais épousé comme il me le demandait, j'aurais pu me sentir moins « entretenue » (remarquez, plus tard, je le fis, et cela ne changea rien) ; ce n'était pas non plus mon drôle de féminisme, inconstant et mal digéré, qui, par intermittence, me servait simplement de prétexte pour m'expliquer le problème et l'expliquer à Ned. Ce n'était absolument rien d'aussi raisonnable qu'une raison. Cela ressemblait davantage à une maladie. Chaque fois que nous restions ensemble trop longtemps, je sentais le dégoût me gagner, je devenais maussade et amorphe. À l'inverse, chaque fois que je le quittais et me retrouvais seule, je me sentais exaltée et pleine d'entrain, mais, surtout, je me sentais de nouveau *vivante,* comme si j'existais réellement. Quand j'étais seule sans lui, il y avait chez moi une densité, une pesanteur, qui n'avait rien à voir avec le fantôme – fantôme d'ailleurs pas très sympathique – que je devenais quand je restais trop longtemps avec Ned.

Pourquoi nos séparations ne duraient-elles pas ? Parce que je l'aimais, parce qu'il me manquait, parce que l'isolement n'avait pas vraiment de sens non plus, et en définitive parce que je ne voulais en aucun cas le perdre, je voulais qu'il demeure mon port d'attache, je voulais que perdure la possibilité que nous réussissions un jour. Mes petites escapades n'étaient en réalité pas plus courageuses que les premiers pas d'un bébé qui s'éloigne de sa mère, mais tourne la tête avec inquiétude dans sa direction. Peut-être en l'occurrence l'image de la mère et du bébé est-elle appropriée : peut-être, mélangée à ma neurasthénie quand je restais trop longtemps avec Ned, y avait-il l'horreur de l'emprisonnement qui découlait de cette vie avec Bett que j'avais fuie depuis si longtemps, et peut-être les départs et les retours, le bonheur et la dépression équivalaient-ils à être et ne pas être avec elle du temps de Mirrenwood, être et ne pas être avec Hugh du temps d'Oxford. Sauf que, nuance déconcertante, c'était quand j'étais *avec* Ned que je souffrais de mélancolie, et quand j'étais sans lui (mais qu'il était quelque part pour me servir de refuge) que je me sentais complète. Ce qui me manquait, ce que je regrettais, quand nous étions ensemble trop longtemps, et ce qui m'était restitué quand nous étions séparés, c'était, assez étrangement, le sentiment de mon identité.

Donc je partais, et ne restais jamais absente très longtemps, juste assez pour nous infliger les affres de la séparation et du retour, ce mal de mer qui avait si longtemps été pour moi une condition de l'amour. Il fallait arriver à résoudre le problème (or c'était ce que, chaque fois, nous nous figurions faire – nous séparer pour de bon, nous réunir pour de bon, soit l'un, soit l'autre, oui ou non), et, finalement, trois ans après notre départ d'Oxford, Ned me posa un ultimatum : je devais l'épouser ou je pouvais déguerpir.

Je pliai bagage. Je trouvai un autre grand studio envahi de lumière, celui-ci sur Hyde Park Square, et me promis d'apprendre enfin à vivre seule.

Pendant un temps, je fus de nouveau heureuse, aussi euphorique que quand j'habitais la 75e Rue, gagnant ma vie et fière de la simplicité de mon existence. Cette fois, je n'avais aucun des meubles de Ned. L'appartement était nu, hormis un lit deux places et une vieille armoire à la peinture écaillée laissée par le locataire précédent. Il y avait un tapis taché et pas de chauffage. À part un coup de pinceau, je refusais de l'améliorer, de le rénover ou de l'embourgeoiser. Il me plaisait comme ça, fils électriques à découvert et fissures au plafond, exactement tel qu'il était. J'installai un bureau près de la grande fenêtre et regardai les arbres de l'autre côté du square. J'étais de nouveau en vie ; c'était excitant, un peu effrayant et dans l'ordre des choses.

Ma vie professionnelle avait changé depuis mon époque sado-romantique. Je travaillais de nouveau quatre jours par semaine dans une maison d'édition située près de Soho Square, une promenade agréable qui me faisait longer Hyde Park et remonter Oxford Street. Je n'aimais toujours pas les relations de pouvoir propres à la vie de bureau : les humiliations systématiques des plus vieux envers les plus jeunes, les mauvais traitements subtilement infligés aux secrétaires et la façon qu'avaient les filles peu séduisantes de se faire toutes petites. Comme avant, la beauté et la classe sociale s'accompagnaient de privilèges injustes, et chacun jonglait du mieux possible avec cette réalité afin de conserver son emploi. Je n'étais pas la seule à soupçonner que j'avais été nommée éditrice à vingt-quatre ans parce que le patron voulait coucher avec moi (il était assez direct à ce sujet, mais facile à esquiver) ; il y avait d'autres raisons, mais celle-là expliquait certainement en partie ma position relativement élevée là-bas, en plus du milieu social auquel je donnais l'impression d'appartenir et du prestige de mon diplôme d'Oxford.

Pendant le reste de la semaine, j'avais, en théorie, un livre à écrire, et ce projet aussi semblait m'être échu à l'ancienne, c'est-à-dire injustement. J'avais rencontré mon futur éditeur à une fête élégante chez un ami de mon père. C'était un éditeur « formidable » et un homme « formidable » et j'étais une des « jeunes créatures » avec lesquelles le salon avait été décoré. Dans ce contexte, de manière affable, charmante, breuvage hors de prix à la main, il avait suggéré que j'écrive pour sa maison une biographie de Picasso, qui à l'époque était encore vivant. Son catalogue était connu pour ses documents illustrés écrits par des filles de la bonne société, cependant, même de mon point de vue, une biographie de Picasso par une gamine de vingt-quatre ans n'ayant jamais rien publié était une drôle d'idée. N'empêche, pourquoi ne pas écrire un livre ? La vie et les amours de Picasso ne m'intéressaient pas, mais je proposai à l'éditeur de me pencher sur les artistes américains qui habitaient à Paris à la même période. Le marché fut conclu, et à partir de là, trois jours par semaine, je restais à Hyde Park Square à lire, à faire des recherches et à contempler les arbres parés de leurs couleurs d'automne. Comment ne pas être heureuse ?

Il sembla bientôt que j'arrivais réellement, cette fois-ci, à vivre sans Ned. Il ne me prêtait pas d'argent ni de meubles, il ne dînait pas régulièrement avec moi, il ne téléphonait pas pour savoir comment j'allais et il ne s'attendait pas à ce que je téléphone. En ce qui le concernait, j'avais décliné sa demande en mariage, on ne plus sérieuse, pour la dernière fois. Cela faisait quatre ans et demi que nous avions fait connaissance à Oxford, un an que nous avions emménagé à Islington. Nous avions eu assez de temps pour savoir à quoi nous en tenir.

Il était parti pour de bon. Peut-être me fallut-il un moment pour le comprendre, comprendre que la mécanique des départs et des retours s'était grippée, et que cette fois-ci, même si c'était moi qui étais partie, Ned avait réagi en me quittant lui aussi. Je commençai à entendre dire qu'il sortait avec d'autres filles, et même si mes propres histoires amoureuses ne m'avaient jamais semblé très importantes, je soupçonnais qu'il risquait d'en aller autrement pour lui. Je savais qu'il voulait se marier, qu'il était blessé par notre échec, et mis en rage par mon indécision. Je commençai à me dire qu'en réaction à cette blessure, cette fureur et ce désir – si étrange soit-il à mes yeux – de « se ranger », et d'avoir par là au moins l'impression d'un progrès dans sa vie, Ned risquait de se précipiter et d'épouser la mauvaise personne, que, dans mon narcissisme, j'imaginais être toute personne qui n'était pas moi. Il était normal que je cherche à savoir si je préférais vivre en solitaire, mais son boulot à lui était de ne pas bouger le temps que j'en aie le cœur net. En apprenant qu'il était tout joyeux, je me mis à redouter de le perdre vraiment.

Et puis le monde extérieur – cet endroit fantastique sur lequel Ned écrivait des articles – se mit à imposer sa présence et à me faire douter davantage du bien-fondé de ma décision. Il y eut la grève des mineurs et la semaine de trois jours, il y eut l'obscurité dans les rues et une mentalité d'effort de guerre qui fut tout d'abord grisante, voire amusante, mais qui, au fil du temps, devint de plus en plus inquiétante. Je me revois descendre Oxford Street dans d'épaisses ténèbres un samedi de ce mois de décembre là, une Oxford Street sans guirlandes lumineuses, avec le bruit des piétons qui avançaient laborieusement, tous les sons étouffés, la foule progressant, hésitante, d'un bout à l'autre de la rue sans voitures, rassemblée en troupeaux comme du bétail rentrant à l'étable dans le noir, et je me rappelle la terreur subite que m'avait causée la situation :

comment le monde éclairé et prévisible avait brusquement disparu et comment cette chose dont je faisais partie, cette masse agitée mais silencieuse jouant des coudes dans la ville plongée dans le noir comme la population d'un village bombardé qui battrait en retraite, cette chose était désormais la réalité. Une réalité brutale, laide et implacable, et à laquelle il me serait impossible de survivre seule.

Je voyais Ned, et le monde, vaciller, et j'étais effrayée. Mais ce fut Constance qui assena le coup fatal sur le crâne de ma résolution. Elle avait emménagé à Londres durant ma dernière année à Oxford, lasse, disait-elle, de New York, des visages aux traits durcis, du stress inhumain, de la vaine effervescence. Après avoir séjourné chez divers amis à la campagne, elle s'était installée à Londres dans un vaste studio donnant sur le fleuve. Là, elle avait lancé un salon hebdomadaire. Ou du moins essayé. « Ils ne sont pas très malins ici, me disait-elle toujours. Ils ne comprennent pas que c'est censé avoir lieu *tous* les jeudis, ils attendent chaque fois qu'on les invite. » Elle travaillait d'arrache-pied à l'écriture de son premier livre, sur une obscure tribu bédouine du Sahara.

Je devais passer la soirée de Noël chez Constance, histoire d'éviter d'aller à Sparrow House. J'avais déjà reçu mon cadeau des Lowell. Au fil des années, j'en étais venue à redouter de plus en plus ces offrandes annuelles. Ces cadeaux étaient pires que pas de cadeaux du tout, faisant invariablement partie d'un lot sur lequel Harriet ou Francis étaient tombés à l'automne et qu'ils avaient mis de côté pour les distributions à grande échelle de décembre : des objets bon marché, laids, impersonnels, et donc vexants par la terrible indifférence qu'ils reflétaient. Je revois une affreuse trousse de toilette en plastique, un réveil avec un chat sur le cadran – des horreurs qu'ils n'auraient jamais tolérées chez eux –, et une année, cadeau impossible à oublier, déniché à l'évidence à la dernière minute, un livre sans couverture, les mémoires d'un homme politique quelconque, manifestement déjà lu par Francis, et non seulement lu mais, vu que ses pages étaient collées, cloquées et gondolées, sûrement lâché dans l'eau du bain en cours de lecture. J'avais été accoutumée par Bett aux grandes espérances de Noël : son art de ménager le suspense, sa façon théâtrale de préparer le terrain, ses questions incessantes sur ce que je voulais et qui, dans sa tristesse exprimée de ne pouvoir peut-être m'assurer ni arbre ni cadeaux, devenait ce qu'elle-même voulait le plus, de sorte que nous nous tenions toutes deux au-dessus du précipice du désir, à attendre les secours, lesquels arrivaient toujours à la onzième heure et avec de grands effets de manches, mettant un terme à sa propre terreur de la déception autant qu'à la mienne.

Mais ce Noël s'annonçait plus ou moins comme un Noël d'adultes, rien que Constance, qui était au lit avec la grippe, et moi. Dehors, il y avait de la neige, et dedans, en raison de la grève des mineurs, une électricité et un chauffage à éclipses. Le médecin lui avait défendu de sortir ; j'apporterais le repas, son cadeau, et une bouteille de vin pour moi, puisque Constance ne buvait pas. Je me faisais une fête de cette soirée. Nous avions beau habiter Londres, nous ne nous voyions presque jamais. Je venais rarement à ses salons et l'avais à peine aperçue depuis l'hiver précédent. Nous avions convenu d'appeler Bett à New York, de composer provisoirement une petite famille, de passer ensemble un moment agréable.

Nous passâmes en effet un moment agréable, jusqu'à ce que le sujet de Ned vienne sur le tapis, que j'avoue à quel point il me manquait, que je n'étais pas du tout sûre d'avoir pris la bonne décision, que j'aurais peut-être mieux fait de l'épouser, en fin de compte. Comme beaucoup d'autres gens, Constance avait souvent eu droit à ces discussions-là. Elle avait toujours pris le parti de Ned et, malgré son célibat assumé, elle s'était, trouvais-je, montrée curieusement hostile à mon ambition de vivre en solitaire, à mes efforts de bravoure et autres velléités. Quoi qu'elle puisse être par ailleurs, Constance, à mes yeux, était toujours héroïque, non seulement à cause du désert, mais parce que, justement, elle vivait seule, avec débrouillardise et avec classe. Mais soudain, ce Noël-là, d'un ton féroce, elle me dit qu'elle ne voyait absolument pas ce que Ned me trouvait, pourquoi il m'avait supportée, et ce que mes amis pouvaient me trouver. Peut-être, poursuivit-elle, Ned avait-il enfin repris ses esprits et mesuré ce qu'il avait enduré toutes ces années. Je l'écoutai humblement, reculant un peu au bord du lit, mais je l'écoutai, stupéfaite, comme touchée par la révélation, si bien que toute cette diatribe avait des airs de vérité héroïque. « Permets-moi de te le dire, ma chérie, conclut-elle pour résumer, si tu n'épouses pas Ned – mais j'ai bien peur qu'il ne soit trop tard –, je doute fort que quelqu'un t'épouse. J'ai du mal à comprendre d'où lui vient cette sottise, lui qui est pourtant assez brillant, mais, bon sang, tu as une chance folle qu'il soit mordu comme ça. Tu ne le mérites pas, ni même quelqu'un de moitié moins bien. Si tu ne lui mets pas le grappin dessus tout de suite, s'il n'est pas déjà trop tard, il risque de disparaître pour de bon, et tu resteras seule jusqu'à la fin de tes jours. »

Chaleur incroyable dans cette pièce sans chauffage... J'étais sonnée, convaincue qu'elle pensait chaque mot qu'elle avait prononcé. J'oubliais la fièvre dont elle souffrait, ou la colère qu'elle éprouvait de sa propre situation et transférait sur moi en y voyant peut-être une marque d'amour, ou d'altruisme, même si ce n'était pas ainsi que je la percevais. J'étais horrifiée par l'opinion qu'elle avait de moi, et par sa prédiction qui me condamnait à la solitude à perpétuité. Anéantie, je m'enfuis de chez elle et marchai tout le trajet jusqu'à Hyde Park Square, des kilomètres sous la neige, une neige désormais mêlée de pluie qu'éclairaient les phares des voitures circulant en ce soir de Noël, des larmes glacées ruisselant sur mon visage et brouillant encore davantage les lumières. Sans me refroidir, toujours sous le coup de l'explosion de Constance, je marchai. Me fustigeant, me flagellant, je parcourus ainsi les sept kilomètres qui me séparaient de mon studio. Elle avait totalement raison. Je ne méritais rien et je n'étais rien, je n'avais rien et n'aurais jamais rien. Je serais seule à jamais,

Quand Ned rentra de Paris, je m'arrangeai pour le voir. Tel un pénitent à la porte du monastère, je lui dis que je savais à quel point j'avais été épouvantable, que je m'en étais enfin rendu compte, et voulait-il bien m'accorder une dernière chance.

« Il y a quelqu'un d'autre, dit-il.

— Ah… Alors tant pis.

— Explique-moi pourquoi ce serait différent cette fois-ci.

— Cette fois-ci, dis-je, nous serions mariés.

— Tu es en train de proposer qu'on se marie ?

— Oui, confirmai-je. C'est mon seul moyen d'être crédible, je le sais.

— Laisse-moi réfléchir quelques jours. »

Au Nouvel An, il m'annonça qu'il acceptait.

Ce furent des noces compliquées et fragmentées, qui correspondaient bien à l'histoire amoureuse compliquée et fragmentée qui était la nôtre. Bett et Hal vinrent habiter à Islington (Hal n'arrêtait pas de répéter, contrariant mais sensé, que Londres ressemblait beaucoup à Brooklyn). Bett et moi passâmes la soirée de la veille à Hyde Park Square à écouter *Mother and Child Reunion* de Paul Simon, ce qui me tirait des larmes, pendant que Hal et Ned, accompagnés de quelques autres, faisaient la tournée des bars, du moins jusqu'à ce que ces derniers baissent le rideau aux alentours de onze heures du soir.

Nous nous mariâmes au printemps, à la mairie d'Islington, une cérémonie civile très sérieuse qui fut soudain assez effrayante pour que ma voix hésite au moment de dire oui. La mère de Ned était là, ainsi que ma mère et le petit ami de ma mère, mais je n'avais pas invité Constance. Puis, en tailleurs, costumes et chapeaux, nous allâmes tous au Ritz boire du champagne et manger du faisan. Contemplant sur son assiette les « pommes sautées en rondelles », Bett demanda pourquoi on se donnait tant de mal à découper à la main ce qui pouvait s'acheter tout prêt en sachet. Puis Ned et moi partîmes passer la nuit au Claridge, où nous bûmes de nouveau du champagne, fîmes l'amour dans l'immense baignoire Art déco noire, mangeâmes des harengs fumés le lendemain matin et eûmes droit à un bouquet de roses. Ce soir-là, nous donnâmes une énorme fête à Islington, à laquelle Bett et Hal, mais pas le Norfolk, étaient présents, ainsi que pas mal de Londoniens, tous soignés, dansant et s'amusant sur quatre étages, avec des gens bourrés qui restaient dormir sur place exactement comme à Oxford quatre ans auparavant. Puis, le lendemain soir, il y eut la réception dans le Norfolk chez l'ami éditeur de mon père, à laquelle Bett et Hal n'étaient pas présents, contrairement à toute la famille de Ned et à tous les amis de sa famille, ainsi qu'à toute ma propre famille, ces oncles et ces tantes d'Angleterre, ravis, dirent-ils, que les conventions aient été respectées, touchés, dirent-ils, par ce geste, même si, avant que dix ans ne se soient écoulés, ils seraient tous, eux aussi, séparés ou divorcés et feraient des choses qu'ils n'auraient jamais imaginé faire. Et encore du champagne et des discours, du gâteau de mariage, moi en robe de dentelle, une longue robe de dentelle edwardienne, noire, pas blanche (« Ma chère, dit Simone, tu ressembles à un tableau de Sargent »), et immortalisée ainsi, en noir, la main à demi cachée dans les plis de ma jupe à froufrous mais indéniablement crispée en un poing face à cette journée, ou peut-être, simplement, à l'appareil photo.

Huit

J'étais heureuse en lisant Gertrude Stein et en écrivant mon livre ; heureuse en traversant Hyde Park pour aller de mon « bureau » à la salle de lecture du Victoria & Albert ; heureuse de marcher d'Islington au British Museum, où je passais de longues journées, sortant fumer sous la colonnade avec tous les autres scribouillards aux doigts jaunis prêts à affronter la bruine ; plutôt heureuse de travailler en solitaire et d'échapper à la vie de bureau avec sa misogynie, ses haines de classe et ses jeux d'humiliation. J'étais de nouveau heureuse avec Ned et avec les amis de Londres que j'avais toujours bien aimés. Mais j'avais encore du mal à tenir en place dans cette ville, et, quand je n'étais pas absorbée par mon travail, la vie londonienne m'ennuyait. Depuis Oxford, les passions de tous semblaient s'être rétrécies, nos univers s'étaient recroquevillés pour devenir de petites unités dédiées à l'autopromotion. C'était chacun pour son petit nombril, le règne de la petitesse tant dans l'élite que dans les masses, de petites maisons et de petites escarmouches politiques, une espèce de ville miniature aux préoccupations sans intérêt. Plus je lisais des choses sur Paris avant la Première Guerre mondiale ou dans les années 1920, plus je lisais des revues d'art new-yorkaises, plus j'entendais parler de ce qui existait en dehors d'Islington, moins je tenais en place. Sans compter que Bett commençait à me manquer davantage, à mesure que Londres semblait se muer en séjour permanent.

Ned lui aussi semblait commencer à s'ennuyer dans son boulot. Quand, un week-end à Paris, une responsable d'un magazine new-yorkais spécialisé dans le commentaire et l'analyse des actualités dit à Ned qu'il y avait une possibilité de poste et est-ce que ça le tenterait de se présenter, il prit l'avion sur-le-champ, et se vit offrir, sur une base provisoire de trois mois, un poste de rédacteur.

La chose paraissait une aubaine pour nous deux. Pour Ned, cela signifiait New York avec une carte verte, un emploi d'adulte requérant la maîtrise des langues, et le traitement de sujets autrement essentiels que les infos locales de Londres. Pour moi, cela signifiait sans doute bien davantage, la fin promise de ma schizophrénie géo-psychique. Je n'avais plus à me sentir tiraillée entre Londres et New York, entre Ned et Bett. Les deux personnes les plus importantes de ma vie allaient se trouver en même temps au même endroit. *Problèmes de riches**. Comme aurait dit Constance, c'était plus que je ne méritais.

Mais, dans l'intervalle, Ned effectuerait sa période d'essai à New York pendant que je resterais à Londres entourée de dossiers et de notes et terminerais les derniers chapitres de mon livre. Je me sentais curieusement comblée. Non seulement Londres, et en particulier mes amis de Londres me paraissaient plus merveilleux maintenant que j'étais sur le point de les quitter, mais le mariage revêtait son aspect le plus heureux et le plus facile. Dans mon déplorable état d'hésitation, l'amour assorti de la solitude semblait une combinaison indéfectible. Je pouvais idéaliser le mariage et m'y sentir pleinement en sécurité sans avoir à endurer tous les ennuis, toute la détresse et toute la désillusion qu'implique de le vivre. La présence physique de Ned me manquait, mais ce n'était pas le désespoir que j'avais connu à Oxford quand Hugh était parti. Je savais pertinemment que Ned était là, et – sauf durant la récente période de doute qui avait abouti à notre mariage – je l'avais toujours su, même si je n'osais pas compter dessus. Travaillant à mon livre à Londres, sans être paralysée en son absence et sans craindre l'abandon, je pouvais profiter à la fois d'une vie de célibataire indépendante, et de la sécurité et du réconfort de me savoir aimée. Malgré toute ma résistance antérieure, c'était le fait que Ned soit à New York qui me libérait à Londres.

On voudrait que les choses durent, mais elles ne durent jamais. Pendant que j'étais en paix à Londres, Ned était dans les affres à New York, comme je le découvris quand j'allai le voir là-bas, après six semaines de séparation. Sa vie au magazine l'avait transformé. Il tremblait encore à cause du travail quand il vint me chercher à l'aéroport et, après un accueil indifférent, il sombra de nouveau dans la crise de nerfs que mon arrivée avait interrompue. Durant tout le trajet, tandis que nous rebondissions à l'arrière du taxi et que les lumières et les bruits de la ville défilaient à côté de nous, il n'arrêta pas un instant de se lamenter sur l'horreur de son boulot, les délais impossibles à tenir, la pression, le nombre de mots, les directives changeantes, les rivalités implacables, la malveillance générale, le boss terrifiant. Il n'était pas habitué à ces brimades dignes d'un camp militaire, non seulement cette mutilation systématique à des fins mystérieuses d'une prose soigneusement ciselée, ces distinctions de sens aussi subtiles que capitales, mais cette atmosphère permanente de culpabilité et de peur, d'erreur et d'incompétence sur laquelle reposait le journalisme institutionnel pour la bonne marche des affaires. Pendant la majeure partie de ce week-end où j'étais venue le voir, Ned demeura mentalement dans son bureau du journal, ou peut-être dans celui de son boss, humilié, accablé, frissonnant comme la victime d'un interrogatoire nazi brusquement rejetée sur un trottoir parisien, encore trempée de sueur et bredouillante après pareille épreuve.

J'étais affolée de le voir à ce point anéanti, et aussi de voir le roc dont dépendait mon bonheur londonien si près de s'effriter. Outre le coup porté à sa vanité par son incapacité à être avec moi ce week-end-là le saisit une inquiétude quant à notre future vie commune à New York. Ned était tellement convaincu qu'il était en train d'échouer dans son boulot qu'il m'en persuada aussi, et vue la terreur disproportionnée que lui inspirait chaque aspect de son travail, je finis par penser, avec lui, que le prix de cet échec serait gigantesque.

Mais il n'était pas en train d'échouer. D'abord son bureau fut rapproché d'une fenêtre, puis de petits grognements encourageants furent émis, et enfin, au bout des trois mois fatidiques, on lui parla sans détour. Bien sûr, lui dit-on avec toute la jovialité appropriée, vendez la maison de Londres, faites venir votre femme, pourquoi pas ? Je le rejoignis la veille de Noël. Nous dînâmes à la Côte Basque et bûmes du champagne dans des sacs de couchage à même le sol chez un ami. Nous étions optimistes et joyeux et bien décidés à réussir. Mon livre était fini, Ned allait être embauché ; tout ce que nous avions à faire, c'était trouver un appartement.

L'argent était immobilisé à Londres par une de ces réglementations censées décourager l'exil fiscal et la fuite des capitaux et, hormis le petit loyer tiré de la maison d'Islington, nous n'avions que le salaire de Ned pour vivre. Par une extraordinaire bonne fortune, nous nous vîmes proposer un bail spécial pour un appartement de tout un étage dans un palais en pierre calcaire situé entre la Cinquième et Madison, près du Metropolitan Museum. Il comportait un vaste salon, haut de plafond, avec parquet et splendide cheminée en marbre, et d'immenses glaces de salle de bal sur les portes ; il y avait une cuisine, une chambre et une petite terrasse donnant sur les jardins des *brownstones* derrière. Comme le propriétaire de l'immeuble avait besoin de locataires conciliants jusqu'à ce qu'il puisse vendre les appartements en *co-op,* il nous accorda le nôtre à un loyer très bas au moins pendant un an. C'est ainsi que nous emménageâmes, sans autres meubles qu'un lit deux places et une chaîne stéréo que nous achetâmes le jour où nous signâmes le bail, plus nos bouquins, nos vêtements et quelques tapis expédiés de Londres. Nous vivions dans ces superbes pièces dénudées aussi fièrement que des soldats de Napoléon campant dans un palais moscovite abandonné.

Cet appartement présentait d'autres qualités : il se trouvait à treize pâtés de maisons de l'endroit où j'avais habité avec Bett avant de partir en Angleterre, et où elle et Hal vivaient encore aujourd'hui. C'était à deux pas de l'endroit où j'étais allée à l'école. La papeterie, au coin, était celle où j'achetais mes crayons et mes illustrés. Même la friperie pour enfants de mes cauchemars ne se trouvait qu'à deux rues de là, sur Madison. Il semblait que j'étais revenue chez moi, de la manière la plus élégante, la plus rassurante possible. Chez moi, incontestablement, chez moi.

Et puis, trois semaines après que nous eûmes emménagé, signé le bail et fait expédier nos vêtements, Ned fut viré. Le magazine lui offrit deux semaines de salaire et pas l'ombre d'une explication pour les récents encouragements. Il n'eut même pas droit à quelques phrases d'excuse ou à un simple « bonne chance ». C'était comme si, du jour au lendemain, Ned avait cessé d'exister pour eux. Sa table de travail fut débarrassée et réoccupée, comme un lit d'hôpital dans une salle de malades en phase terminale. Personne, pas un chef ni un collègue, n'eut un mot pour lui, à part « au revoir ».

Après les premiers jours de fureur stupéfaite et de panique, Ned entra en catatonie, contemplant le sol d'un air morose pendant des heures, sortant de sa torpeur pour se souvenir, pour tâcher de comprendre ce qui s'était passé. Ensuite, il commença à osciller entre la colère et la dépression, laquelle s'aggrava à mesure que s'enchaînaient les semaines vides. Même son teint devint plus sombre tandis qu'il restait des heures durant les yeux rivés sur la même page de journal, sur ses chaussures, ou parfois, chose perturbante, sur moi, comme si tout cela était ma faute, cette aventure new-yorkaise, cette humiliation américaine.

Il semblait que pour la première fois de sa vie Ned avait échoué dans une tâche qu'il s'était assignée, une tâche impliquant son intelligence, son travail et son complet dévouement. Après tant d'années de prix scolaires et universitaires, de succès dûment remportés, d'une « supériorité naturelle » élégamment assumée, sa progression avait soudain été stoppée, d'une manière cruelle et insultante, malgré les efforts authentiques qu'il avait déployés. Confronté à la brutalité caractéristique du capitalisme américain, il avait l'impression que les prédictions narquoises de son père s'étaient réalisées : il ne réussirait pas dans le monde réel des hommes et de l'argent (or rien n'était plus réel, plus viril ou plus obsédé par l'argent que l'Amérique). Tout semblait signifier que Ned, en dehors de son refuge, ne valait rien.

Je dis ce que je pouvais, essayai de le secouer, l'égayer, le soutenir, le distraire. Mais au bout de plusieurs semaines, rien de ce que je pouvais tenter ne paraissait assez puissant pour chasser sa certitude de l'échec, et en fin de compte nous apprîmes simplement à nous adapter à la situation. Il trouva du boulot en free-lance, afficha de nouveau en surface une certaine bonne humeur, mais il était foncièrement miné. Son ambivalence par rapport à son argent s'amplifia (il ne le méritait pas vraiment puisqu'il ne l'avait pas gagné dans le monde si âpre que son père admirait). Et tout comme j'avais toujours pensé avoir décroché mes boulots et mon premier contrat de livre de façon injuste (grâce à ma classe sociale, à ma jeunesse et à mon physique), lui-même avait la sensation que c'était à ses relations britanniques qu'il devait son emploi de pigiste pour un journal anglais. Notre vie ensemble à New York avait maintenant un côté très Jack Spratt et sa femme : j'étais ici parce que je me sentais malheureuse à Londres, et lui habitait New York alors que c'était Londres qui lui procurait du travail. Je n'étais pas la seule raison qui l'empêchait de nous rapatrier en Angleterre : il était coincé ici, incapable d'affronter le retour au pays après un deuxième échec. Une barrière était désormais érigée entre nous : ma joie d'être rentrée chez moi faisait face à la déception et au mal-être de Ned ; mon retour en Amérique et auprès de ma famille américaine s'opposait à son sentiment d'éloignement, son nouvel univers de journalistes britanniques et d'expatriés provisoires. J'avais envie de me reposer, de laisser la pesanteur me fixer solidement ici ; lui voulait triompher de la résistance de l'Amérique à son égard, puis s'en aller. Bien que rien de tout cela ne soit formulé, telles étaient pourtant les forces antagoniques qui nous séparaient.

De manière typique là aussi, Ned se tourna alors vers le monde des hommes, du boulot et du tribalisme carriériste. Étant donné que ses valeurs n'étaient pas les miennes et que je ne souffrais pas de la même façon que lui, je commençai à m'agacer. Je voulais qu'il éprouve les mêmes sentiments que moi à l'égard de New York. Je voulais qu'il soit comme moi, et j'étais trop jeune pour savoir qu'il n'était pas forcément très grave qu'il soit différent.

C'était mon tort si ce qui l'intéressait m'ennuyait, ces histoires de journalistes et de « scoops », ces potins en provenance du vaste monde. Le chemin que je suivais était privé, au même titre que mes aventures. Au début, celles-ci se rapportaient à Bett et Hal et à quelques vieux amis, aux rues de New York et aux événements qui s'y déroulaient, mais bientôt elles se mirent à tourner autour d'un autre homme. Peut-être l'effondrement de Ned m'avait-il effrayée, peut-être sa période de léthargie et de dépression m'avait-elle trop fait penser à Bett et m'avait-elle incitée de nouveau à « sauver ma peau ». Peut-être le fait qu'il soit totalement accaparé par le monde du boulot et des hommes, qu'il ne semble vivre réellement que dans cette ambiance mi-vestiaire de sport, mi-bureau, comme si tout le reste – vie privée, vie intérieure, vie amoureuse – n'avait aucune importance, peut-être cette différence fondamentale quant à ce qui prévalait pour nous était-elle trop profonde. Peut-être me sentais-je abandonnée, peut-être notre longue histoire de séparations et de retrouvailles faisait-elle que mon vagabondage était une réaction automatique. Peut-être, si je n'avais pas été envoyée à Mirrenwood à cinq ans, si je n'avais pas quitté la maison à seize, peut-être, si mon père m'avait accueillie avec chaleur, peut-être, si j'étais restée avec Hugh, peut-être, si j'avais été une personne meilleure, cela ne serait-il pas arrivé. Mais je n'étais pas une personne meilleure et c'était arrivé.

Et ce Vronsky, où était-il ? Juste sous mes pieds dans l'immeuble, deux étages plus bas, du côté droit du bâtiment... Mon voisin, que j'étais destinée à aimer. Cet homme, dont je trimballais le nom dans mon répertoire depuis plusieurs années (c'était une connaissance de Constance, et il figurait sur la liste des personnalités qu'elle m'avait fortement suggéré de rencontrer quand j'étais arrivée à New York l'avant-dernière fois). Même le propriétaire nous avait indiqué du doigt sa boîte aux lettres. « Un argument de vente pour son foutu immeuble », avait commenté Jack avec amertume quand je lui avais signalé ce détail.

Nous nous étions croisés par hasard, de manière très convenable, à une ou deux reprises dans l'ascenseur ; nous nous étions présentés, nous étions croisés de nouveau, et puis, une fois, alors que le célèbre auteur passait son courrier en revue et moi le mien, il m'avait invitée à monter boire un café et j'avais accepté. C'était comme de passer un entretien d'embauche : je me montrai polie, spirituelle, charmante ; il se montra poli, spirituel, charmant, austère et terriblement scrutateur. Il était la correction incarnée, tout comme moi, un peu plus terrifiée avec mes seize ans de moins. Il me posa des questions sur moi et mon mari, et sur nos projets new-yorkais.

Je lui confiai que je venais d'écrire un livre et ses yeux s'illuminèrent un instant. Lorsque j'en précisai le sujet, je le sentis se détendre un peu plus à mon égard, et s'interdire de nourrir trop d'espoirs. J'étais encore extrêmement jeune. Et, bien sûr, mariée.

Nous reprîmes des cafés ensemble. Je lui apportai mon livre, il me fit cadeau d'un des siens. Il ne demanda pas à rencontrer Ned. Le café du matin se transforma en thé de l'après-midi, qui se transforma en verres en fin de journée, qui se transformèrent en invitation à déjeuner. Le postulat intellectuel de nos échanges se soumit avec grâce aux contraintes du flirt. Nous nous taquinions, dans les strictes limites de la bienséance, affichant une courtoisie adulte absolument irréprochable, parfaits compagnons de jeu marivaudant avec délicatesse, chacun ravi du reflet que lui renvoyait l'autre. C'était délicieux, et nous fîmes en sorte de prolonger ce marivaudage, que n'entachaient aucune mauvaise conscience ni aucune responsabilité. Ainsi s'écoula-t-il des semaines avant que nous n'osions même nous embrasser, des mois avant que nous ne couchions ensemble. Tout le sel résidait dans le flirt, la cour, la séduction, et il était toujours trop tôt pour nous demander où cette histoire allait nous mener.

Nous avions conscience l'un et l'autre de la stature qui était la sienne dans les lettres américaines. J'étais pleine de déférence sans être obséquieuse (après tout, il *choisissait* ma compagnie), mais une sorte de respect mêlé de crainte flottait tel un nuage autour de sa magnifique tête brune et imprégnait ses vêtements comme de l'eau de Cologne. Mon admiration pour son œuvre était sincère, mais ce genre d'admiration est une chose froide et abstraite, et une fois que j'eus rencontré l'auteur de cette prose estimée, l'œuvre acquit un poids de sagesse et de beauté qui ne relevait pas de la seule lecture. Il me dédicaça quelques-uns de ses livres (rien de compromettant), et en particulier son dernier recueil d'essais, mais j'étais tellement entichée de l'auteur que je me révélai incapable d'en lire un seul. J'avais beau me concentrer et essayer de les faire tenir tranquilles, les mots sautaient dans tous les sens sur la page. Je relisais chaque phrase minutieusement forgée de chaque paragraphe de si nombreuses fois que j'aurais pu toutes les réciter par cœur, mais, comme je dus le confesser, j'étais incapable d'en comprendre le contenu. Cet échec flagrant de ma part s'avéra une déception pour nous deux, pour moi parce que je désirais lui faire plaisir et me montrer réceptive à ce qui était à ses yeux si primordial, et pour lui parce que se voyait ainsi close toute une forme de séduction et que c'était là un affreux gâchis, vu la virtuosité qui avait été appliquée à cette séduction et la supposée sensibilité de l'objet visé à une telle séduction.

Néanmoins, comme je l'ai dit, nous savions pertinemment l'un et l'autre à qui nous avions affaire, et une des caractéristiques de notre liaison était la manie qu'il avait du secret. N'entrait dans tout cela aucune galanterie ; ce n'était pas ma réputation qu'il cherchait à protéger, mais son propre confort. Chaque fois que nous déjeunions en ville, par exemple, nous allions dans les restaurants les plus anonymes, en général des cafétérias peu fréquentées ou des bistrots hongrois, des établissements où il était assez connu des patrons pour ne pas éveiller la curiosité et où le risque que quelqu'un d'assez lettré pour savoir qui il était vienne l'aborder, le harceler, lui réclamer un autographe et constater de ses propres yeux que ce génie de la littérature se sustentait comme tout le monde, était presque inexistant.

Une fois que Jack avait décidé de vous charmer, il n'y avait pas grand-chose que vous puissiez faire. Ce n'était pas simplement la rapidité de son esprit, mais son caractère joueur, son empressement à bondir, plonger, lifter la balle, dynamiser la partie. Il aimait que les conversations ressemblent à du ping-pong, mais il aimait aussi monter seul sur scène et jouer la comédie. C'était un brillant imitateur, et quand il décrivait ses amis, qu'ils soient inconnus ou célèbres, il réussissait à leur donner vie de manière stupéfiante, autant par les plus subtils mouvements du corps que par la façon de parler. Ce qu'il remarquait chez les gens était incroyablement juste, implacable, ils étaient comme pris dans les phares d'un dieu païen, pour qui l'acceptation, le pardon trahissaient une complaisance inutile. Il avait un regard d'une telle promptitude et d'une telle acuité qu'il était vain d'essayer de lutter, ou de protester quand les choses se corsaient. Sa sagacité était active en permanence, constamment sur le qui-vive, prête à démolir et engloutir, à fouler aux pieds et envoyer promener, ou bien à jouer, badiner, flatter et à coup sûr charmer. Cette intelligence à forte teneur sexuelle provoquait chez moi une euphorie assez éprouvante pour les nerfs; il était extraordinairement excitant de lui plaire, de le faire rire ou de se borner à admirer l'ampleur de ses talents. Mais cette vivacité rendait également les choses effrayantes – cette vitesse à laquelle son cerveau se repaissait de tout ce qui se trouvait devant lui, que ce soit la politique ou la littérature, ou mon humble petite personne affublée de nœuds et de foulards déployant le piètre arsenal de ses charmes.

Assise là en face de lui devant la table basse, réservée et joliment habillée, tenant avec dignité mon verre d'alcool, je sentais les voiles se défaire, la pièce se changer en fournaise et se mettre à tournoyer un peu quand les manœuvres s'amorçaient: Jack observant chaque mouvement, moi l'observant en train d'observer, commençant à mettre en péril ma réserve et mon camouflage, entrant dans son jeu, chacun interprétant son moi respectif puis se retirant, examinant, enregistrant – le tout à une vitesse folle jusqu'à ce que la chose devienne aussi grisante, terrifiante et exaltante que de rouler à fond à moto la nuit. J'avais en permanence conscience du danger et de ma propre audace. Comme si je me disais : Regarde, j'ose… Regarde, je suis en train de séduire cet homme merveilleux, ou bien regarde, je suis en train d'entamer une liaison. Quand nous commençâmes à nous toucher, les frôlements « accidentels » d'abord, puis les contacts effrénés en tout genre, les risques augmentèrent, et l'excitation.

Grand, mince, avec des épaules larges, il avait une irrésistible présence physique, une vigilance et une énergie contenue plus prédatrices qu'athlétiques, et des yeux noirs liquides jamais immobiles sous d'épais sourcils. Physiquement, il paraissait tendu comme un ressort, sans cesse prêt à bondir, même si tout cela était commandé par le cerveau, depuis les épaules qui se penchaient vers vous lorsqu'il écoutait – et il écoutait toujours comme s'il voulait déceler, mettre à nu et analyser votre vulnérabilité, comme s'il cherchait la faille par laquelle s'insinuer pour mieux vous dominer – jusqu'aux épais cheveux touffus qui recouvraient cette boîte crânienne comme un excédent d'énergie. L'humour pouvait atténuer ses assauts, le désarmer un instant, mais cette parenthèse hilare n'était qu'un répit passager, car en réalité, chez lui, le langage même de l'humour n'était que le témoignage de sa propre autorité dans le domaine, le terrain où il était connu pour triompher, remporter tous les prix de rapidité, édicter les règles.

La primauté de cette *conscience* signifiait qu'il y avait beaucoup moins d'action que de pensée. Pour moi, il y avait de longues périodes d'attente impatiente, de réminiscence, de déchiffrage, de régurgitation. C'étaient de maigres repas dont nous faisions tous deux des festins, comme ces biscuits de l'armée censés vous permettre de résister un temps considérable dans des circonstances hostiles. Les moindres petits mots et coups de téléphone perduraient après la mort comme des galaxies, et chaque rencontre, qu'elle ait lieu par hasard dans la rue ou qu'elle ait été prévue, était décortiquée réplique par réplique, regard par regard, même sur le moment, du moins au début, ces moments brûlants et intenses de simultanéité qui pouvaient s'avérer épouvantables quand il s'agissait d'essayer de survivre à cette coexistence éphémère avec l'être aimé.

Mais ce n'était pas seulement son intelligence supérieure qui m'attirait, ni cette espièglerie qui nous permettait d'être comme des enfants précoces ravis de se trouver l'un avec l'autre, ni l'ambition et l'excellence de son œuvre ; j'étais aussi extrêmement séduite par ce qu'il y avait de plus terne chez lui, à savoir son mode de vie au quotidien, les habitudes monacales de sa solitude, le minimalisme sinistre, voire dépressif, de son existence.

J'admirais son ascétisme. J'admirais son isolement et son autarcie. J'admirais la modestie de ses besoins, la régularité de son train-train ; sa pratique des haltères, ses footings du soir, son habitude de se coucher de bonne heure. Tous les symptômes de sa solitude et de sa dépression actuelles, je les interprétais comme des choix héroïques et exemplaires. J'admirais la façon dont il organisait son existence autour des deux pages par jour qu'il s'imposait d'écrire, la façon dont il évinçait les intrus et avait un répondeur pour se protéger, pour prendre ses messages comme un psychiatre au mois d'août. J'admirais la façon dont il interrompait son travail rituellement à six heures pour écouter sa messagerie, dont il se parait alors de son charme et de son attention pour rappeler les gens, puis regardait les infos du soir, avalait son frugal dîner – il ne dînait en ville que deux fois par semaine au maximum –, et passait la soirée seul à lire des épreuves, des manuscrits d'amis, étrangers ou américains.

J'admirais la simplicité de son style de vie, le « juste ce qu'il faut et rien de plus » de son ameublement, la sobriété de ce qu'il avait sur ses murs. J'admirais le manque d'imagination de sa garde-robe, à deux doigts de l'excentricité et donc d'autant plus discrète : ses chemises toujours neutres, ses vestes de tweed et ses pantalons foncés, ses chaussures pratiques. Il était beau quand il s'habillait bien, et les rares fois où nous allions dans un restaurant élégant il revêtait une tenue plus chic que d'habitude, portant son costume-cravate avec un léger détachement ironique comme pour dire : je sais faire, vous voyez, mais d'habitude je préfère m'abstenir. Il m'arborait ces fois-là avec le même détachement ironique, et cela me faisait toujours douter de son degré exact d'engagement. Je savais certes que j'étais une anomalie dans sa vie, amusante tant que je ne dérangeais pas son petit confort. « Je ne vis pas de cette façon-là, me dit-il un jour, je ne fais pas ces choses-là », et pourtant, pendant toute une semaine en l'absence de Ned, il avait abandonné ses huit heures et ses deux pages par jour – pour lesquelles les malades et les importuns, la famille, les amis et les ex-maîtresses étaient tenus à distance –, afin de s'adonner avec moi à cette chose étrange que nous faisions ou ne faisions pas.

Et que faisions-nous ? Que faisais-je, moi, la femme mariée du dessus ? Je retenais beaucoup mon souffle au début, assise bien droite, cherchant à impressionner l'homme plus âgé par ce qui, disait-il, l'impressionnait – mon « calme » –, moi dont le cœur battait si bruyamment que j'arrivais à peine à suivre ce que je disais si « calmement », assise sans bouger et tâchant de ne pas trahir ma nervosité ou de ne pas simplement m'enfuir de cette pièce vibrante, loin du regard scrutateur, de l'appétit, de la curiosité somnolente et de l'attention soudaine de la sommité littéraire devant moi. Et puis, assez vite, cette nervosité devint mon énergie, physique, sexuelle. Je commençai à percevoir ma propre force, ma propre jeunesse, mon propre plaisir, et me libérai tant et si bien de ma paralysie qu'il ne fut plus impressionné par le calme mais effaré par l'extravagance, les prises de risques, les apparitions pieds nus devant sa porte, les interpellations exubérantes dans la rue où tout lecteur du langage corporel aurait pu déchiffrer le sens de cette attitude et de cet habillement – les tenues de plus en plus compliquées et « fabuleuses » que j'enfilais dans l'éventualité ou l'espoir de le voir –, comme si tout cela était du théâtre et de la rhétorique, mon langage vestimentaire aussi expressif que le sien était muet, servant de réponse à son langage et en constituant ma version personnelle : cette multitude de coiffes, boucles et autres aigrettes de paroles intelligentes qu'il possédait et qu'il utilisait pour se mettre en valeur, pour me faire signe.

Je ne le saurais vraiment que bien plus tard, mais peut-être savais-je déjà un peu ce que coûtait la vie spartiate menée par Jack : cette privation résolue qui te permet de travailler, cette grisaille entretenue de façon que l'écriture puisse en être l'exutoire, l'unique plaisir dans un monde sans plaisir, en réalité le seul moyen de faire cesser la douleur d'être là, ce décor que tu as démoli autour de toi, vidé et enlaidi par ce renoncement. Je comprenais certes la dépression et la mélancolie de Jack. J'imaginais que je rôdais autour du périmètre de cette solitude et de cette tristesse tel un chat de gouttière, miaulant et le narguant dans les ruelles alentour, sorte de Mehitabel face au Archy enchaîné à sa machine à écrire qu'il était. Je pensais que c'était justement ma « témérité » enfantine exempte de menace qui l'attirait, mon mépris des conventions, ma bonne humeur. Et j'imaginais que s'il admirait quelque chose en moi qui différait de ce qu'une foule d'autres jeunes femmes auraient pu lui offrir, c'était ce que j'avais toujours admiré chez les autres femmes : ce combat pour être libres en ce monde. Pourtant, lorsqu'il écrivit par la suite sa version de notre histoire, je trouvai étrange qu'il ait omis tout cela et m'ait transformée en une espèce de gente dame anglaise aux limites de la sainteté. C'était ce « calme » totalement fabriqué de ma part qu'il célébrait, ça et ce satané accent british.

« Je ne sais pas jusqu'où va ton audace », me dit-il un jour. Évidemment, je prenais des risques, je me trahissais à travers mes tenues et mes rougissements. Bien sûr, mon attitude changeait quand j'étais à la maison avec Ned, même si les traces de mes frasques, cet air épuisé mais encore excité qu'ont les chiens et les chats quand ils ont fugué toute la nuit, ne disparaissaient pas, tout comme subsistait une certaine absence de remords, une certaine absence de honte, par laquelle je me figurais tester mes droits et éprouver la longueur de ma laisse. En fin de compte tout cela n'était encore qu'un jeu, un simple jeu, mais un jeu extrêmement puissant, et ce violent engouement, que je savais réciproque, était trop enivrant pour que j'y renonce.

La chose évoquait le mot de saint Augustin disant

« Seigneur, accordez-moi la chasteté, mais pas tout de suite ». Je voulais réellement me ranger avec Ned comme j'en avais fait le serment, mais l'étroitesse de notre vie actuelle – le retrait émotionnel de Ned, qui ne nous laissait au quotidien que la routine et une intimité sans amour – suffisait à souligner pour moi le « pas tout de suite ». Non, cela ne pouvait pas être déjà fini. Outre ces circonstances précises, il y avait les circonstances habituelles propres à toute relation à long terme, la limitation et l'amoindrissement du champ des possibles à la lumière de ce qui a toujours été, la claustrophobie grandissante qu'entraîne le connu. Devant l'effrayante petitesse de l'intimité de longue date, qui n'a pas rêvé du fracas dans le magasin de porcelaine que représente une liaison, de la création et de l'exploitation d'un espace vierge où se mettre en scène, où incarner son personnage le plus avantageux, où exécuter la petite danse montrant comment on pourrait être si on était libre, si la vie était différente, si cette autre vie était sa vie ?

Bien sûr, à côté de la monumentale dignité deux étages au-dessous, les inquiétudes de Ned, son agitation, sa crise identitaire paraissaient d'autant plus épouvantables. Mes comparaisons entre le mari et l'écrivain n'étaient jamais conscientes, sans quoi j'aurais peut-être compris à quel point elles étaient injustes : Ned, en pleine construction personnelle avec l'aide des autres, à côté de cet homme solitaire autonome qui avait achevé son développement depuis des années. Je comparais l'anxiété avec l'immobilité, la course avec la ligne d'arrivée. Tandis que Ned, mon mari intellectuellement passionné, doué d'une intelligence et d'une culture si profondes, rendossait son blouson de cuir pour effectuer les travaux journalistiques les plus stupides – brosser des portraits « hauts en couleur » de pilotes automobiles ou rédiger des articles sur des scandales internationaux –, je pensais avec envie à la placide existence presque ascétique qui suivait son cours deux étages plus bas : la lecture attentive de revues littéraires à la tombée du soir, le bruissement, dans un silence jamesien, de correspondances par lettres avec l'étranger. Fantasme moins absurde, j'imaginais la fierté intraitable et la vocation impérieuse de l'écrivain auxquelles, dans mon snobisme, je comparais les compromissions effrénées qui s'exerçaient dans ma maison ; son autosuffisance, face à toutes ces bruyantes virées dénuées de joie ; son renoncement matériel (bien sûr, son aisance financière était assurée depuis longtemps), face à nos économies de bouts de chandelles. Sans le savoir, je reprochais à Ned de ne pas être un artiste ; au moment précis où les sarcasmes de son père sur son côté « bohème » le tenaillaient, je lui reprochais de nourrir des ambitions vulgaires, de s'être fait virer, de ne pas avoir de véritable carrière.

Ce que Ned savait, si tant est qu'il ait flairé quelque chose, je n'en avais aucune idée. Il savait que l'auteur célèbre et moi déjeunions parfois ensemble, se doutait que j'étais « flattée » et que j'éprouvais pour lui une attirance intellectuelle. Peut-être avait-il de vagues soupçons mais préférait-il les enterrer, ne pas avoir à affronter les répercussions de cette idylle à cette période-là, quand tout déraillait autour de lui. Ou peut-être, et c'était l'impression que j'avais, était-il tout entier engagé ailleurs, dans ce monde des hommes et de l'argent où résidait la vraie vie. Je le traitais avec ménagement, parce qu'il le fallait à cette période-là, disposée à patienter le temps qu'il résolve les problèmes importants, pleurant discrètement l'amour-propre envolé, ne voulant aucunement en rajouter, mais surtout, bien sûr, ne voulant pas provoquer ses soupçons ou sa colère ni mettre un terme à mon idylle. J'étais amoureuse de Jack, à un tel point de folie que j'étais la première à me méfier. J'attendais que tout cela se tasse un peu et que mon ardeur amoureuse dépasse le stade de la passion collégienne pour devenir autre chose, ou sinon disparaisse.

Ce fut un court voyage qui s'acheva bientôt, car, malgré ma « témérité », j'étais capable de voir plus loin que le bout de mon nez. Première considération, secondaire, et néanmoins fâcheuse : le grand homme fatigué de tout ce cirque, espérant renouer avec sa tranquillité et sa routine, lassé de cet incessant tourbillon, aspirant au repos et à la maîtrise retrouvée de son univers, lassé de ce petit oiseau au plumage coloré et à la délicieuse jeunesse – trop de jeunesse –, de sa liberté, de cette attention qu'elle lui manifestait, de ce souci exclusif qu'elle avait de lui. « Je ne veux pas être la chose que tu fais », dit-il un jour nerveusement. Non, nous allions devoir nous consacrer tous deux à autre chose, quelque chose d'autre que nous-mêmes et notre comédie à plein temps. J'allais devoir cesser de virevolter et me poser, mais pour m'adonner à quoi ? Un ronron parallèle d'écrivain, des kilomètres au-dessous de lui ? Il finirait professeur, répétiteur, père plein de patience, collègue agacé. Il finirait dégoûté, mal à l'aise, prisonnier et indifférent. Je craignais qu'il ne se détache, qu'il ne me renvoie dans mes foyers, marquée, incapable d'écrire. Je craignais son ennui et la cruauté qui allait avec. Il était passé dans ma vie comme un feu de broussailles, et j'étais trop jeune et trop peu sûre de moi pour me relever lorsqu'il partirait.

Deuxième considération, plus importante : mon amour pour Ned, même dans sa disparition, ma foi en son retour, à lui-même et à moi. J'avais de la compassion pour sa désintégration, même si je n'en avais pas toujours conscience. Je pensais devoir le protéger de ma propre indécision, de ma propre exultation, de ma propre confusion. Je me souvenais de Hugh et de ce sillage de destruction, et je reculai. Je fis une pause avec Jack, qui, de son côté, n'était pas mécontent d'en faire une aussi, de retrouver ses habitudes, de voir venir.

Je consultai un psy. J'étais réellement déchirée, pensais-je, entre Ned et Jack, et déconcertée par la puissance de mon désarroi. J'étais étonnée que le mariage n'ait pas tout résolu pour moi, étant donné que pendant une période d'une bonne quinzaine de mois je ne m'étais pas réveillée en me demandant si je devais partir ou rester. Mais les mauvais génies revenaient, accompagnés de nouveaux lutins comme le renvoi de Ned et son effondrement, sa terreur, son irascibilité ; comme la réunion avec Bett, et le constat que ce n'était pas la joie filiale sans mélange que j'avais escomptée. En fait, Bett et moi nous disputions souvent comme autrefois, nous chamaillant, exaspérées, telles des poules sur une route poussiéreuse. Les lutins étaient tous mes lutins et n'avaient pas grand-chose à voir avec le lieu ou les individus. Je me disais qu'il fallait que j'arrive à les cerner.

Mon premier psychiatre s'appelait Clarke. En Angleterre à cette époque, personne n'avait de psy à moins d'être fou. Les problèmes se réglaient à l'aide de pilules. Mes propres dépressions là-bas avaient été traitées par la chimie. À Norton, à Oxford quand j'étudiais le latin, à Londres, j'avais découvert que les antidépresseurs et les amphétamines me permettaient de surmonter mes souffrances. De plus, comme les psys avaient tendance à le dire avec une suffisance agaçante, l'avantage de la dépression, c'est qu'elle finit par passer toute seule. Juste avant mon départ, une amie américaine m'avait parlé d'un médicament miraculeux qui l'avait sauvée du gouffre. On pouvait l'obtenir auprès d'un spécialiste. J'étais allée le voir, avais discuté un moment de l'écriture automatique de Gertrude Stein, avais répondu à ses questions : « Après une phase de déprime, vous sentez-vous heureuse ? » Oui, avais-je affirmé, sinon comment savoir que la déprime est finie ? « Très bien, avait-il dit, avant de me tendre une ordonnance. Emportez ces pilules en Amérique : la prochaine fois que vous irez mal, essayez-les, elles marcheront peut-être. » J'avais ce flacon de pilules avec moi et, un jour, j'en parlai à mon psy.

« Du lithium ? fit-il. Vous plaisantez ? Mais enfin, vous n'êtes pas maniaco-dépressive. C'est un médicament extrêmement fort. Sa prise doit être surveillée de près avec des analyses de sang. Jetez-moi ça. »

Quand je racontai à Jack l'histoire du médecin anglais et des pilules, il ne trouva pas l'anecdote si amusante. Il devait y avoir une raison pour qu'il m'ait prescrit cela ; peut-être que j'étais folle. Il me tint distance après cet aveu, et me traita les fois suivantes avec une politesse méfiante. Une fille avec un flacon de lithium (sans compter un mari) était capable de tout.

À l'époque, j'avais été étonnée de sa réaction, mais ensuite je m'étais dit que, peut-être, je lui avais parlé des pilules pour l'inciter à prendre ses distances parce que *moi* j'avais peur que nous ne devenions trop proches. À ce moment-là, je le connaissais assez bien pour savoir ce qu'il en penserait. Il se contrôlait trop lui-même pour réagir différemment.

J'avais toujours trouvé sa prudence admirable, attendrissante. Elle faisait partie de ce lourd fardeau de conscience qui était le sien, indissociable du caractère extrême de ses romans et de sa position dans la vie. Il connaissait assez et avait suffisamment décrit dans ses livres les subtilités et les contraintes égoïstes du monde ; ce n'étaient pas les convenances qui lui faisaient redouter à ce point l'excès émotionnel, ce n'était pas le *monde extérieur* qui le retenait, mais ce qu'il y avait d'autoprotecteur en lui : le *moi intérieur*, le moi malheureux qui semblait tout le temps dire non, ce n'est pas moi, je ne fais pas ce genre de choses, je ne peux pas, non, je n'ose pas. Dans son œuvre, il osait, et avec moi, pendant un temps, il y réfléchit, et se figura par la force de cette réflexion qu'il était en train de le faire, mais il se retint, et me retint, très judicieusement, bien sûr, dit *on verra*, peut-être, pourquoi pas, ne promettant avec sagesse, toujours avec une telle sagesse, absolument rien. J'aimais ces pudeurs de vieille fille qui étaient les siennes, et finis par compter dessus. Je n'avais qu'à secouer un flacon de pilules sous son nez. Et en réalité c'étaient *mes* entrailles que je sondais, c'était *mon* courage, pas le sien. Quand je m'aperçus que je n'avais pas le cran de m'enfuir, de quitter Ned, et sûrement pas dans l'état de fragilité où il était, je me retirai du jeu et poussai Jack à se retirer aussi.

Il fut absolument soulagé ; l'amour, c'étaient les ennuis, et les ennuis, d'après lui, étaient toujours plus ennuyeux qu'autre chose. Il changea de registre, nous devînmes amis, puis à peine des connaissances. Après une si longue période de rencontres fortuites devant les boîtes aux lettres ou dans la rue, matérialisations fabuleuses d'un désir commun, nous ne nous croisions presque plus jamais, à croire que l'un de nous avait déménagé. Il s'éclipsa de ma vie aussi poliment et agilement qu'il savait le faire (et il avait des années de pratique dans cet art du retrait apparemment affable mais irréversible). Au bout d'un certain temps, quand je le revis, il m'annonça qu'il était avec quelqu'un, me demanda des nouvelles de Ned et nous conseilla de ne pas trop tarder à avoir des enfants. Il dit que nous devions rester en contact et baissa les yeux. Il montra très peu de regret pour ma disparition, très peu de curiosité quant à ce qui aurait pu arriver sinon, et me fit clairement comprendre qu'il espérait que je n'exploiterais pas à l'avenir notre délicieuse mais somme toute assez brève liaison.

Quelque temps après mon histoire avec Jack, alors que Ned et moi étions sortis, un oiseau blanc s'introduisit dans notre appartement. Nous n'aurions su dire si c'était une tourterelle ou un pigeon. Je lui fabriquai une cage avec un rouleau de grillage, que je posai dans l'angle de notre salon au sol parqueté, aux glaces sur les portes, aux dimensions de salle de bal mais par ailleurs presque vide. Le volatile parlait tout seul et faisait des saletés, constellant de graines et de fientes les *New York Times* qui couvraient le plancher de sa cage. Nous prîmes cette colombe pour un signe de paix, une sorte de bénédiction, et nous l'appelâmes Onan, d'après une amusante boutade de Gertrude Stein, « parce qu'il déversait sa semence par terre ». Mais ensuite, une fois qu'elle fut habituée à vivre avec nous, nous commençâmes à nous dire que nous la rendions faible et dépendante, et lorsqu'elle fut sans doute bien corrompue par la vie domestique, nous la relâchâmes. Peut-être mourut-elle là dehors, peut-être trouva-t-elle un autre bienfaiteur. Ce fut magnifique un moment, le temps que nous nous mettions à réfléchir à notre responsabilité morale, laquelle causa probablement sa mort.

Neuf

Ned et moi déménageâmes. Nous nous installâmes dans un logement plus grand et moins élégant, loin de mon quartier d'enfance, loin de Bett, loin des tentations et des éventuelles confrontations de cette partie de la ville.

Nous nous assagîmes. Ned travaillait à domicile à présent, et j'avais un contrat pour un livre sur la vie et l'œuvre des expressionnistes abstraits, des artistes sujets à la dépression auxquels je pensais quand j'étais moi-même déprimée. Nous avions des bureaux identiques, deux pièces séparées uniquement par une mince cloison. À la fin de chaque matin et de chaque après-midi, nous émergions de notre cellule et nous retrouvions pour bavarder. Nous nous couchions de bonne heure. C'était une version de la vie d'écrivain que j'avais admirée chez Jack – ordonnée, simple, industrieuse, pas solitaire, bien sûr, et moins noble dans ses ambitions, mais

Ned ne menaçait plus de retourner à Londres, et semblait avoir trouvé la paix. Comme le savait Jack, comme le savait tout le monde à part le psy, le travail résout bien des problèmes, et il ne paraissait pas impossible que nous nous en sortions. Les dangers sont passés, me disais-je, je suis prête. Seulement, j'oubliais Bett.

Évidemment, Bett était « aux anges » que je sois rentrée, surtout maintenant que nous semblions décidés à rester. Comme de juste, elle éprouvait de la compassion pour Simone, qui allait être privée de son fils bien-aimé. Mais Simone venait souvent nous voir et aimait voyager. Du moment que Ned semblait apaisé et travaillait à quelque chose qui pourrait donner des résultats concrets, elle était contente. Elle faisait de temps à autre des allusions aux enfants, mais au fond elle acceptait la situation.

Elle et Bett s'entendaient bien. Bett admirait Simone pour son élégance et son style. Simone admirait Bett pour son incroyable apparence de jeunesse et sa douceur de caractère. Quand Simone lui rendait visite, Bett s'excusait sans cesse pour son appartement, ses tenues et son « allure miteuse », mais Simone était de la famille désormais, et elle surmontait ses préventions. Hal et Simone s'entendaient assez bien eux aussi, même s'ils ne comprenaient pas grand-chose à leurs accents respectifs. Simone n'avait pas l'air de trouver si bizarre que Bett et Hal soient ensemble, en tout cas elle ne le montrait pas. De temps en temps, elle se demandait à voix haute pourquoi Bett, avec sa beauté et toutes ses qualités, ne s'était jamais remariée, mais elle semblait lui pardonner ce manque d'esprit pratique. Se sentant peut-être des affinités avec elle en raison de son âge, de son sexe et de son manque d'instruction, elle ne la jugeait jamais durement, contrairement à ce qui lui arrivait parfois avec Ned et moi.

Avant tout, nos mères nous voyaient comme un couple doué et séduisant commettant des erreurs pardonnables sur la route de son inévitable réussite. Pour Bett, j'étais l'héritière étonnamment indépendante de son rêve américain : amour, mariage et sécurité financière. Comme beaucoup de gens, elle trouvait que Ned et moi formions un « couple formidable », voué à finir ensemble quoi qu'il advienne. En réalité, elle avait tendance à nous assimiler à des héros de comédie musicale : nos ennuis étaient aussi charmants à ses yeux que tout ce qui nous concernait. La face sombre du monde était sa sphère privée, alors que notre existence était baignée d'un éternel soleil. Elle s'en persuadait, car c'était indispensable pour elle.

Bett s'efforçait de nous épargner ses problèmes. Quand, lors de notre première année à New York, elle commença à perdre ses boulots les uns après les autres, elle minimisa la chose. Elle et Eddy, comme elle l'appelait, se retrouvaient dans les files d'attente du chômage avant d'aller boire un café, et pendant quelque temps le fait que Ned ait été renvoyé lui mit du baume au cœur : si on virait des diplômés d'Oxford, alors une telle mésaventure pouvait arriver à n'importe qui et elle n'avait pas à être si gênée. Mais bientôt Ned croula sous le travail, tandis que Bett semblait incapable d'en dégoter. Les allocations de chômage prirent fin. Hal, bien que censé être chauffeur de taxi, n'avait pas d'emploi fixe. La situation devint grave. Mais ils vivaient de la sorte depuis des années, au jour le jour, et si catastrophiques que les choses puissent paraître, le passé prouvait qu'ils sauraient se débrouiller. Sans compter que, maintenant, nous étions là, nous gagnions tous les deux de l'argent, et nous pouvions leur en « prêter ».

Essayant de m'attaquer aux problèmes professionnels de Bett avec logique, je lui composai un portfolio dans lequel je réunis les photos de ses sculptures, ces têtes et autres médaillons qu'elle confectionnait lorsque j'étais enfant. Je contactai toutes les entreprises que je pus trouver dans ce domaine d'activité, vantant au téléphone les talents de ma mère et débitant ses références. Je lui décrochai une longue liste de rendez-vous pour qu'elle montre son book, mais après les deux premiers entretiens elle renonça. « Poussin, c'est adorable à toi, mais je ne vaux rien pour ces trucs-là. Je n'arrive pas à me concentrer. » Même refrain pour les emplois de bureau : elle n'arrivait pas à se concentrer. Peut-être étaient-ce les électrochocs ; elle avait des vertiges, elle manquait d'énergie, elle était déprimée ; elle ne savait pas ce qui clochait ; peut-être était-ce le « retour d'âge ».

Je la poussai à voir Clarke pour qu'elle lui en parle. Le médecin m'apprit que la seule chose dont elle voulait parler, c'était de savoir si sa fille l'aimait vraiment. « Laissez tomber, ajouta-t-il brutalement. Votre mère est trop vieille. » Bett semblait d'accord. Elle avait consulté des psys toute sa vie et ils ne lui avaient jamais servi à rien. Tout ce qu'il lui fallait, c'étaient des ordonnances ; les pilules la calmaient. Autrement, elle avait ces attaques de panique, ces crises de larmes. « Oh, poussin, mieux vaut que tu ne saches pas… » Elle devait me protéger de tous ces trucs sinistres, me protéger d'elle-même, pour que le duo Helen et Ned puisse suivre son petit bonhomme de chemin. Je savais bien sûr ce qu'était la dépression ; peut-être le cas de Bett (et le mien) était-il héréditairement désespéré ; peut-être tout finirait-il par s'arranger, par « passer », comme disaient toujours les psys. Ils prolongèrent les allocations de chômage ; nous prolongeâmes les prêts. Hal trouva du travail, ils arrivèrent à se débrouiller. C'était comme quand j'étais enfant, sauf que, par miracle, ils ne furent pas expulsés. Ou peut-être l'auraient-ils été si nous n'avions pas été là.

Je crois que, au fond d'elle-même, Bett n'en revenait pas que tout soit si réel, que nous soyons là, que nous ayons l'âge que nous avions, que nous soyons mariés, que nous soyons anglais, ou du moins à moitié anglais, tous les deux. Les études à Oxford n'étaient plus quelque chose qu'elle racontait aux autres mères dans la rue – oui, ma fille, Oxford, en Angleterre –, mais quelque chose avec quoi il lui fallait maintenant vivre, un crapaud, même, qu'il lui fallait avaler. Ce n'étaient pas seulement la différence d'âge, la différence de situation financière que nous devions surmonter quand nous étions ensemble ; nous devions passer outre aux drôles de sons que je produisais, à la drôle de stature que j'avais, aux drôles de vêtements, relativement beaux, que je portais – des vêtements que je ne tenais pas d'elle, et qui ne ressemblaient pas aux siens. Elle devait s'habituer au fait qu'elle n'était plus *responsable* de moi en ce sens très direct depuis dix ou douze ans que j'avais séjourné, et évolué, tout ce temps-là dans ce monde inconnu, sans elle. Il lui avait d'abord semblé me regarder dans une pièce de théâtre scolaire – Helen va à l'université, Helen vit à Londres, Helen épouse Ned –, mais cela ne pouvait pas durer. La chose devint réelle, et elle la ressentit comme un choix que j'avais opéré contre elle. Pas juste une trahison ou un rejet ponctuels, comme quand j'avais quitté la maison… ces actes-là étaient pardonnables. À présent, c'était bel et bien moi, mon individu, mon altérité par rapport à elle – une altérité exprimée dans ma façon de parler, mon apparence et mon habillement, mes références et mon comportement. Helen allait dans des restaurants à Londres, à Paris, à New York, et, ce faisant, laissait sa mère en plan. (Immanquablement, chaque fois qu'elle et moi sortions déjeuner ou dîner, toujours dans un restaurant de fruits de mer, elle disait : « Je n'arrive pas à me rappeler la dernière fois que j'ai mangé de la langouste. » Immanquablement, jusqu'à ce que je finisse par m'énerver : « C'était le mois dernier, avec moi, ici même. Le mois dernier, bon sang ! » Elle bredouillait alors : « Je sais, je sais, je veux dire : j'ai l'impression que ça fait des lustres. ») Elle ne se moquait jamais, comme elle aurait pu le faire, de mon accent, à moins d'être furieuse contre moi, auquel cas elle m'imitait avec hargne ; elle était un peu intimidée par cet accent, comme si son étrangeté faisait d'*elle* l'étrangère, l'autre, privée de droits et d'assistance, comme si mon accent la mettait *elle* dans son tort. Que voulez-vous, c'était un des méfaits de l'argent. J'étais passée dans l'autre camp – cet effrayant camp ennemi contre lequel elle menait depuis des années ses petites missions éclair. Maintenant que, selon elle, j'appartenais à ce camp-là, les différences entre nous faisaient qu'elle s'en voulait à elle, pas à moi. Bien sûr, je méritais ma bonne fortune, elle le disait tout le temps, c'était le seul mérite qu'elle pouvait s'attribuer, la seule manière dont elle croyait pouvoir figurer dans le tableau. Elle avait coutume de dire : « Je suis ravie que tu réussisses, que tu aies Ned, que tu sois diplômée d'Oxford, c'est pour ça que j'ai travaillé toute ma vie ; je suis la maman la plus fière du monde. » Je piquais alors une colère parce qu'elle n'avait pas écouté un traître mot de ce que j'avais dit, à savoir que non, bordel, je ne réussissais pas, que c'était souvent dur avec Ned, que j'étais aussi paumée et aussi ratée qu'elle.

Aujourd'hui, je me demande si, non contente de dire ces choses, je ne les *ressentais* pas réellement, afin de ne pas la laisser à la traîne, ne pas être bannie par elle. Après mon départ, mon diplôme, mon mariage, et puis, Dieu du ciel, mon livre, elle ne m'accorda jamais le droit d'avoir des problèmes… terminé, fin de l'histoire, *happy end.* Elle et sa « vie foireuse », comme elle la qualifiait toujours, n'étaient rien d'autre qu'une souillure sur cette surface immaculée qu'était sa fille d'Oxford, et son réflexe était de se retirer de toute cette perfection, de demeurer en arrière, de rester à l'écart, avec Hal, pour ne pas bouleverser la précieuse enfant. Et quand la précieuse enfant protestait que non, bon Dieu, l'affaire était loin d'être classée, elle basculait la tête, riait et m'embrassait.

Donc, nous nous disputions, et à l'époque je pensais que je me disputais avec elle pour la tenir à distance, tenir ces tentacules maternels éloignés de moi, et c'était évidemment une partie de la vérité. Mais l'autre partie, c'était que je me disputais avec elle afin de la garder avec moi, que, peut-être, même, j'avais mes crises d'abattement pour cette raison-là, pour que nous puissions rester des « sœurs », des égales, des partenaires et, pourquoi pas, des adversaires. Nos disputes ressemblaient en général à ces longues querelles sourdes des couples à la retraite, mêlant rengaines et agacements, et dont la seule finalité était la simple usure, le simple épuisement de l'autre, mais parfois elles se révélaient très amères et nous dépassions les bornes (mais c'était le but recherché), comme la fois où elle n'arrêtait pas de dégoiser sur ce que j'avais fait ou pas fait et où j'avais répliqué : « J'en ai marre de ce cirque, je n'ai jamais demandé à naître, tu t'es fait engrosser, voilà tout », comme si notre relation n'était que le négligeable effet secondaire d'un rapport sexuel, et elle m'avait giflée, violemment. Je pense qu'après chacune de nos disputes, que les limites aient été franchies ou non, nous réaffirmions, exténuées, désespérées, ou douloureusement satisfaites, que nous étions toujours unies – malgré l'accent, malgré l'argent, malgré le mal que je m'étais donné pour lui échapper, et malgré l'enveloppe protectrice dont, une fois de retour, j'avais impérativement besoin pour être avec elle. Rien de tout cela ne comptait en définitive. Je lui appartenais parce que j'étais son grand amour.

Néanmoins, elle se sentait trahie. D'abord j'avais écrit mon livre, puis Constance avait écrit le sien, et c'était comme si nous l'avions fait exprès pour la rabaisser. « Toute ma famille écrit des livres », disait-elle, oubliant Gogi et Shrimp, sans parler de Hal, qui ne savait toujours pas très bien lire. Alors elle se remit à plancher sur son ouvrage d'économie, la grande théorie qui allait sauver le monde et leur montrer à tous que cette pauvre Bett qui vivait dans l'ombre et semblait tellement nulle avait toujours été en fait quelqu'un de…

Elle envoya un exemplaire du manuscrit à la Maison-Blanche, ainsi qu'à des professeurs de NYU, et à Galbraith. Elle reçut une réponse officielle de M. et Mme Richard M. Nixon la remerciant de son courrier et de ses bons vœux. Elle posa la carte à en-tête gaufré sur la tablette de cheminée, sous un grand portrait de moi à seize ans, qu'elle avait négocié avec un photographe en échange d'un buste de sa femme, au moment où je m'apprêtais à fiche le camp en Angleterre. J'avais l'air gênée et mal lunée sur la photo, exactement comme dans la réalité quand mon regard tombait sur ce portrait, accroché telle une relique sacrée au-dessus de la carte de la Maison-Blanche. Ce n'était pas la meilleure période pour afficher son attachement à Nixon, c'était même carrément à contre-courant. Mais chaque fois que le sujet venait sur le tapis avec ses collègues de travail ou avec ses amis, Bett avait coutume de proclamer sa loyauté dans un silence atterré ; elle leur disait qu'elle avait pleuré en regardant son départ dans l'hélicoptère, qu'elle lui écrivait des lettres, qu'elle « le soutenait ». Je me rappelais combien j'étais fière d'elle à Mirrenwood, quand, jeune et belle, assise sur un des pupitres d'écolier, elle parlait d'Eisenhower avec les autres parents. Nous aimions toutes Ike, il était rose, éclatant de santé et souriant, et Stevenson était toujours un peu ténébreux. Je me souviens du sentiment de fierté que j'éprouvais alors, quand tout le monde se pressait autour de ma mère en raison non seulement de sa beauté, mais également de ses convictions politiques. Autant son discours, à cette époque, était chaleureux et rassurant, autant cette fidélité à Nixon en 1977 paraissait scandaleuse.

Pendant ce temps, quelque chose d'étrange arrivait à Hal. Il créait sa propre bulle autour de lui, se coupant de tout le monde, utilisant la première personne du singulier comme un bélier. Il récupérait toutes les bribes de savoir que lui avait données Bett au départ, y ajoutait une bonne dose de jargon artistique et s'installait dans son propre nid d'aigle : l'Artiste.

Pour commencer, il n'arrêtait pas de montrer ses diapositives. C'était comme un rituel d'identification. Chaque fois qu'il rencontrait quelqu'un pour la première fois, il sortait ses diapos comme un voyageur de commerce au portefeuille rempli de photos de famille, et avec le même désir latent : vous pensez peut-être que je ne suis personne, que je n'ai rien, mais ce n'est pas vrai. Vous me prenez pour un nullard, mais je fais ces choses âpres et splendides, des choses que seuls les magiciens, seuls les artistes font. C'était pitoyable et en même temps irritant. Les encouragements que Bett lui prodiguait comme à un bébé – « Mon chéri, montre donc tes diapos à Shrimp » – obligeaient les gens à se répandre en compliments, comme devant les photos de famille du représentant de commerce. Il fallait s'écrier *fantastique* ou *sensationnel.* Mais alors il se mettait à vous expliquer ses œuvres, à la manière d'un gamin qui est venu à bout d'une longue division, et vous restiez assis là l'œil de plus en plus vitreux, vous exclamant à intervalles réguliers durant cet interminable supplice, pendant que Bett, radieuse, buvait ses paroles. Son travail, au fond, n'était pas si mauvais, ce n'était pas là le problème, mais d'avoir à subir une conférence sur l'art. Venait même un moment où tous vos « formidable » et autres « fantastique » n'étaient plus entendus, tant Hal, poursuivant son discours, trouvait maintenant l'admiration normale et était même un peu contrarié de devoir tout vous expliquer, quoique vous n'y puissiez rien si vous n'étiez pas artiste. En fin de compte, il n'y avait plus moyen d'aller là-bas sans avoir droit aux séances de diapos, aux conférences sur l'art et à une Bett en extase frappée de catatonie. Vous mouriez d'envie de hurler : Bon Dieu, Hal, tu n'es pas Michel-Ange, et tu ne le seras jamais, mais bien sûr vous ne pouviez pas. Il ne suffisait pas d'acheter certaines œuvres, il fallait endurer tout ce qui allait avec.

Donc vous restiez assis là tandis que Bett dorlotait Hal alors qu'il palabrait, époussetant les diapositives avant de les lui donner, l'air de trouver infiniment attristant qu'un génie tel que Hal soit obligé de faire le chauffeur de taxi. Tous deux étaient à présent convaincus de son talent et outrés par cette injustice. Pendant ce temps, miné par l'hostilité de son père envers les artistes, Ned n'écrivait rien de sérieux, alors que, contrairement à Bett et Hal, il avait l'argent nécessaire. L'ironie de la situation était écrasante et j'étais prise entre deux feux, tiraillée entre la mauvaise conscience et le défi, écrivant moi-même, de façon fort peu lucrative, précisément sur les artistes et leurs difficultés, défendant leur cause dans des revues d'art, donc il y avait cela aussi : Tu écris pour ces gens, pourquoi tu ne peux pas aider Hal ?

Le nœud se resserrait. J'aidais Bett avec l'argent que je gagnais en écrivant sur l'art, chose que je pouvais faire parce que Ned m'entretenait. Il pouvait m'entretenir parce que son atrabilaire de père était mort en lui laissant beaucoup d'argent. Nous semblions tous vivre dans la maison que Roger, le père anti-écrivains, avait construite. Mais Hal commença à s'insurger : tout le monde arrivait à être un « artiste » à part lui, et pourquoi n'y avait-il personne pour le financer ? Mais si Bett donnait à Hal l'argent que je lui donnais et que Ned me donnait et que Roger lui avait donné... Non, Hal devait travailler, c'était ce que faisait un homme, et bientôt, du moins pour ce qui le concernait, nous adhérions tous au raisonnement du père mort, nous mettant à le supplier :

Pour l'amour du ciel, Hal, sors de la maison et va travailler, subviens aux besoins de Bett. Peut-être mon hostilité latente s'accrut-elle à ce moment-là. C'était une chose de donner mon argent à Bett, une autre de financer Hal. En outre, celui-ci nourrissait à mon égard une rivalité fraternelle et demandait sans cesse à Bett comment il se faisait que sa fille ne soit pas obligée de sortir travailler, question à laquelle il n'y avait pas de bonne réponse, sinon que je n'y étais pas obligée, je pouvais écrire et habiter dans une belle maison. Je retrouvais ici le problème de la société anglaise avec son système de classes. Il existait ici sur le sol américain et y avait toujours existé... je ne me souvenais donc pas ? Dieu bénisse l'enfant nanti. Mais nous faisions tous, plus ou moins, contre mauvaise fortune bon cœur.

L'argent de Ned, d'une certaine façon, gâtait les choses ou les rendait tristes, tout en permettant au spectacle de continuer, le spectacle resté le plus longtemps à l'affiche à Londres, et maintenant à New York. Nous déménagions chaque fois que la vie commençait à nous engoncer, que le mariage nous paraissait trop étriqué, que nous pensions avoir besoin de plus d'espace ou d'un changement de décor. Nous menions une vie plus instable que les gens sans argent, mais cette mobilité présentait l'avantage de nous soustraire à une quantité de problèmes immuables. Nous avions déménagé des milliers de fois à Londres, et déjà nous avions déménagé trois fois à New York, toujours pour des appartements plus grands. Même quand nous avions des pièces de travail séparées et occupions deux étages, les lieux ne semblaient pas assez vastes pour héberger les nombreux climats de notre mariage. Nous avions à présent quatre étages à nous deux – deux étages et un jardin pour vivre et un étage chacun pour travailler –, et par la suite, en plus de ce logement, que nous avions acheté, nous louions une maison à la campagne où nous pouvions nous réfugier quand les murs de ces quatre étages nous étouffaient. Nous disposions d'appartements à Londres, et malgré tout, très souvent, nous avions l'impression de manquer de place pour respirer. Nous étions comme des bêtes parquées dans un enclos ou des êtres aux réactions sommaires, si bien que chaque fois que l'anxiété surgissait, ou que la pression augmentait, nous nous jetions sur la porte de notre cage. Fins de bail, exonérations fiscales, peu importait le prétexte, au fond c'était une espèce de nécessité intérieure qui nous guidait, nous, pauvres animaux urbains dépourvus de pelage.

Peut-être était-ce là une variante des déménagements continuels de mon enfance, une volonté de transformer en vertu cette nécessité passée, une déclaration de liberté. Comme moi jadis avec Bett en d'autres circonstances, Ned et moi nous sentions étranglés par un licou imaginaire, dont nous cherchions encore et toujours à nous débarrasser. Si nous avions su quel schéma nous reproduisions par là, nous aurions peut-être gaspillé moins de temps, d'argent et d'émotions. Mais, chaque fois, nous pensions que c'était pour de bon, que ce déménagement était le der des ders. Tout était toujours raisonnable, logique et définitif. Sauf que notre histoire le voyait autrement.

Ainsi, le *brownstone,* qui devait être enfin notre véritable foyer. Il était tellement immense et nous mettrions tellement de temps à nous l'approprier... pas étonnant que nous ayons cru à la permanence de ce logis. Il comptait quatre étages, solidement bâtis par des artisans du début du XXe siècle. Il n'était pas grandiose, situé à la lisière du Manhattan « sûr », un campement frontalier, et peu onéreux, mais, à l'intérieur, l'impression qu'on avait était tout autre. Les portes étaient munies de vitraux, les plafonds étaient hauts, il y avait du parquet, des cheminées en marbre, des fenêtres cintrées, des sculptures sur la façade et une fontaine à tête de lion dans le jardin. Tout dans cette maison parlait de sentiments traduits en bois et en pierre, et censés perdurer. Nous allions vivre dans cette maison, prendre soin d'elle, et elle prendrait soin de nous ; sa vertu nous rendrait vertueux et sa solidité nous rendrait solides.

Nous prîmes un superbe chien et un superbe chat pour aller avec la superbe maison, pour nous tenir compagnie en attendant d'avoir les enfants censés faire plaisir à Simone et fournir une occupation à

Bett. Les animaux étaient aussi majestueux et luxueux que la maison, créatures orientales aux longs poils, indépendantes et nobles : Nineveh était un persan gris-bleu qui dormait dans la grande vasque volée au Palais d'hiver par le grand-père de Ned durant la Révolte des Boxers ; Bertie était un chow-chow orange à langue noire qui gardait le hall comme un dragon chinois. Nous fabriquions des étagères et accrochions des miroirs. Tout était si élégant dans la maison que pendant un temps les questions et les doutes s'évanouirent. La beauté absolue possède ce pouvoir-là.

La maison avait une autre particularité importante. Elle ne se trouvait qu'à un bloc et demi de chez Bett et Hal : je ne revenais pas habiter chez ma mère, mais c'était tout comme. Ce choix de résidence exprimait mon intention *d'être* avec elle, la porte juste à côté.

À présent nous étions réellement voisins. Pendant que nous emménagions, Hal et Bett venaient nous voir un jour sur deux, ensemble ou individuellement, et nous aidaient à décider des couleurs ou de la disposition des meubles, déjeunant avec nous dans le jardin, restant dîner. D'une certaine façon, c'était exactement ce dont Bett et moi avions rêvé ; le modus vivendi se révélait aussi plaisant que naturel, eux qui passaient, nous qui étions là, partageant en quelque sorte notre quotidien avec eux. Mais il y avait un revers à la médaille. Je refusais tellement que ce revers existe que je niais l'évidence : notre arrangement ne faisait que remuer le couteau dans la plaie de ma mère. Les sœurs et leurs fortunes si différentes, l'horreur absolue d'une telle injustice.

Ce n'était pas aussi clair. Elle était heureuse pour nous et heureuse d'être avec nous ; elle se sentait en sécurité assise là sur le sofa gris à regarder la télé, ou à faire des plantations dans le jardin avec nous. Et puis, nous nous occupions d'elle de plus en plus, et elle nous considérait en partie comme des enfants innocents exempts de tout reproche (ce n'était pas leur faute si elle était paumée, si elle n'arrivait pas à travailler, etc.), en partie comme des bienfaiteurs. On éprouve toujours des sentiments mitigés à l'égard de ses bienfaiteurs (raison pour laquelle les bienfaiteurs n'aiment guère endosser ce rôle, ce qui était assurément mon cas), et Bett oubliait parfois que nous formions tous quatre cette grande et heureuse famille : dans sa tête, cela devenait « eux » et « nous », et Ned et moi étions « eux ». Oh, elle s'en voulait terriblement d'éprouver pareils sentiments, d'éprouver autre chose que son adoration coutumière envers sa précieuse fille, mais leur situation – le fait qu'elle ne travaille pas, que Hal ne conduise pas de taxi ou refuse d'en conduire, et veuille se mettre à peindre – et les inégalités dont ils souffraient devaient lui sembler horriblement injustes. Un jour, rentrant bronzés de vacances d'hiver, nous la retrouvâmes à la maison. Elle nous aida à porter les valises, et elle était heureuse de nous voir, bien que tendue à cause de ses propres problèmes ; je n'oublierai jamais l'expression qu'elle avait eue en voyant ce que j'avais acheté à Londres, dégoté en solde pour le prix d'un manteau ordinaire, mais là n'était pas la question, l'important était l'effet produit : « Tu croulais sous la fourrure », commenta-t-elle plus tard. Elle avait remarqué le nouveau manteau que je portais drapé sur mon bras, et elle s'était décomposée. Elle s'était écriée avec une peur et une colère authentiques dans la voix : « Seigneur, qu'est-ce que c'est que ça ? » Encore un pieu planté dans le cœur de maman.

Durant notre période de grâce, quand Ned et moi cherchions encore nos marques à New York et que Bett occupait des emplois où ses patrons l'appréciaient encore, nous nous retrouvions pour déjeuner. Elle arborait le manteau en peau de lapin que je lui avais offert autrefois, qu'elle adorait – je cite ce détail pour me rasséréner, mais cela ne marche pas –, et qu'elle continuait à mettre même si le lapin perdait ses poils. C'était une période de grâce, parce que nous étions toutes deux en mouvement, toutes deux un peu ébouriffées par le vent, et que nous nous retrouvions pour déjeuner. Je sentais sa joue froide contre la mienne quand nous nous embrassions. Une bouffée d'eau de Cologne caressait mes narines en même temps que les effluves de cette peau de lapin. Maman avait les joues roses et ses yeux foncés brillaient de froid et de l'incomparable douceur, de l'incomparable plaisir de cet instant, retrouver son enfant pour déjeuner à New York, deux filles dans la grande ville. Nous allions dans un japonais ou un chinois, toujours bondés à cette heure-là ; nous partagions fifty-fifty, ou bien elle payait parce qu'elle venait de toucher son chèque, ou c'était moi qui payais parce qu'elle ne l'avait pas touché. Dans cette période de grâce, nous étions des égales, des sœurs, elle travaillait et elle était heureuse et nous étions *en mouvement*. Rien n'avait été organisé ni décidé, et les choses auraient pu avoir des issues différentes. Mais à présent les cycles de chômage et de dépression s'étiraient, s'allongeaient, dessinant des courbes de plus en plus plates sans guère d'espoir d'une remontée. Les compétences s'étaient muées en capacités d'endurance, nos places étaient maintenant fixées sur le tableau, et nous rampions avec lenteur vers nos positions définitives. Le terme se rapprochait.

Bett se gavait de pilules, pour l'anxiété, et ces pilules l'abrutissaient. Elle n'était plus très souvent spirituelle et drôle comme avant. Elle n'était plus d'humeur enjouée, insouciante. Elle n'agitait plus ses beaux cheveux noirs sur son cou magnifique, elle ne riait plus avec sa tête, elle ne bougeait plus comme une fille de vingt ans. Son élocution ralentissait, son corps ralentissait, elle bredouillait, se voûtait, s'affaissait. Ses cheveux, comme sans vie, perdaient l'éclat qu'ils avaient toujours eu. Sa peau avait l'air fatiguée ; tout son être avait l'air fatigué. Elle était apathique, distraite ; elle était triste d'être si peu concentrée. Parfois ses mains tremblaient. Elle refusait de « voir quelqu'un » ; elle voulait simplement ses pilules, même si elle n'en parlait jamais, on savait qu'elle était sous anxiolytiques. Elle se répétait, errait comme une âme en peine puis disparaissait. On mourait d'envie de transpercer ces brumes léthargiques, d'user pour cela des moyens nécessaires, que ce soient des phrases sèches, cruelles ou implorantes, mais ni les attaques ni les supplications ne l'atteignaient. Bett disait : « Je sais, mon chou, maman ne va pas bien en ce moment. Maman a juste des coups de tristesse de temps en temps. » Ou : « Tu ne comprends pas ces choses-là. C'est comme un nœud qui me serre le ventre. » Ou : « Il m'est arrivé quelque chose de grave quand j'étais petite, tu ne peux pas comprendre, et Dieu sait que je ne veux surtout pas que tu comprennes. Les pilules atténuent la souffrance. » Oui, la souffrance, l'éclat, la lumière.

Elle avait des crises de larmes « pour un rien », parce qu'elle était nulle, parce qu'elle était coincée avec Hal ou qu'ils étaient coincés tous les deux. Elle ne voulait pas tout le temps nous embêter, mais Hal nous racontait. « Les choses sont de nouveau bizarres », disait-il.

Nous la fîmes venir avec Hal et nous à des séances de thérapie familiale. Ils nous attribuèrent un médecin assez jeune. Il avait l'air sérieux, frais émoulu d'un brillant cursus, aussi sombre et instable que Montgomery Clift dans le rôle de Freud, tout en cérébralité et en sensibilité tandis qu'il nous jaugeait et s'efforçait de démêler le macramé. Il avait beaucoup à faire pour comprendre et analyser cette drôle de famille : Hal avec son langage du Bronx aussi impénétrable que primitif, Ned avec ses voyelles d'Eton et ses manières distantes, Bett avec ses yeux fous, son allure échevelée et ses inflexions américaines, contrairement à sa fille, chacun de nous s'exprimant avec un accent différent et costumé pour une pièce différente. Bett, vingt-cinq ans de plus que nous, sorte de chef de famille ; Hal et Ned alliés par leur condition masculine, leur attitude « allez savoir » vis-à-vis de ces femmes perturbées ; moi et Bett le nœud central de ce nœud qui est comme le nœud dans le ventre de Bett, cette douleur qui étreint maman quelquefois. Qui est relié à qui ? se demande le médecin, qui exécute ses tours habituels, cherchant à dégoupiller ou à faire exploser la famille, ou à l'abattre comme un jeu de quilles. La première tâche qu'il nous assigne consiste à réfléchir à ce que chacun perdrait exactement si Bett se rétablissait, si elle arrivait à être heureuse et indépendante.

C'était une idée tellement perverse qu'elle nous fit tous rire, mais nous acceptâmes la mission. Cette moquerie muette aux dépens du médecin nous avait réunis, si bien qu'après la séance, devant la clinique,

Hal, Ned et moi formâmes un demi-cercle protecteur autour de Bett. C'était comme si nous étions tous fiers, comme si quelqu'un avait décroché son diplôme, reçu le sacrement de confirmation ou quelque chose de ce genre, et que nous bavardions sur le perron, pleins de complicité, après la cérémonie.

Aucun de nous n'arriva à trouver quel avantage il pouvait bien tirer du fait que Bett soit faible et malheureuse, et c'est ce que nous déclarâmes à la séance suivante. Même Bett se montra agacée et prit notre défense. « Je ne comprends pas votre question, protesta-t-elle. Ils m'aiment tous ; ils m'aident ; ils veulent que j'aille mieux. » Le médecin secoua la tête et la hocha en même temps, et je sentis s'évaporer le peu d'espoir que j'avais quant à cette thérapie. Une jeune étudiante assise derrière une cloison en verre fumé consignait le moindre de nos mouvements. Nous ne la distinguions pas bien, mais chaque fois que l'un de nous parlait, elle prenait note du langage verbal et du langage corporel de notre groupe. Le malaise nous gagna et nous fumes tentés de simuler, comme si tout cela était un jeu entre eux et nous, eux étant les médecins. Ils ressemblaient davantage à des techniciens dans un studio d'enregistrement, et nous n'étions que le spectacle.

Mais nous y allions. Nous y allions peut-être uniquement pour ressusciter un peu ce premier sentiment chaque fois que nous ressortions, que nous nous tenions sur le perron, et que nous nous séparions pour rentrer chez nous. Bientôt Bett se mit à rater des séances, et Hal aussi. C'était comme si le processus était trop lent, comme si le temps nous manquait. Ou bien Bett acceptait la signification de notre présence là-bas, qui était que nous l'aimions tous et que nous nous inquiétions pour elle, et il fallait qu'elle en rajoute. Un jour, après une séance, alors qu'elle et moi essayions de traverser au feu rouge pour les piétons, je l'avais tirée en arrière pour éviter une voiture, et elle avait lancé, d'un ton coquin : « Ça alors, mon chou, je ne savais pas que je comptais pour toi. » Elle battait des cils comme une vamp et son attitude m'avait mise en rage, mais j'avais été incapable de réagir, incapable de crier : « Qu'est-ce que tu crois qu'on vient de faire pendant une heure, et toutes ces dernières semaines ? »

Peut-être savions-nous qu'elle était dans un état limite – il devait y avoir une raison pour que nous allions là-bas deux fois par semaine, pour que Ned finisse par lui donner du travail en lui demandant de transcrire ses interviews enregistrées, non seulement pour que l'argent n'ait pas l'air d'une aumône, comme il lui avait toujours tant déplu, mais pour qu'elle puisse être avec nous dans la maison tous les jours, vivant à moitié là et restant parfois dormir. Elle pouvait travailler avec Ned le matin puis aller et venir, un peu hébétée, le reste du temps. C'était affreusement douloureux de la regarder se désintégrer. Cela me brisait le cœur de voir sa beauté la quitter et de l'entendre déambuler en traînant les pieds. En levant les yeux vers elle, je la faisais parfois sursauter, ou rougir du spectacle qu'elle offrait. Elle voulait être avec nous et elle voulait être invisible.

C'était dur. Tu avais envie de la sauver, tu voulais qu'elle retrouve l'oxygène qu'elle respirait jadis et qui lui donnait la santé et la beauté. Et tu étais furieuse qu'elle agisse ainsi, tu étais atrocement en colère contre elle. Tu pensais que, gratuitement, délibérément, elle s'appliquait à détruire ta mère, la faisant disparaître, se faisant disparaître, la laissant s'effondrer sous tes yeux. Elle était en train de te quitter. Tu étais atrocement en colère contre elle. Elle était en train de te quitter. Et cette colère surgissait constamment, tu n'arrêtais pas d'exploser, et en fin de compte tu arrivais à peine à lui parler et Ned était obligé de le faire, de s'occuper d'elle, comme la nuit où il avait dû l'emmener d'un service d'urgences à l'autre parce qu'elle disait être en train de craquer et avoir besoin d'aide. Elle était hystérique. Et puis tous deux étaient revenus, Ned hébété par la cruauté du système américain et des services d'urgences, la primauté des questions financières sur la souffrance ; elle hébétée par la blancheur, la mesquinerie administrative, tous ces gens attendant, serrés sur des canapés plastifiés, leurs yeux plastifiés eux aussi, attendant, attendant. Clarke avait dit : « Parfois, toucher le fond peut aider ; les hôpitaux psychiatriques ont fait des progrès, ce n'est plus la fosse aux serpents. » Mais Bett rentra brisée cette nuit-là, certaine de ne pas vouloir y aller. Toute ratatinée sur le pas de la porte, les yeux roulant frénétiquement dans leurs orbites, les traits tordus comme un masque tragique, elle supplia : « Ne les laisse pas m'envoyer en enfer », et elle parlait bien de l'enfer, les termes religieux étaient fréquents dans son discours désormais, et l'enfer signifiait quelque chose de réel. Mais son expression était si outrancière et son attitude si théâtrale que tu avais répliqué : « Bon sang, maman, ne sois pas si mélodramatique. Personne ne t'oblige à faire ce que tu ne veux pas faire. » Comme si tu avais la moindre idée de ce que tu racontais.

Nous suivions à présent la thérapie familiale sans grand espoir, mais nous continuions à nous rendre aux séances. Nous tâchions de convaincre Bett de diminuer les pilules et elle disait qu'elle le ferait. Elle accepta même de consulter de son côté. Je crois que c'était notre psy familial qui avait recommandé cette thérapeute, une autre étudiante, mais assez maligne, car au bout de quelques séances, Bett, assez amusée et plutôt fière, me répétait les propos de la psy, qui ne manquaient pas de me consterner. Elle disait que Hal et moi étions comme Angel et Gogi pour elle, que Hal était « exactement comme ma grand-mère, toute bienveillance et tout amour », et que « tu étais comme ma mère, froide et dénuée d'affection ». « Bien sûr, mon chou, j'ai dit que tu n'étais pas comme ça, à part de temps en temps. J'ai dit que je savais que tu m'aimais. Elle a dit que je te voyais parfois de cette façon-là, comme ma mère, pas très affectueuse. » Elle me racontait cela et j'explosais ou me mettais à pleurer, mais quelque part je trouvais amusant que Hal soit assimilé à sa grand-mère, comme une scène de *Petit chaperon rouge*. Je me représentais le long visage de Hal sous une charlotte en dentelle blanche. J'essayais de me persuader que le fait qu'elle me dise que j'étais comme Gogi n'était qu'un autre stratagème pour m'inciter à lui assurer que je l'aimais, ce qui, à l'heure qu'il était, aurait dû être clair comme le jour, sinon pourquoi me donnait-elle sans cesse envie de l'étrangler ou de dire ces choses-là ? Quelles choses ? Ces « s'il-te-plaît-arrête-ce-petit-jeu » quand elle répétait qu'elle voulait se suicider, phrase que j'avais entendue tous les jours sous une forme ou une autre, et à laquelle je répondais : « Par pitié, maman, arrête de brandir cette menace. Ce n'est que du chantage. Soit tu le fais, soit tu te tais. » Elle me regardait comme si je l'avais giflée, mais d'un regard aujourd'hui vide de sens. Tout était de plus en plus vide de sens, comme ses couplets sur le suicide. Peut-être, en réagissant ainsi, essayais-je de redonner du contenu au langage, d'une certaine manière, de repasser le film à l'envers jusqu'à ce qu'image et sens soient de nouveau associés, jusqu'à ce qu'il soit de nouveau possible à l'une de dire : « Je suis tellement déprimée que j'ai envie de me flinguer», et à l'autre de répliquer: «Comment peux-tu dire une chose pareille?» Bett était la petite fille criant au loup, et voilà que le loup était de retour, pas Hal avec la charlotte en dentelle d'Angel, mais le Grand méchant loup qui était bel et bien à la porte, et sur le point de souffler, et souffler, et de faire s'envoler notre maison.

Elle vint passer une semaine à la campagne, et je m'efforçai d'être prévenante avec elle. Nous faisions de longues promenades sur le chemin de terre, accompagnées de Bertie, et parfois de Nineveh. J'ouvrais la marche, quand ce n'était pas Bertie, qui se retournait avec angoisse pour vérifier que Bett et moi étions toujours là. Il avait cette expression chiffonnée et soucieuse des chows-chows, et il y avait quelque chose de touchant, de rassurant, dans le fait qu'il trotte devant nous et regarde en arrière de la sorte, plein d'inquiétude, ou qu'il reste dans notre sillage, se conformant à la lenteur de Bett. C'était plus difficile pour moi; je la précédais toujours, marchant trop vite, trop fermement, tâchant de continuer à lui parler, tâchant de la stimuler, de l'inciter à avancer sous ce magnifique berceau de verdure, cette charmille à présent en pleine feuillaison, parfois dégoulinante de pluie ou se balançant, chuintant avec un joli bruit sous la brise délicate, faisant chhh, chhh et nous encourageant à poursuivre notre route, maman, moi, Bertie le chow-chow orange et de temps en temps Nineveh, l'air très fâché, s'arrêtant, miaulant puis bondissant, avant de se remettre à trottiner puisqu'il n'y avait pas moyen que nous fassions demi-tour pour rentrer à la maison avec lui. Maman s'adressait aux animaux de ce ton doux qu'elle avait, à la saint François d'Assise, et ils comprenaient ce ton-là, ils s'inquiétaient un peu pour elle, du moins en donnaient-ils l'impression. Arbres, chat, chien, chemin, fille, nous étions tous gentils avec elle, la guidant tant bien que mal, l'encourageant à avancer, à marcher, au rythme qu'elle voulait, tandis qu'elle babillait avec le chien ou le chat telle une enfant, une enfant encore merveilleuse, douce, exquise et rêveuse.

Ou bien nous gravissions la colline derrière la maison et admirions les verdoyants paysages du New Jersey qui se déployaient partout autour de nous, comté après comté, les étables mouchetant de rouge le panorama, rehaussant le vert, qui, en ce début du mois de mai, était riche, fécond et déjà lourd de chaleur, ou sinon larmoyant, trempé et ruisselant. Les lilas près de la maison étaient chargés de fleurs, leurs branches ployant sous le poids de tant de thyrses, de parfum et de bleu lavande, fléchissant sous ce poids, l'eau dégoulinant des branches noires qui, dessous, étaient d'un beau vert pâle. Ces lilas étaient très vieux, peut-être centenaires, plus vieux que Shrimp, peut-être plus vieux même qu'Angel l'aurait été, et tous les ans ils produisaient des fleurs parfumées sur les branches noires balafrées qui luisaient lorsqu'il pleuvait.

C'était un printemps somptueux. Bertie et Nineveh avaient pris l'habitude de pourchasser et tuer les écureuils rayés, un vrai massacre, les cadavres s'entassaient près du perron ou gisaient abandonnés partout dans le jardin. Bertie redevenait à moitié sauvage à la campagne et disparaissait souvent des jours d'affilée, ressurgissant à trente kilomètres, à en croire les coups de téléphone, mais finissant toujours par rentrer. Il adorait la campagne, et quand nous roulions dans la Coccinelle décapotable, il s'asseyait bien droit à l'arrière en essayant de gober l'air et les mouches, et puis, à l'arrivée, il sautait hors de la voiture pour filer voir les chiennes du voisinage, revenant des heures plus tard, boueux, couvert de bardanes, tout content de lui. Seule, je l'emmenais faire de longues balades dans l'auto décapotée, Mozart à fond, lui à côté de moi sur le siège passager, assis bien droit, souriant, sa langue noire vaporisant l'air dans les tourbillons de vent que nous soulevions. Quand maman venait, nous roulions sous les arbres et Bertie se couchait à l'arrière, plein de courtoisie, pattes serrées et pétri de déférence. Il semblait toujours très conscient de la présence de Bett, et très attentionné avec elle.

Parfois, quand Ned travaillait dans la grange de l'autre côté de la route et que j'étais dans ma chambre en train d'écrire mon roman (en quoi s'était transformé le livre sur les expressionnistes abstraits), Bett s'installait dehors dans le jardin à écouter les insectes et le cliquetis des machines à écrire, assise avec son livre ou ses pensées au soleil ou à l'ombre, à côté de Bertie et Nineveh, et elle guettait les chats des environs, qui avaient tendance à chasser les oiseaux. Il y avait un nid sous le toit bas de la véranda, et la couvée avait éclos pendant le séjour de maman. Le nid accueillait trois ou quatre oisillons, dont les parents allaient et venaient, les laissant seuls la plupart du temps. J'avais demandé à Bett de les tenir à l'œil. Mais elle oubliait, se mettait à rêvasser, ou n'arrivait pas à se concentrer, et chaque fois que je regardais je voyais un chat en train de rôder autour du nid. Je sortais lui rappeler sa mission. Elle disait : « Oui, oui détends-toi, retourne travailler, il ne va rien arriver, je surveille. » Je repartais une vingtaine ou une quarantaine de minutes puis, dressant la tête, je voyais un chat tourner hypnotiquement autour des oisillons, tandis que Nineveh, émergeant de sa sieste au soleil, commençait à s'intéresser lui aussi à tous ces pépiements. Je ressortais. Bett quittait son livre des yeux et protestait : « Je suis là, rien ne peut arriver. » La dernière fois, j'avais repéré le chat sur la barrière de la véranda, assez près du nid pour pouvoir le faire tomber. J'avais accouru en criant. Maman avait bredouillé, comme le plus crétin des écoliers : « Euh, euh, j'avais oublié », et soudain ce n'étaient plus uniquement les oiseaux, c'était l'ensemble et tout ce qu'il y avait toujours eu entre nous, et je lui avais hurlé après : « Tu es infoutue de t'occuper de quoi que ce soit ! » Ma remarque l'avait assommée ; elle l'avait terriblement blessée. Pourtant c'était l'inverse : c'était moi qui étais incapable de m'occuper d'elle.

Il faut le reconnaître, cette dizaine de jours à la campagne n'avait rien d'une sinécure. Elle dormait beaucoup, elle rêvait, elle pleurait. Elle disait : « S'il te plaît, ne me laisse pas seule », et je restais avec elle. Souvent régnait entre nous un merveilleux silence animal (où était Ned ? toujours dans la grange à écrire, toujours ailleurs dans mon souvenir, ailleurs dans son coin), mais souvent nous nous disputions. Nous faisions nous-mêmes la météo dans cette maison, le soleil et le printemps, le vent ou la tempête. Il avait beaucoup plu pendant notre séjour, de violents orages avec des coups de tonnerre assourdissants et des effets de lumière frénétiques. Un jour que nous nous engueulions, la maison fut frappée par la foudre. C'était spectaculaire et terrifiant. Je m'étais recroquevillée et Bett s'était exclamée, en riant : « Tu vois ? Tu ferais mieux de faire attention à ce que tu dis ! » Elle trouvait ça très rigolo, mais je m'étais excusée.

Quelquefois elle était indifférente, dans un autre monde, son propre monde de rêves, de drogues et de somnolence. Nous discutions tranquillement quand elle était comme ça, ou bien nous partions nous promener. Certaines fois elle était amère, en colère ou sarcastique et nous nous querellions, et d'autres fois, les plus effrayantes et les plus tristes, elle restait simplement assise là, tremblant légèrement à cause des médicaments, ses ravissantes mains de sculptrice comme abandonnées au milieu d'un geste, se recourbant l'une vers l'autre, ou remuant involontairement, frémissantes, les ravissantes mains de Bett flottant dans le néant au bout de ses bras dodus que cachait sa chemise bleue couverte de poils de chat, jaillissant des moelleux contours de son torse, flottant dans le néant, et tremblant là de manière involontaire, mais tellement expressive. Avec des yeux empreints de douleur sous le voile des analgésiques, elle disait, douce et apeurée comme une toute petite fille : « S'il te plaît, ne me laisse pas seule dans la maison trop longtemps. »

Nous lui assurions : « Non, on revient très vite. » Mais un jour, au lieu d'une heure comme annoncé, nous nous étions absentés trois heures, et tout du long je n'avais cessé de me dire qu'elle nous attendait. J'étais déchirée : j'étais sortie lui acheter un cadeau, une chose qui lui faisait envie, un cadeau spécial, mais je savais ce que lui coûtait ce cadeau. C'était un cadeau selon mes conditions, pas les siennes, une sorte de sujétion par le biais du châtiment et de la récompense. En rentrant, je le lui offris, ce cadeau de fête des Mères, un petit déjeuner en Limoges peint à la main. Très silencieuse, elle paraissait ravie, mais son plaisir était nettement diminué par la terreur qu'elle avait éprouvée (et dont je me gardai de m'enquérir). Et j'y repense, je repense à cette cruauté et à ce désir de faire plaisir, à cet amour complètement faussé s'exprimant de façon aberrante, j'y repense quand je me force aujourd'hui à utiliser cette tasse, que je me punis avec ce souvenir.

Elle n'avait pas envie de retourner à New York, mais nous étions tous obligés de partir pour aller récupérer Simone, qui venait passer quelques semaines avec nous. Bett avait toujours détesté l'été, comme moi quand j'étais enfant et que je vivais avec elle : tous les gens aisés quittaient la ville, et ceux qui ne pouvaient pas s'échapper étaient obligés de rester. Elle disait toujours qu'il faisait « une chaleur d'enfer », et elle redoutait cette première vague de canicule, le premier exode de cette bande de veinards au moment du Memorial Day. Simone devait arriver juste avant ce week-end férié et nous étions obligés de repartir, d'aller la chercher à l'aéroport, afin de l'emmener à son tour à la campagne. Maman demeura très silencieuse durant tout le trajet jusqu'à la maison, à part pour nous dire combien elle avait adoré être avec nous, et nous manifester sa terrible gratitude.

Des gens habitaient chez nous. Il y avait Janie, et Toni et David, qui étaient venus de Londres. La maison était assez grande pour nous tous, mais Ned et moi partions pour l'été afin de travailler à la campagne. Simone devait venir séjourner là-bas, d'autant plus qu'elle avait une amie d'enfance dans un village voisin. Le plan consistait à aller chercher Simone à l'aéroport et à l'emmener directement dîner avec quelques amis, puis l'embarquer dans le New Jersey pour quelques jours, revenir en ville après le week-end, où elle pourrait voir Bett et Hal, aller au théâtre, retrouver ses amis, bref, les choses habituelles qu'elle faisait à New York. Ce passage à l'aéroport et ce crochet pour dîner étaient très chronométrés. Nous devions partir, fermer la maison ; Bett devait s'en aller.

Je suis à l'étage en train de m'habiller en vitesse pour l'aéroport. Tout l'après-midi, en vue de la visite de Simone, j'ai fait du rangement, Bett constamment dans mes jambes. Et maintenant tout ce branle-bas pour ne pas être en retard… Je sens bien qu'elle a l'impression que c'est Simone qui compte, Simone, la bonne mère, la mère élégante, saine d'esprit et cultivée, qui n'est pas un fléau, ni un tourment, qui n'est pas en train de s'effondrer et qu'on n'a pas besoin de dorloter. Simone est la mère que tout le monde se réjouit de voir, et elle, Bett, est la mère inutile, pitoyable, un boulet pour tout le monde qui gâche le magnifique tableau formé par Helen et Ned, qui gâche leur existence merveilleuse alors qu'ils sont tellement charmants, même Helen, qui l'engueule et qui crie mais qui l'aime vraiment, elle, Bett, la mère abominable, qui, aujourd'hui comme toujours, dérange tout le monde.

Je suis à l'étage dans la chambre. Les portes

blanches de l'armoire sont ouvertes et j'essaie de trouver quelque chose à me mettre pour pouvoir redescendre et filer avec Ned, qui m'appelle du rez-de-chaussée. Bett fait les cent pas dans son état d'hébétude habituel, ses bras lourds et tristes et ses épaules affaissées, ses yeux éteints et tristes. Pourtant elle tourne en rond avec une étrange détermination ; elle ne me quitte pas des yeux tandis que j'essaie de dénicher des chaussures, une chemise et une veste, elle ne me quitte pas des yeux tandis que je déambule ainsi en sous-vêtements, elle m'observe bizarrement, et cela devient de plus en plus agaçant.

« Maman, il faut que tu te prépares, il faut qu'on soit partis dans cinq minutes.

— Je sais, poussin, laisse-moi te regarder.

— Quoi ?

— Laisse-moi juste te regarder un moment.

— Il faut qu'on y aille, on va être en retard pour l'avion.

— Je sais, mon chou, mais laisse-moi juste te regarder.

— À quoi tu joues ?

— S'il te plaît. »

Je suis obligée de tout laisser tomber et de rester plantée là pendant qu'elle me regarde de cette manière étrange, qu'elle me scrute en soutien-gorge et pantalon et que je ronge mon frein.

« Ça y est ? dis-je, furieuse, en abandonnant ma pose.

— Tu es belle », déclare-t-elle de cette manière flippante qui semble n'avoir rien à voir avec rien.

Maintenant je suis habillée et je descends l'escalier, mais elle ne bouge pas, elle reste sur le palier. Elle dit : « Poussin, viens m'embrasser.

— Quoi ? On doit y aller, dépêche… Je t'embrasserai en bas. »

Mais non, elle fait son caprice, un caprice d'actrice. « Juste un baiser », insiste-t-elle d'une petite voix.

Je suis tellement furieuse que je n'arrive plus à contrôler ma rage. Je remonte à toute allure les cinq marches que j'ai descendues et lui lance quasiment en hurlant : « *Le voilà ton putain de baiser !* » Je cogne ma figure contre la sienne, tellement fort que le choc nous fait mal à toutes les deux. (Ce n'est pas juste, elle sait quelque chose que j'ignore et elle n'empêche pas que les choses se passent comme ça.) Elle m'adresse un regard d'atterrement absolu en constatant que sa propre fille… Je dévale l'escalier quatre à quatre et elle me suit lentement.

Telle fut exactement la dernière, la toute dernière conversation que nous eûmes jamais.

Simone est arrivée. Nous l'emmenons dîner, tout se déroule à merveille, Ned et moi jouons au jeune couple idéal, Simone est folle de joie d'être avec nous, tout est charmant, enchanteur, des fleurs et des bougies, des rires. Mais durant le dîner une terrible fatigue m'accable tout à coup, comme si le sang et la lumière avaient quitté mon corps. Je me sens vidée, soudain extrêmement faible, alors que c'est Simone qui a fait ce si long voyage. Il est tard quand nous regagnons la maison du New Jersey, mais pas tard au point d'expliquer pareille fatigue, peut-être une heure et demie du matin. Ned, Simone et moi sommes dans la cuisine lorsque le téléphone sonne, strident et déchirant à cette heure avancée.

Ned décroche, tient le combiné. Nous le regardons alors qu'il se décompose, qu'il pousse un cri. Il émet un gémissement, qui ne s'adresse ni à moi ni à Simone mais au vide, le combiné dans une main, l'autre appuyée sur ses yeux.

« Bett est morte. »

La toute première sensation, d'une parfaite clarté, est celle d'un poids qui quitte ma tête et mes épaules, un véritable poids physique, des mois et des mois d'épuisement. Une expression me vient à l'esprit, aussi distincte que si je l'avais entendue formuler : Dieu merci. Et puis, aussitôt, l'exclamation suivante, tout aussi réelle, vient la recouvrir : Oh, Seigneur. J'éprouve un besoin presque comique d'attraper le téléphone auquel Ned s'agrippe, mais pas moyen qu'il le lâche, il le tient, il le serre contre lui, tout le chagrin contre lui. Je vois immédiatement que je n'ai aucune existence pour lui. À tel point que, pour lui prendre le téléphone, pour parler à la personne au bout du fil, je suis obligée de le supplier : « Mais enfin, c'est *ma* mère. »

Je parle à Janie, qui a essayé de nous joindre toute la soirée, et j'apprends que Hal a appelé, que Shrimp est allée voir le corps, que la police est venue. Tout est fini et révolu. Tout s'est terminé cet après-midi, ce soir, cette nuit. Bett s'est suicidée.

Janie n'arrive pas à parler et moi non plus, j'arrive à peine à respirer, il n'y a pas d'air dans ma poitrine, ma gorge. Ned est écroulé sur une chaise, et il commence à sangloter. Les minutes s'étirent, je suis prisonnière d'un lieu sans oxygène, et stupéfaite à présent de voir la prostration de Ned. Même Simone a dû être surprise, car elle finit par bouger – elle, pas lui –, elle me prend dans ses bras et lâche, comme elle ne l'a jamais fait avant et ne l'a jamais refait depuis : « Oh, ma chérie. »

TROISIÈME PARTIE

Les Furies

Dix

On apprend la mort de quelqu'un et rien ne s'arrête. Rien n'attend. S'établit un remue-ménage infernal, ironique, comme si l'événement avait un côté amusant, et vous agissez par torpeur, par panique, presque en marchant sur l'eau, en sachant que vous allez vous noyer, mais en cherchant à gagner du temps, éclaboussant, donnant des coups de pied, entretenant l'apparence de la vie jusqu'à ce que l'eau prenne le dessus et que vous vous soumettiez, que vous couliez. La mort de Bett nous donna à tous quelque chose à faire, elle nous conféra une sorte d'importance. Nous nous entourâmes mutuellement d'affection, chacun bichonnant sa fragile utilité personnelle et protégeant celle des autres, défendant ses tâches, ses devoirs, son degré d'intimité avec l'invitée d'honneur, son attachement à la morte. Immédiatement, étrangement et très naturellement, Hal, Ned et moi devînmes une confrérie de chagrin, un orphelinat, un groupe d'élus, les seuls êtres chéris par Bett. Nous nous déplacions presque comme un seul corps dans les rues, entrant et sortant des taxis, du métro, accomplissant les obligations funéraires, recevant les visites de condoléances, communiquant la nouvelle, allant voir la dame du crématorium, nous moquant ensemble après du rouge à lèvres et de la poudre blanche sur ses joues, de son maintien évidemment embaumé et de son attitude de mère maquerelle, de son ton d'intimité instantané, de sa compassion, de sa distinction (« C'est plus net, n'est-ce pas, ma chère ? Plus joli... »), et surtout du fait qu'il n'avait aucunement la réalité ou la beauté de Bett, ce corps qui dans la mort acquérait une espèce de sainteté et, par extension, nous glorifiait, sauf que non, ce n'était pas une martyre, mais quelque chose de plus féroce, de plus vivant, de plus païen, une divinité. Elle qui était passée parmi nous. Et pour préserver cela – ce que nous ressentions, ce qui était vrai, ce que nous n'inventions pas –, Ned et Hal, frères protecteurs, allèrent sans moi identifier le cadavre gonflé par la mort. « Tu ne dois pas la voir comme ça », dirent-ils. « Mais si je ne la vois pas, vais-je comprendre qu'elle est morte ? » Parce que, vu l'étrangeté de la situation, rien, pas même cela, n'était clair.

Nous éprouvions une certaine allégresse dans toute cette effervescence ; Hal était bizarrement détaché, enjoué, et je lui étais reconnaissante de ne pas nous faire de reproches, d'avoir cessé de nous en vouloir. Nous étions extrêmement proches à ce moment-là, abandonnés que nous étions, égaux dans le chagrin et égaux dans la responsabilité, tous aussi attentionnés les uns avec les autres. Il en était ainsi parce que nous l'avions perdue, comme on perd quelque chose qu'on était censé surveiller. Nous avions tous échoué, et maintenant, étrangement, nous étions tous libérés. Pour l'instant euphoriques et libérés.

Je me sentais pleine de défi, comme si je savais ce qui allait arriver, ce qui était en jeu, et ce que les autres penseraient. Je retrouvai le petit répertoire bleu contenant les noms de son univers, et Ned et moi appelâmes les gens. Nous trouvâmes une jolie église disposée à célébrer un office pour une suicidée ; nous trouvâmes un musicien pour jouer du violon dans le silence, une partita de Bach, le son le plus intime, le plus affligé que je connaisse ; nous trouvâmes un fleuriste ; nous trouvâmes des vêtements d'été noirs. Nous commandâmes du vin. Ned écrivit un magnifique hommage. Simone prépara des sandwichs. Puis je sortis les photos.

J'avais honte de la perdre, honte d'être toujours ici sans elle, donc je refusais de m'excuser. En son nom aussi, je refusais de m'excuser. Pour le suicide, la désertion, l'aveu d'échec, la déclaration comme quoi elle pensait qu'elle n'aurait pas dû exister. Je sortis toutes ses belles photos pour dire que nous n'avions pas honte, ni l'une ni l'autre. C'était comme du temps de l'école, quand je portais, gênée, toutes ces robes d'occasion et que nous vivions dans des logements minables : j'étais toujours parvenue à oublier ma honte chaque fois qu'elle venait aux réunions de parents d'élèves, parce qu'ils la verraient, ils verraient combien elle était ravissante, combien la nature l'avait avantagée. Et aujourd'hui, avec ses photos, c'était la même chose : je niais qu'elle s'en était allée, vaincue, humiliée, je démontrais que pas même la mort ne changerait le fait, éternel, indéfectible, aussi éternel que cette mort, qu'elle avait été favorisée et aimée par ces dieux qui semblaient au demeurant si peu aimants. Alors je l'exhibai, je plaçai ses grandes photos sur le manteau de la cheminée et sur la desserte, sur les canapés, dans l'entrée, partout où l'œil pouvait se poser. Je la fis revenir, remplis ma maison de sa présence, la montrai aux autres, à tous ces gens qui étaient peut-être en train de dire que c'était décidément épouvantable, un horrible gâchis que toute cette histoire. Je l'exhibai, jeune beauté, et encore jeune beauté à peine cinq ans auparavant. Je la montrai sexy, heureuse. Je pris les plus grandes photos que j'avais d'elle et moi, elle contemplant mon visage avec tellement d'amour qu'on n'aurait jamais imaginé que je lui ferais du mal, que je la décevrais, que je précipiterais sa mort. Non, je la rendais heureuse, voyez comme elle m'aimait, voyez comme nous étions proches... J'avais une autre grande photo, une immense photo sur papier brillant de Bett à une fête quelconque au début des années 1960 en compagnie d'un homme que je n'ai jamais connu, un homme qui était le plus beau de la pièce, peut-être de la ville, et cet homme le plus beau de la ville plongeait, s'enfonçait et se noyait dans les superbes yeux souriants de Bett. Et cette photo, elle aussi, disait à tous ces gens affligés, tous ces gens invités après l'enterrement, que Bett était adorée, qu'elle était délicieuse et séduisante et faisait partie des heureux, qu'elle n'était pas toujours si triste, pas toujours si mortellement triste qu'elle en était morte. Et la photo de Bett, Constance et Gogi toutes trois sur le canapé le jour de son mariage, toutes avec ces jambes fabuleuses, celle-là aussi, je la sortis, comme pour dire : vous voyez, c'est une famille, elle a un commencement, un milieu et pas forcément une fin. Comme si je promettais de la perpétuer, de la porter vers l'avant, de garder vivant l'arbre de cette famille, ainsi que me l'avait expliqué Gogi dans sa lettre – les parties qui mouraient ne comptaient pas du moment que l'arbre continuait à vivre. Il y avait cet engagement, partiellement assumé, et il y avait autre chose, il y avait moi qui essayais de me faufiler dans cette image, qui essayais d'attraper un peu de cette lumière et de cette absolution. Ceci est aussi ma famille, proclamait-elle à mon sujet, tandis que je déambulais dans la pièce en robe de mousseline noire, proposant les sandwichs, servant le vin, continuant à circuler parmi ces îlots immobiles qu'étaient les autres, ces grappes de gens silencieux au regard curieux. Ceci est ma famille, et je n'ai pas honte, proclamait la photo, je n'éprouve en rien la honte de cette mort. Je suis fière de ma mère et – vaine fanfaronnade – je suis fière de moi, de mon lien avec elle. *Je n'ai aucune raison de m'excuser.*

Mais les excuses bouillaient en moi et tout le monde devait le savoir, pleine de défi que j'étais, à servir à boire dans cette maison de riches (« … la fille a fait un beau mariage et Bett sans un sou… »). Je ne m'excusais ni pour l'argent, ni pour la maison, ni pour ma propre survie, pourtant quelqu'un devait se douter de quelque chose, car Gloria, la meilleure amie de Bett d'il y a longtemps, que je n'avais pas vue depuis quinze ou vingt ans – et j'étais sidérée de la voir si triomphante et si belle, comme Bett, mais vivante, elle –, me dit : « Tu sais que si je suis venue aujourd'hui, ce n'est pas pour Bett, mais pour toi. »

Je ne savais même pas que j'en avais besoin jusqu'à ce qu'elle prononce cette phrase. Car, avec toutes les photos et toutes les fleurs et tous les coups de fil pour inviter tous ces gens (pas si nombreux en réalité, c'est triste, mais pas si nombreux) dans cette maison de riches, je prenais les devants, anticipais leur jugement, soulignais que je n'avais aucune raison d'avoir honte, et elle non plus, aucune de nous deux, ni maman ni moi. J'aurais peut-être attendu que quelqu'un le dise pour moi, si je n'avais pas été si terrifiée, si certaine que personne, voyez-vous, ne dirait : « Ce n'était pas ta faute. »

Je me demande s'il aurait mieux valu qu'on me laisse lire son message. Pas une véritable absolution, bien sûr, puisque sa lettre rendait tout d'autant plus douloureux. Et moi d'autant plus impardonnable à mes yeux. Mais j'aurais au moins eu sa tendresse, je me serais sentie moins rejetée par elle durant ces premiers jours, ces longs premiers jours de silence. La police avait confisqué les messages avant que nous arrivions, sous prétexte qu'ils constituaient des preuves pour le rapport criminel (Bett étant à la fois criminelle et victime). Il fallut cinq jours pour en obtenir ne serait-ce qu'une copie – des photocopies bon marché sur papier administratif. (Une lettre de suicide n'est-elle pas la propriété de la personne à qui elle est adressée ? avions-nous demandé. Pas en l'absence de timbre, alléguèrent-ils. Ils détiennent toujours les originaux.) Même sur ce papier, je vois son écriture, cette écriture hardie, généreuse et résolue, qui s'affaiblit à mesure que les pilules exercent leur effet, les formes arquées, tombantes, somnolentes de l'écriture de ma mère tandis qu'elle résiste.

Il y avait deux lettres. Celle pour moi disait :

Pour Helen (et Ned, puisse-t-il être avec elle toujours),

Ma chérie, mon très cher amour

Mon amour le plus cher au monde

Si tu as ressenti de la rage contre moi, elle ne sera jamais comparable à celle que je ressens moi-même de ne pas avoir pu être la maman que tu cherchais. Celle que tu as eue autrefois – que tu as encore, et auras toujours –, la maman affectueuse, généreuse, dévouée, aimante et surtout tellement fière. Mais la personne atrocement nocive que j'ai été malgré moi était si terriblement, si horriblement éloignée de mes intentions profondes que j'ai été incapable de l'affronter ou même de la reconnaître, et que je n'ai pas réussi à t'en protéger. Mais la mère forte, aimante et fière est toujours avec toi et le sera toujours, car je te porte dans mon cœur et t'aime pour tout ce que tu es – forte, belle, si merveilleusement intelligente, élégante et douée. Gogi avait eu la prescience de tout ce que tu deviendrais à l'âge adulte. Moi, je n'ai eu que l'instinct de faire du mieux que je pouvais pour aider au mieux et aimer le plus fort que je pouvais cette meilleure des filles possible…

Pardonne-moi pour ce que je dois faire. Je risquais d'être pour toi et Ned un fardeau de plus en plus pesant. Vous avez tous deux tellement fait pour une contrepartie si dérisoire. Si fatalement dérisoire…

Cette lettre que Bett m'avait écrite, quand je finis par la lire, élucida un peu sa mort, m'évita de continuer à croire qu'elle découlait de nos disputes, de nos conflits, de nos accrochages. Tout n'était pas lié à elle et moi. Il y avait du narcissisme dans son geste. Le Français qui tenait le *deli* près de chez elle déclara qu'il l'avait vue à cinq heures cet après-midi-là – donc juste avant sa mort, d'après le rapport du coroner –, qu'elle lui avait fait signe de la main, qu'elle souriait et qu'elle marchait d'un pas alerte. C'était en fin d'après-midi le 31 mai, un jour très significatif : Memorial Day, le début de l'été redouté, jour du souvenir pour les héros de la guerre et jour du souvenir pour se souvenir, au cas où quiconque serait tenté d'oublier… Ces détails avaient dû peser dans son choix de cette date-là, ajoutés à la présence de Simone : la « bonne » mère, la mère de substitution pour ces deux orphelins que nous serions bientôt, Ned et moi. La fin du mois de mai, mois des mères, mois de Marie, mois des héros, le début de la chaleur et de l'abandon, les riches laissant les villes aux pauvres, le mois de mai comme dans « mais alors, non », comme dans « mais alors, si, finalement », l'appel au secours et le soupir du renoncement, et aussi, à la réflexion, comme dans son deuxième prénom, Maida. Ainsi, deux semaines après le jour de la mort de sa propre mère vingt ans auparavant, Elizabeth Maida avait décidé « mais assez », déclaré « mais alors si, finalement », et était partie pour l'été, partie pour l'éternité, faisant signe au gros Français sur le seuil de sa boutique, faisant signe, apparemment joyeusement, avec un charmant sourire et une démarche décidée, faisant bonjour et non au revoir, avant de rentrer écrire sa lettre et avaler ses comprimés.

En fin de compte, je l'emmenai à la campagne pour l'été ; je l'enterrai là-bas, où nous avions été proches et quelquefois heureuses. Je pensais que jamais de la vie elle ne voudrait reposer dans un cimetière de Queens ou de Staten Island. Quitte à se reposer, à mon avis, elle choisirait le New Jersey. Je lui achetai une concession à perpétuité là-bas parmi les gens de la campagne, et même parmi les morts de la guerre d'Indépendance ; je lui obtins une place dans le quartier du XVIIIe siècle, me rappelant sa prédilection pour son élégance, sachant qu'elle le préférerait au secteur contemporain avec ses pierres plus lisses, plus brillantes, plus tape-à-l'œil. J'aimais bien cette partie du cimetière : tout était doux, naturellement usé et intemporel, moussu, mélancolique et un peu moins brutal que ne l'était la réalité. Il y avait une famille dans ce secteur qui s'appelait Beauty : Constant, Eva et A. Ça me plaisait qu'elle soit là, tout près de Constant Beauty[1].

1. Soit Beauté Perpétuelle…

Le fossoyeur était un homme gentil, jeune, avec de longs cheveux blonds et quelque chose d'un peu XVIIIe aussi dans ses manières, une sorte de hippie pastoral, avec une jolie petite fille blonde aux pieds nus. Ou peut-être sortait-il d'une pièce de Shakespeare, une gracieuse intrigue secondaire d'une des œuvres tardives, ces histoires de parents et d'enfants séparés qui finissaient par être réunis. Il nous avait aidés à trouver un emplacement parmi les morts ancestraux, les premiers de la nation, sur une petite éminence près de la famille Beauty. Il nous avait aidés à planter la pivoine au-dessus de l'endroit où devaient aller les cendres, au-dessous de l'endroit où irait la pierre tombale toute simple, puis il m'avait laissée seule pour mettre en terre ce qui restait de ma mère.

Je tins la boîte en fer-blanc dans ma main un long moment avant de la placer dans la terre sombre. Ce qu'on vous donne pour les cendres ressemble à un petit bidon de peinture sans étiquette, tout juste suffisant pour des retouches, avec une anse en fil de fer qui fait qu'il se balance quand vous le tenez, et il se balança au-dessus du trou creusé par le hippie, comme la baguette d'un sourcier ou l'instrument d'un télépathe cherchant la communion extrasensorielle. La boîte se balança un peu car je me souvins de l'allergie de Bett au métal, la façon dont elle devait toujours mettre du sparadrap sur le revers de ses boucles d'oreilles afin d'éviter l'eczéma. Cela paraissait affreux, soudain, de l'avoir là dans une boîte en fer-blanc, pour l'éternité, et je me souvins de cette vision de cauchemar quand elle s'était effondrée sur notre seuil, le visage décomposé de terreur la nuit de sa tournée des urgences, quand elle nous avait suppliés : « Ne les laissez pas m'envoyer en enfer. » Eh bien, peut-être l'envoyais-je en enfer, en la laissant ainsi à jamais prisonnière d'une boîte en métal. Je chassai rapidement cette pensée pour me rappeler que ce n'étaient là que des cendres, et que ces cendres n'étaient pas du tout ma mère. En même temps si, c'était bien ma mère, ce petit résidu ridicule, ces bribes dérisoires, ces vestiges infimes, ce quasi-rien que je tenais et qui tremblait dans les airs, oscillant légèrement au-dessus d'un trou sombre creusé dans la terre. C'était et ce n'était pas Bett, et je lui dis au revoir sans réellement le lui dire.

À New York après sa mort, il plut beaucoup. De l'autre côté de nos fenêtres, il y avait le vert des arbres poussant derrière notre maison, et à l'intérieur il y avait une lumière gris doré ou vert-jaune, cette douce lumière mélancolique des averses d'été à la tombée du jour. Nous avions coupé du lilas à la campagne, et les fleurs courbaient un peu la tête dans l'humidité ambiante, d'un bleu très pâle dans ce salon baigné d'un vert subaquatique, où, pendant des semaines, jusqu'à ce que je puisse supporter l'idée de les enlever, les photos de Bett étaient restées exposées, jusqu'à ce que ces photos aussi perdent leur force, cette férocité qui m'avait protégée au moment de l'enterrement. Elles commençaient à se faner un peu, comme le lilas, pour laisser transparaître la tristesse de Bett, triste même quand elle riait. À moins qu'elles n'aient été affectées par ma propre tristesse, ou la lumière verte ou l'exquise humidité de ces fins de journée qui faisaient de la pièce, durant ces premières semaines de deuil, une pièce enchantée, un endroit doué de sa propre musique éplorée, comme la partita de Bach à l'enterrement, le solo de violon abandonné, jouant dans l'espace, émettant des sons implorants atrocement solitaires, n'affirmant rien.

Lors de ces soirées pluvieuses, les premières semaines après son enterrement, la pièce était encore empreinte de paix, comme une petite église ancienne vide, remplie de Bett et de mon amour pour elle. Mais quand je quittais cette pièce, que je sortais dans la rue, les choses étaient beaucoup plus dures. Je voyais des mères et des filles de notre âge et la jalousie me bouleversait, me déchirait, une jalousie assortie à un violent remords : tant d'amour et de compréhension arrivant si tard et si inutilement. Et où était la personne censée m'aider à surmonter tout cela ? J'avais conscience de l'ironie, mais cela ne m'était d'aucun secours : je vivais cette expérience dévastatrice et insupportable et j'avais besoin de ma mère pour tenir le coup. Je me disais que si elle était là je pourrais affronter cette épreuve qu'était la mort de Bett.

J'éprouvais une jalousie féroce chaque fois que je les voyais, ces mères et filles heureuses et chamailleuses qui hantaient notre quartier. Je les regardais entrer et sortir d'un pas dansant de nos magasins, nos cafétérias, de la pharmacie où Bett allait chercher ses pilules, et à laquelle elle devait encore de l'argent ; la banque où elle avait son compte, et où j'avais quelques livrets d'épargne depuis la PSL. Elles n'étaient même pas obligées d'avoir notre âge, ces mères et filles, penchées l'une vers l'autre avec complicité ou légèrement séparées en cas de désaccord, tirant des plans sur la comète, riant des garçons, faisant tout bêtement, comme je l'imaginais à les regarder, ce que Bett avait rêvé pour nous : laisser triompher la simplicité. Elle ne demandait rien d'autre, c'était tout ce qu'elle désirait, que nous soyons ces deux silhouettes marchant dans la rue côte à côte, et non, comme en général entre nous, moi marchant plusieurs pas devant, pleine de colère, et d'impatience… enfin, pourquoi traînait-elle comme ça ? « Allez, maman ! » J'avais dit cela depuis aussi loin que je m'en souvienne. Non, pas à Mirrenwood, après, quand j'étais devenue une enfant de la ville, quand j'avais appris à sauter dans les bus, à utiliser mes propres clés, à me débrouiller toute seule. « Allez, maman ! » Au début, mon ton exaspéré l'amusait : son bébé, tellement impatient de sortir dans la rue, dans le monde. Et puis, plus tard, le bébé ne voulait pas ralentir, et l'impatience était continuelle, jusqu'à la dernière période, quand nous serions brisées, toutes les deux, par la fin qui approchait, qui ne cessait d'approcher, sans nulle part où maman puisse aller, sans personne devant elle à rattraper, quand il ne rimerait plus à rien de supplier : « Allez, maman ! » Alors je me freinais, et je la guidais, de la même manière que Bertie nous guidait toutes les deux, Bertie, s'éloignant en bondissant pour nous montrer comment nous y prendre puis se retournant et revenant en dansant pour s'assurer que nous étions toujours là et que nous allions bien. Ma danse à moi était plus lente, plus maladroite, et déjà, à ce moment-là, je savais qu'elle n'allait pas bien.

Je n'avais même pas besoin de voir les mères et les filles ; les rues étaient pleines de nos fantômes : cet immeuble près de l'école devant lequel maman s'était accroupie et avait craché sur un coin de Kleenex pour retirer une poussière dans mon œil, moi à travers mes larmes voyant flou son visage radieux, respirant sa peau chaude et parfumée, regardant ses yeux, tellement concentrés sur moi, tellement pleins d'amour. Ou ici, des années plus tard, où nous avions déjeuné une fois, et elle tellement fière, me présentant aux femmes du quartier, moi évidemment impatiente : où me figurais-je donc que je devais aller ? Ou bien ici, ce coin de rue, où nous nous étions disputées, où j'avais tourné les talons puis quitté la place, indépendante, de cette manière qui l'amusait jadis, « mon chou », mais plus tard ce serait l'enfant ingrat de Shakespeare et « la dent du serpent »…

Oh, mais cela n'a pas d'importance. Ce qui fait mal, un mal atroce, et me pousse à fuir les rues, c'est désormais son *absence* de ces rues. Elle n'est plus là, un point c'est tout. C'est tellement dur de comprendre qu'elle s'en est allée. Que jamais, jamais, jamais je ne la reverrai ici, ne la croiserai par hasard, ne la ferai rire de la joie inopinée de notre rencontre, mon chou et moi, deux voisines dans la rue, faisant leurs courses. Je ne l'apercevrai plus jamais sortant avec lenteur, une lenteur horripilante, d'une boutique ou une autre qui n'aura plus jamais la chance de l'accueillir, je n'apercevrai plus jamais sa ravissante tête brune, son dos élégant et sa démarche lente, sensuelle et chaloupée tandis qu'elle porte quelque chose, tel un carrosse de guingois menaçant de verser à chaque virage : Bett, tanguant, comme éméchée, ma mère à l'équilibre si délicat, si précaire. Tellement précaire qu'elle risquait un jour de disparaître. Mais je n'avais vraiment jamais pensé qu'une telle chose soit possible.

Je ne sais pas où était Hal, où il était allé après l'enterrement. Il semblait ne pas réaliser, apparemment indifférent, en tout cas pas anéanti, pas engourdi comme Ned et moi, dont les mouvements et les réactions étaient aussi lents et amplifiés que des corps sous l'eau. Hal n'habitait plus l'appartement. Je m'y rendis un après-midi pour rassembler les affaires de ma mère.

J'avais peur de ce que j'allais ressentir en faisant cela. Je n'allais pas seulement envahir leur nid d'amour, mais ce qui avait également été celui de maman et moi. Mes jambes se mirent à trembler lorsque je montai les marches. Il faisait chaud, juin, et le même lino que du temps où nous avions emménagé ici, quand j'étais entrée à Wickhurst, quand maman avait battu Gary au poker, marbré vert foncé, recouvrait l'escalier et les couloirs, et les mêmes rampes tachées de rouge grenat exhalaient la même odeur. En atteignant le deuxième étage, on sentait l'odeur des chats, mais aussi celle des poubelles que les occupants laissaient devant leur porte d'entrée, des sacs en papier kraft car ceux en plastique noir n'existaient pas encore : ils restaient là jusqu'à ce que leurs propriétaires aient le temps, ou l'envie, de descendre les jeter dans les bacs publics. À mesure qu'on montait, l'atmosphère des couloirs et l'air chaud de l'escalier devenaient plus denses et plus chargés des odeurs de vieux journaux, peut-être imprégnés de pisse de chat, des odeurs de litière, d'écorces de melon, de marc de café, de déchets de viande et autres. La puanteur était rarement irrespirable hormis en plein été, mais l'odeur était toujours très riche et trahissait l'intimité de toutes ces vies citadines. Ned et moi vivions et travaillions sur quatre étages, alors qu'ici dix personnes se serraient dans un espace à peine plus grand, chacune protégeant son intimité, même si chacun savait en rentrant chez soi ce que le voisin avait mangé au dîner de la veille. Notre étage, le dernier, dégageait en outre une forte odeur de glaise, car maman laissait la porte ouverte pour que la brise du petit balcon puisse rafraîchir les lieux. C'était sur le balcon qu'elle entreposait son argile d'un beau vert huileux, dont le parfum lourd et puissant pouvait vous étouffer même en hiver s'il y avait du feu dans la cheminée.

J'étais un peu essoufflée comme toujours en arrivant à notre étage. J'avais la gorge serrée et la main tremblante en tournant la clé. Je ressentais deux sensations contradictoires. D'abord, que c'était mon véritable foyer, que je rentrais à la maison comme après les cours, que toute cette période anglaise – le Norfolk, Oxford, mon mariage, tout cela – était une sorte de blague que j'avais faite et qui trouvait ici sa conclusion ; que j'étais toujours la gamine new-yorkaise de Bett rentrant à la maison, allant chercher un soda dans le frigo puis filant faire ses devoirs. Rien n'était arrivé, il suffisait de tourner la clé dans la serrure, de pousser la porte, et Bett serait là : « Coucou, poussin, c'était comment, l'école ? » Cette possibilité subsistait, les choses pouvaient être de nouveau comme avant, et échapper à cette chute irrésistible dans les ténèbres. Ainsi, je rentrais à la maison, rien n'était arrivé, aucune dispute, je n'étais pas partie, je ne m'étais pas anglicisée, pas mariée, je n'étais pas devenue riche et donc pas devenue orpheline, et puis bien sûr, simultanément, j'étais l'autre, l'étrangère, l'intruse, sur le point d'ouvrir la tombe de Toutânkhamon, de pénétrer par effraction dans ce lieu magique où je n'étais nullement habilitée à me trouver, de perturber par ma présence exotique ce merveilleux site sacré, cette demeure de Bett sur laquelle j'avais perdu tous mes droits lorsque j'étais partie quinze ans auparavant.

Elle n'était pas là. L'appartement donnait l'impression qu'elle était sortie acheter du lait pour son café et qu'elle allait rentrer d'un instant à l'autre. Si je laissais la porte ouverte, je l'entendrais monter, les clés tintant dans sa main, ses sandales plates cliquetant sur le lino, sa voix m'appelant, me parlant comme elle le faisait toujours, comme si elle et moi étions les seules à vivre ici, sans voisins. Elle n'éprouvait jamais aucune gêne ; je lui aurais envié son attitude si je ne m'étais sentie tenue d'être gênée pour deux. Je baissais la voix en répondant à son salut, comme si, par là, je contrôlais la sienne, mais elle se contentait de lancer d'un ton sonore ou gazouillant ces petits noms qu'elle avait pour moi, poussin ou mon chou ou lapinou : « Lapinou, aide maman à porter son sac », ou : « Poussin, est-ce que maman t'a enfermée dehors ? », ou encore : « Ma cocotte, pourquoi es-tu habillée comme ça avec cette chaleur ? » Exactement comme à Mirrenwood.

C'était un minuscule logement ; à peine avait-on poussé la porte qu'on était en plein cœur de l'appartement. Il suffisait d'avancer d'un pas pour se retrouver entre le divan et la cuisine de la taille d'un placard à balais. Si on faisait deux pas de plus, on se cognait contre la chaise et la table en verre où nous prenions nos repas (où Bett et Hal prenaient leurs repas). Ces pas à l'intérieur, je ne les avais pas faits depuis peut-être deux ou trois mois, ces mois où Bett flanchait doucement, se recroquevillait, tremblait, prenait ses comprimés, les yeux de plus en plus vitreux. Je ne pouvais pas supporter de la voir dans cet état, sans compter qu'elle était chez nous presque tous les jours pendant cette période. C'est pourquoi, maintenant, je pouvais voir la Bett d'autrefois, restaurée, réparée, reconstruite par la mort. Non, je ne pouvais pas la voir, elle n'était pas ici, elle était partie, mais à peine étais-je entrée dans cette pièce que, m'assaillant de toutes parts, me revenaient les images. À la hauteur des genoux, en ouvrant la porte, ma mère endormie. Il y a quinze ans, avant que je n'aille me réfugier chez Veronica, je lui frôlais presque la tête quand je rentrais tard après mes soirées avec Duncan dans Greenwich Village, puis je la contournais sur la pointe des pieds pour rejoindre ma chambre, la pièce où plus tard Hal peindrait ses tableaux. Ou bien, quand j'étais avec Ned dans les premiers temps de notre vie à New York, j'entrais pour découvrir la table en verre dressée pour quatre et à gauche la cuisine-placard à balais, avec de la vaisselle dans l'évier et Bett qui s'activait entre l'évier et la cuisinière, préparant un « dîner de famille » pour Hal, Ned et moi, à l'occasion d'un Thanksgiving ou d'un anniversaire quand nous étions encore tous une famille, quand elle était encore maman, notre pilier, et que nous, du moins Ned et moi, étions encore les enfants, dorlotés, fêtés, nourris par elle. Ned, que ma mère, compatissante, protégeait du mal du pays, Hal regardant la télé à l'autre bout du divan, Bett surgissant pour offrir à Ned une boisson sans alcool, un joyeux breuvage coloré fait avec du V8 et des bâtons de céleri ou du pamplemousse rosé et des canneberges, un drôle de mélange américain qui, aux yeux de Ned, faisait partie intégrante du charme de Bett, cette jeune et ravissante mère un peu fofolle de sa petite amie d'Oxford. De chaque côté de la cheminée, il y avait ces chaises où Hal nous montrait, à Ned ou à moi, ses diapositives, et sur la tablette trônait cette énorme et horrible photo de moi avec ma mine renfrognée que Bett adorait, mais où, surtout en ce jour d'intrusion silencieuse, je me trouvais l'air aussi atrocement antipathique et supérieur que je me sentais l'être à cet instant-là. Je détournai la tête vers le petit couloir menant à la salle de bains, cette pièce assez grande carrelée de blanc et inondée de lumière où maman rêvait souvent, allongée sous la pellicule de savon ou les bulles de son bain, ou bien notait ses pensées, appuyée sur le rebord de porcelaine semi-poreuse, à l'aide du crayon qu'elle gardait près de la baignoire, des réflexions sur elle-même, comme celles que je découvris plus tard dans son journal: « Le pire dans la maladie mentale, c'est que, si grave qu'elle puisse devenir, elle ne peut jamais vous tuer. »

De toute ma vie, de toutes les vingt-sept années de ma vie, cet appartement est l'endroit où j'ai vécu le plus longtemps: trois années entières entre treize et quinze ans, avant que je parte habiter chez Veronica. Cette longévité en fait-elle mon véritable foyer ? À la différence de cette maison immense où je vis aujourd'hui avec Ned, ce foyer censé être le foyer définitif, ce musée et ce théâtre de foyer, cette concrétisation de tous nos désirs de foyer (ou de tous les miens ?). Non, c'est ici, mon foyer, chaque centimètre carré familier à chacun de mes sens et saturé de souvenirs. Certes, l'espace est suffisamment restreint pour que je le connaisse intimement: la largeur des deux hautes fenêtres du salon, plus celle de l'unique fenêtre de mon ancienne chambre. Entre les deux grandes ouvertures, Bett avait jadis placé sa lourde selle de sculpture en bois noir mat, où je la regardais fabriquer ses médaillons, ses têtes de mannequin ou ses moules de soutien-gorge, mais ça, c'était avant. Aujourd'hui, en cet après-midi de juin, le socle est abandonné sur le balcon, sa surface poisseuse de glaise désormais incrustée de particules de suie. À sa place d'origine se trouve désormais le minuscule bureau de Bett avec ses carnets à spirale et ses classeurs de factures, ce bureau où elle avait dû s'asseoir pour rédiger sa dernière lettre, celle qui commence presque guillerette et se termine si émue. Je me détourne vivement pour regarder les étagères au-dessus du radiateur encastré. Dans l'autre pièce se trouvaient tous mes livres scolaires et mes livres d'enfant, encore là-bas, mélangés aux livres d'art de Hal. Les livres de Bett se trouvaient ici, très peu nombreux, quelques biographies de Kennedy, un livre de Gayelord Hauser, *Solitude face à la mer,* du Dylan Thomas et, récentes acquisitions, des ouvrages sur Nixon et sur l'économie, mais au total vraiment pas beaucoup. À une époque, je vendais ses livres cartonnés pour payer mes trajets de bus jusqu'à la PSL, mais c'était dans cet autre appartement près du Centre juif. Ici, les choses avaient toujours été un peu plus joyeuses.

Tandis que j'examine les livres, je remarque les chats qui m'observent de cet œil agressif qu'ont les chats ; ils descendent du lit ou de la table et se frottent contre mes jambes comme s'ils pensaient que j'étais venue leur donner à manger. Il paraît absurde qu'ils soient toujours là, affichant cette stupide assurance de propriétaires, comme s'ils étaient encore aimés et avaient été récemment embrassés. Peut-être l'ont-ils été, bien sûr, mais oui, ils ont été embrassés plus récemment que moi (« Le voilà ton putain de baiser ! »). C'est absurde, obscène, qu'ils soient toujours là, à croire que rien ne va entraver la bonne marche de leur vie et que Bett va revenir, ou simplement absurde, obscène, qu'ils lui aient survécu, tout comme, déjà, je juge obscène de lui avoir survécu moi-même. C'est obscène, mais aussi tendre et élégant de sa part, d'avoir tout laissé derrière elle de la sorte, quand dans ma rage et mon chagrin je me sens comme Sardanapale, estimant que tout, chats, livres, lampes, chaises, tout aurait dû disparaître avec elle dans le trou noir qui nous engloutira.

Mais ils sont ici. Je jette un œil dans leurs bols, aperçois de la pâtée encore fraîche et suppose que Hal s'occupe d'eux. Je ne veux pas regarder à l'intérieur du frigo. Je ne veux pas voir ce qu'elle mangeait, les éternels restes. Je n'ai pas besoin de regarder, j'arrive à me rappeler : « Chéri, tu as mangé toute la charcuterie, j'avais fait le plein pour la semaine. » (Bett à Hal.) Le côté terrible de tout cela, les vaines et maladroites tentatives de Bett pour se prendre en main, être une bonne maîtresse de maison. (J'étais toute jeune et elle me disait systématiquement, chaque fois qu'on lui reprochait d'être dépensière : « Explique-moi comment gérer un budget quand on n'a rien ! »)

Rien… je regarde autour de moi. Elle aimait

tellement cet appartement. Il demeurait toujours tellement chic, simple, élégant, si négligé qu'il puisse devenir. Je tressaille maintenant en repensant à elle et Simone et à la gêne qu'elle manifestait quand elle l'invitait à déjeuner ici, Bett imaginant que Simone avait pitié d'elle alors que Simone, en réalité, était toujours très impressionnée par l'ingéniosité de Bett, par son allure juvénile, bien sûr, et, quoique Simone eût sans doute rechigné à l'admettre, par la façon dont Bett avait tourné le dos au monde tyrannique et exigeant des conventions. Mais Bett ne lui avait pas vraiment tourné le dos, c'était plutôt lui qui avait claqué la porte derrière elle.

Allez. Il faut que je trie ses affaires et que je m'en aille. Je prends le carton que j'ai apporté et y range les petits carnets posés sur son bureau ; je vais dans la salle de bains et ouvre le placard, récupère tous les crayons à sourcils, les rouges à lèvres. J'en jette une grande partie, mais je ne supporte pas l'idée de tout jeter. Cela semble trop sacrilège de se débarrasser de ces choses, ces choses qui lui ont appartenu, alors je garde quelques objets symboliques et, gorge nouée, mâchoire crispée, dents serrées, avec toute la froideur possible, je mets le reste dans un autre sac. Je dépouille ainsi de l'âme de leur propriétaire certaines de ses affaires, tandis que j'en prends d'autres dans leur complétude, même s'ils me brûlent pratiquement au toucher, tant ils sont à elle : ces crayons à sourcils parfaitement aiguisés en quantité faramineuse, chacun investi d'une valeur de plus en plus désespérée, instruments de ses souffrances, témoins de craintes pour sa beauté en train de disparaître. Eh bien, elle aura disparu en premier.

Lorsque j'ouvre les tiroirs de sa commode, mes genoux commencent à flageoler. Je ne peux pas faire ça. Il faut que je m'assoie. Je parle toute seule à présent, m'encourageant comme un cheval qui doit braver un feu de mortier. Là, dans ces tiroirs que je vois, que je connais depuis mes huit ans, qui ont été repeints assez souvent pour qu'ils soient tout collants chaque été, pour qu'ils commencent déjà à coller… nichées là, tels des biens précieux cachés par un oiseau, se trouvent les différentes piles de ses sous-vêtements, propres, pliés, mais certains tellement élimés, fanés ou décolorés par la laverie automatique que je dois me mordre les lèvres de toutes mes forces pour m'empêcher de pleurer. Parce que *je peux avoir tout ce que je veux.* Parce que je n'aurais pas été forcée de garder ces vieilleries-là, j'aurais pu sortir m'acheter… non, non, ce n'était pas exactement comme ça, j'avais toujours considéré que c'était l'argent de Ned et je ne le dépensais presque jamais pour moi. Je ne m'achetais rien de luxueux, mais quand même, je n'aurais jamais été obligée de garder des affaires jusqu'à ce qu'elles deviennent des loques pareilles. Et maman ! Je me rappelle la façon dont, pendant toute mon enfance, elle bazardait les tasses à la première ébréchure, les verres dès qu'ils avaient une petite fente, le moindre objet présentant un défaut. Les choses ne méritaient pas d'être conservées si elles n'étaient pas parfaites. Je me rappelle cet impératif tandis que je regarde ses sous-vêtements, le soin avec lequel ils sont pliés. Cette propreté minutieuse qui avait survécu au désespoir. Ça, et la présence physique de Bett que recèlent ces articles, l'immédiateté et l'intimité de ces choses qu'elle a portées tout contre sa peau. Le pire, ce sont les soutiens-gorge, les soutiens-gorge avec les seins fantômes qui continuent à les bomber, les formes fantômes de Bett si vibrantes de vie, si pressantes qu'elles peuvent mouler le tissu, renfler la dentelle, tirer sur les bretelles, ces formes de son corps qui inspiraient et expiraient autrefois avec elle, qui retenaient la chaleur, qui m'enlaçaient, et qui maintenant ne sont plus, réduites à l'état de cendres, simplement parties, disparues de la face de la terre. Je ne sais pas quoi faire. Je vide le tiroir dans mon carton et en ouvre un autre. Fatigué, déchiré, un sac en plastique grisâtre rempli de flacons de pilules, provenant sans doute des dizaines d'ordonnances des trois dernières années. J'ouvre le sac et en verse le contenu sur le dessus de la commode. Il y a là des comprimés prescrits par une bonne vingtaine de médecins différents. Je reconnais certains noms pour les avoir aperçus sur ses factures (des psys qu'elle avait consultés une fois ou deux et n'avait pas payés). Combien de ces pilules prenait-elle ? Difficile à dire, il y en a tellement, délivrées si libéralement, si criminellement, si négligemment. Et gardées par Bett, amassées, dans quel but ? Il y a ici assez de comprimés pour tuer une famille de vingt personnes. Était-ce prémédité, dans ce cas, les avait-elle accumulés exprès ? Ou bien, digne fille de ce scientiste chrétien à l'esprit dérangé qu'elle était, testait-elle simplement ces médicaments, dans l'espoir de trouver la pilule magique qui ferait s'évaporer toutes ses souffrances ? Qui la ferait s'évaporer elle ?

Je vide le contenu des autres tiroirs dans les sacs pour les sans-abri. Les images défilent avec les étoffes et les couleurs, les T-shirts qui me rappellent des conversations, les robes qu'elle faisait mais ne finissait jamais, des sacs entiers de fils de couleur pour sa machine à coudre, de vieux patrons, des épingles encore plantées dedans, de vieilles jupes, et des jeans qui me remémorent son corps magnifique et me font m'effondrer comme un amant sur les reliques de quelque beauté morte. Je trouve la chemise de nuit Dior que je lui ai offerte pour le précédent Noël, et l'espace d'une seconde s'instaure une sorte de répit. Elle est encore à l'état neuf… conservée tel un article de luxe rarissime parmi tous ces vêtements usés et morts ? Ou rejetée comme le geste inadéquat de l'enfant ingrat ? Suis-je blessée qu'elle ne l'ait pas portée ? Ou simplement soulagée qu'elle soit là, preuve que j'étais capable d'un acte de gentillesse ? Pour cette dernière raison, je pense, mais peut-être pour toutes ces raisons à la fois, je la range dans le carton que j'emporterai avec moi ; tout comme la tasse et la soucoupe en Limoges que je lui ai offertes il y a seulement quelques semaines. Tout ici m'inspire des sentiments contradictoires, ma poitrine me fait franchement mal à présent et j'ai toujours des difficultés à respirer. Je range des choses dans mon carton, en mets d'autres à la poubelle, en empile sur le lit en vue d'une visite ultérieure. Je ne sais plus ce que je fais, j'ai la tête qui tourne, des formes noires comme des ailes d'oiseau battent devant mes yeux. Il n'y aura pas de visite ultérieure. Je ne reviendrai plus jamais ici. Je contemple ces lieux pour la dernière fois, je le sais. Je vois le manteau en lapin que je lui avais acheté, aujourd'hui vieux de cinq ans et déchiré, et de nouveau je me sens soulagée qu'il existe, tout en percevant comme un reproche l'état dans lequel il est.

Le vertige me saisit à présent, devant les étagères du placard et leurs tas de photos, ces books où j'avais réuni les images de ses œuvres et dont elle ne s'était jamais servie, ces croquis de sandales sans lanières et de robes cubistes, toutes ces inventions et ces autres projets d'évasion remontant au début des années 1950, ces plans pour s'échapper, se soustraire à tout cela, tous ces vestiges aujourd'hui craquelés, jaunis, tachés de graisse ou couverts de poussière, mais tous *sauvegardés*, précieusement, malgré les expulsions, contre vents et marées, comme s'ils symbolisaient encore un espoir. Ou peut-être n'étaient-ils que les souvenirs d'une époque révolue où l'espoir existait en effet. Je ne sais plus. Je les mets dans le carton. Je prends une paire de chaussures à talons hauts, avec la forme de ses orteils et la crasse incrustée dans les semelles, les range également dans le carton. Je regarde les bottes de caoutchouc qu'elle a portées durant tout ce printemps pluvieux. Je me penche pour toucher le ruban de masquage noir qui couvre les craquelures, atterrée par ce rafistolage, ces bottes de caoutchouc bon marché réparées avec les moyens du bord d'une façon si effroyable pour empêcher l'humidité, pour empêcher le froid. C'en est trop pour moi, je retire ma main des bottes, referme la porte du placard, laisse les piles plus ou moins en ordre sur le lit pour Hal, attrape mes sacs et le carton puis m'en vais. Si je croise quelqu'un dans l'escalier, j'aurai sans doute un mouvement de recul, comme la criminelle que j'ai l'impression d'être. J'ai le nez qui coule et les yeux qui pleurent. Je n'arrive plus à respirer. Au pied de l'escalier, je m'essuie le visage avec la chemise de nuit Dior, inspire lentement comme on vous l'apprend au yoga, puis rapporte à la maison les reliques de ma mère.

Ce soir-là, alors que Ned est parti à une réunion, je me couche seule, vêtue de la chemise de nuit Dior et sentant la présence de ma mère dans la pièce, juste à côté du lit. Une présence affectueuse, consolante, mais avec quelque chose d'excessif. Pas lointaine, détachée ou réconfortante, à la manière d'une mère caressant son enfant d'une main distraite. Non, cette présence est aussi passionnée que moi. Les sanglots se mêlent aux excuses. Elle est *vraiment désolée,* elle n'a pas le choix. Et je suis *vraiment désolée.* Je sens la douleur dans ma poitrine à l'endroit d'où viennent les larmes, franchissant ma gorge et se déversant en silence, en filets réguliers, sur chacune de mes joues pour rejoindre l'oreiller. Chaque fois que je respire, je sens ce poids supplémentaire dans ma poitrine. J'ai l'impression que c'est elle, couchée avec moi, ressentant ce que je ressens, comme si nous ne faisions qu'un. Quelquefois, même quand je ne pleure pas mais que je suis simplement étendue là, je ressens cette douleur, ce poids, cette présence, et alors la douleur disparaît et je sais que je ne suis plus privée d'elle.

Je me lève. Je ne pleure plus. Je suis comme exaltée. Je vais dans la salle de bains où j'emporte le carton. Je le pose à côté du lavabo et, debout devant la glace, je touche ses affaires. Je mets ses boucles d'oreilles avec le sparadrap sur le métal. Je m'empare de ses crayons de maquillage et en utilise un sur mes sourcils. J'applique son eau de Cologne Blue Grass derrière mes oreilles. Je mets un mince collier que Hal lui a offert… non, il lui avait offert le médaillon, que j'ai laissé là-bas ; cette chaîne en or, elle se l'était achetée elle-même. Quand je mets sur moi ces choses qui lui appartenaient, elles disparaissent en tant qu'objets, elles deviennent magiques, des moyens de transmission, de communication. J'essaie d'enfiler ses talons hauts, mais mon pied dépasse comme celui de la vilaine belle-sœur de Cendrillon et j'ai peur d'abîmer les souliers. Je touche le soutien-gorge, mais je ne le mets pas parce que je me sentirais perverse. J'enfile son T-shirt bleu avec des poils de chat, de petites déchirures aux coutures et une espèce de tache de bave, sans doute elle aussi due à un chat, dernière créature que ma mère ait pu entourer de ses soins maternels. Là debout avec une de ses chaussures à moitié enfilée, son T-shirt par-dessus sa chemise de nuit, ses boucles d'oreilles et son collier, son parfum et son maquillage, j'essaie de m'immiscer dans ce qui peut rester d'elle, tâchant d'assimiler sa chaleur, son odeur et les formes de son corps à la manière d'une cannibale, d'une chrétienne primitive comprenant mal l'Eucharistie, d'un travelo ou d'une vieille pute, là, avec son rouge à lèvres sur ma bouche et mes yeux dégoulinants de son maquillage, comme ça, boitillant sur mon unique talon haut, comme ça, je regagne mon lit et m'écroule sur les draps, emportant ma mère ou ce qu'il reste d'elle dans mon lit avec moi.

Ned et moi quittâmes New York, retournâmes à la campagne, et elle nous y tint compagnie. Elle était à la fois en moi et autour de moi dans tout le vert et toute la chaleur de la campagne. Au milieu de ce vert, j'avais l'air d'un être incandescent ; quelque chose en moi tournoyait, palpitait, incroyablement dense, engendrant des flots d'amour et de chagrin, mais surtout de l'amour, de manière tellement douloureuse que ma poitrine me faisait mal en permanence et que j'avais la gorge en feu. Tout bourdonnait alors, vibrait, croassait, oscillait, comme si mon terrible amour et mon terrible chagrin inondaient toute la campagne de chaleur, de bruit et de lumière, et que la lumière, la chaleur et le bruit s'enroulaient autour de moi et m'emmaillotaient, me tenant hermétiquement isolée, protégée, à l'écart des autres, puis me délivraient à différents moments de la journée, pour me rendre délicatement à la vie ordinaire.

Mais il suffisait que je commence à sentir la présence de Bett ou que je pense à elle pour que le tourbillon redémarre, tout doucement, mais de plus en plus puissant, et bientôt j'étais emportée très loin, je volais haut dans les airs dans mon étrange douleur, une sorte de douleur naturelle universelle, comparable à un accouchement, comme si je faisais partie de la terre, du vent et de la lumière, et que toute leur douleur existentielle, toutes leurs convulsions, toutes leurs étincelles, toute la lumière, la chaleur et l'air qu'ils produisaient m'appartenaient… Je créais le jour à partir de ma douleur pour Bett, transformant mon corps en un instrument de deuil et de connivence avec tout ce qui m'entourait, et les animaux le sentaient, les arbres le sentaient, ils sentaient que nous ne faisions tous qu'un, et l'esprit de Bett, qui était avec moi, me berça ainsi pendant des semaines, m'enveloppant dans la lumière, l'amour et la douleur, me hissant dans les airs.

Jamais je n'avais été autant en communion avec la nature que durant ces premières semaines après la mort de Bett. Je la sentais qui jouait des coudes, qui s'insinuait partout. Elle se manifestait dans la chaleur et l'humidité qui se faufilaient par la moindre ouverture, les araignées qui s'installaient dans la baignoire, arrimant leurs toiles aux têtes des brosses à dents, enroulant leurs fils autour des poils : elle prenait possession de toi la nuit, de la même manière que Bett, chaque nuit, prenait possession de toi dans ton sommeil. Elle se manifestait dans les phalènes qui tissaient des cocons dans le châssis des fenêtres de la salle de bains, des fenêtres suffisamment ouvertes pour laisser passer toutes ces minuscules créatures qui vivaient, tuaient, mouraient et se reproduisaient. Intérieur et extérieur accédaient alors à une certaine complétude, il n'y avait plus de frontières, comme si une force s'imposait du dehors afin d'exiger l'unité. Et le temps lui aussi forçait les frontières, si bien que quand ces toiles d'araignée et ces cadavres de phalènes formaient une poudre blanche sur les rebords de fenêtre laqués de blanc, je me retrouvais à Mirrenwood, avec ses antiques rebords de fenêtre repeints en blanc que parsemaient des insectes morts ou en train de pondre, et nous petites filles enfilant nos sous-vêtements blancs derrière les rideaux à plumetis de la salle de bains, qui scintillaient sous le soleil du matin. Et ici dans cette ferme à présent tout se confondait, la lumière blanche du matin d'été et le vert de la vigne vierge et des branches, l'odeur et la chaleur de la végétation en train d'expirer et d'exhaler de l'humidité, et la chaleur du deuil, la moiteur, l'engourdissement, la tentation irrésistible de céder au chagrin, l'intérieur et l'extérieur s'unifiant dans la peine, du petit matin jusqu'à la nuit, ces nuits torrides et moites quand la sueur, les pleurs et l'humidité extérieure n'étaient plus qu'une seule et même chose. La nuit, le vert de la journée se changeait en une obscurité qu'illuminaient les lucioles attirées par la fraîcheur des prés derrière notre fenêtre, ou par la grande mare où les grenouilles s'adressaient d'énormes coassements quasi obscènes, des appels sonores puissamment sexuels, parodie de chorale aux chanteurs trop nombreux, accompagnement grotesque de mes larmes nocturnes.

Parfois Ned et moi faisions l'amour, nos corps glissant l'un contre l'autre telles des pierres sous l'eau, transpirant et palpitant comme le monde torride du dehors. Seulement, au fond de nous, nous étions brisés, essayant de trouver un équilibre, de communiquer par l'entremise de notre épiderme, nous sachant perdus dans l'océan de notre chagrin, avec, partout autour de nous, la chaleur, la pesanteur, la verdure et la brutalité d'une nature aux battements oppressants.

La douleur ne venait pas uniquement de Bett, mais de nous, aussi, cette façon aveugle et pathétique dont nous tâtonnions, nos visages gonflés par les pleurs, la chaleur ou le sexe, tuméfiés comme des visages qui auraient pris des coups. Nous étions ankylosé comme des gens qui auraient pris des coups, et cela nous peinait, nous consternait, voire nous gênait un peu, de devoir ainsi nous chercher à tâtons, tels des ogres claudiquant dans un paysage désert, tels des monstres de Goya, au milieu de tout ce chagrin vert foncé. Nous étions notre dernier espoir de soulager la douleur, et nous nous tournions l'un vers l'autre presque avec dureté, comme si le sexe était la réaction de l'organisme à la stérilité absolue de la mort. Mais la mort était plus féconde que nous, et il n'y avait pas d'amour dans nos rapports sexuels, pas de réconfort, pas de compassion. Je m'efforçais de ne pas me rappeler comment nous étions quand le père de Ned était mort, combien nous avions été différents alors, et comme le fait d'être amoureux nous avait aidés à surmonter ce drame. Ce n'était pas seulement cette attitude absente de Ned que j'avais constatée pour la première fois la nuit où nous avions appris la mort de Bett, mais son air d'épuisement, ce sentiment qu'un gouffre s'était creusé entre nous. Il n'était tout bonnement pas avec moi, pas plus que moi, accablée de chagrin, je n'étais avec lui. Nous niions le problème, trouvions des excuses à notre engourdissement, mais il avait quelque chose d'inquiétant, comme si une deuxième perte allait survenir, flagrante, écrasante. Je me serais tournée vers Ned si j'avais pu, mais toutes ses étreintes m'exilaient de plus en plus loin à l'intérieur de moi-même, tandis que ce qui se trouvait simplement autour de moi – la touffeur de l'air, les grenouilles en phase d'accouplement, les souris, les taupes, les ratons laveurs, les araignées, les moucherons, les serpents noirs qui mouraient écrasés par les voitures sur la route noire bitumée, les chiens et les chats, les lilas et les arbres en berceau, les bruits de la campagne et puis les souvenirs que j'avais de ce lieu, les endroits où j'avais été avec Bett, tous ces bienveillants messages de patience que j'entendais dans le monde extérieur, toutes les lucioles étincelantes et les plantes phosphorescentes des marais, toutes ces étoiles et toutes ces nappes de nuages vaporeux dans le ciel, tout ce clair de lune et toute cette batterie de bruits nocturnes –, tout cela s'avérait plus réconfortant, plus tendre, plus maternel, plus paternel, plus comme un intime ou comme un amant, que Ned.

J'aurais pu me noyer dans cet été de deuil tout en verdure et en humidité si celui-ci s'était tenu tranquille, s'il était resté bras ouverts. Or il changea progressivement, et puis, tout à coup, il tourna la tête pour me recracher. Des choses commencèrent à arriver, le temps se remit à s'écouler, et l'urgence fit son apparition. Un sentiment d'insécurité s'installa. Survinrent des accidents improbables et des tempêtes hors norme. Un jour qu'il était dans le salon avec un ami, Ned, en faisant un geste, s'accrocha le doigt au vieil hameçon d'une canne suspendue au mur et dut être conduit à l'hôpital pour y recevoir une vingtaine de points. Il y eut des crues subites et des orages bibliques, comme quand Bett était avec nous à la fin du mois de mai. Un soir, seulement quelques heures après qu'il l'eut quittée, l'immense grange ancienne où Ned travaillait fut frappée par la foudre et réduite en cendres. Dans le pré où se dresse la grange, alors qu'il pleut des cordes, une foule de badauds évoquant une bande de lyncheurs regardent le ballet des pompiers et les flammes qui dansent follement sous des cieux torrentiels. À New York un cambrioleur pénètre dans la maison ; il ne vole rien, mais laisse la fenêtre du salon ouverte et un couteau de cuisine sur la banquette de l'entrée. Et en Californie ma tante Veronica, âgée de soixante-quinze ans, lasse et déprimée par la vieillesse, suit l'exemple de Bett et se suicide.

Je tombe de plus en plus profond dans le trou vert, la maladie du deuil, la chlorose dite « maladie verte », saisie de vertiges et de nausées. Je résiste grâce aux mots, me remettant à écrire, reprenant le fil de mon roman, mais le modifiant, décrivant une mère pleine aux as qui s'escrime à convaincre sa fille brisée qu'elle ne peut pas renoncer comme ça, qu'elle doit continuer. J'inverse les rôles et je parle à Bett, mais je me parle aussi à moi-même, faisant revivre ma mère morte pour qu'elle soit de nouveau avec moi, peu importe sous quel déguisement, de façon que je puisse entendre une voix maternelle m'affirmer que tout ira bien.

Cet été-là, le conseiller financier de Ned vint passer quelques jours chez nous. Nous dépensions trop d'argent depuis le printemps d'avant, à cause de la maison, à cause de Bett, mais Gordon avait toujours trouvé des astuces pour couvrir les frais. Nous nous reposions sur lui et ses tours de passe-passe. Il était tellement droit, tellement fiable, nous nous sentions rassurés, nous nous sentions chanceux de l'avoir, chanceux de pouvoir, grâce à lui, penser à des choses moins prosaïques. Mais lors de cette visite, il ne nous parut pas aussi stoïque ; il avait l'air étrangement débraillé, un peu hagard. Il nous dit qu'il ne dormait pas bien : il travaillait beaucoup, la liste de ses clients s'allongeait, il voyageait constamment. Mais cela ne suffisait pas à expliquer son état. Après son départ, nous trouvâmes une bouteille de scotch vide dans sa chambre, un roman à suspense et une seule chaussette. Dans notre désarroi, nous n'y prêtâmes pas grande attention ; nous n'étions pas capables de prudence.

Gordon revint nous voir après l'été, quand nous eûmes réintégré notre logis new-yorkais. Assis avec nous dans la cuisine de la 95e Rue, il posa la tête sur ses bras. Il déclara qu'il n'y aurait plus d'argent parce que le capital avait disparu. Eh oui, envolé. Avec la procuration que lui avait signée Ned quand nous avions quitté New York, il avait retiré tous les fonds disponibles, nous allouant simplement des sommes suffisantes pour que nous ne remarquions rien. Il avait toujours eu la ferme intention de rembourser, sauf que les choses s'étaient mal passées. Il paraissait mal en point, transpirant et bouffi. Il se mit à pleurer. Il affirma qu'il nous rembourserait jusqu'au dernier cent, nous devions lui laisser du temps. Il était plus désolé et plus honteux qu'il n'aurait su dire. Pour prouver sa bonne foi, il nous rédigea un chèque de cinq cents dollars. Sur quoi il partit, disant qu'il prendrait contact avec nous à la fin de la semaine.

Nous n'eûmes aucune nouvelle de Gordon pendant quinze jours. Ned se rendit alors à son domicile dans le Bronx, espérant l'y trouver. Il tomba sur sa femme et ses enfants, mais pas sur Gordon. Ned s'entretint avec des avocats, avec d'autres clients indignés, fit ce qu'il put pour retrouver la trace de Gordon, mais Gordon s'était évaporé, tout comme l'Argent.

Ned avait tellement honte qu'il n'osa le raconter à

personne. Tout semblait perdu désormais, non seulement l'argent, mais la confiance que son père mort avait mise en lui. Ned n'avait pas veillé sur le legs de son père. Ned avait perdu son argent et j'avais perdu Bett, pour l'heure, tout ce que nous pouvions faire, c'était mettre en location la maison de la 95e Rue, nous débrouiller avec le maigre revenu que nous en tirerions, et tâcher de savoir où nous en étions.

Quelque part, Ned est furieux contre moi. Il m'en veut de la mort de ma mère et de son propre châtiment. Tout le monde me semble en colère contre moi. À moins que, dans mon terrible sentiment de culpabilité, qui est maintenant la façon dont mon chagrin s'exprime, je ne voie leur colère partout.

Mon père : le lendemain de la mort de Bett, Ned l'avait appelé dans le Norfolk. Il n'avait jamais dit : « Passe-moi Helen », il n'avait jamais rappelé plus tard, il n'avait jamais écrit de lettre. Au fil de la semaine, j'avais reçu des mots affectueux de tous les amis et parents du Norfolk, sauf de lui. Ce silence trahissait à mes yeux une stupéfiante indifférence.

À Noël, nous échangeâmes nos vœux, j'eus droit à une autre trousse de toilette en plastique, et à une carte de Harriet qu'il avait daigné signer. Nous mîmes notre maison en location, et Ned partit pour Londres. J'habiterais chez des amis pendant qu'ils étaient en vacances.

C'était un drôle d'endroit, un grand loft blanc à

l'arrière d'un immeuble. Il n'avait pas de fenêtres, seulement des volets en trompe l'œil, peints irrémédiablement fermés. Il n'y avait aucun moyen de savoir si c'était le jour ou la nuit, ou que c'était l'hiver. Je savais vaguement que c'était Noël. Je savais que Bett était morte et comment elle était morte ; que c'était en grande partie ma faute et que je ne pourrais jamais réparer cela. La bataille incessante, la dispute continuelle avaient pris fin, et Bett aurait toujours le dernier mot, il n'y avait plus rien que je pourrais lui dire qu'elle fût susceptible d'entendre ; tout ce qui allait arriver entre nous était déjà arrivé et était fixé pour toujours quelque part dans une grande pièce blanche où il n'y avait ni jour ni nuit – une pièce comme la grande pièce blanche de mes cauchemars à Mirrenwood, où j'avais baissé les stores pour occulter la lumière. J'avais occulté la lumière et maintenant je devais courir en rond à l'infini sur une piste de caoutchouc dans une vaste pièce blanche pour échapper à cette espèce d'ambulance, cette espèce de camion-poubelle, ce monstre aux mâchoires mécaniques qui me pourchassait, courir le plus vite possible, crier le plus fort possible, tâcher de me réveiller.

Ce fut là que, ce premier Noël, seule dans un loft d'emprunt dénué de la moindre ouverture, soudain mille fois seule et coupée de tout, je compris d'une manière différente en quoi Bett et moi étions sœurs, et que son destin allait être, devait être, le mien. Ce fut là, allongée sans dormir à cinq heures du matin, ou bien à midi, à six heures ou à dix heures du soir, à la lumière artificielle, que je mis à entendre réellement, littéralement, l'appel des lames de rasoir dans l'armoire à pharmacie, envoûtant comme le chant des sirènes. Quand j'allais dans la salle de bains, je me contentais de les regarder, cherchant à comprendre comment elles arrivaient à produire ce son.

Ned revint pour le Nouvel An, et nous fûmes de nouveau seuls l'un avec l'autre. Nous nous disputions tout le temps, aussi usés que de mauvais pneus au bandage trop fin, risquant la crevaison, l'explosion, risquant d'envoyer le véhicule dans un fossé à la moindre aspérité. Il n'y avait aucune croyance pour nous soutenir. Trop de mauvaises choses s'étaient passées. Nous n'avions pas eu suffisamment de répit pour digérer tout cela ; Bett, Veronica, la perte de l'argent et, maintenant, apparemment la perte l'un de l'autre. C'était peu dire que nous avions les nerfs à vif ; nous dégagions tous deux de l'électricité, de jour comme de nuit.

J'aime l'entendre s'agiter, taper ses nouveaux articles, parler au téléphone, appeler Bertie. Je l'aime à cette distance-là, sentir qu'il est en sécurité, ponctuellement satisfait, accaparé par sa propre vie. Quand il est avec moi, quand il monte me dire ou m'apporter quelque chose, il accuse une fatigue, une lassitude dont je me sens responsable et qui me laissent désemparée. Souvent je voudrais qu'il m'assure que cet enfer va passer, que les choses vont s'arranger, qu'elles vont s'améliorer entre nous. Je voudrais de tout mon cœur l'entendre me dire cela. Mais je n'ose pas le lui demander, je ne m'en sens pas le droit.

Il nous arrive encore de nous montrer tendres, du moins de loin en loin. Je trouve toujours que Ned est un homme bien, un homme bien dépassé par les événements et terrorisé, un homme gentil réduit à la cruauté. Il pense que sa vie est fichue, que tout l'abandonne, ses dons, son intelligence, l'argent et les privilèges, tout son univers de culture, d'art et d'ordre. Cela fait décidément trop de choses à être allées de travers, à s'être fracassées sur les écueils du nouveau monde, à avoir été sacrifiées pour un amour impossible devenu à présent un mariage impossible.

Il se voyait comme un homme démoli, un homme éploré et ruiné sans aucune perspective d'avenir. C'était pour lui une version de la situation. L'autre était que nous faisions simplement une petite pause à la campagne. Nous nous disions de temps en temps que les choses pourraient être pires. Nous avions tous les deux la santé, nous pourrions toujours vendre la maison une fois passé la crise immobilière, et maintenant, regarde, nous sommes libres, libres de faire ce que l'abondance de choix nous a empêchés de faire, nous contenter de vivre le présent. Va savoir, ce chemin tortueux va peut-être nous mener vers le bonheur... Nous nous tenions ces propos rassurants, nous embrassions et nous sentions rassérénés, puis une vague charriant tout ce qui s'était passé nous submergeait et c'était reparti, nous redevenions craintifs, agressifs, beuglant, fulminant ou disparaissant, trop effrayés pour parler, trop effrayés par nos pensées pour ne serait-ce que nous trouver dans la même pièce, sauf que maintenant, contrairement à avant, nous n'avions aucun refuge, aucun logement supplémentaire, aucun abri provisoire où nous précipiter le temps de nous calmer. Comme la plupart des gens en ce monde, nous devions soudain affronter la réalité telle qu'elle était, et nous n'en avions pas l'habitude.

Quand nous n'arrivions plus à nous parler sans colère, nous parlions aux animaux. Ned s'adressait au chien ou au chat et, par ce biais, me faisait savoir qu'il allait bien, que ses sentiments étaient intacts. Nous pouvions leur parler affectueusement parce qu'ils nous semblaient posséder une innocence que nous-mêmes n'avions plus. Pendant de longues périodes, nous nous bornions à cohabiter sans un mot, et d'autres bruits constituaient alors notre mode de conversation. Ainsi, Ned entrechoquait la vaisselle ou faisait couler l'eau d'une manière particulière pour me faire comprendre qu'il allait bien, que les chagrins les plus lourds s'étaient un peu atténués, suffisamment pour lui permettre d'accomplir les tâches toutes bêtes qui l'attendaient. Quand il y avait beaucoup de claquements de portes ou d'objets renversés, j'avais le bon sens de rester à l'écart et de ne pas broncher. Je n'étais pas assez robuste pour assumer le poids de sa détresse et j'apprenais à garder mon propre désespoir pour moi. Nous nous tenions prudemment à distance : ce stratagème nous permettait d'éviter le meurtre, mais il était facteur d'une solitude brutale à laquelle nous n'étions pas accoutumés. C'était comme si, avec la mort de Bett, nous avions perdu tout droit au réconfort humain, y compris le nôtre, comme si, au mieux, nous pouvions nous adresser aux animaux, témoins innocents de notre crime.

[…]

Je partis. Je finis par partir. Je partis parce qu'il n'y avait pas d'autre solution. Je partis en prétendant, et en croyant à moitié, que je ne m'en allais pas vraiment, que je partais simplement en voyage d'affaires – voir l'éditeur anglais qui avait accepté mon roman. Dans le train pour Londres, je pleurai, je pleurai à travers la campagne, je pleurai et couvris même de sang tous mes draps de *wagon-lit** comme si j'avais fait une fausse couche, comme s'il y avait eu réellement un cadavre. Je me sentais cernée par toutes les peurs qui avaient pu hanter ma vie, certaines provoquées par le souvenir, d'autres un effroi pur et simple : la peur de l'abandon, de la disparition. Mais en fin de compte, à la lisière de cette peur – cette peur qui, grâce aux défenses que constituaient le déni, la torpeur et la dépression, existait sans exister, et évoquait un peu ce ciel anglais que j'apercevais, d'abord d'un bleu foncé impénétrable, puis gris, puis blanc, puis foncé de nouveau – brillait une petite flamme, une minuscule étincelle, une infime lueur, attrayante et scintillante, de « liberté ». Quoi que puisse signifier le terme, elle était là, prête à servir dès que me serait accordée la force d'en faire usage.

Onze

À Londres, je me concentre sur la façade, sur l'apparence. Je vois mes amis un par un et prends soin de ne pas me dévoiler, de peur de ne plus me retrouver. La compassion des autres peut s'avérer extrêmement dangereuse. Si tu te laisses aller, si tu t'appuies sur autrui, si tu acceptes le réconfort, la vie de l'autre côté de ta porte fermée sera insupportable. Il se peut que tu ne sois même plus capable d'arriver au métro.

J'ai besoin d'une vérification venue de l'extérieur. J'ai besoin de femmes avec qui déjeuner et prendre le thé, des femmes qui jugent mes tenues et mon aspect physique et décrètent que je vais bien. Ici en particulier, où les gens prennent moins de risques, bougent moins, « papillonnent » moins, mon chaos ressemble à du courage, et je suis applaudie comme un divertissement qui ne serait pas uniquement amusant. Bien à l'abri de leurs jolis foyers, elles me voient arpenter ma lande, et je leur apparais comme une égarée, une romantique. Les hommes sont plus méfiants, ou plus sages, et me considèrent simplement comme une proie ou une tierce personne. En tant que tierce personne, je constitue une menace. Les femmes devraient se comporter de telle ou telle façon et, vu mon comportement, je ne peux servir que pour une aventure. (Impossible de se caser avec elle ; elle n'est pas du genre à se caser.) Si Edward n'est pas fichu de domestiquer sa femme, alors loin de ces hommes l'idée de s'y essayer. Dans une certaine mesure, le fait que je me retrouve à Londres incontrôlable comme un fragment de mitraille, agitée comme une bille dans une boîte en fer-blanc, est perçu comme l'échec d'Edward. Bonne pour la causette au dîner (mais ne lui lâchez pas la bride car sous les bulles et l'écume de la surface… eh bien, même eux peuvent voir les eaux sombres qui éteindront les flammes de la séduction), et bonne bien sûr pour le sexe, mais pas vraiment pour un lien plus profond – elle est un peu ébranlée par son passé récent (une histoire de suicide, c'est ça ?), et cette séparation semble compliquée. Sans parler de ses liens avec l'étranger. Où est-ce qu'elle vit, d'ailleurs ? À New York ? Elle a l'air normale, mais non, pas tout à fait, elle n'est pas tout à fait des nôtres, même si, bien sûr, pour certaines choses, elle en devient d'autant plus intéressante.

De mon côté, je me dis : je m'en suis pas mal sortie ce soir. Forte de cette victoire, je pourrai aller demain à ce cocktail. Et puis il y a un dîner après le cocktail, si bien que je n'aurai pas à repartir seule, triste et un peu éméchée, mais que je serai en sécurité, assise à une table couverte d'une nappe où seront disposées des assiettes en porcelaine, à arborer une tenue séduisante, à tuer le temps en bavardant. Je n'ai rien à craindre pour les trente-six heures qui viennent, après quoi je pourrai appeler tel ou tel pour déjeuner samedi, dîner avec machin ou bidule, ce qui nous laisse uniquement le dimanche, et quelque chose se présentera peut-être. Mieux vaut ne pas partir de nouveau tout le week-end, la tristesse a tendance à frapper même là, quand je me trouve entourée de gens à l'existence bien protégée, quand je suis confrontée à des enfants, à des repas en commun, à des paysages. Que j'aie envie de ces choses-là ou non, j'ai envie des choses que ces choses-là semblent procurer : la paix, ou du moins l'absence de souffrance. Mais je n'arrive pas à tenir longtemps : un week-end entier et je suis susceptible de perdre mon élan, de craquer, de cesser d'être charmante ou amusante – comme sont implicitement tenus de l'être les invités du week-end – et de réveiller la douleur, de devenir gênante, d'absorber leur compassion en même temps que leur nourriture et leur boisson, et de rentrer chez moi dépouillée de l'illusion que la situation s'améliore.

Donc je parle à longueur de journée et je bois et je dîne chez des amis, ou bien je donne dans mon appartement en sous-sol de petits dîners, comme si Ned n'était que provisoirement absent, je ne sais pas encore comment repasser du « Mme » à mon moi antérieur ou mon vrai moi, quel qu'il puisse être. Je suis plus loin de ce moi que je ne l'ai jamais été. C'est sûr, dans ma « vraie » incarnation, jamais je ne donnerais ces dîners dénués de sens – c'est la fête déguisée anglaise pour laquelle on se doit d'endosser le costume adéquat, qu'on soit l'hôte ou l'invité. Il n'y a pas d'atours appropriés pour l'épouse célibataire, la femme qui n'est pas tout à fait divorcée, pas tout à fait abandonnée. Encore absente également, la dignité du célibat, si tant est que dignité il y ait, et de toute façon, ici, pour les femmes « comme moi », le célibat ne peut être qu'un état provisoire. Il est absurde d'imaginer que je ne me remarierai pas, et même avant un an, m'affirment-ils. Aussi ai-je droit à des conseils, des mots de compassion, des confidences sur leurs propres idylles et des présentations. Il y a ici de l'amour et de la gentillesse, mais aucune image à laquelle je puisse encore m'identifier. Au contraire, je suis plus mince, mieux habillée – pour les jeux de pouvoir, la séduction, les dîners – que je l'ai jamais été en tant que « femme mariée ». Mes tenues et mon maquillage ne sont qu'une armure ; les hostilités sont ouvertes. Le monde est de nouveau impitoyable et violent, et seuls survivront les plus forts. Je porte un déguisement de robustesse, de sensualité et de charme insouciant mais, à l'intérieur, je me sens blessée. J'ai besoin de chaleur et de réconfort, mais pas d'être disséquée.

Apparemment, les hommes ne vous accordent leur compagnie qu'en échange du sexe. Je ne suis pas sûre que ce soit ce qui se passe. Je trouve mes soirées « intéressantes » : elles mériteraient même le titre de « rancards », dans le langage de ma mère. Mais je ne suis pas douée pour les coucheries, je n'aime pas ça. C'est comme bien se conduire lors d'un dîner ou d'un week-end à la campagne, une forme de bonne éducation. Mais l'ancien moi est toujours là, et cette complaisance sexuelle ne relève qu'en partie de la curiosité : qu'en est-il là dehors après toutes ces années ? Est-on encore désirable, et par qui ? Ce fameux syndrome de la liberté retrouvée, à l'origine de bien des scandales et de bien des chansons… Le reste relève d'une résignation de victime : mon horizontalité parce que j'ai été écrasée, une forme d'impuissance qui pourrait même s'avérer séduisante en soi. Non, tu es fou, dis-je à un vieil ami marié. Mais c'est moi qui suis folle, et je me laisse persuader. Je sens l'expression de l'amitié se transformer avec les caresses : l'amitié me réconforte mais le sexe m'horrifie. « Cela n'arrive pas pour de vrai, me rassure-t-il, excité par mes pauvres protestations. Ce n'est qu'un rêve. »

Tout cela n'est qu'un rêve. Je « connais » des gens depuis des années, ou du moins je crois les connaître, et soudain me voilà avec eux déshabillés, et la relation prend une tout autre dimension. Le secret établit un lien entre nous, une étrange vérité s'énonce et le langage se modifie. Les mensonges et la politesse s'évanouissent et tu te retrouves avec ton ami déshabillé et tes manifestations d'affection déshabillées, après des années d'affection décemment vêtue et décemment traduite. Tu es entrée dans la sphère criminelle, où existe bien sûr un code de bienséance, mais tu te retrouves quand même dans la pègre après des années de « rectitude ». C'est étrange de penser à la foule de criminels qui se promènent en exhibant leur politesse dans la journée, et qui démontrent la nuit une liberté et une ouverture bien différentes. Tu es désormais parfaitement intégrée ici, ce qui ne fait que confirmer quelle étrangère tu es devenue ailleurs.

Je rêve de Ned, comme je vais rêver de lui pendant des années et des années. Dans ces rêves, il est toujours en colère et je suis toujours triste. Cette fureur, je la reçois comme un écho de la fureur de Bett, et ma tristesse est à la mesure de ces doubles pertes. Quelquefois ces rêves me poursuivent des heures durant, et je demeure bouleversée et hantée toute la journée. J'en reste imprégnée à chaque instant, effrayée pour lui comme pour moi, effrayée par sa folie furieuse, et ce à quoi elle pourrait aboutir. Parfois je me félicitais qu'il y ait tant de terre et d'océan entre nous. Quand, pas très souvent, nous parlions, nous mettions un soin extrême à ne pas évoquer nos vrais sentiments. Nous parlions de notre propriété commune – la maison de la 95e Rue –, de nos amis communs, de nos arrangements financiers, et, de manière un peu sarcastique, échangions des vœux de bonne santé et de prompt rétablissement.

Le plus ironique, c'est que je trouve cela terriblement contre nature d'être seule. Je trouve cela honteux et bizarre alors qu'il y a cinq ans, c'était le fait de me marier que je trouvais bizarre, et d'autant plus honteux. Or voyez, maintenant je suis seule dans un grand espace blanc avec un roman sur le point de sortir. Voyez, je suis une romancière célibataire, et encore jeune, aussi jeune que Gogi au moment de son divorce, assez jeune pour recommencer de zéro. Mais je ne peux pas recommencer, je suis bloquée, j'ai mal et je hurle pour réclamer ma mère comme à Mirrenwood, aussi abandonnée, aussi désespérée aujourd'hui qu'alors de voir la grosse voiture noire disparaître sous les arbres, aussi chancelante sur mes jambes aujourd'hui qu'alors. Et puis Ned est parti, lui aussi, et malgré le soulagement que j'éprouve (ce même « Dieu merci » terrifiant), j'éprouve en même temps de l'amour et une sensation de perte. Je suis tellement accoutumée à notre intimité, à la conversation constante de nos corps et de nos esprits, je suis tellement habituée au fait que mon existence soit reliée à la sienne… Je suis encore un complément d'objet dans une phrase régie par un homme. N'est-ce pas ironique ? Me voilà où j'ai toujours voulu être. Dès le début, quand j'ai admiré des femmes, c'était pour leur faculté d'agir en toute autonomie, de creuser leur propre sillon, de soulever leur propre brise en avançant. Constance, Gogi (malgré Bill, j'ai toujours pensé à Gogi comme à une célibataire) étaient des femmes capables non seulement de survivre seules, ou de clopiner avec grâce comme Bett, mais de triompher, d'avoir de l'amour et des amants sans renier pour autant leur personnalité. J'aurais peut-être dû admirer des femmes qui tentaient de sauver leur mariage ou de faire durer leur couple, mais cela m'avait toujours paru trop facile, même pour moi avec Ned, trop facile pour en retirer un quelconque mérite. Et cela non plus, cela ne manque pas de sel, car notre mariage, ah ça non, n'a jamais été facile.

[...]

Elle a marché, cette chose perverse que j'ai faite, ou plutôt assez bien marché. C'est une bénédiction de se sentir anesthésiée de la sorte, car il ne reste en moi aucune tristesse, seulement la résolution de travailler, « d'aller de l'avant ». Malgré la pureté qui m'entoure, j'ai besoin d'un lieu nouveau où écrire, où terminer mon nouveau roman, qui parle de « gaieté » et de cruauté. Je déniche un studio aménagé dans d'anciennes écuries, avec des fenêtres à tabatière sous lesquelles je peux aller travailler. Je sors avec une magnifique vedette de cinéma, un acteur récemment élu « coqueluche de la nation ». Il joue la comédie et moi aussi, et tout cela est chic, flatteur et joyeusement virevoltant. J'ai l'énergie nécessaire à présent, aussi bien pour écrire dans la journée que pour m'habiller et m'amuser le soir. Je ne suis pas une âme brisée, j'ai sauvé ma peau. Je l'ai échappé belle et c'est absolument grisant.

Je termine mon roman alors qu'il neige sur les fenêtres de toit. Je travaille jour et nuit et maintenant à la lumière artificielle, car le jour est masqué par la neige qui tombe. Je suis dans mon propre tunnel, avançant comme une taupe, de plus en plus gaillardement, comme si quelque chose me poussait à la roue. Je n'ai jamais travaillé aussi vite. Quelque chose me poursuit. Je le sens dans mon dos et dans le poids sombre de la neige au-dessus de ma tête, et je m'escrime tellement à garder mon avance sur cette menace que je n'ai pas le temps de me demander de quoi il s'agit.

Quand mon livre est fini, je le remets à mon agent et sors dîner avec l'idole du pays. Je me sens maintenant autorisée à me détendre, à me défouler un peu. Nous allons dans un restaurant grec à deux rues de mon nouveau logis. Nous parlons de mon roman, de son film, la bouteille de vin se vide et la conversation s'anime, tandis que, de l'extérieur, nous parviennent des bruits étranges comme des bombes qui explosent, et qui pourraient bien, selon nous, être des bombes de l'IRA. Nous rentrons à pied, remontant la rue sinueuse qui mène à mon studio. Nous nous penchons tous deux au gré de ses tournants, tanguant en chœur. Nous avons bu plus que nous ne pensions durant ces deux courtes heures si animées, et alors que j'approche de mon domicile, je vois au détour d'un virage la rue qui grouille de pompiers et de camions de pompiers, et je sens l'odeur de brûlé. Peut-être était-ce bien une bombe, finalement, mais je n'aperçois aucune ambulance, et l'incident semble terminé. Plus je me rapproche de l'endroit où se trouvent les pompiers, plus la chose paraît avoir un rapport avec moi, se passer juste à côté de ma maison, de mon côté de la rue. Puis la chose semble se passer à côté de la grande maison en face de mon studio, mais celle-ci est encore debout, et je continue à marcher comme une femme un peu ivre, ce que je suis, jusqu'à ce que je constate qu'il s'agit bel et bien de ma maison. Franchissant le portillon, tous deux désormais silencieux, nous longeons le sentier qui conduit au studio, sans comprendre encore tout à fait la situation car il n'y a plus de maison à cet endroit-là, juste une coquille fumante de murs effondrés sous des piles de verre brisé – les explosions que nous avions entendues. Parmi les monceaux de verre, on remarque des pieds et des dossiers de meubles noircis, des vestiges calcinés de livres et de papiers, de chaussures, de vêtements. Hébétée, je me libère du bras de l'idole du pays qui cherche à me retenir et traverse ce terrain peuplé de formes noires puantes et mouillées, dis bonjour aux pompiers et, sous cette absence de toit, entre ces murs en ruine, je continue ma route, me disant « je m'occuperai de ça demain », me dirigeant vers la chambre à coucher, qui n'existe plus, mais me dirigeant en réalité vers le sommeil dont j'aurai besoin pour affronter ce nouvel événement bizarre quand je le pourrai. Peut-être les pompiers me croient-ils en état de choc ou bête à manger du foin ; ils m'entraînent dans la cuisine de la grande maison, m'assoient sur une chaise, puis font venir l'inspecteur de la police judiciaire pour qu'il m'interroge.

« Vous aviez des ennemis ? demande-t-il. Qui était au courant de vos allées et venues ? Qu'étiez-vous en train d'écrire sur la machine qui trônait au sommet du bûcher ? » Puis l'agent de police arrive ; il exprime ses soupçons concernant le propriétaire de la grande maison dans la cuisine de qui nous nous trouvons. « Il était sur place et prétend qu'il n'a pas entendu l'incendie. Les gens l'ont entendu à dix maisons d'ici, mais pas lui. » Toutefois, l'argument décisif serait plutôt : « Le mec a plus de trente ans et vit encore chez sa mère. » L'idole me ramène chez lui. Nous buvons des litres de brandy, et aux alentours de quatre heures du matin nous nous endormons.

J'y retournai dans la matinée, habillée des seuls vêtements que je possédais désormais, et que je portais la veille au soir. Les lieux sentaient encore l'incendie, le plastique brûlé et la mousse carbonique, et tout paraissait pire à la lumière du jour. Il ne restait rien du toit couvert de neige sinon du plomb tordu et des monceaux de verre graisseux tout noirci. En se tenant entre ces murs, maintenant réduits à l'état de gravats, on mesurait ce qui s'était passé la veille en l'espace de deux heures. Les officiers de la police judiciaire arrivèrent, expliquèrent qu'ils avaient trouvé de l'essence, mais que la porte était toujours verrouillée. Ils en concluaient que le ou les malfaiteurs m'avaient regardée partir avant d'entrer par la seule fenêtre qu'il y avait. Ils avaient pris tous mes vêtements dans les placards, tous mes livres sur les étagères, puis les avaient entassés sous la table ronde où j'écrivais mon livre. Ils avaient ensuite versé de l'essence sur la machine à écrire et la table, le lit et le canapé, et y avaient mis le feu. Tous les meubles qui se trouvaient là n'étaient plus que ressorts et pieds calcinés. Sous les restes de la table de travail gisaient des morceaux de vêtements, un bout de soie rouge taché de fumée, des chaussures mortes, recroquevillées, des fragments de pages manuscrites, un agenda noirci et un passeport carbonisé, des bagages dévorés par le feu et, au sommet de ce bûcher, ma machine à écrire déformée de manière expressionniste, son bras de métal recourbé et tordu évoquant le monstre décrit dans *Richard III.*

Soudain je réalisai. Tout était perdu. Tous mes

vêtements étaient perdus. Toutes mes robes, mes jupes, mes chaussures, toutes mes vestes, tous mes dessous. Tous mes livres, tous mes carnets, tous mes papiers, mon répertoire, étaient perdus. Tout dans la salle de bains était perdu. J'allais devoir acheter une brosse à dents et de la lingerie de rechange, ne serait-ce que pour aujourd'hui. Et puis j'allais devoir trouver comment téléphoner aux gens que j'étais censée voir cette semaine-là. J'étais supposée me rendre à Paris dans dix jours. J'allais devoir téléphoner aux amis de là-bas. Je n'avais plus de passeport, plus leurs numéros de téléphone, plus d'agenda. J'étais sûrement censée voir quelqu'un au déjeuner aujourd'hui et au dîner ce soir, mais impossible de me rappeler qui. Pour appeler les gens à Paris, je devais appeler des gens que nous connaissions à New York. Pour appeler New York, il me faudrait appeler des gens à Londres ; je devais appeler des gens à Londres pour appeler des gens dans le Norfolk. Je dus m'asseoir, emprunter un stylo et un morceau de papier et noter tous les numéros que j'avais en tête, puis essayer de construire à partir de là un cercle de plus en plus large. Je devais essayer de me rappeler où j'allais cette semaine et prévenir les gens, retrouver les numéros, me souvenir des noms. Je devais mettre un terme à mon hébétude parce que ma mémoire était tout ce que j'avais. Je devais me procurer de l'argent quelque part pour pouvoir acheter de quoi me changer, tenir jusqu'à demain. À un moment donné, il fallait que je prenne la pleine mesure de la situation, que je me souvienne et que je me résigne à la perte de l'intégralité de mes affaires.

J'eus soudain une autre révélation. Il n'y avait pas d'issue à ce studio, seulement une fenêtre et une porte, et si j'avais été endormie quand l'individu était entré par la fenêtre, je n'aurais jamais pu rejoindre la porte. Alors j'aurais été perdue moi aussi, j'aurais fait partie de cet immonde fatras calciné. Je m'assis sur les restes d'un meuble non identifié, mettant du gras et du charbon sur mes seuls vêtements, et me dis qu'il s'en était fallu de peu. Je regardai de nouveau la façon dont l'incendiaire avait empilé toutes mes affaires sous la table et la machine à écrire, comme si le roman était la cause de sa colère. L'homme avait passé en revue mes vêtements, mes étagères, mes draps, et dressé délibérément un bûcher sous la table où j'écrivais. Le roman en avait réchappé, mais tout le reste avait brûlé. Qui avait pu être en colère à ce point ?

La police conclut que l'homme de la grande maison détestait les propriétaires de la petite maison parce qu'ils étaient millionnaires et avaient garé leur voiture de luxe et fait sauter leurs bouchons de champagne une fois de trop. Le conflit de classes, bien sûr, cela expliquait tout en Angleterre. En plus du fait que l'homme vivait encore avec sa mère. (Eh bien, nous étions deux dans ce cas-là…) Puis ils déclarèrent que c'était peut-être « le pyromane de

Queensway » – sept morts dans les parages au cours des dix-huit mois écoulés. Ils n'élucidèrent jamais le mystère. Moi si, pas consciemment, mais de toutes les autres manières.

Le jour où j'avais trié les affaires de Bett après sa mort, les objets avaient survécu alors qu'elle n'était plus. Ici c'est l'inverse, mais, comme ce jour-là, ce sont les vêtements qui m'affectent le plus, les bouts de soie calcinés, les caracos brûlés et les bracelets fondus. Je prélève dans les cendres une boucle d'oreille en strass et deux chemises de nuit entièrement consumées. Il faut que je sauve quelque chose. Mes vêtements brûlés, surtout les jolies tenues, les tenues « pour sortir », les articles « intimes », sont presque le pire, en partie parce que mon travail a été sauvé. Mais ces pièces ont flambé comme si le sort ne voulait pas que je sois jolie, sociable, sensuelle, comme si le scandale résidait surtout là, dans mon récent personnage érotique, alors que c'était ma mère qui était la beauté et, par contrat enfantin, moi la compagne aux traits anodins en adoration. C'est la leçon que j'en tire. Comme dans un mythe grec, j'avais commis une transgression en m'aventurant sur un terrain où ne régnait qu'une seule déesse. Les hommes étaient à elle et, si elle ne pouvait plus les avoir, alors moi non plus. Cet endroit, le studio où j'imaginais pouvoir travailler dur, être en sécurité et indépendante, sortir avec ma star de cinéma, tout cela était un affront. Déménager, recommencer de zéro, oser aller bien, cesser enfin de la pleurer, tout cela était un affront. Dans mon chagrin, ma mauvaise conscience et ma détresse actuelle, je transformais l'amour de Bett en ce message de colère. Même sous l'amour de sa lettre de suicide, je ne lisais maintenant que la folle colère destructrice qui aurait dû s'exprimer librement, mais s'était retournée contre elle. La foudre qui n'aurait jamais dû aller la frapper s'était maintenant abattue sans le moindre détour, pour tout dévaster.

Selon certains, je devrais tâcher de considérer cet incendie criminel comme une sorte de cadeau, un effacement de traces, un allègement de fardeau, un nouveau départ. Mais j'ai eu suffisamment de nouveaux départs et je ne réagis pas avec cet optimisme-là. De manière perverse, j'essaie de repasser le film à l'envers, de revenir en arrière. J'emprunte de l'argent à la coqueluche du pays, à mon éditeur, et j'écume les boutiques où j'avais acheté des vêtements il y a des mois et des mois, voulant à tout prix dénicher des articles identiques, comme si j'imaginais que par ce moyen la destruction pouvait être abolie. Mais il est trop tard, partout, tout a évolué et je ne peux pas arrêter le temps, encore moins revenir sur mes pas, remplacer ce qui a disparu.

Même quand mon nouveau roman, épargné par les flammes, trouve preneur et que l'édition anglaise du premier est sur le point de sortir, je me sens étourdie, préoccupée. Une fête est organisée pour le livre, et tous les gens que je connais et apprécie sont là, ainsi que certains que je ne connais pas ou que j'apprécie moins. L'événement aurait dû être amusant, mais pas moyen que je me déride. Je ne m'étais pas encore extraite des cendres et je ne comprenais pas les félicitations. Avec mes nouveaux vêtements et mon apparent succès, j'avais l'impression d'être une usurpatrice. Je déambulais de salle en salle au milieu de tous ces gens de lettres, souriant au photographe, mais me sentant étrangement engourdie, et malhonnête. J'avais l'impression que tout cela concernait quelqu'un d'autre.

Le livre fut encensé par la critique. C'était bien parce que cela signifiait que je pouvais continuer à écrire. C'était moins bien parce que je n'avais pas l'impression de le mériter. Une chance arbitraire. Je commençais à trouver que seules les choses terribles étaient réelles, et que toutes les choses bien ne comptaient pas ; elles ricochaient sur mon crâne et retournaient d'où elles venaient sans même se poser.

La vie extérieure continuait, même si je ne faisais que m'y promener clopin-clopant. Avec l'idole du pays, jusqu'à ce que la presse s'empare du scoop et mette un terme à l'idylle, puis avec un genre de playboy, dont la petite amie précédente nous observait depuis une immense photo au-dessus du lit. Aucun de ces personnages n'était moi.

Durant tout ce printemps et cet été-là, je fus aux prises avec la sensation déplaisante de me trouver dans un lieu et d'être en même temps entraînée ailleurs. Une partie de moi tenait à tout prix à rester. Quand le divorce fut prononcé, je reçus un peu d'argent. Je pouvais verser un acompte pour l'achat d'un appartement et contracter un emprunt immobilier. Je pouvais écrire mes livres, aller à des fêtes et être avec mes amis. Je me mis à chercher un endroit où habiter, un autre chez-moi, un vrai toit dont je pourrais être propriétaire et sous lequel je pourrais vivre. Je trouvai l'appartement idéal en même temps que la voiture idéale, pareille à celle que j'avais eue dans le New Jersey et dans laquelle je faisais des balades avec Bertie et Mozart avant le suicide. Puis je m'aperçus que je ne pouvais pas réellement m'offrir l'appartement idéal, qui ressemblait un peu à l'endroit où Ned et moi avions vécu à New York, et que baignait l'aura rédemptrice d'un passé plus souriant. Ce fut une longue et difficile décision de renoncer à le prendre et, lorsqu'il fut vendu quelques semaines plus tard, l'acquéreur s'avéra être Ned. Simple (et douloureuse) coïncidence. Sauf qu'il n'y avait plus de coïncidences. De la jalousie, mêlée à de la colère, voilà ce que Bett avait éprouvé envers Ned et moi, et tout ce que Bett avait éprouvé était ce que j'étais maintenant amenée, petit à petit, à ressentir moi-même.

Une amie déclara que je ferais peut-être bien d'aller parler à Bett, pour « mettre les choses au point ». Elle me donna le nom d'une médium réputée, et je me rendis chez elle, une maison mitoyenne ordinaire mais plutôt élégante de Chelsea. Là, une petite femme pétulante à l'attitude très professionnelle m'invita à entrer dans une pièce avec du papier peint à fleurs et des fauteuils en chintz.

Je m'assieds en face d'elle et elle ferme les yeux. Bien sûr, je ne lui ai rien dit, et je n'ai que trente ans : aucune raison de supposer que quelqu'un est mort. Ses yeux s'ouvrent et se ferment comme des yeux de poupée. Elle regarde par-delà ma tête et se met à parler ; sa voix est sèche, neutre. « Vous êtes actrice, n'est-ce pas ? » Je suis soulagée, elle ne sait rien. « Non, je suis écrivain. » « Mais vous êtes une très bonne comédienne », insiste-t-elle. J'attends. Elle dit qu'elle a convoqué « mes morts » et entreprend de les nommer. « Deux grands-pères, annonce-t-elle, un petit, un grand ; deux grands-mères, dont l'une vous aime beaucoup. Elle est d'ailleurs en train de vous regarder. Il y a un enfant, d'environ sept ans, qui n'est jamais venu au monde. » Soulagement de nouveau, car c'est faux, mais soudain me revient la frayeur d'avoir été enceinte – ou l'échec d'une grossesse. Elle cite une femme qui pourrait être Veronica. Je commence à me dire que j'ai tellement de morts qu'elle ne peut pas se tromper. Elle se tait un moment puis elle dit : « Votre mère est ici. » Ma nuque se met à me picoter. J'attends. La partie de moi qui continue à résister se demande comment cette femme ose prendre de tels risques. Mais aussi, comment diable peut-elle être au courant ? « Votre mère essaie de vous parler. » Je déglutis avec difficulté. Peut-être perçoit-elle un changement dans ma respiration, mon attention. Je m'accroche de toutes mes forces à mes doutes parce que je ne veux pas pleurer. « Votre mère dit qu'elle est terriblement navrée de ce qu'elle a dû faire, énonce-t-elle de la même voix blanche de lectrice de télégramme. Elle n'avait pas le choix. Elle est terriblement navrée de vous avoir fait du mal. Elle dit qu'elle est libre à présent. Elle dit qu'elle peut bouger, qu'elle est heureuse. Elle peut être elle-même à présent. Avant, elle n'arrivait pas à être celle qu'elle voulait être. » Des formules de l'ultime lettre de Bett me reviennent en tête ; sa façon de parler transparaît dans la voix de cette inconnue, malgré les inflexions anglaises. La femme a toujours les yeux fermés. Mes larmes coulent désormais, mais je garde le silence. Je ne veux pas croire à ce qui est en train de se passer. Que puis-je faire de cela si j'y crois ? « Votre mère répète qu'elle est absolument navrée de toute la douleur qu'elle a causée. Elle dit que vous devez essayer de surmonter la colère. » La colère ? Je n'ai pas de colère, me dis-je, rien que ces larmes. « Elle dit que vous devez lui pardonner. » Lui pardonner, c'est elle qui doit me pardonner. Les larmes coulent sans fin et j'écoute. Et la femme continue à parler, sans le moindre couac, tandis que je pleure sans bruit. « Votre mère dit que vous devez aller chez le dentiste et le gynécologue. » Et, sur cette note des plus pratiques, ma mère se volatilise.

La médium rouvre les yeux et me regarde. Puis elle les ferme de nouveau. « Vous savez, dit-elle, c'est extrêmement inhabituel, mais tous ces morts vous tournent le dos, sauf un, une grande femme plus âgée. » Gogi, pensé-je. « Elle est la seule qui vous regarde en face. » La médium ouvre et ferme les yeux une nouvelle fois, attend. « Elle dit : "Tu ne sais pas par où aller, pas vrai ?" Est-ce que cela signifie quelque chose ? » Je réponds que je l'ignore. La femme rouvre les yeux. Elle paraît totalement vidée, épuisée. Plus question de mettre en doute ce qui vient de se passer : je reste simplement assise sur le chintz à fleurs, à pleurer.

« Rentrez chez vous maintenant, dit la femme, rentrez chez vous et dormez. À votre réveil, vous vous sentirez en paix. Vous aurez une profonde sensation de paix. » Elle me tend un Kleenex. Je lui donne ce que je lui dois. En descendant l'escalier, je croise son client suivant, un rouquin agité, qui a l'air de croire qu'il a atterri dans un lupanar. Dehors la lumière est éblouissante, déroutante. Je rentre chez moi. Je m'allonge. Je ne dors pas. Je n'ai aucune sensation de paix.

J'étais un peu à cran, à fleur de peau. Je sortis dîner avec des amis, ne leur parlai pas de mon expérience et n'y repensai d'ailleurs pas beaucoup. Je me couchai tard et me réveillai tard, fatiguée. Je repensai à la journée de la veille sans en être obsédée ; son souvenir allait et venait entre les courses à faire, les coups de téléphone à donner, les occupations coutumières de la journée. Aux alentours de cinq heures, tombant de sommeil, je m'étendis pour faire une sieste. Je dus dormir, comme l'avait prévu la médium, car quand j'émergeai j'éprouvais non seulement de l'apaisement, mais quelque chose de bien plus fort. Je sentais incontestablement la présence de ma mère dans la pièce. Je percevais dans l'air les effluves de son parfum, et j'éprouvais un amour irrésistible, pas la moindre peur, mais un immense bonheur de l'avoir auprès de moi. Mon corps se mit à me chatouiller étrangement. Une chaleur singulière envahit mes jambes et ma gorge. Je me mis à respirer avec rapidité, avec extase. Je savais que ce qui était en train de se produire était réel et que c'était bien elle qui était avec moi. J'éprouvais une joie intense, doublée de cette étrange chaleur, pendant peut-être une demi-heure. Puis je me mis à la chercher, à essayer de la voir pour de bon. Je contemplai la lumière du soir sur les rideaux de la chambre, le plafond, le miroir, savais qu'elle était là et m'attendais à la voir incessamment. Je me levai, ressentant une pression, presque douloureuse, dans mon abdomen, et dans ma gorge. Je n'étais pas triste mais euphorique, exaltée, et je continuai à la chercher. J'allai récupérer une photo d'elle que j'avais apportée de New York, une image prise une dizaine d'années plus tôt devant notre immeuble de la 95e Rue. Vêtue d'une tenue juvénile, elle ne paraissait pas plus de trente ans, et elle souriait sur la photo, son beau sourire un peu triste. Son visage sur l'image mesurait peut-être un centimètre, mais, alors que je le regardais, il commença à grossir. Il devint une sorte d'hologramme et je le vis bel et bien bouger, sa bouche dessiner son fameux sourire et ses yeux pétiller de vie, encore un peu tristes mais souriants. Je me mis à pleurer et mes larmes brouillèrent la photo, si bien que je n'arrivais plus à discerner son expression. Lorsque je les essuyai, je vis son visage se remettre à bouger, me dire quelque chose, quelque chose de très joyeux, de très affectueux. Puis, sur la photo, elle se mit à rire, un rire très tendre, totalement enchanté. Je tenais la photo à une vingtaine de centimètres de mes yeux et ma mère bougeait sur la photo, elle parlait, elle riait. Je n'avais pas l'impression que la photo s'était animée, mais qu'elle constituait le début d'un petit film muet, que nous étions déjà, par son biais, entrées dans le film, et que le film se tournait à cet instant même dans cette pièce, dans cet appartement londonien. Son corps ne bougeait pas, seulement son visage et sa tête. La partie de moi qui refusait de croire à tout cela s'était évanouie depuis longtemps. Je me contentais de regarder, le cœur battant dans ma poitrine et dans ma gorge, et je ressentais une joie véritablement immense.

Soudain cela s'arrêta, bien trop tôt à mon goût,

avant que j'aie cessé de pleurer. Le film s'arrêta tout seul et commença à s'estomper, et elle s'estompa, se figea, puis tout se figea, le Blue Grass s'évapora, comme le mouvement sur la photo. La photo redevint une simple photo, un morceau de papier brillant.

Ce soir-là, je devais me rendre à un dîner chic. J'étais encore groggy, je planais complètement et, quand je rencontrai là-bas un écrivain plutôt bel homme, j'eus le sentiment qu'il était un cadeau de ma mère. Il me ramena chez lui et me parla toute la nuit dans le jardin de sa maison de Londres. Nous veillâmes jusqu'à l'aube et nous nous plûmes énormément. Je croyais vraiment que Bett avait quelque chose à voir dans ce coup de foudre. Je croyais toutes sortes de choses à ce moment-là, comme, par exemple, que je me trouvais soudain sous sa divine protection.

Nous étions couchés dans les herbes hautes de son jardin un soir, au début de notre histoire, quand je me figurais encore qu'un dénouement tout bête était à portée de main. Je commençais vraiment à m'imaginer avec lui dans ce décor douillet – le bureau garni de livres, la vue sur le fleuve –, un peu trop vite, en l'occurrence, car, alors que nous étions étendus là sous les étoiles, à nous embrasser et sur le point de monter à l'étage, il commença à se confesser. Une maladie vénérienne. Pas la pire, mais pas la meilleure non plus. Il fallait que je sache, le choix m'appartenait. Or je rêvais tellement d'être sauvée que je l'envisageai pour de bon, cet acte héroïque, l'union à un amant à travers la maladie. Oui, je l'envisageai sérieusement. Et puis je me dis que peut-être j'avais déjà suffisamment de problèmes, je n'avais pas besoin qu'on m'aide à fabriquer ma propre ruine. Je laissai passer « l'homme idéal ». Ce faisant, je compris que peut-être cet homme ne constituait pas une offrande propitiatoire de ma mère, qu'il n'était pas le cadeau d'adieu sacrant notre réconciliation. Je me dis qu'il s'agissait plus certainement d'une de ses petites blagues.

Je déduisis de cet épisode que je ne devais pas me réinstaller à Londres et que je devais parachever l'aventure new-yorkaise. Ainsi, à la fin de l'été, au début de l'automne, à la date où Perséphone se faisait enlever, je repartis pour New York.

Douze

Je retournai donc à New York. Quittai les dîners, les manifestations littéraires et la vie trépidante. Quittai les trottoirs qui semblaient de plus en plus en pente sous mes pieds, les cieux qui pesaient sur ma tête, quittai les lieux où la gravité et la logique s'étaient détraquées, où je m'étais moi aussi détraquée, quittai le clinquant et la terreur et gagnai l'œil du cyclone pour essayer de comprendre ce qui se passait et tâcher de renverser la situation.

Une semaine avant mon départ, j'appelai le garde-meubles où était entassé tout ce que j'avais laissé derrière moi à New York : meubles, livres, vêtements, une vie entière d'accumulation, tout ce qui restait des lieux où j'avais vécu et de la personne que j'avais été, tout ce qui n'avait pas brûlé à Londres. C'est à peine si les tenanciers du garde-meubles s'excusèrent. Embarrassés, sur la défensive, ils redoutaient simplement un procès. Ils avaient voulu m'écrire…

Ned avait récupéré ses meubles et ses tableaux et expédié le tout à Londres, mais quelque temps après, ils ne savaient pas exactement quand, à un moment au cours de ces derniers mois, semble-t-il, il y avait eu un vol dans l'entrepôt. Ils étaient désolés, ils essayaient encore de retrouver les caisses, mais la partie de l'entrepôt où se trouvaient mes affaires avait été vidée.

À qui donc aller raconter cela ? Vient un moment où ce n'est plus un banal sujet de conversation, c'est simplement terrifiant, mortifiant. On se dit qu'il doit y avoir une raison pour que de telles choses arrivent, des deux côtés de l'Atlantique, il y en a forcément une. On ne croit pas très longtemps à la coïncidence, on commence à imaginer une conspiration, mais issue d'un autre monde que celui-ci. On y croit, et très vite on l'accepte, parce qu'on ne ratiocine pas avec les fantômes, et parce que, en son for intérieur, on pense mériter largement toutes ces tuiles. On ne se plaint pas, et on ne se confie pratiquement à personne. On a cessé de se lamenter et de s'insurger depuis longtemps. Ne subsistent que la honte et le sentiment d'une poisse inéluctable.

À New York, je me mis en quête d'un appartement à sous-louer pour six mois. Ensuite, une fois qu'aurait eu lieu ce qui devait avoir lieu, j'avais l'intention de retourner à Londres, où mon deuxième roman était censé sortir. Je n'avais rien d'entreposé nulle part, hormis la voiture dont je comptais me servir l'été suivant à Londres. Après, je la laisserais sur place, ou bien je la ramènerais avec moi, ou encore je la vendrais. J'avais payé trois mois d'avance le propriétaire du garage, et voulais lui faire part de mes projets. Je lui écrivis puis essayai de lui téléphoner. Il n'existait plus, et le garage où se trouvaient auparavant une douzaine de voitures était vide. J'appelai la police de Londres. Ils notèrent les éléments et m'apprirent que l'homme était un voleur bien connu. Étais-je assurée ? Pas encore. La situation devenait de plus en plus cocasse. Vous renoncez ? Vous capitulez ? Vous donnez votre langue au chat ? Allez, devinez… Ils me conseillèrent d'engager un détective privé. Mais je ne pris pas cette peine, l'affaire était trop bien ficelée. Je n'allais pas courir après un criminel insaisissable.

Je demandai aux agences de location de me montrer des appartements dans le bas de la ville, des quartiers où je n'avais jamais habité, qui ne me faisaient penser ni à Bett ni à Ned, et j'imaginais pouvoir prendre une fois encore un nouveau départ. Ils me montrèrent des tas de lofts archi-lumineux avec vue imprenable sur les gratte-ciel, mais aucun ne me plut. Celui dont je pensais qu'il me plairait n'avait presque pas de lumière. C'était un long tunnel sombre avec un lit deux places et un secrétaire, deux bonbonnes ébréchées qui avaient contenu du gaz hilarant, une bibliothèque pleine de livres traitant de la méditation, de la prière, de la mort et de l'art de mourir dans l'allégresse. Cet appartement avait été le dernier domicile d'un cinéaste célèbre qu'on avait filmé là alors qu'il se mourait d'un cancer. Je découvris ces détails après avoir signé, mais ma première impression avait été celle d'un lieu accueillant et sans chichi. Je trouvais l'appartement agréable et paisible. Je le trouvais beau. L'absence de lumière, bizarrement, ne me dérangeait pas, elle donnait au loft un caractère intime. Je n'y voyais pas un terrier ni un lieu de pénitence. Je pensais simplement que cette obscurité avait un côté *downtown* et branché, et que dans cet appartement sombre et silencieux je serais à même d'écrire.

Mais non, pas moyen. Cela ne m'était jamais arrivé avant et cette panne sèche m'apparut comme une chose supplémentaire qui soudain m'échappait. Je n'avais rien à dire, ou j'avais trop à dire, et j'étais incapable de produire quoi que ce soit. Dans le loft sombre, je m'asseyais à une table au milieu de la pièce, allumais la lampe puis restais assise là, à attendre les mots. Je restais assise là, pétrifiée, comme un lapin pris dans les phares. Le blocage dura cinq jours. Le sixième, un dimanche, je décidai que j'avais besoin d'un verre, et comme je ne pouvais pas acheter d'alcool, j'allai seule dans un bar. Je n'avais jamais fait cela, mais j'étais terrifiée à la perspective des pensées nocturnes qui, sans aide extérieure, ne manqueraient pas de me hanter, et l'oubli me paraissait urgent. Je n'avais pas l'intention de m'installer au comptoir ; c'était pour plus tard que j'avais besoin de l'anesthésique, pour la solitude, pour le sommeil. J'entrai dans le bar de l'autre côté de la rue, essuyai quelques regards insistants et commandai deux doubles cognacs. Deux ? Oui, deux, confirmai-je. Je les versai l'un après l'autre dans ma bouche, descendis de mon tabouret, payai, regagnai le loft en m'efforçant de ne pas m'étrangler, puis recrachai les cognacs dans un verre afin de pouvoir les boire à loisir mélangés à ma propre salive et de me voir ainsi accompagnée dans mes rêves.

[…]

Les souvenirs de Bett jaillissaient et me brûlaient de l'intérieur. Ils m'entouraient et pénétraient en moi, et je n'éprouvais aucune sensation de séparation entre eux et moi. Pas même une sensation de séparation temporelle par rapport à l'époque où elle était en vie ou aux pays différents où nous habitions : nos existences distinctes il y a dix ans ; Bett oscillant entre le désespoir et la manie et moi « à l'abri » à Londres à me noircir les cils pour sortir dîner ou à choisir des tapis d'escalier, à me débattre avec mes « adorables problèmes » comme un des jumeaux Bobbsey dans la série de livres pour enfants. « Écris à maman, poussin. Maman a le cafard… » C'était peut-être la seule indication que j'avais eue de sa monstrueuse détresse. Cela m'exemptait-il de tout reproche ? Je ne me dédouanais pas si facilement. Il était même atroce de penser que son désespoir avait été aussi durable, aussi quotidien, aussi remâché et aussi écrasant pour elle. J'essayais à présent d'en endosser une partie, sorte de geste tardif, mais sincère. Et bien sûr la chose allait plus loin. Partager le calvaire qui avait été le sien était aussi une manière pour moi d'être de nouveau avec elle. Ces souvenirs atrocement vifs, cette reprise en sous-œuvre des tourments de ma mère, cette femme si étrangement juvénile et enfantine constituaient un moyen de revenir vers elle, telle la fille prodigue entamant un laborieux et mortifiant voyage de retour. J'adoptai son désespoir pour bien marquer notre parenté, un peu comme j'avais jadis adopté la taille et l'accent de mon père. J'étais de nouveau la sœur et la fille de Bett, sombre, déprimée et finalement suicidaire.

Je devrais souligner que durant les mois infernaux qui suivirent je ne me bornai pas à me détendre – me désagréger – après tous les bouleversements que j'avais traversés. C'était quelque chose de nouveau, ce lien avec Bett, ce rapprochement avec ma mère. Il ne devait plus y avoir de nouveaux départs, seulement des retours en arrière, pour rejoindre ma mère morte (de la terre dans ma bouche et sous mes ongles), retrouver la véritable égalité, cette immortelle sororité qui était la nôtre.

J'étais incapable de continuer à inventer ma propre vie. De retour « à la maison », où toutes les manières anglaises, l'attitude au restaurant et au lit, les compétitions oratoires et vestimentaires disparaissaient tout bonnement dans un grand chaudron d'indifférence, cette soudaine simplification fut facilitée. Je me débarrassai des oripeaux de ma propre vie pour revêtir les siens, à la fois par pénitence et par amour. Sa pauvreté se mit à m'obséder, et je ne me contentai pas de la singer, mais la fis mienne au point d'éprouver une panique aussi réelle que minante à propos de l'argent. Comme Bett, je n'arrivais ni à travailler ni à me concentrer. Je voyais mes ressources diminuer au point de redouter de ne plus avoir de toit. S'ajoutait à mes affres le terrible sentiment d'isolement de ma mère, l'horrible certitude de son incompétence et de son absence de perspectives d'avenir. De temps en temps, je me secouais, m'habillais de nouveau correctement, dépensais un peu d'argent, allais chez le coiffeur, passais quelques soirées avec des amis. Mais les effets de ces excursions dans la normalité ne duraient jamais parce que le cœur n'y était pas, et toutes les tenues que je pouvais porter avaient l'air d'un costume pour une fête déguisée, un accoutrement qu'on remisait au fond de l'armoire en attendant l'année suivante. J'étais incapable, comme on dit, de sauver les apparences. Au lieu de cela, ce qui s'insinuait en moi et prenait possession de moi, c'étaient ces derniers jours de Bett, quand elle s'était alourdie, que le maquillage n'adhérait plus et que l'éclat avait disparu. À mon tour, je devenais plus lourde, plus floue, aussi, chargée du poids de la fatalité. L'éclat londonien avait disparu depuis longtemps et je le savais ; j'endossai la honte avec la tristesse et refusai de voir les vieux amis quand ils étaient de passage, concoctant des excuses insultantes. C'était comme si mon moi londonien était mort et que tout ce que j'avais à leur montrer, c'était cette créature sortie de la crypte. Lorsque je les voyais quand même, comme il m'arrivait parfois, la consternation devenait l'essence de nos soirées, entremêlée de pardon et d'une grande d'inquiétude, et la douleur de mon retour à la maison en solitaire se doublait de reproche et de mépris de soi, exactement comme chez maman.

Bien sûr, mon démantèlement, ma désintégration m'apparaissaient clairement, et cette lucidité me blessait encore plus. J'avais conscience de toutes les étapes de ma dégringolade, et pourtant je ne pouvais l'enrayer, ni même y trouver à redire. Au mieux, je pouvais la camoufler pendant une nuit ou deux puis regagner au plus vite l'antre de mon désespoir, retrouver l'alcool, le dégoût de soi et la terrible sensation qu'il n'existait aucune issue, aucune échappatoire ni aucun repli, parce que nous étions sœurs, que nous partagions tout, et que Bett était morte.

J'en vins à ne plus vouloir que quiconque me voie. Je me mis à ne quitter la maison que quand il faisait noir, à raser les murs quand je traversais mon quartier. (Ce quartier ! Avec ses fast-foods qui empestaient et ses employés municipaux au visage mort, cette foule qui peuplait les rues les jours ouvrés, puis se volatilisait le soir à six heures moins le quart et tous les week-ends.) Je me glissais dans ces rues pour faire quelques courses à la sauvette, accomplir quelques missions éclair, puis retrouvais en toute hâte mon tunnel et mes meubles d'emprunt. Là, la panique causée par le manque d'argent me forçait à essayer de travailler, mais je n'y arrivais pas. Je n'avais aucune croyance pour me soutenir. Et moins j'arrivais à travailler, plus la personne que j'avais été s'effaçait des miroirs jour après jour. Plus je me rapprochais, palier par palier, de l'horizontale définitive.

Je me sentais en même temps trop visible et méconnaissable. Quand j'étais enfant, Bett pouvait disparaître dans les ténèbres de son visage, comme si la vie et la lumière avaient été éteintes. Lorsque cela arrivait, elle vieillissait soudain de manière vertigineuse, sa mâchoire se relâchait et ses orbites se creusaient. C'était effrayant, et elle le savait sans doute, car dans ses périodes de dépression elle ne sortait même pas, de peur qu'on ne l'aperçoive sous ses « véritables » dehors de monstre. C'est ainsi que je me sentais moi aussi à présent, lourde, sans lumière, avec ma propre marque de Caïn, l'air aussi triste qu'un village sicilien en deuil, et je n'y pouvais rien, je ne pouvais pas mettre de mascara, de blush ou de rouge à lèvres pour donner un peu de vie à mes traits, je ne pouvais que courber le dos et me cacher en craignant d'être reconnue, tel un croquemitaine dans le cauchemar d'un enfant, un bossu ou un ogre qui avait avalé la petite fille et la femme que j'avais été.

De l'automne jusqu'à la fin du printemps, je menai cette anti-vie. Pendant neuf mois, assez longtemps pour engendrer un nouveau moi abominable, je m'enfonçai de plus en plus profond dans la fosse que j'avais créée, essayant en vain de travailler, essayant de combattre la conscience, essayant en vain d'enrayer une chute inexorable. En mai, alors que l'anniversaire de la mort de Bett approchait, je dégringolai encore de plusieurs crans et commençai à me demander avec une réelle terreur où cette spirale allait me conduire. Je fis appel à une psychiatre, mais son cabinet se trouvait tout au nord de la ville, et, dans l'état où j'étais, les longs trajets en métro me déprimaient plus que de rester à la maison. Dans les rames, je voyais mon désarroi partout et, tout près, la démence et la folie. Dans les rues autour des stations, je commençais à sentir que les fous, les clochardes et les poivrots qui grommelaient dans leur barbe me reconnaissaient ; ils me lorgnaient d'une manière singulière, sachant très bien où j'allais finir. De temps en temps, je distinguais dans leurs discours des bribes de mon propre passé, des voix de professeurs, ou d'amis de ma mère, et une fois, phénomène des plus bizarres, émanant d'une épave en anorak appuyée au mur d'un supermarché, je reconnus l'accent de mon ancien amant anglais, ces inflexions parfaitement timbrées façon Peter O'Toole, à la voix de qui, je m'en rendais compte maintenant, la sienne avait toujours ressemblé. Lors de ces périples pour aller chez la psy et en revenir, c'était comme si tous les éléments de ma vie avaient tournoyé dans le tambour d'une machine pour être rejetés en une pluie aléatoire, dont les gouttes atterrissaient au hasard, ou comme si une grande baie vitrée avait été brisée et que les éclats de verre, éparpillés partout, continuaient à refléter la lumière et étaient encore capables de faire jaillir le sang.

Deux fois par semaine, lorsque je me rendais chez la psychiatre, je lui racontais des histoires, des récits d'enfance et d'adolescence, aussi éloignés de moi que des fictions télévisées. Il y avait des débuts, des milieux et des fins, des méchants et des héros familiers, mais rien qui m'apparaisse comme des choses foncièrement personnelles. Dans ma nouvelle léthargie, ma nouvelle identification avec Bett, je me sentais aussi peu de liens avec mon passé (et avec un présent rationnel) que si on avait procédé à son ablation. Au mieux, j'arrivais à claudiquer comme une amputée, percevant de temps en temps la douleur dans un membre fantôme.

Durant tout l'été, du mois de mai au mois d'août, faisant en sorte, dans ma pénitence filiale, de subir tous les effets épouvantables de cet été new-yorkais particulièrement chaud et étouffant, je me rendis chez la psy débiter mes histoires, prenant ces horribles métros surchauffés et évitant ces regards déments de plus en plus insistants. Ces excursions à travers la ville pour aller discuter d'un passé dont je n'avais plus la sensation ou d'un présent immuable finirent par me sembler vaines et j'annonçai que je pensais « mettre un terme » à ma « thérapie ». « Je ne crois pas que vous devriez arrêter, déclara la thérapeute dans ce que j'interprétai, même alors, comme un acte de chantage. Je pense que si vous arrêtez, vous allez vous suicider. »

Tu parles d'une aide. Je lui avais décrit l'aspect général de mon piège et elle y avait ajouté les proportions et la serrure qui en fermait le couvercle. Elle n'avait pas découpé de judas dans le carton, elle n'avait pas démontré que je pouvais simplement me mettre debout et sortir de la boîte, elle était entrée dans la boîte avec moi en me prévenant que ses craintes quant à son inviolabilité étaient encore plus fortes que les miennes.

Je décidai de quitter la ville, une manœuvre d'évitement, mais qui me permettrait de fuir la tristesse omniprésente et les yeux où se reflétait mon désarroi. J'étais sûre qu'il me fallait reconstruire ma vie à partir d'une substance autre que mon moi, ces mues d'anciens moi qui encombraient mon armoire, ces histoires d'anciens moi qui avaient conduit ma thérapeute à me déclarer perdue. Je sous-louai mon tunnel et répondis à une annonce pour une location à Cape Cod après Labor Day. Je n'étais jamais allée là-bas, mais je voyais la région comme une de ces braves contrées propres et pieuses où le vent devait chasser les démons. Les photos de la maison me le confirmèrent. C'était un non-endroit propre et dépouillé, tout de lumière et de murs nus, de verre et de bois pâle donnant sur la mer et le ciel. Les bambocheurs de l'été seraient partis et je pourrais être tranquille avec l'air salé et le sable soulevé par le vent, trouver peut-être mon propre point zéro et, de là, commencer à émerger, à travailler, à rallier l'espèce humaine.

Peut-être le vide de Cape Cod s'accordait-il au mien, ou peut-être étions-nous comme deux étendues d'eau qui, en se rencontrant, atteignaient un niveau commun, et pouvais-je arrêter de me noyer et me mettre à flotter. Au début, j'avais tout le temps peur, habitée par une angoisse constante causée par le « néant », la conscience de ma vulnérabilité dans ce néant, l'absence de bruit et de désordre qui laissait assez de place pour qu'il advienne n'importe quoi. Quand la menace se dissipa, je commençai à percevoir une neutralité dans ce vide et, bientôt, quelque chose de plus apaisant dans cette lumière et ce silence, une sorte de bienveillance aux vertus encourageantes. Je me mis à avoir des pensées qui n'étaient pas toutes des tessons de panique et, peu à peu, je me sentis assez « rassurée » pour les développer. Après presque deux ans d'efforts avortés et de pages abandonnées depuis que j'avais quitté Londres pour « affronter » les Furies – cette tâche curieusement conçue qui était aujourd'hui si vague et que je n'avais encore ni terminée ni même ébauchée –, voilà que je me remettais à travailler, au moins plusieurs heures d'affilée.

J'avais toujours peur la nuit, qui tombait de manière compacte, plus tôt chaque soir, réduisant l'univers à ce que la lampe électrique éclairait autour de moi. Seule dans cette maison sans rideaux avec ses baies vitrées, j'étais terrifiée par mon propre reflet, tout ce qui s'interposait entre moi et le croissant noir de la mer, entre moi et le long chemin de terre où pouvait errer n'importe quel vagabond aux intentions assassines. La nuit, je perdais mon invisibilité dans cette maison, aussi bien pour moi que pour les autres, et je perdais assurément cette sensation de communion avec un univers qui semblait m'englober ou du moins me tolérer durant la journée, mais qui, le soir venu, me redéposait dans une boîte remplie de terreur.

J'étais à l'extrême bord du monde et, lors de ces noires nuits d'automne, je pouvais le contempler, rond et scintillant à la pointe de Provincetown. Moi qui étais au bord de mon propre gouffre, cette courbe me protégeait, surtout la nuit, quand, remplaçant celle des assassins ou des fantômes, la peur de ma propre désintégration faisait battre mon cœur avec fracas dans mes oreilles. Mon visage affolé et lugubre avait beau se refléter dans toutes les baies vitrées, masqué par des oiseaux et des bateaux, j'étais terrorisée par ma propre absence. Dans l'obscurité, je semblais me recroqueviller sur moi-même. Il m'apparaissait toujours avec plus de clarté la nuit que j'allais devoir recoller mes morceaux ici, et vite, faute de quoi je graviterais dans les nues à l'infini, telle une multitude d'éclats de verre. Il m'était souvent très difficile de supporter la clarté de ce constat, et à six ou sept heures du soir, après des heures d'une vigilance épuisante, des heures à me battre contre les peurs nocturnes, je me couchais et regardais des sitcoms à la télé, jusqu'à ce que l'ennui (ou l'alcool) me plonge bien vite dans le sommeil, et allonge au maximum la journée du lendemain…

Qu'est-ce qui me terrifiait à ce point ? Quelle que soit cette chose, elle arrivait en hurlant à quatre heures avec les vents mugissants de la mer. À quatre heures de l'après-midi en cette fin octobre et tout le mois de novembre, quand le panorama des flots et du ciel disparaissait avec une soudaineté qui me donnait un coup au cœur et que ma cage rétrécissait pour acquérir sa taille nocturne, mesurable aux grincements du plancher, elles arrivaient, ponctuelles, comme des invités pour le thé, mes peurs démoniaques, mes terreurs informes (car je n'osais les observer de trop près). Mais si je ne les regardais pas dans les yeux, je les entendais très bien, et elles semblaient parler des choses terribles qui m'attendaient. Un avenir effrayant, voilà ce que me promettaient les vents déchaînés et les discours dans ma tête, et même les rires enregistrés à la télé n'arrivaient pas à couvrir la teneur du message.

Mais le jour reviendrait, et la vue magnifique des nuages, de la mer et du soleil – des mouettes glissant à quelques centimètres de ma fenêtre aussi lentement que des anges de Noël accrochés à un fil de fer – me serait rendue tout comme je lui serais rendue, et je me dirais que cette restitution matinale valait bien toutes les peurs nocturnes.

Je travaillais, je lisais, je faisais de longues promenades le long de la baie doucement incurvée ; je contemplais la lumière sur le feuillage jusqu'à ce qu'il disparaisse, puis sur les rochers et le sable. Aux alentours de Race Point, je roulais à fond sur les routes des dunes, goûtant la vie avec le même ravissement solitaire qu'un dauphin dans sa gerbe d'écume. Je me sentais souvent seule, mais au moins, jusqu'à la tombée de la nuit, je n'avais pas l'impression d'être folle. C'était le retour du cycle de Perséphone, réduit à un rythme journalier, une descente dans les ténèbres puis une libération dans la lumière.

Quelquefois mes peurs nocturnes m'accompagnaient même sous le soleil. J'aimais regarder les mouettes se réunir, ces grands rassemblements en fin de journée quand le sable mouillé sous ma fenêtre se voyait sillonné par des centaines de pattes tridactyles et que les cris, les déambulations fanfaronnes ou les manifestations de dédain imitaient la bienséance affairée des cocktails mondains. Mais les oiseaux, qui étaient comiques en groupe, s'avéraient menaçants quand on les observait isolés. Un matin apparut sur un poteau près de la terrasse de la maison un énorme aigle de mer, noir, l'œil mauvais et le bec cruellement recourbé, qui, apparemment indemne et semblant donc nourrir quelque dessein secret, demeura là pendant trois jours; chaque fois que je sortais de la maison et que je passais devant lui, à une faible mais prudente distance, je l'observais qui m'observait. Lorsqu'il eut enfin disparu, j'aperçus un matin sur le sable deux grands corbeaux, qui me firent penser aux « twa corbies » du poème anglais où ils sont un présage de mort. Peu après cette découverte, je me mis à jouer à un jeu, un jeu qui me vint comme ça, et dans lequel un oiseau blanc était de bon augure, contrairement à un oiseau noir. C'était un jeu assez joyeux pour le bord de mer, où les mouettes sont largement plus nombreuses que les corbeaux, même en automne, mais bientôt les oiseaux noirs se mirent à m'obséder. Le jeu évolua, et bientôt ce fut « oiseau blanc : tu survis, oiseau noir : tu meurs ». Un oiseau blanc pouvait annuler un oiseau noir, mais si vous posiez la question sérieusement puis regardiez le ciel, la réponse était la réponse, il n'y avait pas à tortiller.

Je ne savais pas d'où venaient les règles de ce jeu (survivre à quoi ? mourir de quoi ?), mais plus mon séjour se prolongeait, plus elles se renforçaient. Un jour, roulant trop vite, alors qu'un camion était en train de doubler une voiture en sens inverse, j'entendis près de ma tête, énoncée d'une voix distincte et tout à fait posée, la question : « Tu veux mourir lentement ou mourir vite ? » « Lentement », répondis-je à voix haute, et je croisai le camion sans dommage.

Cet automne-là, à partir de Halloween et durant la saison de la chasse, je ne cessai de penser à la mort, sous une forme enfantine étrangement primitive, mais plutôt qu'un sentiment funeste, j'éprouvais en général une sensation de guérison. J'avais accepté la solitude et les conditions de ce qui, selon moi, m'aiderait à me rétablir. J'avais arrêté de boire et de fumer, ne mangeais plus de viande et n'absorbais plus ni sucre ni caféine, si bien que même les symptômes de ce que j'avais pris pour une appendicite chronique avaient disparu. Je dormais bien, quoique de bonne heure comme les poules, marchais beaucoup, travaillais. Je traversais les nuits avec de moins en moins de terreur et les journées avec un plaisir grandissant.

En décembre, j'envoyai des cartes de vœux à tous les gens que je n'avais pas vus en Angleterre, en Europe et à New York. Mes mois d'isolement m'avaient fait repenser très fort à mes amis, qui me manquaient soudain terriblement. Diffusés en grand nombre, mes vœux cette année-là se révélèrent bien plus attendris que d'habitude, et je fus la première étonnée de mon émotion. Si mon geste avait des airs de baroud d'honneur, il était aussi une tentative de récupérer ce qui avait été délaissé au cours de mon étrange bataille avec moi-même. Je ressentais tellement d'amour, en écrivant aux gens que j'aimais, assise là, dans ce silence familier, ce vide épais, dominant la crique scintillante qui se teintait de rose ou de bleu, que je me demandais où je pensais avoir disparu, et vers où je pensais désormais me diriger. Je leur faisais un coucou avec une telle passion que j'aurais aussi bien pu leur dire au revoir.

Durant la troisième semaine de décembre, j'envoyai la moitié d'un roman à mon éditeur, fermai la maison et repartis pour New York. L'espèce de crise que j'avais traversée était terminée ; je pouvais rentrer, jouer le jeu de nouveau, me mêler aux autres. J'étais aussi impatiente de ressortir qu'un enfant qui a été malade, de retourner où était « tout le monde », de reprendre la partie. Je me disais qu'il s'était passé quelque chose dans cette retraite au bord de la mer et que la sentence avait été levée, que la folie s'était envolée. Je me disais qu'il n'y avait plus rien désormais pour se tenir entre moi et le bonheur ordinaire, hormis la récente réapparition de cette appendicite chronique, dans laquelle le médecin local n'avait vu que l'expression du stress, mais qui, au cours de ce long trajet de retour, prenait la forme de crampes très violentes. Mais même ces crampes ne contrariaient pas mon optimisme tandis que je quittais les vents et les oiseaux de Truro et mettais le cap, une main sur mon ventre labouré et l'autre sur le volant, vers les lumières si attirantes de New York.

QUATRIÈME PARTIE

Seule

Treize

21 décembre.

Elle palpa mon ventre. Elle dit : « Qu'est-ce que c'est ?

— Quoi donc ?

— Cette chose dure. Se peut-il que vous soyez enceinte ?

— Non. » Je souriais encore.

Elle consulta sa montre. « Je veux que vous alliez faire immédiatement une échographie. Il se peut que ce ne soit rien, un volvulus intestinal, ou quelque chose comme ça. Je veux que vous me rapportiez l'image ici avant quatre heures pour que je puisse la voir. Il faut que ce soit avant quatre heures parce que j'ai un avion ce soir et que je dois partir d'ici à quatre heures et demie. D'accord ?

— Où allez-vous ? m'enquis-je, toujours badine.

— Aux îles Vierges.

— Formidable.

— Oui. » Je suppose qu'elle me regardait bizarrement. Je ne saurais l'affirmer, car je ne la connaissais pas. C'était un des jeunes médecins de ce centre médical haut de gamme où une agence d'architecture avait bien mis en valeur tous les piliers et le plafond à voûtes romanes, où tous les bambins portaient des salopettes noires de créateurs et jouaient avec les jouets en bois suédois mis à leur disposition. J'étais déjà venue une fois pour une piqûre antitétanique et le pédiatre, seul médecin de garde ce jour-là, m'avait donné une sucette après l'injection. Si j'avais quelque chose de grave, ce n'était pas ici que je risquais d'en prendre conscience.

La gentille dame du cabinet d'échographie s'excusa pour le froid du gel, demanda si l'objet qu'on vous promenait sur le ventre faisait mal. Un modèle de courtoisie. Je me montrai tout aussi courtoise et joyeuse. Ce fut seulement quand elle me dit au revoir et « Bonne chance à vous » que je commençai à m'inquiéter.

Je quittai le cabinet et essayai, par un vendredi de neige fondue précédant le long week-end de Noël et à quatre heures moins vingt, de trouver un taxi. J'avais mes échographies sous le bras et elles se mouillaient. Les taxis passaient comme des bolides, projetant de la gadoue sur les piétons qui patientaient aux carrefours. Je hélai tous les véhicules, en service ou non, puis, paniquée, je poursuivis un chauffeur qui avait fini son service, lui montrai la grande enveloppe en kraft à présent détrempée, avec l'adresse du radiologue dans le coin supérieur gauche. « Regardez : *radiologie,* regardez ! » Je lui fourrai le coin de l'enveloppe sous le nez pour qu'il puisse lire. « Il faut que j'aille voir un médecin à dix pâtés de maisons d'ici. » L'homme commença à remonter sa vitre. Je criais et la neige fondue donnait l'impression que je pleurais aussi. « J'ai peut-être un cancer ! » lui lançai-je, mais la vitre remonta jusqu'en haut et la voiture redémarra. Au bout d'un quart d'heure, j'attrapai un autre taxi, sans avoir à faire tout ce numéro. Et ce fut là, sur la banquette arrière de ce taxi qui me ramenait chez le médecin, que je compris que oui, en effet, j'avais peut-être un cancer. Et ce fut là, pour la première fois, que je ressentis cette chose qui allait me devenir ensuite si familière, un tout petit embryon de cette chose : la peur d'entendre les mots, non pas la peur d'avoir la maladie, mais la peur de la phrase, la peur de la sentence, pas de l'exécution.

J'entrai dans la salle d'attente déserte. La porte du médecin était ouverte et elle m'attendait. Dans ma peur naissante, j'enregistrais tout, j'observais le médecin, je me demandais comment elle allait formuler ces terribles paroles dignes d'une dramatique télévisée. J'aurais pu être en train de l'auditionner pour une pièce de théâtre, tant j'étais devenue observatrice, tant j'étais détachée du rôle que j'occupais dans l'histoire.

Me trouvais-je donc encore dans le taxi ou ailleurs, en tout cas assez loin de ce qui était en train de se passer, pour juger *intéressant* qu'elle emploie l'expression la plus rebattue, qu'elle prononce bel et bien cette phrase ? C'était comme regarder un film à présent, avec cette sensation très, très bizarre de ne pas en faire partie, un film sur un séduisant médecin femme aux longs cheveux blonds dans un joli cabinet de consultation essayant de ne pas être en retard pour son vol à destination des îles Vierges, mais qui a un devoir franchement déplaisant, franchement sinistre, dont il lui faut, parce qu'elle est un médecin sérieux, s'acquitter. Elle dit : « Je ne sais pas comment vous dire ça. » Et c'était vrai, elle ne savait pas, ou plutôt je ne savais pas comment l'entendre. Elle dit : « J'ai parlé aux radiologues. Vous avez une grosse tumeur à l'ovaire gauche. »

Après la vitesse des taxis et la neige fondue, la panique pour revenir ici à temps, tout était soudain extrêmement lent, une éternité pour entendre les choses. Rapide dans un certain sens, mais très lent, parce que je pouvais regarder les mots sortir un par un de sa bouche. Je voyais l'effort qu'ils nécessitaient, et le relâchement qui s'ensuivait lorsqu'elle en enchaînait plusieurs à la file. Il y avait des trous dans le temps que nous passâmes assises là, d'énormes trous dans lesquels elle pouvait tomber et moi aussi, des trous au fond desquels les mots étaient associés à des conséquences. Un temps lent, très lent, pour que les paroles cessent d'être des paroles et se transforment en faits.

Je m'avérai très dure à la détente.

« Je vous ai pris rendez-vous demain matin avec un spécialiste. Il a traité ma belle-sœur pour la même chose. Écoutez, dit-elle, passant du ton factuel au style fleuri (le même mauvais scénariste), vous êtes sur le point d'entamer un voyage en enfer. Tout ce que nous pouvons espérer, c'est qu'il ne soit pas trop long. Et il ne le sera peut-être pas. Vous n'êtes pas obligée de mourir de ça. »

Moi, toujours un peu lente : « Vous voulez dire que je ne peux pas mourir de ça, c'est ce que vous êtes en train de dire ?

— Non, dit-elle, et là, elle osa rire, vous pouvez certainement mourir. Oui, bien sûr. Mais pas *obligatoirement*. Ma belle-sœur a été traitée et aujourd'hui elle va bien. »

Je ne l'interrogeai pas sur le traitement. Le spécialiste m'expliquerait tout cela demain. Je voyais qu'elle était contrariée par la situation. Je n'étais même pas une patiente à elle et je lui infligeais cette épreuve, sans compter qu'elle avait cet avion à prendre.

« Je ne veux pas que vous soyez seule ce soir, dit-elle. Vous aurez quelqu'un avec vous ? »

Je lui dis que oui. Elle répéta qu'elle ne savait pas quoi dire, mais il fallait qu'elle parte. Elle ajouta qu'elle était vraiment navrée, et je lui dis que ça allait, de ne pas s'inquiéter, et de passer un bon Noël.

Cette histoire me semblait abracadabrante. On n'avait qu'à supprimer la période entre trois heures et quatre heures et demie, et rien de tout cela ne serait arrivé. Cancer de l'ovaire, avait-elle déclaré. Je n'en avais jamais entendu parler. Je ne savais pas si ce cancer était vraiment grave ou seulement assez grave. Je ne savais pas si je pouvais continuer normalement, tous les gens que je devais voir, Noël, tout ça, mettre cette affaire en attente, y réfléchir, m'en occuper plus tard. C'était bizarre, comme un truc amusant qui t'arrive en allant quelque part, une anecdote, une chose à raconter. Mais pas encore une chose à vivre. Même ces satanées douleurs qui m'avaient amenée à consulter avaient disparu. Et maintenant ce coup de massue. Je n'y comprenais rien. Oui, c'était grave, ça, c'était sûr. Oui, la nouvelle finirait par rentrer, par faire son chemin, mais tout doucement, et en me bornant à réfléchir à l'incroyable soudaineté de l'événement, je le tenais en quelque sorte à distance.

Je devais retrouver Shrimp ce soir-là et, comme mon tunnel était toujours sous-loué, j'habiterais chez elle durant la semaine où elle serait absente. Je passai prendre un bain dans l'appartement où j'avais dormi la veille après mon voyage, changeai de tenue, m'emparai de son cadeau de Noël puis me rendis chez elle. Je le savais, je ne pourrais pas lui parler de tout cela, car elle serait trop bouleversée. Elle aussi partait en vacances et ce n'était pas le genre d'information qui favorisait le repos et la relaxation. Elle avait plus de quatre-vingts ans et, même si elle était ma parente la plus proche, je ne pouvais pas lui en souffler mot.

Elle me demanda comment ça avait été chez le médecin et je répondis très bien. Nous dînâmes. À mesure que la soirée avançait, je sentais enfler en moi tout ce qui s'était passé. Et je me disais : Eh oui, ce sera exactement comme ça. Tu ne pourras pas te confier. Les gens auront peur. C'est quelque chose que tu vas devoir traverser totalement seule.

Le lendemain matin, dans la salle d'attente du spécialiste, nous étions un petit groupe et, à part un couple entre deux âges assis dans son coin la mine sombre et le corps raide d'inquiétude, les gens étaient étrangement sociables et pleins d'entrain. Ils se levaient et déambulaient, feuilletaient des magazines et se parlaient entre eux, plus agités qu'effrayés par l'absurde nouvelle récemment surgie dans leur vie. C'était un samedi matin, et peut-être tous les rendez-vous avaient-ils été pris au dernier moment, des gens convoqués d'urgence, qui n'avaient pas encore sombré dans la sinistre acceptation. Une jolie blonde un peu forte vêtue d'une robe de soie, l'air d'une hôtesse recevant ses invités à une garden-party, s'épanchait gaiement, stupéfaite de sa situation. « J'en suis au stade quatre, annonça-t-elle comme si elle demandait : qu'est-ce que vous dites de ça ? Je n'ai pas le moindre espoir. Je ne sais même pas ce que je fabrique ici. Je devrais être sur une île quelque part, ou en train de faire le tour du monde. » Ce qui lui arrivait lui semblait incroyable, tout comme à nous peut-être, qui la regardions, corps grassouillet et peau crémeuse, élégante, bien coiffée et radieuse, tandis que dans les couloirs, sur les chariots et dans les chambres que nous avions tous aperçus en rejoignant le cabinet du spécialiste, il y avait les malades indubitables, les moribonds effrayants de pâleur.

Dans la salle d'examen aussi, le médecin et ses infirmières étaient gais. J'étais moi-même d'humeur enjouée, comme s'il m'incombait de remonter le moral des autres. J'étais comme Pollyanna, à voir obstinément le bon côté des choses. « Au moins je vais perdre du poids. » « Aucun doute », acquiesça l'infirmière. « Mais je vais garder mes seins, n'est-ce pas ? » « Bien sûr. » On m'expliqua l'opération et la chimiothérapie comme s'il s'agissait d'une série de soins de beauté, tout cela sur un ton joyeux. N'empêche, j'avais vu ce que j'avais vu en montant jusqu'ici, et je savais que je ne voulais pas aller dans un institut de cancérologie. En cancérologie, on vous dépouillait de vos habits de fête, on vous cachait votre rouge à lèvres et on vous transformait en de pauvres draps gris et froissés. Une fois qu'on vous tenait, on vous confisquait vos couleurs, on vous plongeait dans un monde en noir et blanc comme aux débuts de la télé, avec des images floues sur un écran minuscule. Je ne comprenais pas l'allégresse qui régnait dans ce cabinet ; on aurait dit une farce où même mon rôle était burlesque, on aurait dit le Pays des jouets dans Pinocchio, avant que chacun ne voie ses oreilles pousser et ne soit envoyé à la mort.

Je consultai d'autres spécialistes attachés à d'autres hôpitaux. L'un ne pouvait s'empêcher de plaisanter, déclara que l'opération chirurgicale n'était pas bien compliquée puis changea rapidement de sujet pour parler de sa passion, qui était la voile. Mais ensuite il dit à l'amie qui m'avait adressée à lui que je devais me faire opérer au plus vite, que mon cas était très grave. Après plusieurs diagnostics de ce genre, je choisis un médecin, chaudement recommandé, aux manières bourrues mais franches. Toutefois, son cabinet à lui aussi était plus que fantaisiste, avec, sur les murs, des slogans optimistes brodés et des dizaines d'ours en peluche partout sur les tables et sur le plancher, des ours en peluche de toutes les couleurs et de toutes les tailles aux costumes cousus à la main et aux accessoires rigolos. Il y avait un grand écran d'images animées montrant des lacs, des forêts et des cascades dans la salle d'attente, et dans la salle de bains, placée au-dessus de la baignoire et courant sur toute la longueur de la pièce, une gigantesque décoration de Noël représentant un merveilleux paysage hivernal avec des elfes et un renne, et des guirlandes lumineuses multicolores qui clignotaient.

C'était apparemment l'heure de la fête dans tous les cabinets médicaux. Ils rivalisaient de galéjades et de bouffonneries pour tenter de faire oublier le véritable enjeu. C'était pervers et ça flanquait la frousse.

Toujours est-il que, pendant ce temps, les festivités battaient leur plein : on s'habillait et on apportait des cadeaux, on buvait, on faisait bonne figure et on riait. On dansait le soir de Noël et on prenait des tas de photos, histoire de garder des traces, soupçonnai-je, de ce dernier Noël, cette dernière fois où nous serions tous réunis, cette dernière fois où celle sur qui l'appareil était trop souvent braqué, à savoir moi, aurait jamais l'occasion de danser. Même si mes amis se montraient pleins d'allant avec moi, ils étaient également horrifiés. Plus tard, je m'en voudrais d'avoir introduit cette réalité atroce et prématurée dans leurs salons et leurs conversations téléphoniques ; mais à ce moment-là, et en particulier après la solitude de l'année écoulée, je buvais du petit-lait, enchantée de tant d'amour et de marques d'attention. Pendant quelque temps, on me dorlota comme un enfant et je me comportai comme tel, un enfant heureux, un enfant gâté, un enfant subitement précieux, car il risquait de disparaître d'un instant à l'autre, un enfant ravi qui était au centre de tout. Ils étaient malheureux de ce qui m'arrivait et m'entouraient de gaieté. C'était comme si nous allions affronter cette épreuve ensemble, comme s'ils ne voulaient pas me laisser m'en dépêtrer seule, mais allaient m'accompagner sur le chemin aussi loin que possible, jusqu'à ce que je sois obligée de continuer sans eux. Rien dans ce cancer ne fut le moins du monde comme quiconque aurait pu le prévoir, rien précédemment et rien pendant, non, absolument rien après cette première annonce si bizarrement convenue de la femme médecin aux cheveux blonds. Mais cette amitié, sans faille, immédiate et inconditionnelle, s'avéra la chose la plus surprenante de toutes.

J'avais un besoin irrépressible de parler à Ned. Malgré le divorce, l'acrimonie, les trois années de silence hostile entre nous, il était encore, et surtout maintenant, la personne dont je me sentais le plus proche, qui me connaissait le mieux, encore la personne que j'aimais le plus. La maladie et ses conséquences m'entraînèrent rapidement dans un lieu où les sentiments étaient tellement clairs et puissants qu'on pouvait les entendre par-dessus le babillage de la vie normale avec ses atermoiements, son désordre et ses dénégations. J'avais besoin de dire cette chose terrible à Ned, j'avais besoin de son indignation face à ce qui m'arrivait. Mais les années et les vétilles qui s'étaient trouvées balayées ne l'avaient été que pour moi, alors que pour lui, bien sûr, elles étaient demeurées intactes. Sa première réaction ne fut pas une réaction d'horreur mais de lassitude : je fus priée de ne pas évoquer le sujet. Il n'avait aucune envie d'affronter le problème, mais évidemment il ne put y couper. Il m'avoua par la suite qu'il y avait été contraint, par des rêves terribles, par des gens qui, à des cocktails, à Londres, lui apportaient leur réconfort, comme si, de fait, nous étions encore ensemble.

Mais nous n'étions pas ensemble parce qu'il se trouvait dans une zone d'où la mort était absente, où le temps n'était pas compté, où seul se profilait un avenir flou mais rose, et où on pouvait s'affranchir du passé. Jusqu'à la mort de Bett, j'avais moi-même évolué dans cette zone, je savais pertinemment quel endroit agréable c'était.

Ce nouvel endroit où je me trouvais était très différent, rempli d'émotions intenses, de peur et d'une foule de corvées fastidieuses : la brusque découverte du monde des médecins et des salles d'attente, des formulaires d'assurance et des rendez-vous perpétuels, de l'ennui qui étouffe la terreur. C'était également un monde de présages, de codes secrets et de déchiffrement, où on cherchait à décrypter sur le visage des professionnels les « vraies » informations, où on apprenait les euphémismes des médecins et ce que pouvaient signifier leurs silences soudains. Tous les mots étaient passés au crible pour déceler un double sens éventuel, un message caché. Les taxis dépassaient des panneaux routiers qu'on lisait parfois avec ironie, parfois sans : Terminal Passagers, Impasse, Voie Sans Issue, Chaussée Rétrécie, Cul-de-Sac, Attention au Stop… Les oiseaux avaient un peu perdu de leur symbolique, surtout parce que tu étais à New York, où il n'y avait que des pigeons, tachetés, bicolores, sales, ni noirs ni blancs, ambigus comme le pronostic actuel.

Une amie me proposa une chambre dans sa maison pour la semaine précédant l'opération. Mon loft était toujours sous-loué. Une autre amie avait proposé de m'héberger après l'opération, jusqu'à ce que je sois sur pied et puisse chercher un autre logement. À propos de ces domiciles changeants, je me souviens nettement de la lourde ironie d'un des spécialistes que j'avais consultés. « Ah, très malin de votre part », dit-il. « Je n'avais pas prévu la situation », répliquai-je. « Écoutez, dit un autre au vocabulaire intégriste, vous allez devoir marcher sur des charbons ardents pour survivre à tout ça. Alors vous feriez mieux de trouver un domicile fixe et de vous organiser. »

L'opération était prévue le 3 janvier. Il y eut une dernière fête le soir du Nouvel An, une dernière dose de rigolade et de glamour, de maquillage et de tenue chic, avant l'hospitalisation et les charbons ardents. J'étais sortie tous les soirs dans un état d'excitation légèrement hystérique et ce serait la dernière nouba. Une fête donnée par un producteur de L.A. avec plein de gens du showbiz. Je me souviens, j'avais regardé la façon dont les visages s'éclairaient puis s'éteignaient peu à peu au fil des salutations, j'avais regardé les acteurs et les agents « travailler leurs réseaux », regardé les invités faire mine de s'amuser, entourés des divers accessoires d'une soirée festive, les mets hors de prix, le champagne de luxe et les cotillons, je me souviens, je m'étais sentie flouée, dupée, parce que cette fête n'était pas ce que j'espérais, une dernière fête merveilleuse susceptible de m'expédier toute fringante vers ma destination. J'étais en colère contre ces gens capables de faire semblant tous azimuts, de ne pas réellement s'amuser, quand la vie était si précaire, quand les occasions étaient tellement rares. En m'en allant avec mes amis, je me mis à pleurer doucement, comme un enfant à qui on avait promis quelque chose, parce que cette dernière fête qui était censée être réussie avait été ratée, que tout cela comptait terriblement et qu'il risquait de ne plus jamais y avoir de fêtes du Nouvel An.

Je n'avais jamais été à l'hôpital de ma vie, ne m'étais jamais fait opérer des amygdales ni n'avais jamais rendu visite à un ami malade. La veille de l'intervention, j'allai acheter des choses dont j'imaginais que j'aurais besoin. Je choisis des livres et des cassettes de classique pour le walkman (le *Requiem* de Verdi avec le visage d'un Christ crucifié en couverture était un choix mémorable), comme s'il s'agissait d'un long voyage en train pendant lequel je risquais de m'ennuyer. Et, pour une raison obscure, j'étais obsédée par l'achat d'un rouge à lèvres, même si je n'en portais pratiquement jamais. J'essayai diverses couleurs au rayon parfumerie de Bergdorf comme si le rouge à lèvres possédait le pouvoir magique d'éloigner la mort, comme si une fille glamour ne pouvait pas recevoir de mauvaises nouvelles.

Ainsi arborais-je des lèvres peintes tandis que, la veille de l'opération, mes amis patientaient dans la salle d'attente avec moi. Buvant, fumant, nous avions tous une sensation de gueule de bois. Bientôt nous nous séparâmes. Et lorsque nous nous quittâmes, je discernai sur leurs visages la même fatigue que celle que j'avais vue sur ceux des invités à la soirée du Nouvel An. Ils étaient épuisés d'avoir joué la comédie, ils avaient besoin de rentrer chez eux, mais ils avaient attendu le tout dernier moment pour donner moins l'impression de s'esquiver que d'être chassés à leur corps défendant.

Soudain, donc, je me retrouvai seule, à enfiler une chemise d'hôpital verte, à remplir des questionnaires, à me rendre d'un pas traînant à l'ECG et à la radio, à subir d'ignobles lavements et à me laisser raser, à respirer ces odeurs d'hôpital et à voir ces spectacles d'hôpital, pourtant je me sentais encore assez joyeuse parce que nous ignorions encore à quel point ce serait grave, parce que la situation était nouvelle, et par là, intéressante, au moins dans une certaine mesure.

Quatorze

Quand, à un moment donné, je me réveille le lendemain, je vois un cercle de visages amis penchés sur moi ; ils me scrutent avec anxiété, aussi déformés que par un miroir convexe. L'image me rappelle des films et cette réminiscence a pour moi, je me souviens, un côté amusant. Mais la distorsion n'est pas causée uniquement par les drogues, il y a de l'inquiétude sur ces chers visages, un savoir secret. Ces visages bienveillants accueillent ta conscience retrouvée, mais la désinvitent en même temps. Le type de silence qui règne dans la chambre n'est pas de bon augure. Je suis emmaillotée dans des bandages, et je me sens molle et blessée, désossée, suintante. J'oscille entre conscience et inconscience et les gens jouent aux chaises musicales autour de mon lit. Les médecins m'adressent quelques phrases, mais je perçois surtout des réactions fuyantes, des regards détournés, des retraites précipitées.

J'étais trop droguée pour avoir mal ce premier jour, mais assez lucide pour comprendre ce qui s'était passé, que c'était pire que ce qu'ils craignaient : les deux ovaires, l'appendice, un truc avec un drôle de nom, l'ablation de tout l'appareil reproducteur, cinq heures d'opération, un pronostic très pessimiste. Bizarrement, j'assimilai tout cela sans horreur.

À ton réveil, à présent, c'est la douleur que tu découvres, pas tant celle de la terrible nouvelle, mais celle causée par les pinces et par l'incision. Tu es enveloppée de pansements et il y a une énorme blessure dessous, quelque chose qui a mal et qui crie. Tu pousses un genre de cri toi aussi, un cri sourd, tu sombres, et lorsque tu émerges de nouveau, ce n'est pas la douleur qui t'attend, mais la juste mesure de la situation. C'est pire que ce qu'ils craignaient. Oui, c'est pire, mais tu es en vie, enveloppée dans le sang et la gaze, mais en vie. Et, de façon mystérieuse, cela te rend heureuse. Tu passes sans cesse de la conscience à l'inconscience, et chaque fois que tu reviens, tu es reconnaissante, si ce n'est euphorique, comme si le pire était derrière toi, comme si le cauchemar était terminé.

Je me souviens encore de cette joie étrange d'être simplement là, vivante, plus ou moins consciente, malgré le traitement, malgré le pronostic. Les médecins étaient beaucoup plus déprimés que moi. J'avais mes amis, guillerets à présent parce que je l'étais. J'avais tellement de bouquets de fleurs dans ma chambre qu'ils ne savaient qu'en faire, des multitudes de bouquets, des messages d'amis de New York et de Londres. J'avais des visites et des coups de fil toute la journée. Je reçus même des fleurs et des coups de téléphone de l'idole de l'Angleterre, qui était en ville et proposait de venir me voir. Avec un tube dans le nez et mon urine qui coulait dans un flacon... non, merci, plus tard, merci, même si les infirmières auraient été aux anges. Des gens que je n'avais pas vus depuis des mois, parfois des années, me rendaient visite. J'étais une attraction, mes quinze minutes d'une célébrité dont je me serais bien passée. Je me sentais impuissante, et plus ils étaient affolés par ce qui m'arrivait, pire paraissait la sentence : plus beaucoup de temps, vous avez appris ? Il y avait de la gentillesse, mais aussi de la curiosité malsaine, et je savais les distinguer. Les gens s'asseyaient à mon chevet, philosophes. « Pourquoi moi ? » devais-tu te demander. Mais je ne me demandais pas cela, je me demandais autre chose, quelque chose du genre : pourquoi ne suis-je pas dans tous mes états, pourquoi encaissé-je si bien ? Je n'y croyais peut-être pas encore, malgré les fleurs et les bruits qui couraient. Pourquoi, bon sang, étais-je tellement gaie quand les médecins n'arrivaient même plus à prononcer une phrase civile, toutes leurs blagues d'avant l'opération maintenant épuisées, toute leur allégresse désormais évanouie ? Et où étais-je allée chercher cette sainteté le jour où j'avais consolé la famille d'une jeune fille qui partageait ma chambre, partie en salle d'opération pour se faire retirer ce qui paraissait la plus grosse tumeur du monde, quand elle était arrivée en hurlant de douleur et l'air d'avoir avalé un ballon de basket ? La mère et les deux sœurs attendaient qu'on ramène la malade, gentilles femmes noires se tenant la main, gémissantes. « Écoutez, dis-je, sans qu'on m'y ait invitée, qu'elle est la pire chose qui pourrait arriver ? » Elles ne voulaient pas répondre. « Le pire du pire ? » insistai-je. Je répondis pour elles. « Qu'elle meure, pas vrai ? » Elles se remirent à geindre. « Mais vous savez, n'est-ce pas, vous savez au fond de votre cœur que personne ne meurt jamais, parce que l'esprit continue à vivre. La mort n'est pas importante », affirmai-je, et elles hochèrent la tête. « Elle ne mourra jamais, elle sera toujours avec vous. » Elles s'approchèrent de mon lit, me prirent la main, me remercièrent et nous attendîmes ensemble. Où allais-je chercher des trucs pareils ? J'avais dit cela avec une absolue conviction, peut-être avais-je vu Dieu quand j'étais sur le billard, mais je savais que c'était vrai, même si je mourais, au fond, cela n'avait pas d'importance, parce que quelque chose survivrait, comme Gogi, comme Bett, à travers l'amour, à travers les gens que tu as aimés. Et j'étais tellement certaine de cette chose qu'elle me libéra, ou presque, parce que, quand la jeune fille revint et que le médecin lui annonça que sa tumeur était bénigne, je ressentis de la joie pour elle et sa famille, mais aussi, je dois l'avouer, un puissant accès de jalousie.

Était-ce dû au choc, au déni ? Était-ce une forme de bêtise de ma part ? Je n'étais tout simplement pas anéantie comme j'aurais dû l'être. Je souffrais, j'étais en colère contre les infirmières et les médecins et j'avais peur de l'inconnu, mais j'étais par ailleurs mystérieusement exaltée et dans un état que, rétrospectivement, parce qu'il se prolongea au-delà de la première semaine, au-delà des premiers mois, durant toute cette maudite affaire, je ne peux que qualifier d'état de grâce, et me rappeler avec une infinie gratitude. Je me souviens aussi de m'être dit, à de multiples reprises, durant ces mois terribles et pourtant pas si terribles, que cette épreuve avait beau être épouvantable, elle était tout de même moins atroce que l'affreuse dépression si sombre que j'avais traversée ces deux dernières années.

Certains jours, j'étais tout bonnement incapable de lutter et je restais au lit la journée entière, à regarder la télévision, à lire ou à dormir. Je dormais beaucoup parce que les drogues m'assommaient, et je faisais des rêves profonds et lourds. Quelquefois je rêvais que j'avais dix ans, que Bett était avec moi et que nous étions heureuses, ou que j'étais avec Ned au début de notre histoire et que nous étions heureux. Quelquefois je faisais des rêves très, très tristes où ils avaient tous les deux disparu et où il n'y avait rien que je puisse jamais faire pour qu'ils reviennent.

Je me réveillais alors hébétée et accablée de chagrin, et néanmoins heureuse d'avoir été de nouveau si proche d'eux tels qu'ils étaient par essence, telle que j'étais par essence, sans lignes brisées entre nous et notre relation parfaitement naturelle et aimante.

Parfois au réveil j'oubliais où j'étais et devais me souvenir, et c'était toujours le plus dur, cette réaccoutumance au fait d'être ici, maintenant, avec cette chose, seule et en train de mourir, avec cette espèce de cancer pareil à un immense et horrible costume de corbeau dont j'allais devoir m'affubler, cette armature d'immenses ailes d'oiseau noir que j'allais attacher à mes bras et à mon torse, ce lourd et horrible costume que j'allais trimballer toute la journée, qui m'écrasait sous son poids et me rendait maladroite, et qui, à part dans mes rêves, ne me permettait jamais d'oublier. Ainsi harnachée, je manœuvrais du mieux que je pouvais, m'efforçais de garder le moral, mais ce n'était pas comme quand j'étais libre, ce n'était pas comme quand j'étais aimée et que j'aimais Bett ou Ned ou n'importe lequel de ces êtres que je voyais dans mes rêves et avec qui je pouvais passer un moment.

J'avais le don de me ragaillardir. J'appris à me distancier le plus possible de cette chose dont ils disaient tous qu'elle allait m'arriver. Je me répétais : « Ce n'est pas aujourd'hui que tu dois mourir », et je pouvais ainsi m'approprier la journée en question. Ou bien : « Ce n'est pas aujourd'hui que tu dois faire ta chimio », et je pouvais m'octroyer cette journée, et oublier quelque temps les immenses ailes de corbeau dont j'étais accoutrée.

Parfois j'avais peur parce que je ne savais pas comment mourir. C'était le même genre de peur que celle qu'on a avant un examen important. Je ne savais pas comment faire, comment me désintégrer, renoncer à des morceaux de moi un par un. Je ne comprenais pas ce qu'on exigerait de moi, quelle expertise, comme si mourir était un événement auquel non seulement je participerais, mais que j'orchestrerais. Mourir ne me paraissait pas une action transitive, mais quelque chose qu'il me fallait apprendre en un temps restreint. Je ne parle pas de mourir avec grâce ou avec dignité, mais simplement de m'en aller, ce départ qui n'était pas le sommeil. Ils disaient que j'allais mourir et ils précisaient que c'était pour bientôt, mais voilà, je n'étais pas prête, je n'étais pas instruite, pas préparée. Comment renoncer à la force, à la volonté, abandonner une à une ses fonctions corporelles ? J'avais peur de foirer cette mort. Ce n'était pas comme un accouchement ; il n'existait pas de cours pour apprendre à mourir.

J'étais consciente en permanence de l'imminence de la mort. Ce n'était pas que je suppliais « pas moi », j'implorais « pas tout de suite ». Une fois cette mort devenue mon avenir, il y avait des choses que je ne pourrais pas faire, comme rester tranquille pendant un film ou une pièce de théâtre. Je ne pouvais pas, littéralement, affronter les « derniers actes ». Je ne pouvais pas aller au restaurant et prendre la chaise qui faisait face au mur, il fallait que je puisse voir dehors, sans quoi le côté « cercueil » me perturbait. Les ascenseurs ne me dérangeaient pas, mais avoir vue sur un mur m'oppressait. Pourtant, je ne crois pas avoir jamais « pensé » que j'allais mourir. J'avais « eu vent » de la chose, j'avais entendu des experts en parler, mais elle n'était jamais arrivée à faire partie de moi. Je n'ai jamais fait de testament, n'ai jamais écrit de lettres d'adieu. Je n'ai jamais « mis mes affaires en ordre ». Mais j'ai bel et bien repensé une ou deux fois à ma vie et à ce que j'avais réussi à accomplir. C'était très peu à l'échelle nécrologique des choses – trois livres qui seraient peut-être mentionnés dans de petits journaux lorsque je m'en irais, mais pas ce qui compte vraiment. Je ne concevais pas « l'accomplissement » comme une forme de voyage de l'enfance à ici, ni comme un voyage spirituel ; l'accomplissement, c'étaient les gens que j'avais aimés et qui m'avaient aimée. C'était à cela qu'avait rimé ma vie, dans l'absolu : Bett, Gogi, Shrimp, Veronica. Hugh, Edward, Jack, mes plus proches amis, mes amants. Ce qui me rendait le plus triste dans la mort, c'était que je n'aurais plus l'occasion de rencontrer, d'aimer ou d'être aimée par qui que ce soit. C'était ce que signifiait le mot « terminé ». Pas les livres que je n'avais pas écrits ou les endroits que je n'avais pas vus, mais les gens que je n'aurais jamais l'occasion d'aimer. J'avais beaucoup gaspillé, et je nourrissais certains regrets. J'avais eu de bonnes cartes en main et je les avais trop souvent mal utilisées. Mais j'avais énormément aimé et j'avais été aimée, et en définitive c'était bien ce que cela semblait être : c'était tout ce qui importait.

Coda : Sortie de « l'enfer », « sauvée ». Un an après ma dernière chimiothérapie, je me rends sur la tombe de ma mère en compagnie de mon premier amant depuis deux ans. Je parle à Bett, pendant qu'il attend dans la voiture, et dis à ma mère que c'est fini. Je le dis avec douceur. Je lui dis que j'ai survécu. Je lui dis que nous sommes chacune d'un côté différent de la tombe à présent. Je lui dis au revoir. Alors que je monte dans la voiture qu'on nous a prêtée et que nous descendons la montagne pour gagner l'endroit où nous logeons (à une heure de là), il se met lentement à pleuvoir, puis l'orage éclate, un formidable orage biblique, tonnerre, éclairs, obscurité totale en plein après-midi. La situation frôle le ridicule, mais elle devient de plus en plus terrifiante. Les voitures roulent à vingt-cinq à l'heure sous les trombes d'eau. Les phares d'un énorme camion surgissent brusquement derrière moi. Presque sans visibilité, le chauffeur roule à toute allure, fonçant sur moi dans la descente, klaxonnant comme un fou. Sur cette route en lacets, il n'y a nulle part où se garer. J'accélère, chaque virage semble être le dernier. Je roule, il me poursuit kilomètre après kilomètre. Enfin, je repère un bas-côté où me ranger. Je me soustrais à ses phares et laisse passer le mastodonte.

PAPIER À BASE DE
FIBRES CERTIFIÉES

Le Livre de Poche s'engage pour l'environnement en réduisant l'empreinte carbone de ses livres. Celle de cet exemplaire est de :
550 g éq. CO_2
Rendez-vous sur
www.livredepoche-durable.fr

Composition réalisée par Soft Office

Achevé d'imprimer en janvier 2021 en Italie par
Grafica Veneta
Dépôt légal 1re publication : février 2021
LIBRAIRIE GÉNÉRALE FRANÇAISE
21, rue du Montparnasse – 75298 Paris Cedex 06

Banale histoire de
mère et fille mais
sublimée par une
écriture hors du com-
mun. Mœurs très
libérales des États-Unis
et de l'Angleterre.

11/5085/6